영어공부와 함께한
삶의 지혜를 찾는 글쓰기

Writing of Searching for Wisdom of Life
with Study of English

영어공부와 함께한
삶의 **지혜**를 찾는 **글쓰기**

Writing of Searching for Wisdom of Life
with Study of English

정홍섭 지음 ┃ 리타 테일러 영어 감수

도서출판 좁쌀한알

영어공부와 함께한
삶의 지혜를 찾는 글쓰기

Contents

Writing of Searching for Wisdom of Life
with Study of English

II. The Practice of Writing Essays : Learning the Wisdom of Life and Languages with Reading and Writing · 150

서문 : 이 책을 한국어와 영어로 동시에 쓴 이유

이 책은 2부로 되어 있다. 1부는 글쓰기의 이론이라 할 수 있고, 2부는 주로 수필(에세이) 또는 수필로 읽을 수 있는 말씀에 관한 수필이다. 그러나 1부도 크게 보아서는 수필의 범주 안에 넣을 수 있다. 2부와 마찬가지로 1부의 내용 역시 대학에서의 강의와 학생들과의 만남을 비롯한 내 경험과 평소의 생각을 바탕으로 쓴 것이기 때문이다. 책 제목을 '수필 쓰기'라 하지 않은 것은, 앞으로는 넓은 의미의 수필 쓰기가 글쓰기의 중심이 될 것이라는 나의 암묵적 전망을 거꾸로 보여 준다. 이 책의 출간을 계기로 앞으로 나는 수필 읽기와 쓰기를 생활의 일부로 삼고자 한다.

한국어와 영어로 동시에 썼다는 것이 이 책의 가장 큰 특징이다. 이렇게 책을 써 가던 중에, 한국어로 쓴 자기 작품을 스스로 이미 오래전에 영어로 번역, 출간한 분으로 번역가 안정효 선생이 있다는 사실을 최근 알게 되었다(김욱동, 『오역의 문화』, 소명출판, 2014 참조). 그러나 한 권의 책을 한국어와 영어로 동시에 써서 출간한 경우는 이전에 없지 않았나 싶다. 내가 이렇게 책을 쓴 이유는 영어권 독자에게 널리 선보이기 위해 미국에 건너가 직접 책을 출간한 안정효 선생의 경우처럼 거창한 것이 아니다. 자신의 영어 실력을 과시하는 사람들의 경우처럼 잘난 척할 만큼 내 영어가 대단해서 그런 것도 물론 아니다.

두 가지 이유가 있다. 이 책의 내 영어를 감수해 주신 리타 테일러 선생님에게 이 책의 내용을 전하고 싶은 것이 그 첫째 이유다. 몇 년 전, 리타 선생님과 대화를 나누던 중, 선생님께서 무위당 장일순 선생님과 법정 스님을 잘 모르신다는 사실을 알고 좀 충격을 받은 일이 있었다. 리타 선생님은 한국 생활도 오래 하셨고, 한국의 사찰 문화에 관해 나보다도 오히려 더 많이 아실 정도로 한국의 자연과 전통 문화에 대한 지식도 깊을 뿐만 아니라, 한국 사회의 여러 면을 잘 아시는 분이다(한 외국 지성인이 깊이 있게 보는 한국의 자연과 문화, 그리고 한국인의 삶에 관해 고급의 '향기로운' 영어로 맛보고 공부하고자 하는 이들에게, 영문으로 출간된 리타 선생님의 다음 책을 꼭 권하고 싶다. 리타 테일러, *Mountain Fragrance* (산의 향기), 녹색평론사, 2009). 그런데 영남대학교 영문과에 선생님과 함께 오래 재직한 〈녹색평론〉 발행인 김종철 선생이 '딱 한 번 보고 홀딱 반했다'고 고백하는 무위당 장일순 선생과, 한국 불교계 안팎의 뭇 사람들로부터 존경 받는 승려이자 수필가이기도 한 법정 스님을 리타 선생님께서 잘 모른다는 사실이 너무도 의아했던 것이다. 두 분의 말씀을 영어로 번역한 책이 없기 때문이라는 것이 내 의문의 결론이었다. 이 책이 리타 선생님과 두 분 스승과의 정신적 만남을 주선하는 데 조금이라도 보탬이 될 수 있으면 좋겠다.

둘째, 영어로 글을 쓰는 것은 내게 무엇보다도 또 하나의 공부다.

나는 한국의 외국어 교육, 특히 영어 교육의 문제점 중 하나가 아무리 오랫동안 교육을 받아도 영어로 글을 쓰는 것을 북돋우지 못하는 점이라고 생각한다. 영어 교육이 제대로 된다면 영어를 배운 사람 모두가 자기 나름대로 영어 글쓰기를 즐겁고 과감하게 할 수 있을 것이다. '콩클리시'를 쓸 것을 두려워하는 것도 문제다. 이 문제와 관련해서 떠오르는 말이 있다. 미국의 유서 깊은 신학 명문대학인 유니온 신학교(Union Theological Seminary in the City of New York)에서 아시아 여성 최초로 종신교수가 된 정현경이라는 분이 꽤 오래 전 어느 TV 다큐멘터리 프로그램에 나와서 한 말이다. '내 영어는 그리 신통한 것이 못 되고 서툰 편이지만 나는 미국인들에게 전혀 주눅 들지 않는다. 나는 그래도 영어로 그들과 대화를 나눌 수 있지만 그들은 한국어를 전혀 할 줄 모르지 않는가.' 이것이 그의 말의 골자였다. 나는 우리가 이 분의 이런 자세를 배워야 한다고 생각한다. 필요하다면 서툰 영어는 원어민에게 교정 받으면 된다. 중요한 것은 영어로 써 보는 것이다. 나는 리타 선생님 같은 훌륭한 분에게 내 영어를 보여드리고 교정 받을 수 있는 행운을 누리고 있지만, 의지만 있다면 요즘 같은 세상에서는 누구나 자기 영어를 교정 받을 방법을 찾을 수 있을 것이다. 그리고 영어 글쓰기를 하면서 하는 내 공부는 외국어 공부인 것은 물론이지만, 사실 다른 무엇보다도 모어 공부다. 외국어를 공부하다 보면 모어의 본질과 특성을 더 잘 알 수 있게 된다. 이에 관한 이야기는 이 책 맨 마지막 장에서 다시 자세히 하게 될 것이다.

무위당 장일순 선생님의 호 중 하나인 '좁쌀한알'이라는 이름을 딴

출판사에서 이 책을 낸다. 게다가 이 책이 이 출판사의 첫 책이다. 영광이지만 큰 부담이기도 하다. 이 마음의 부담을 덜고 싶기도 하고, 오랜만에 다시 찾아뵙고 싶기도 하여, 돌아가신 지 20주기가 된 2014년 5월 어느 날, '좁쌀한알' 최종기 발행인과 함께 무위당 선생님의 묘소를 찾았다. 그리고 '좁쌀한알'이라는 출판사 이름을 쓰는 것과 이 이름을 가진 출판사에서 책을 내는 것을 허락해 주십사 하고 말씀드렸다. 내가 정말 참되게 살아가는지, 내 글에 얼마나 진실이 담겨 있는지, 늘 지켜보고 계실 것이다.

살아가면서, 글을 쓰면서, 잊지 말아야 할 큰 사건이 또 벌어졌다. 어린 학생들을 비롯한 모든 고인들의 영혼이 편히 쉴 수 있기를 기도할 뿐이다.

정홍섭

Preface : The reason why I wrote this book in Korean and English at the same time

This book consists of two sections. The first section may be called the theory of writing, and the second section has my essays mainly about other authors' essays or about sayings recorded in writing. But the first section can be included in the boundary of essays in a broad sense because I wrote the first section as well as the second section on the ground of my lectures and the meetings with students, and my usual thoughts. The fact that I did not give the title of *Essay Writing* to this book, conversely, means my silent view that writing of essays in a large sense will become the main form of writing. I hope the reading and writing of essays will be part of my life with the publication of this book as a momentum.

It is the most exceptionally characteristic that this book is written in Korean and English at the same time. While I was writing the book in this way, I came to know recently the fact that there is the translator-novelist Mr. Ahn Jung-hyo who translated two of his own novels and personally published them in America long time ago. (See Kim Uk-dong, *O-yeok-ui Mun-hwa* (The Culture of Mistranslation), Seoul: So-myeong-chul-pan, 2014.) But it seems that there has never been a book written in Korean and English at the same time. The reason why I wrote the book in this way is not greatly different from the case of Mr. Ahn who went over to America and published his own books for himself to show them widely to the readers of the English-speaking world. It is needless to say that I did not write the book in this way to get on my high horse like the persons who want to boast their English ability.

There are two reasons. The first one is that I hope to tell the contents of this book to Prof. Rita who proofread my English. A few years ago, when I was having a talk with her, I was a little shocked to know that she does not know well about Sir Muwidang and Venerable Beop-jeong. Prof. Rita had lived in Korea for a long time and knows Korean nature and traditional culture very well to such a degree that she knows much more about Korean temples even than I. And she also knows very well about various aspects of Korean modern society. (I highly recommend her book published in Korea in English few years ago to whoever wants to have a taste of and study the Korean nature, culture and life written in high-quality and 'fragrant' English through a foreign intellectual's deep insight. Rita Taylor, *Mountain Fragrance,*

Seoul: Green Riview Publishing Co., 2009.) And so I wondered why she does not know well Sir Muwidang Jang Il-sun whom Mr. Kim Jong-cheol, the publisher of Green Review Publishing Co. and one of her old colleagues at Youngnam University, confessed that 'I was attracted by his personality at first meeting,' and Venerable Beopjeong who is respected by so many people inside and outside Korean Buddhism and is also a famous essayist. My conclusion about the question was that there is no English translation of their sayings. I hope this book will help a little to arrange a spiritual meeting of Prof. Rita and the two teachers.

Secondly, to make my writings in English is, above all, another kind of good study to me. I think that it is one of the biggest problem of Korean foreign language education, especially English education, that the students cannot have courage to write in English notwithstanding however long they have received English education. If they get a proper education of English, they all easily try to develop English styles of their own. To be afraid of making 'Konglish' styles is also a problem. Someone's saying related to this problem occurs to me. Jeong Hyeongyeong, the first Asian female tenured professor of Union Theological Seminary in the City of New York which is an American eminent college of theology, said as follows in a TV documentary program quite a long time ago. "My English is not so good, but I don't have cold feet when I speak to American people. Because I can talk with them in English anyhow, but they cannot speak Korean at all." This was the main point of her words. I think Koreans have to learn her attitude. If necessary, we have only to get proofreading of clumsy English from native speakers. The point is to try to write in English. I have good luck to show my English writing and get her proofreading from a great person as Prof. Rita, but whoever has the will may also find the way to get proofreading. And my study with English writings is of course the study of the foreign language, but above all, to study the mother tongue. While we are studying foreign languages, we come to know the essence and characteristics of the mother tongue better. I will deal with this subject concretely at the last chapter of this book.

This book is issued by the publisher named after one of Sir Muwidang Jang Il-sun, Jop-ssal-han-al (A Grain of Millet). And furthermore, this book is the first one of the publisher. It is an honor and weighs heavily upon my mind as well. Hoping to lessen the burden of my mind and to meet him again, one day in May, 2014, which is the 20th anniversary of his death, I visited the grave of Sir Muwidang with Mr. Choi Jong-gi, the publisher of Jop-ssal-han-al. And we asked him to let us use the name of 'Jop-ssal-han-al' as the name of the publisher and publish my book. He will always watch whether I keep living truthfully and how really my writings include truth.

Again, a terrible accident happened, which cannot be forgotten while living and writing. I only pray for the peace of the souls of the departed, especially those of young students.

Jeong Hong-seop

I. 글쓰기의 가치와 방법

1. 글쓰기의 가치

1) 글쓰기와 생각하기

평소에 자주 오르는 관악산 약수터 근처 숲에서는 나뭇잎이 대부분 떨어진 겨울철에 특히 여러 가지 새를 아주 많이 볼 수 있다. 어제는 아주 가까운 거리에서, 작은 나무에 앉아 깜찍한 부리로 나무껍질을 열심히 쪼고 있는 앙증맞은 동고비 한 마리를 보았다. 내가 그렇게 가까운 곳에서 바라보고 있는 것도 모르는지, 그 녀석은 먹이를 찾는 데만 열중하고 있었다. 왠지 모를 깊은 감동이 있었다. 그런데 그 감동을 이렇게 글로 옮기기 시작하는 지금 이 순간 갖가지 생각이 떠오른다. 이 느낌을 과연 뭐라 표현해야 좋을까. 불현듯 인간의 언어란 무엇일까라는 데까지 생각이 미친다.

인간의 언어는 존재하는 것을 어차피 '있는 그대로' 표현하지 못한다. 인간의 언어는 본질적으로 추상적인 것이라는 이론을 굳이 떠올

리지 않더라도, '그때 거기에서' 맛본 특별한 감동을 표현할 때 자기 글에 아쉬움을 느끼는 것은 유명 작가나 보통 사람이나 다르지 않다. 그렇다면 자신의 언어 표현과 그 '있는 그대로'의 차이는 어떻게 확인할 수 있을까? 결국 이 역시 그 차이에 대한 나 자신의 느낌을 통해서다. 그 느낌이 더 절실하고 선명할수록 그 차이는 더 확연히 느껴진다. 이게 무슨 뜻일까? 먹이 찾는 동고비를 보았을 때의 그 떨리는 느낌과 그 표현 사이의 거리에 관한 깨달음에서 보듯이, 나는 동고비를 본 느낌을 글로 옮기면서 '생각'을 한 것이다. '생각'이란 무엇일까? 흔히 이 말은 머리로 하는 '사고(思考)'로만 한정해서 이해하기 쉬운데, 『표준국어대사전』에는 이 말의 뜻이 이렇게 풀이되어 있다(강조 표시는 인용자가 한 것이다).

(1) 사람이 머리를 써서 사물을 헤아리고 **판단**하는 작용.

(2) 어떤 사람이나 일 따위에 대한 **기억**.

(3) 어떤 일을 하고 싶어 하거나 **관심**을 가짐. 또는 그런 일.

(4) 어떤 일을 하려고 **마음**을 먹음. 또는 그런 마음.

(5) 앞으로 일어날 일에 대하여 **상상**해 봄. 또는 그런 상상.

(6) 어떤 일에 대한 **의견이나 느낌**을 가짐. 또는 그 의견이나 느낌.

(7) 어떤 사람이나 일에 대하여 성의를 보이거나 **정성**을 기울임. 또는 그런 일.

(8) 사리를 **분별**함. 또는 그런 일.

생각(生覺)이라는 말은 그야말로 '살아 있음의(生) 깨달음(覺)'을 뜻한다고 할 만하다.[1] 루돌프 슈타이너[2]가 설명하는 인간 본연의 세 가지 능력, 즉 느낌과 사고와 의지의 여러 작용들을, 한국어의 '생각'만큼 거의 완전하게 아울러서 표현하는 말도 없을 것이다.[3] 이러한 생각하기의 연습을 가장 집중적으로 할 수 있는 방법 가운데 하나가 바로 글쓰기다. 글쓰기를 하면서 위 여덟 가지 작용이 모두 일어날 수 있기 때문이다. 왜 그럴까? 무엇보다도 글쓰기는 논리적 사고에 충분히 열린 감성이 제대로 결합되어야 잘할 수 있는 것이기 때문이다. 즉 인간은 언어(논리)적 존재이면서도, 글쓰기를 하면서 언어(논리)에 본질적으로 내재한 불완전함을 확인함으로써, 글로 온전히 전달할 수 없는 것의 의미를 오히려 더 깊고 절절히 느끼고 사고하며, 또 그 느낌과 사고의 힘을 바탕으로 어떤 실제 행동의 의지를 낼 수도 있기 때문이다. '왠지 모를 감동', 언어로 나타나기 이전의 그 느낌을 글로 표현할 때, 인간은 글(≒언어)을 통해 표현된 것의 불완전함 때문에 자신이 받은 느낌을 더욱 더 절실한 것으로 되새긴다. 거꾸로 말하자면, 만약 느낌이 온전히 작동하지 않으면서 논리만으로 글을 쓰는 사람이 있다면, 그는 자신의 글쓰기를 통해 언어에 아무런 아쉬움이나 안타까움을 느끼지 못하고 자족한다. 이것이 바로 언어와 글쓰기에 내재한 역설이다.

그런데 글쓰기를 하면서 더욱 성장하는 생각의 힘을 통해 그 느낌과 표현의 거리가 아주 가깝게 좁혀질 때가 있는데, 이때 그 글은 읽는 이나 글쓴이 모두에게 '근사(近似=가깝고 비슷함)'하게 보인다. 진짜 근사한 글이란 겉보기에만 그럴 듯한 것이 아니라, 말 그대로 느낀 것과 '거의 같은' 살아 있는 표현으로 나타난 것이다. 편지건 연설문이건 시나 수필이건 또는 학술 논문이건 간에, 우리에게 감동을 주고 우리를 설득하는 글은 모두 글쓴이가 글을 준비하고 써 나가는 과정에서 얻은 생각하기의 힘이 발휘되는 것이다. 그러나 그러한 글 또한 그 글을 있게 한 느낌과 '거의 같게' 나타난 것일 뿐 '있는 그대로'를 표현하지는 못한다. 글쓰기(늑언어)의 이러한 본질적 불완전함이야말로 인간이 본질적으로 겸손하지 않으면 안 되는 존재라는 사실을 가르쳐준다. 또한 이 때문에 인간은 생각하기를 멈출 수 없다.

이렇게 글쓰기란 무엇보다도 가장 좋은 생각하기 연습이다. 이를테면 "특수한 기술을 습득시키는 교육이 아니라, 모든 교과학습과 생활을 귀결 지어 완성시키는 방법이요, 모든 교과의 중핵(中核)이 되는 교육, 인간을 인간으로서 키워가는 교육 그것이 바로 글쓰기 교육인 것"⁴도 글쓰기가 바로 생각하기 훈련이기 때문이 아닐까. 뒤에서 다시 말하겠지만, 따라서 이러한 의미의 생각하기 연습이 되지 못하는 글쓰기는 좋은 글쓰기가 아니다. 올바른 의미의 생각하기가 아주 높은 수준으로 성장하면, 글쓰기는 학문과 예술, 종교의 모든 영역에서 핵심 역할을 하는 데까지 나아간다. 우선 글쓰기가 학문(연구)과 예술(창작) 영역 양쪽에 동시에 관여하는 것은, 바로 이렇게 지성과 감성의 요소를 모두 포함한다는 데 그 비밀이 있다. 또한 어떤 종교(宗敎)건, 즉 어떤 최고의(宗) 가르침(敎)도 그 종교 지도자의 제자들이 한 경전 쓰기를 통해 세간으로 널리 전파되었다는 사실만큼 글쓰기의 가치를 단적으로 보여주는 것도 없을 것이다. 예컨대 선불교에서 말하는 '불립문자(不立文字)' 즉 '불도의 깨달음은 마음에서 마음으로 전하는 것이므로 말이나 글에 의지하지 않는다'는 가르침 역시 '불립문자'라는 말과 글로 표현되고 있지 않은가. '불립문자'라는 가르침마저도, 말도 하지 말고 글도 쓰지 말며 말과 글을 위한 공부도 하지 말라는 것이 아니라, 그럴 듯해 보이는 말과 글의 불완전함을 똑바로 알고 유념하라는 것으로 이해해야 할 것이다. 그러나 글쓰기와 관련해서 가장 중요한 점은, 글쓰기는 '전문가들'만 하는 게 아니라 생각하며 살아야 하는 인간 누구나가 하는 것이라는 점이다.

한편 인간의 또 다른 언어 형태인 말하기, 그리고 글쓰기의 중요한 바탕이 되는 읽기와 글쓰기 사이의 관계를 살펴보면, 글쓰기가 생각하기의 가장 좋은 연습 방법일 뿐만 아니라 그 자체가 생각하기라는 사실도 알게 된다. 이와 더불어 글쓰기를 잘하기 위한 습관과 방법, 그리고 한글로 하는 글쓰기의 특별한 의미와 수필 쓰기의 매력에 관해서도 차례차례 생각해 본다.

I. The Worth and the Methods of Writing

1. The Worth of Writing

1) Writing and Doing 'Saeng-gak'

Especially in winter when al-
most all the leaves have fallen,
I can see many kinds of birds
at the woods near the medici-
nal water springs in Gwanak

Mountain I climb often at ordinary times. Yesterday I, very close to

it, saw a little pretty nuthatch that pecked at the bark with its tiny bill

on a small tree. Maybe not realizing that I was gazing at it at such

a short distance, it was absorbed only in searching for food. I felt a

deep impression not knowing why. And now the moment I begin to

express the touching emotion into words, various thoughts occur to

me. But how can I represent this feeling? Suddenly I think of what

the language of a human being is.

Human languages cannot represent existing beings 'as they are,' one way or the other. Although we do not refer to the essentially abstract characteristics of human languages, both famous authors and ordinary people in the same manner feel inconvenienced by the lack of a perfectly proper expression when they represent the special excitement tasted 'at the place at that time.' Then how can we ascertain whether there is differences between our own verbal description and the 'as it is'? After all, it can be done through 'my feeling' of the differences. The more earnest and clearer the feeling is, the more definite the differences are felt. What does this mean? As I see my own enlightenment about the distance between the shaking feeling when I saw the nuthatch searching for food, and the representation, I was doing 'saeng-gak' while I was writing the feeling of seeing the nuthatch. What does the Korean word 'saeng-gak' mean? This word is usually understood only as the wording for 'thought' the functions of which belong to brain. But this word is explained in *The Standard Korean Dictionary* as follows. (The emphases are mine.)

(1) The function that someone **consider** a matter with his or her brain

(2) A **memory** about someone or something

(3) To be desirous to do or to be **concern**ed about something, or such a thing

(4) To **intend** to do something, or such an intention

(5) To try to **imagine** a coming event, or such an imagination

(6) To have **an opinion or a feeling** about something, or such an opinion or a feeling

(7) To show good faith or to **put heart and soul** toward someone or something

(8) To have **good sense** about something

The wording of 'saeng-gak (生覺)' can be said to really mean 'the enlightenment (覺)' of 'Living (生).'[5] There doesn't seem to be a more proper one than the Korean word 'saeng-gak' which express almost perfectly inclusively the many-sided functions of feeling, thinking and willing that Rudolf Steiner[6] explains as the three essential faculties of man.[7] It is writing that is one of the best ways to practice 'saeng-gak' most intensively. Because the above eight kinds of process can happen while we are writing something. Why? Because, above all, writing can be well done when open emotion is combined with logical thinking. That is, because a human being is a being of language (logic) but, on the other hand, through realizing the essentially immanent imperfection in a language (logic), he or she can feel and think of the meanings which can be wholly expressed more deeply and more heartily, and furthermore, he or she can put forth the will for some real action on the basis of the power of the feeling and thinking. When wishing to express the 'deep impression not knowing why,' that is the feeling which appears before a representation by a language, writers meditate the feeling they get more and more earnestly because of the imperfection of the expressions through the writing (≒language). Conversely, if there is someone who writes only with logic without a sound feeling, far from feeling inconvenienced by his writing or feeling sorry for it, he is just self-satisfied. This is a paradox inherent in a language and writing.

But the time can come when the distance between the very first feeling and its expression becomes very small due to the more developing power of thinking through writing, this writing at this time seems 'wonderful (近似=very close and similar to it)' to the readers and the writer as well. A genuinely wonderful writing is literally not a seemingly specious one but that which appears as the living expression of 'almost the same' as the feeling. No matter whether it is a letter or a script of a speech or a poem or an essay or an academic treatise, a writing which produces a great impression on us and can persuade us is, in all cases, what shows well the writer's power of doing 'saeng-gak.' But even such a writing is just a one that appears to be 'almost the same' as the feeling which makes the writing possible and cannot represent it 'as it is.' The very intrinsic incompleteness teaches us the fact that a human being is essentially a being that cannot help being humble. And, because of this fact, a human being should not stop doing 'saeng-gak.'

Thus writing is, above all, one of the best practice for doing 'saeng-gak.' We might say that "it is the education of writing which is not an education that makes students acquire a specific technique but the one that is a way to integrate and complete all their courses of study and everyday lives, and the one that is the core of all the courses of study, and also the one that raises a human being as a human being,"[8] due to the fact that writing is the best exercise of doing 'saeng-gak.' Accordingly, I will mention it again later, a writing which cannot be a practice of doing 'saeng-gak' in such a sense is not a good writing. When the practice of 'saeng-gak' proper grows into a very high level, the writing goes so far as to play the key roles in all spheres of science, art and religion. Firstly, it is because writing include both elements of intellect and sensitivity that writing is used in the fields of learning (study) and art (creative writing) as well. And furthermore, there may not be a clearer evidence of the worth of writing than the fact that any religion (宗教), that is any of the highest (宗) teachings (教) was spread widely into the world through the writing of scriptures by the original leader's disciples. For example, 'Non-dependence on words and letters (不立文字)' of the central teaching in Seon Buddhism, which means that Buddhist enlightenment is conveyed through the heart, not by words or writings, is also expressed by the above words or letters. We have to understand that even the teaching of 'Non-dependence on words and letters' does not mean that we should not say a word or make a writing or study to make good words and writings, but that we should realize the imperfection of our words and writings. But the most important point related to writing is that writing is not an activity only 'specialists' do but what every human being does for practicing 'saeng-gak.'

On the other hand, when we consider the relation between writing and speaking which is another form of human language, and the relation between writing and reading which is the major groundwork of writing, we come to know the fact that writing itself is to do 'saeng-gak' as well as the best way to practice 'saeng-gak.' Together with this matter, I will deal with the habits or the ways for good writing, the special meaning of the writing in Hangeul and the attraction of writing an essay.

2) 글쓰기와 말하기

먼저 말하기와 글쓰기를 비교해 보자. 사실 인간 삶에서 말하기만큼 중요한 일도 별로 없다. 우리말 속담이나 관용구에서 말과 관련된 것만큼 많은 것은 거의 없지 않을까 싶다. '발 없는 말이 천리 간다.'나 '말이 씨가 된다.' 같은 것들이 그 대표적인 예다. 말하기의 의미는 우리가 상상하는 것보다 훨씬 크다. "말하기의 특징은 말하기 자체 또는 말하는 사람 자신을 위해서가 아니라, 항상 '타자'를 위해 존재한다는 것"인데, 이러한 특징을 잘 구현하면 거꾸로 "말하기는 말하는 사람 자신에게 세상에서 쓸모 있는 존재라는 감각, 내면의 확고함, 그리고 남의 시선을 의식하지 않는 자연스러운 자신감을 준다.' 이렇게 진심으로 상대방을 생각하며 하는 것, 이것이 바로 올바른 말하기의 본질이다. 그러니 말하기를 정말 잘해야 한다. 역사상 진정으로 말하기를 잘한 사람들은 아마도 인류 최고의 정신적 지도자들과 성인들이었을 것이다. 그들은 진실한 말하기로써 뭇 사람들을 감화했다. 그러나 평범한 사람들은 대개 어떠한가. 말과 관련된 우리말 속담에는 말의 긍정적 효과를 예찬하기보다 그 부정적인 면을 비웃거나 경계하는 것들이 훨씬 많다. 오죽하면 "가루는 칠수록 고와지고 말은 할수록 거칠어진다." 그리고 "살은 쏘고 주워도 말은 하고 못 줍는다." 그러니 "입은 비뚤어져도 말은 바로 해라."

그렇다면 말하기와 글쓰기의 관계는 어떤 것인가. 인간은 글을 쓰기 전에 말을 했다. 더구나 "태고 적부터(중략) **말을 하는 것**은 신성한

창조에 참여하는 것이었다"[10]고도 하고, 서양의 경우 "중세시대 사람이 '신'이나 '예수' 같은 **말**을 쓰거나 듣는다면 이 **말**들은 그 영혼을 따뜻하고 살아 있는 불빛으로, 내면의 빛으로"[11](강조는 인용자가 함) 채웠다고 하는 것을 보면, 글쓰기보다 말하기가 인간 존재의 원천에 더 깊이 연결되어 있다고도 할 수 있다. 이것은 동양 역시 마찬가지였을 것이다. 동서고금의 모든 언어문화를 구술문화(말하기)와 문자문화(글쓰기)로 대별하여 고찰하면서 이 둘은 본질적으로 연결되어 있는 동시에 단절되어 있다는 것, 그리고 구술문화(말하기)만이 본질적으로 '자연스러운' 것이며 어떤 문자문화(글쓰기)도 인공적인 것임을 명쾌하고 깊이 있게 설명하는 명저 『구술문화와 문자문화』에서, 저자 월터 옹은 이것을 한마디로 이렇게 표현한다.

쓰기는 언제나 일종의 말하기의 모방이다.[12]

그러나 말하기가 태고 적부터 있어 온 그러한 '신비로운 힘'을 잃었을 뿐더러, 크고 작은 분란과 상처를 일으키고 남기는 거짓되고 악의적인 말들, 최소한의 '의사소통'만을 위해 만들어진 괴이한 줄임말들[13]이 멀미 날 정도로 넘쳐나는 오늘날에는, 말하기를 잘하기 위한 방편이라는 면에서도 글쓰기의 중요성이 더욱 커졌다. 글쓰기가 잘못된 말하기를 바로잡을 수 있는 방법이 될 수 있기 때문이다. 속담에서도 잘 드러나듯이 잘못된 말하기는 '생각' 없이 하거나 거짓된 마음가짐으로 할 때 저질러지는 것인데, 글쓰기를 하며 생각을 함으로써 그것을 성찰할 수 있다. 자신이 말하는 것을 그대로 글로 적어보면 이것은 금방 확인할 수 있다. 거꾸로 말하자면, 말하기를 올바로 하기 위한 방법으로서 글쓰기를 할 때에는 말하기를 하듯이, 말하기와 함께 해야 한다. 누군가에게 말을 하듯이 소리 내어 읽어가며 말하고자 하는 것을 글로 써보는 것이 바람직한 말하기와 글쓰기의 좋은 연습이자 방법이 될 수 있다.

생각하기의 미덕이 잘 발휘된 글쓰기는 말하기의 구실을 말하기보다 오히려 더 훌륭하게 해내기도 하는데, 그 대표적인 글쓰기 형식이 바로 편지다. 종이에 정성 들여 쓴 편지가 그런 것은 말할 필요도 없지만(2장 '좋은 글쓰기의 세 가지 요건'에서 내가 최근에 우연히 발견하여 큰 감동을 받은 소박한 편지 한 장을 소개할 것이다), 요즘에는 종이 편지보다 훨씬 더 일반화되어 있는 이메일도 잘만 쓰면 '눈으로 듣는' 좋은 말하기가 된다. 우리가 정말 하고 싶은 말, 그렇지만 대면해서 입으로 하기에는 쑥스럽거나 껄끄러운 말을 편지로 하는 것은 분명한 이유가 있다. 깊은 생각을 담아 쓴 편지는 읽는 이의 마음속에서 말로 직접 듣는 경우보다 훨씬 더 풍부한 느낌과 사고를 불러일으킨다. 그리고 이런 편지를 쓰려면 직접 대면해서 말할 때보다도 더 진실하고 정성스럽게 글로써 말을 해야 한다. 진심을 담아 정성스럽게 쓴 이메일 한 통으로 상대방과의 큰 오해를 풀고 관계를 좋게 만든 경험은 나만의 것이 아닐 것이다. 그러나 그 정반대의 경우도 있을 수 있다. 나는 내 글쓰기 수업을 듣는 학생들로부터―아무런 의례적 인사조차 없이 다짜고짜 자기 할 말만 짤막하게 한다든지 아예 그조차 없이 과제물 첨부파일만 달랑 보낸다든지 하는 식의–'무례한' 이메일을 가끔 받곤 하는데, 이것은 물론 그 학생들에게 악의가 있어서가 아니라 이메일을 포함하는 모든 편지가 사실은 상대방에게 글로 하는 말하기임을 깨닫지 못하기 때문일 것이라 생각한다.

따라서, 주로 말하기의 가치에 관해 말하면서 언어는 단순히 '의사소통을 위한 **수단**'이 아니라고 강조하는 이반 일리치의 주장은 글쓰기에도 똑같이 적용될 수 있다.

나는 주장한다. 전문 언어학자의 생각과는 달리, 서로 진정으로 대화하는 사람들은 언어를 **사용**하지 않는다. 이들은 여러 부호 가운데서 골라 사용하는 것이 아니다. 그저 이야기를 나누는 것이다.[14] (강조는 원문 그대로임)

말하기와 글쓰기 모두 그 자체가 한 독립된 사람(영혼)이 하는 어떤 수준의 정신의 표현이며, 그 표현은 곧바로 그 수준에 해당하는 물질 작용으로 이어진다. 우리가 어떤 사람의 말을 들을 때, 단지 그 내용을 전달받는 것이 아니라 그 음성과 음색과 말투에 사실은 더 큰 영향을 받는 것은 바로 이 때문이다. 이와 마찬가지로, 어떤 글에도 그 글을 쓴 사람의 음성과 음색과 말투가 담기게 마련이다. 거꾸로, 자기 글에 자기 음성과 음색과 말투가 담기지 않는 것, 다시 말해 자신의 개성과 영혼의 표현이 되지 못하는 것은 제대로 된 글쓰기라 할 수 없을뿐더러, 그 음성과 음색과 말투가 듣기 좋은 것인지 그렇지 못한

지 또한 스스로 점검할 수 있어야 한다. '좋은 말씀'을 들을 때 마음뿐만 아니라 몸도 편안해지는 것, 말 한 마디 또는 댓글 하나가 사람의 용기를 북돋우기도 하고 생의 의욕을 없애기조차 하는 것은 말하기와 글쓰기 자체가 정신이자 물질이기 때문이다. 이런 생각을 염두에 두고 '말하기를 잘하기 위한 글쓰기', '말 하듯이 하는 글쓰기', 그리고 '글 쓰듯이 하는 말하기'를 하는 것이 말하기와 글쓰기 모두를 바람직하게 잘할 수 있는 첫걸음이다.

2) Writing and Speaking

Let me begin with the comparison between writing and speaking. In fact few other things might be so important as speaking in human life. I think few other proverbs and idioms are more abundant in Korean than those related to speaking. "Words without feet travel a thousand li."[15] or "Words become seeds."[16] are the representative examples. The meaning of speaking is much more significant than we imagine. "It is characteristic of speech that it is never for itself or its author—always it is for "the other.""And when this characteristic is well realized, "it gives the speaker a sense of effectiveness in the world, an inner firmness and natural unselfconscious self-confidence."[17] Thus something to do with thinking truly of the other, this is the essence of the right speaking. So we should do speaking really well. It was perhaps the highest spiritual leaders and sages of all human beings who did speaking best in history. They had good influences over many people through truthful speech. But what about ordinary people? Among the Korean proverbs related to speaking, there are far more which ridicule the foolishness or caution people against the negative results, rather than those that admire the positive effects of speaking. There are even the ones like these. "The more sifted the finer the flour; the more often repeated the rougher the gossip." And "A person can pick up an arrow he has shot, but not a word he has spoken." So "Though your mouth is bent, speak straight."[18]

Then, what is the relation between speaking and writing? Human beings spoke before writing. Moreover, it is said that "From the time immemorial speech and language (......) was to participate in divine creativity"[19] and "When a man of Middle Ages used or heard a word like "God" or "Jesus," these words filled the soul with a warm, living glow, with an inner radiance."[20] So we can say that speaking is more deeply connected to the origin of human existence. I think it was the same in both the East and the West. Walter Ong, the author of the notable book *Orality and Literacy* which, by scrutinizing so many languages of all times and places through a general classification into two types of orality (speaking) and literacy (writing), explains clearly and profoundly that these two are connected in essence and broken off at the same time and only the orality is intrinsically 'natural,' whereas literacy (writing) is artificial, defines the secret related to the two types of human language as follows:

Writing is always a kind of imitation talking (......)[21]

But today when speaking has lost 'the mysterious power' from the time immemorial and the lies and the malicious words which cause many big and small troubles and emotional injury and the strange abbreviations[22] for minimum 'communication' are overflowing to the extent of making us sick, the significance of writing became larger as a practicing way of speaking well. It is because writing can be a way to reform the wrong speaking. As seen by the above proverbs, wrong speaking is committed when someone does not do 'saeng-gak' or have the insincere mind. And we can reconsider our speaking by doing 'saeng-gak' with writing. We can do this just by writing the words we speak. Conversely, when we do writing as the way of speaking properly, we should do writing with speaking and like speaking. It can be a good way of advisable speaking and writing to write what you want to speak with reading out the written as if you speak to someone else.

Some kind of writing which carries the virtue of doing 'saeng-gak' can perform the function of speaking than real speaking. The representative form of writing is a letter. Not to mention a letter written earnestly on a paper (in the chapter 2 'Three Requirements for Good Writing' of this section, I will show a simple letter by which I was greatly impressed when I found it by chance), an email which is much more generalized these days than a paper letter can be good speaking, if it is used well, which is 'heard through eyes.' There is good reason for using a letter (including an email) when we want to say something to someone but feel a little awkward to say it to his or her face. A letter containing deep 'saeng-gak' creates much more feelings and thoughts from inside the reader's mind than direct speaking. And, to write such a letter, we should speak more truthfully and sincerely by writing than when we speak to someone facing him or her. It may not be only my experiences to remove the misunderstanding and make the relations with the others better by emails written truthfully and earnestly. But there can be the very reverses. I sometimes receive a 'rude' email from a student in which the student writes only his or her absolutely brief message even without any formal greeting, or worst of all, he or she only sends an attached file even without the absolutely brief message. I think that this is, of course, not because of his or her ill will to me but because he or she does not realize that any letter including an email, in fact, speaking to the other by writing.

So, Ivan Illich's point, mainly related to the worth of speaking that language is not simply 'the means of communication,' can be similarly applied to writing.

My claim is that when we really speak to each other, we do not *use* language, we do not pick from a code, as the professional linguists think that we do. (The emphasis is the author's.)[23]

Each of speaking and writing, in itself, is the spiritual expression of a level an independent human being (soul) makes, and the expression immediately causes some material effects corresponding to the spiritual level. It is because of this fact that we respond positively to the speaker's voice, tone color and manner of speech instead of just receiving the contents of speaking. In the same way, it is natural that any writing contain the writer's voice, tone color and manner of speech. Conversely speaking, we cannot regard a writing as a good one which does not contain the writer's own voice, tone color and manner of speech, that is which does not express the writer's soul and personality. And to be a good writer is to examine whether one's own voice, tone color and manner of speech is good to be heard or not. It is because speaking and writing itself is spirit and matter at the same time that both of someone's body and mind become comfortable when he or she listens to 'good words' but one word or a comment can encourage him or her, or make him or her lose the desire to live. It is the first step for both of good speaking and good writing to do 'writing for good speaking,' 'writing like speaking' and 'speaking like writing' with considering the relation between speaking and writing explained above.

3) 글쓰기와 읽기

두말할 필요도 없이 읽기는 지식과 지혜를 얻는 매우 중요한 방법
이지만, 말하기와 달리, 그리고 월터 옹의 용어를 빌리자면 글쓰기와
마찬가지로 '인공적인' 행위, 즉 의식적인 방법을 쓸 때 그 가치가 살
아나는 행위다. 그래서 글쓰기와의 관계에서 그 본질을 살피는 것이
중요하다. 읽기와 글쓰기의 관계는 명확하다. 앞에서 말했듯이 읽기
는 글쓰기의 아주 중요한 바탕이다. 그러나 정확하게 말하자면, 쓰면
서 읽는 것만이 그러하다. 다시 말해서 어떤 형태로건 쓰기를 통해 자
기 자신의 생각으로 정리해가며 읽을 때에만 그것이 진정한 읽기가
되고, 그것만이 글쓰기의 원동력이 될 수 있다. 한국에서 적어도 글
읽기와 글쓰기의 양 면에서 타의 추종을 불허하는, 내 학창 시절 은사
김윤식 선생은 이 진리를 한 마디로 이렇게 표현했다.

"쓰지 않은 것은 읽지 않은 것이다."

그러나 읽은 것을 자기 것으로 만들기 위해 쓰면서 읽어야 한다는
점보다 먼저 생각해 보아야 할 중요한 것이 한 가지 있다. 그것은 바
로, 우리가 읽는 것 역시 남이 쓴 글이자 남이 하는 말이므로, 그 남의
글 곧 말을 어떻게 하면 내 안으로 받아들여 내 것으로 만들 수 있느
냐하는 점이다. 즉 글을 읽을 때의 마음가짐 문제다. 이 마음가짐 문
제에 관해 이반 일리치는 깊은 역사적 고찰을 한 바 있다. 일리치에 의
하면 (정확히 말해서 서양의 경우이겠지만)12세기를 기준으로 그 이
전과 그 이후, 그리고 컴퓨터 글쓰기와 편집이 시작된 현대는 책 읽

기의 태도라는 면에서 전혀 다른 시대로 대별된다. 자신이 머리말을 써 준 친구의 책 내용이 출판사 편집자에 의해 철저하게 바뀐 경험을 통해, 그는 오늘날을 "글로 쓰인 말을 이렇게 존중할 줄"[24] 모르는 시대로 보게 된다. 그는 이 일을 계기로 자신이 그때까지만 해도 "글월을 얼마나 신성하게 여겼는지, 그 신성불가침함에 얼마나 깊이 신세를 졌는지 의식하지"[25] 못했다고 고백한다. 이것은 그가 말하기와 글쓰기를 할 때 얼마나 혼신의 진실한 마음가짐으로 임하고자 했는지를 보여주는데, 이런 그가 반대로 다른 사람이 "글로 쓴 말"을 읽을 (들을) 때 어떤 태도를 가지고 임했는지는 짐작하고도 남음이 있다.

일리치가 현대 이전의 오랜 중간 시대로 구분하는 12세기 중반 이후부터 컴퓨터 글쓰기(읽기) 시대 이전까지는 자기 자신이 속하기도 한 '학구적 글 읽기'의 시대인데, 그가 주목하는 것은 그 이전 시대다. '학구적 글 읽기' 시대 이전 글 읽기의 특징을 마지막으로 보여주는 인물로서 그가 주목하는 이가 12세기의 저술가인 생 빅토르의 위그다. 그는 위그가 책을 읽는 모습을 다음과 같이 묘사한다.

위그는 책읽기는 탐색이며 일종의 순례라는 문장으로 시작합니다. 책읽기는 그의 눈을 비춰 줄 등불을 찾는 행위입니다. 위그의 책을 읽는 동안 저는 그가 성가대석에 앉아 스테인드글라스의 장면이 동트며 드러나기를 참을성 있게 기다리는 모습이 보입니다. 낱말에서도 빛이 나옵니다. 낱말에는 황금색 바탕에 그려진 이 시기의 축소 인물상처럼 나름의 광휘가 있기 때문입니다. (……) 그는 입으로 소리 내어 읽으면서 입술과 혀에 남는 그 감각을 '꿀보다 더 단맛'으로 묘사합니다. 위그는 아우구스티누스를 비롯한 교부들이 시작한 웅얼웅얼 소리 내고 명상하고 음미하고 듣는 글 읽기 전통의 끝자락에 서 있습니다.[26]

위그는 "소리 내고 명상하고 음미하고 듣는 글 읽기"를 하면서 빛을 보기도 하고 맛을 느끼기도 한다. 한마디로 말해 온몸으로, 온 영혼으로 읽는 내용을 받아들이는 것이다. 일리치는 위그가 책 읽는 모습을 거울로 보여줌으로써, 기껏해야 자신이 필요로 하는 정보의 습득 수단 이상이 되지 못하곤 하는 우리 자신의 글 읽기에 관해 성찰하게 한다. 일리치가 묘사하는 위그의 글 읽는 모습은, 읽는 것을 온전히 자기 것으로 만들기 위해 필요한 '읽기의 마음가짐'에 관해 생각하게 한다. 그리고 그러한 읽기야말로 글쓰기의 진정한 원천이 될 수 있다는 점도 깨닫게 한다. 나아가서, 위그처럼 "소리 내고 명상하고 음미하고 듣는" 읽기를 할 만한 가치가 있는 글과 책을 안내받거나, 그것을 스스로 찾아내는 안목을 갖추는 것도 매우 중요하다는 것을 알 수 있다.

3) Writing and Reading

It is needless to say that reading is a very important way to get knowledge and wisdom. But, according to Walter Ong's research, different from speaking, reading as well as writing can be worthy when we do some 'artificial' deed, that is some intentional training. So it is important to inquire into the essence of reading in relation to writing. The relationship between reading and writing is clear. As was mentioned above, reading is a very important base for writing. But, properly speaking, only reading with writing can function as such a base. In other words, only reading with putting one's own 'saeng-gak' into shape through writing can be proper reading and the motive power of writing. Prof. Kim Yun-sik, my former teacher, who may be next to none at least in the quantity of reading and writing in Korea, defined this truth as follows:

"What I did not write is what I did not read."

But there is a point of which we must think prior to the advice that we should do reading with writing to make what we read ours. It is that what we read is also others' writing and speaking as well and we should meditate on the way of accepting others' writing, that is others' speaking, into our mind and making it ours. It is the very matter of a mental attitude when we read others' writing. Ivan Illich considered this matter of a mental attitude historically. According to Ivan Illich, (strictly speaking, it may be the case of the West) the three ages of pre 12th century, post 12th century and the present age when writing and editing by computer begins are distinguished from each other in the light of the different mental attitudes. After he experienced a seemingly trivial but important episode–he wrote the preface of his friend's book and he was shocked by the fact that the editor of the publisher changed the contents of the book thoroughly later–he comes to consider the present age as an age characterized by the "lack of respect for the written word." [27] And he confesses that "Until that moment I had not been aware to what degree I had sanctified the text, to what depth I am beholden to its inviolability." [28] This shows how sincerely and earnestly he himself tried to do speaking and writing. And we can fully guess how he received the 'words spoken by writing.'

The time period from the middle of the 12th century to the middle of the 20th century (before the age of computer writing and reading) is the age of 'bookishness' [29] to which he himself also belongs. And he focuses on the age before this period. He watches especially Hugh of Saint Victor, an author in the 12th century, as the last figure who shows the characteristics of reading before the period of 'bookishness.' He describes Hugh's image when he was doing reading as follows.

Hugh's book begins with the sentence that reading is a search, a kind of pilgrimage. It is seeking light that will enlighten his eyes. As I read him, I can see him in the choir, patiently waiting for the dawn to reveal the scenes of the stained glass.(......) He reads orally, describing the sensation this leaves on lips and tongue: sweetness sweeter than honey. Hugh stands at the end of a mumbling, meditative, degustatory, auditory tradition of reading that was initiated by the Church Fathers, especially Augustine.[30]

Hugh sees the light and enjoys the sweet taste with 'mumbling, meditative, degustatory, auditory reading.' In a word, Hugh receives what he reads through his whole body and his whole soul. By showing Hugh's image when he is reading as a mirror, Illich makes us reflect on our reading which, at most, cannot usually be a means of acquiring information we need. Hugh's image Illich depicts makes us think about 'the mental attitude of reading' needed for receiving what we read into our body and soul. And we realize that only such reading can be the true source of writing. Furthermore, we come to know that it is also very important to be guided to the writings or books worthy of 'mumbling, meditative, degustatory, auditory reading' and to have an appreciative eye of recognizing such writing for ourselves.

4) 글쓰기를 잘하기 위한 아홉 가지 습관

일찍이 중국 북송 시대의 문인, 학자이자 정치가이며, 당나라와 송나라 때의 가장 뛰어난 문장가 여덟 명 중 한 사람이었던 구양수(1007~1072)라는 이가 글을 잘 쓰기 위한 세 가지 요소를 말한 바 있다. 다독(多讀), 다작(多作), 다상량(多商量), 즉 많이 읽고, 실제로 많이 써 보고, 많이 사색하라는 것이다. 그러나 앞에서 살핀 바에 근거하여 말하기와 글쓰기, 읽기와 글쓰기의 올바른 관계를 다시 한 번 곰곰이 생각해보면, 구양수의 지침보다 더 정밀하면서도 오늘날 우리가 처한 상황에 맞는 글쓰기 연습 방법을 이끌어 낼 수 있다.

첫째, 많이 읽기다. 구양수의 권고를 굳이 인용하지 않더라도 많이 읽는 것은 글쓰기를 잘하기 위한 기본 중의 기본이다. 평소에 글(책)을 많이 읽지도 않으면서 좋은 글, 깊이 있는 글을 쓰겠다고 하는 것은 '우물에서 숭늉 찾기'이자 '연목구어(緣木求魚)'다. 우선 많이 읽다 보면 좋은 글과 그렇지 못한 글을 알아보는 능력을 스스로 터득하게 된다. 좋은 글로 인도해 주는 안내자가 곁에 있으면 훨씬 좋다. 그러나 글쓰기를 잘하기 위해 더욱 중요한 점은 읽는 글을 가능한 한 온전히 자기 것으로 만드는 것인데, 이것은 읽기만으로는 불가능하다. 그저 많이 읽기만 해서 저절로 글쓰기를 잘하게 되지는 않는다. 쓰면서 읽는 연습은 읽은 것을 자기 것으로 만들어 주면서 글쓰기를 위한 내공을 키워 준다. 메모하기, 요약(비평)하기, 베끼기 등이 그것들이다.

둘째, 메모하기다. 이것은 글쓰기를 위해 읽고 듣고 보는 것에서 모두 필요한 습관이다. 예컨대 우리는 책을 읽으면서 중요하다고 생각하는 부분에 줄을 치는데, 이것도 일종의 메모하기라고 할 수 있다. 메모를 할 때에는 그 대상의 핵심이 되는 말 또는 구절 즉 핵심어나 핵심 어구, 또는 그것을 자기 식으로 재해석한 다른 간단한 표현으로 적는다. 책장 여백에 적절히 메모를 남기며 읽은 책은 그냥 읽은 것보다 훨씬 더 기억에 잘 남고, 나중에 그 메모들만을 보아도 책의 내용을 기억해서 어느 정도 재구성해낼 수 있다. 책을 읽는 그 시간 이외에도, 그때그때 생각나는 것들을 알뜰히 메모하는 습관은 글쓰기를 잘하는 데 아주 좋은 습관이다. 이 책을 쓰는 기초 자료 역시 책장 여백과 내 수첩을 비롯한 이곳저곳에 써 둔 메모다.

상, 또는 그리스도교에서 말하는 분별과는 매우 대조적이다. 나는 분수령을 따라 걸어가며 왼쪽과 오른쪽이 심오하게 다르고 대단히 대조적이라는 사실을 알고 싶다. 성의 세계는 오로지 그 속에서 살아남아 싹틔우고 있는 그 나머지의 성별이 있는 덕분에 결속이 유지된다. 인공두뇌를 모형으로 삼는 세계, 컴퓨터를 감각 지각의 뿌리 은유로 삼는 세계는 위험하며, 그 한가운데에 텍스트 기반의 문자문화가 여전히 자리 잡고 있는 동안만 의미가 있다. 수송체제는 사람에게 다리가 있어서 자동차로 걸어가 차 문

셋째, 메모하기를 좀 더 확대, 심화하면 요약하기가 된다. 요약하기는 읽기와 글쓰기를 잘하는 데 매우 중요한 습관이자 연습 방법이다. 요약은 읽는 내용의 일부를 그대로 베껴서 이어 붙이는 것이 아니라 핵심어와 핵심 어구를 중심으로 해서 읽는 내용을 자기 식으로 재구성하고 간추려서 쓰는 것이다. 그래서 이것은 읽는 내용을 그야말로 자기 것으로 만드는 과정일 뿐만 아니라 그 자체로서 아주 훌륭한 문장 쓰기 연습이 된다. 메모하기와 요약하기는 자신이 읽은 것을 얼마나 정확하게 이해했는지 스스로 점검할 수 있는 방법이기도 하다. 읽는 내용을 정확하기 이해해서 옮기는 이러한 요약하기에, 그 내용의 가치를 평가하는 논평 또는 비평을 덧붙여 보는 것은 더욱 좋은 글쓰기 연습이 된다.

넷째, 가장 단순하지만 공이 많이 드는 연습인 베끼기도 글쓰기를 잘할 수 있는 좋은 방법이다. 많은 유명 문인들이 전문 문인이 되기 전에 베끼기를 글쓰기 연습의 중요한 방법으로 삼았다는 것은 우연이 아니다. 좋은 글들을 잘 선택해서 베껴 써 보는 것은, 그것들을 그

냥 읽기만 하는 것보다 문장력을 키우는 데 훨씬 좋다. 베끼는 가운데, 즉 배울 만한 남의 글을 자신이 직접 써 보면서 그 표현 하나하나를 더욱 더 집중해서 관찰하게 되고, 그 과정에서 써 보는 글의 내용과 문장력을 자기 것으로 흡수하게 되기 때문이다. 그냥 읽을 때는 무심코 지나쳤던 표현들 하나하나가, 처음 읽는 것처럼 느껴질 정도로 새롭고 생생하게 다가오는 것은 베끼기가 주는 신기한 경험이다.

다섯째, 사전 찾기다. 우리는 스스로 쓰는 단어나 구절, 표현의 의미를 정확히 모르고 글을 쓸 때가 의외로 많다. 한국어는 잘 안다고 생각하기 때문에 별 의심 없이 그것들을 쓰곤 한다. 외국어 사전은 찾아보아야 할 것으로 생각하면서도 국어사전은 들여다볼 필요가 없다고 생각하는 것도 이 때문이다. 최근에 나는 많은 사람들이 모인 자리에서 사회를 보는 어떤 학생이 '나래'를 '날개'의 순우리말이라고 자신 있게(!) 소개하는 것을 보고, 학생들에게 글쓰기를 가르치는 사람으로서 나 역시 그 사태(?)의 책임에서 자유롭지 않은 것 같은 느낌이 들어 너무나 당황한 일이 있다(두 낱말 모두 순우리말이고, '나래'는 '날개'보다 부드러운 어감을 주는 말일 뿐이다). 이처럼 어떤 표현이건 그 의미를 제대로 모르고 쓸 때 좋은 글을 쓸 수 없음은 말할 필요도 없다. 그래서 사전 찾기는 글쓰기를 잘하기 위해 중요한 습관 중 하나인데, 예컨대 국립국어원에서 인터넷으로 제공하는 〈표준국어대사전〉에서는 문학 작품에서 뽑아 낸 예문들도 보여 주어서 큰 도움이 된다. 하지만 어떤 사전도 모든 말과 표현, 특히 어떤 장소에 특유한 방언을 담는 데에는 큰 한계가 있다. 그래서 지역과 장소에 뿌리박은 말을 자유롭게 구사하는 문학 작품을 많이 읽으면서 거기에 나오는 다양한 표현들을 문맥에 따라 이해하며 감상하는 것은 아주 훌륭한 사전 찾기 효과가 있다. 실제로 한국을 대표하는 여러 작가들이 작품 집필을 위해 자기 나름의 사전을 만들기도 했다.

여섯째, 말을 하듯이 소리 내어 읽고 쓰는 것이다. 앞에서 말하기와 글쓰기의 관계에 관해 논하면서, "'말하기를 잘하기 위한 글쓰기, 말 하듯이 하는 글쓰기', 그리고 '글 쓰듯이 하는 말하기'를 하는 것이 말하기와 글쓰기 모두를 바람직하게 잘할 수 있는 첫걸음"이라고 했다. 말하기와 글쓰기 중 말하기가 더 우선적인 것이되, 오늘날에는 말하기를 잘하기 위해서도 '진실한 생각' 연습을 하게 해주는 글쓰기가 필요하다는 것이다. 이것은 말하기와 읽기의 관계에도 적용된다. 다시 말해서 글로 쓰인 것은 누군가 내게 들려주는 말로 받아들여야 한다. 그렇다면 글을 읽을 때에도 눈으로 봄과 동시에 내가 소리를 내어 읽는 것이, 그 타인이 들려주는 말을 대신할 수 있다. 옛사람들이 소리를 내어 가며 책을 읽은 것은 이런 이유 때문이었을 것이다. 그렇게 해서 책에 쓰인 글이 내게 살아 있는 말'씀'으로 다가올 수 있었던 것이다. 마찬가지 이치로, 자신이 쓰는 글 역시 자기 목소리로 읽어가며 쓰면 자신의 글이 타인들에게 어떻게 다가갈지 스스로 미리 가늠해 볼 수 있다. 말을 하듯이 소리 내어 글을 읽고 쓰는 것은, 이처럼 읽는 글이나 쓰는 글을 더 생생하게 만들어 봄으로써, 내가 읽는 글의 필자와의 교감, 그리고 내 글을 읽을 독자와의 가상의 교감을 나누는 효과가 있다. 나 역시 특히 책을 읽을 때 정말 가슴에 새기고 싶은 구절이 나오면 밑줄만 치는 것이 아니라 아내나 아이들에게 큰 소리로 읽어주곤 하는데, 이렇게 하면 자연스럽게 그것을 내 머릿속에 메모해 두는 효과가 있다. 읽거나 쓰는 글의 전부를 그렇게 할 필요도 없고 할 수도 없지만, 중요한 대목 대목을 소리 내어 읽거나 읽으며 쓰는 것은 좋은 글쓰기의 중요한 방법이다.

일곱째, 실제로 글을 써보고 그것을 타인과 공유하는 것이다. 이제 구양수가 말하는 '다작'에 대응되는 글쓰기 연습 지침에 이르렀다. 그런데 여기서 강조하는 것은 단지 글을 써보는 데서 그치지 말고 그것을 다른 사람들과 적극적으로 공유하자는 것이다. 악기를 배우는 사람이 다른 사람들 앞에서 연주 기회를 자주 가지면 실력이 금세 눈에 띄게 향상된다고들 하듯이, 자신이 쓴 글도 자기만 보는 것이 아니라 남들에게 보여주고 가능하다면 평도 들어보는 것이 글쓰기를 잘하는 데 매우 큰 도움이 된다. 이때도 그냥 보여주는 것이 아니라 마치 말을 하듯이 쓴 글을 소리 내어 들려주는 것은 더욱 좋다. 예컨대 글쓰기 수업 시간에 자신이 쓴 글을, 그저 읽는 것이 아니라, 들려주듯이 하는 발표는 그 자체가 아주 좋고 중요한 글쓰기 연습이다.

여덟째, 자연 속에서 산책하며 사색하기이다. 이것은 구양수가 말하는 '삼다' 중 '다상량'에 해당하는 글쓰기 연습이다. 그런데 여기서는 구태여 '자연 속에서 산책하며'라는 말을 덧붙였다. 이것은 구양수가 살았던 시대라면 불필요한 말일 것이다. 높고 빽빽한 콘크리트 건물들, 셀 수 없이 많은 자동차와 공장에서 내뿜는 매연, 전쟁 치르듯 늘 쫓기며 살아가는 수많은 사람들의 물결 속에서, 하루 일과 중 단

한 번 하늘을 올려다볼 여유도, 또 밤하늘에서는 올려다보아야 별 몇 개 찾아보기 힘든 오늘날의 도시 생활을 구양수 시대에는 상상도 할 수 없었을 것이기 때문이다. 구양수가 오늘날 이런 도시의 한가운데에 살고 있다면 사색하기를 애당초 포기할지도 모른다. 그러나 우리는 이런 도시 한가운데에서도 산책할 장소를 찾아가야 한다. 동네 뒷산이나 하천 산책길 또는 나무가 많은 공원이면 좋을 것이다. 왜 산책을 해야 하고, 그것도 자연 속에서 산책을 해야 할까? 이에 관해서는 이미 사색의 본보기를 보여 준 선현들이 분명히 말한 바 있다. 몽테뉴는 『수상록』에서 이렇게 말한다.

나는 춤출 때에는 춤추며 잠잘 때에는 잔다. 내가 아름다운 과수원을 산보할 때에 내 마음이 한동안 외부의 사정들을 생각하고 있었다고 해도, 다른 때에는 내 생각을 산책하는 일, 과수원, 이 온화하고 외롭고 쓸쓸함, 그리고 내 자신으로 돌아온다. 대자연은 인자스럽게도 우리의 필요를 위해서 그가 우리에게 명령하는 행동들이 또한 우리에게 쾌락이 되도록 하는 규칙을 지켜 왔으며, 이성에 의해서뿐 아니라 욕망에 의해서도 우리들을 그리로 유도해 간다. 대자연의 규칙을 어기는 것은 옳지 못한 일이다.[31]

은둔 장소에는 산책로도 필요하다. 걷지 않으면 나는 좋은 생각이 떠오르지 않으며 정신이 활발하게 움직여 주지 않기 때문이다. 실제로 생각하기를 원하고 정신을 쓰고자 하면서도 책을 읽지 않는다면 생각도 정신도 원활하게 움직여지지 않을 것이다.[32]

이만하면 자연 속에서 산책하기와 사색하기, 글쓰기가 어떤 상관이 있는지 핵심을 말해주는 것이 아닐까. 읽기와 쓰기에 관한 루돌프 슈타이너의 교육론을 통해서도 확인할 수 있다. 즉 그는 언어나 문자 속에 있는 것은 문화적 습관이어서 읽기와 쓰기는 머리(지성)만이 아니라 가슴(느낌)과 사지(의지)를 통해서도 가르쳐야 한다고 말하는데,[33] 이렇게 가슴과 사지를 통해 읽기와 쓰기에 접근하기 위해 자연 속에서 산책하기만큼 좋은 방법은 별로 없다. 숲속에서 맑은 공기를 마시며 산책할 때 막혀 있던 생각도 풀리고 아이디어도 잘 떠오르는 것은 바로 그 때문이다. 물론 나 역시 동네 근처에 있는 관악산 숲길과 학의천 산책로, 그리고 아주대 뒤편의 광교산 자락 숲길과 광교호수공원 산책로에서 이 책의 전체적인 내용을 구상했을 뿐만 아니라 그 세부 아이디어와 표현들 역시 이들 장소에서 산책을 하며 얻었다. 최근 어떤 실험 연구를 보니 산책을 하면서 자연탐색활동을 한 어린아이들이 어휘력, 의사소통능력, 사회정서능력 증진 면에서 큰 성장을 보였다고 하는데,[34] 이것은 아이들에게만 국한되는 효과가 아닐 것이다. 머리도 좌뇌만을 심하게 편중하여 사용하는 현대인들에게 자연 속에서의 산책은 좌뇌와 우뇌를 모두 균형 있게 사용할 수 있게 해주는 매우 효과적인 방법도 되지 않을까 생각한다. 그래서 얼마 전에 취직을 위해 쓴 자기소개서를 좀 보아 달라고 나를 찾아 온 한 학생이 컴퓨터 앞에 몇 시간씩 앉아 있어도 자기소개서 쓰기가 잘 진전되지는 않고 머리만 아프다고 호소하는 이야기를 듣고, 나는 근처 공원으로 산책을 나가보라는 것을 자신 있게 '처방전'으로 내놓았다. 아리스토텔

레스, 칸트, 헤겔, 야스퍼스, 니시다 키타로 등의 철학자, 괴테, 베토벤, 랭보, 카프카 등의 예술가들이 늘 자연 속에서 산책을 하며 사색을 했고, 이러한 산책의 사색을 통해 자신의 사상과 작품의 영감을 얻은 것은 결코 우연이 아니다. 그리고 다른 누구보다도 무위당 장일순의 사색을 도와 생명사상을 낳은 것도, 작고 보잘 것 없는 풀들이 자라나 있는 원주천 방축 가의 한적한 길이었다. 이처럼 자연 속에서 산책하며 사색하기는 그들의 사상과 예술 작업과 글쓰기에서 없어서는 안 될 원동력이었던 것이다.

아홉째, 좋은 경험 많이 하기다. 여기서 말하는 경험은 글을 읽거나 영상을 보거나 남에게 들으며 하는 간접 경험이 아닌 몸소 체험하는 직접 경험을 가리킨다. 좋은 경험이란 자신을 정신적으로 성장시키는 경험을 말한다. 스마트폰과 인터넷을 통한 가상공간에서의 '소통'이 위주가 되어 있는 디지털 시대에 이 역시 특별한 중요성이 있다. 가상공간에서의 '소통'을 통한 느낌과 사고의 경험은 본질적으로 한계가 있기 때문이다. 이런 시대에 여행이나 다양하고 보람 있는 사회 참여 활동을 하면서 좋은 경험을 많이 하는 것은 그 자체로 물론 의미 있는 것이지만, 살아 있는 느낌과 사고가 담긴 글쓰기를 위해서도 필수적인 것이다. 좋은 경험을 많이 하는 것은 결국 '잘 사는 것'이 된다. 이런 의미의 '잘 살기'는 모든 글쓰기의 근본이지만, 특히 뒤에서 말할 수필 쓰기에 더욱 더 본질적인 요소가 된다(그 이유는 '4. 수필 쓰기의 매력'에서 자세히 말할 것이다).

4) Nine Habits for Writing Well

Long ago, Ouyang Xiu (1007–1072), who was a very famous Chinese statesman, historian, essayist, calligrapher and poet of the Song Dynasty, made mention of the three elements for writing well. They are wide reading (多讀), prolific writing (多作) and much thinking (多商量). But, considering once again the relations between speaking and writing, and between reading and writing on the basis of the above examination, we can conceive a guide to reading which is fit for our modern situation of living and more proper and more detailed than that of Ouyang Xiu.

The first is, above all, wide reading. Although we do not cite Ouyang Xiu's recommendation, wide reading is the most fundamental element for writing well. Hoping for good and profound writing without wide reading is "asking for scorched-rice-water at the well"[35] and "seeking a fish in a tree."[36] Through wide reading, more than anything else, we come to have an eye for good or bad works of writing. It would be much better to have a teacher who guides us in our reading. But the more important point for writing well is to make what we read ours as perfectly as possible. This is impossible only with reading. Only wide reading cannot naturally create good writing. The practice of reading with writing can make what we read ours and cultivate the inner power for writing. The ways of practice are making notes, making a summing-up and making a copy.

The second is to make notes. This is a habit needed both for reading, hearing and seeing to write. For example, while reading a book, we underline the part seen as important and this is also a kind of making notes. We should make notes of the key words or the key phrases, or our own paraphrased wording of those words and phrases. A book which we read with making proper notes on blank spaces remain in our memory much more than the one which was only read and we can remember and recompose the contents of the book only with the notes later. It is a very good habit for writing well to make careful notes of what occurs to us at that very instant in addition to the reading time. Of course this book is also based on the notes which I took here and there including those on blank spaces of my books and in my pocketbook.

Thirdly, if we make deep and extensive notes of what we read, we are also summing it up the reading material. Making a summary or summing-up the material is a very important habit and practice method for writing well. A summing-up is recomposing and condensing what we read in our own way focusing on the key words and key phrases, instead of just copying and joining some separate parts of what we read. And so this itself is a very good practice of writing as well as the very way to make what we read ours. Both of making notes and making a summing-up are the ways to examine how we understand correctly what we read for ourselves. It is much better practice to add our own critical comments to a summing-up for the correct understanding.

Fourthly, to make a copy, which is the most simple but laborious practice, is also a good way for writing well. It is no mere coincidence that many famous writers had made it an important practice method to copy their own favorite writings before they became professional writers. To select and copy good writings is much better for cultivating the capacity for writing than to just read them. While copying a writing worthy of learning, we can concentrate our observation on every single expression more and more and, in that process, we can make what we write personally and the original writer's writing skills, ours. It is a wonderful experience that the every word which was not observed carefully appears new and vivid with copying as if we read it for the first time.

The fifth is to consult a dictionary. There are much more cases of using words, phrases and expressions without knowing the exact meanings than we guess. We often use them without making a question because we think we know Korean well. It is because of this attitude that we think that we should refer to a foreign language dictionary but need not consult a Korean dictionary. Recently I had a very confusing happening that a student explained, when she was saying at an opening ceremony of a concert, that a Korean word 'na-rae' is the purely Korean style word of 'nal-gae.' (Both of the two words are purely Korean style words which mean a wing and it is the only difference that 'na-rae' gives softer feeling than 'nal-gae' because of the pronunciation. I felt very uncomfortable as a Korean language teacher.) Thus, when we use a word without knowing the meaning correctly, it goes without saying that we cannot make a good writing. So consulting a dictionary is also an important habit for writing well. For example, the web site of *The Standard Korean Dictionary* provided by the National Institute of Korean Language which contains various sample sentences from so many literary works is very helpful for proper use of words. But any dictionary has its own limits and cannot contain all of Korean vocabulary and especially has limits in containing the expression rooted in a particular place, that is a dialect. Therefore referring to various dictionaries is very effective for reading many literary works that freely use expressions rooted in particular regions and places and for understanding and appreciating the various expressions according to the context. Indeed many of the Korean representative writers made their own dictionaries for writing.

The sixth is to read and write like speaking. As is stated above about the relation between speaking and writing, it is the first step for both of good speaking and good writing to do 'writing for good speaking,' 'writing like speaking' and 'speaking like writing.' Originally and essentially as well, speaking takes precedence over writing when regarded through the relationship between them, but I mean that today writing is needed which makes it possible to practice 'saeng-gak' even for speaking well. This principle can be applied to the relation between speaking and reading. In other words, we should accept what is written as the words which someone tells us. In short, reading aloud can serve as a substitute for the other's speaking words. Perhaps it was because of this reason that pre-modern people used to read books in this way. In that way, in doing so, they could receive what is written in books as living sayings. Similarly, we can guess how what we write would appear to others through reading our own writing aloud. Reading aloud and writing with reading aloud as if we are speaking, through making what we read and what we write more fresh and lively, have the effect of our own imaginary interacting with the original writer and with the readers of our writing. I also have a habit of reading aloud especially what impresses me to my wife or daughters rather than just underlining those passages. This has the effect of taking a note of those passages on my heart and brain naturally. Although we need not and cannot do so with all that we read or write, it is an important method for writing well to read aloud or write with reading aloud the important parts of what we read or write.

The seventh is to show our own writing to others. Now we come to the practice guide of writing corresponding to the second recommendatory point of Ouyang Xiu. But, with respect to this point, I want to emphasize that we had better show positively our own writing to others rather than just trying to write. Just as someone who is learning how to play an instrument can notably improve his or her playing according as he or she has frequent opportunities of playing in front of others, it is very helpful for writing well to show one's own writing to others and, if possible, listen to others' comments. Even at such a time, it is better to read one's own writing aloud just like speaking to others instead of just showing it. For example, it is a very good and important practice of writing for every student to present his or her own writing just like telling it others instead of just reading it.

The eighth is walking and thinking in nature. This is the practice way of writing corresponding to the third recommendatory point of Ouyang Xiu. But I purposely add the phrase of 'walking in nature' to that. This attached phrase might have been needless in the times of Ouyang Xiu. The people in that times might not have even imagined such an everyday life as that of today's city people who live and work in forests of grotesquely tall, close-packed buildings with other countless individuals who are living as if they are pursued by others in a war, and breathe in the exhaust gases from factories and automobiles, and so have no time for looking up into the heavens even once a day. (And in fact there are very few stars in the night sky they see.) So if Ouyang Xiu were living in the center of such a city today, he may abandon thinking from the beginning. But we should search for a place for walking even in the middle of the city. A small mountain or a walking path or a park with many trees in the neighborhood is good enough for walking. Why should we walk and walk particularly in nature? Many wise men of the past mentioned the essence of walking and thinking in nature. Especially Montaigne writes about this effect in *Essays*.

When I dance, I dance; when I sleep, I sleep; yes and when I walk alone in a beautiful orchard, if my thoughts have been dwelling on extraneous incidents for some part of the time, for some part I bring them back to the walk, to the orchard, to the sweetness of this solitude, and to me. Nature has observed this principle like a mother, that the actions she has enjoined on us for our need should also give us pleasure; and she invites us to them not only through reason, but also through appetite. It is unjust to infringe her laws.[37]

Every place of retirement requires a place of walk. My thoughts fall asleep if I make them sit down. My mind will not budge unless my legs move it. Those who study without a book are all in the same boat.[38]

Are his sayings not enough for telling us the essential relation of writing and thinking with walking in nature? We can make certain of the importance of walking in nature for good writing through Rudolf Steiner's educational philosophy regarding reading and writing. His explanation is that what is in languages and letters are cultural habits and we should teach children through the heart (feeling) and the limbs (willing) as well as through the head (thinking). And I think that there are few better ways for approaching reading and writing through the heart and the limbs than walking in nature. It is for this reason that good ideas and wonderful expressions occur to us when we are walking and breathing in fresh air in a forest. Of course I also conceived and hit upon the detailed ideas and expressions as well as the whole contents of this book at the lonely lanes of the forests in Gwanak Mountain and the walking path of Haguicheon (Stream) in the neighborhood and at the path through the forest of Gwanggyo Mountain behind the campus of Ajou University and at the walking path of Gwanggyo Lake Park. According to a research related to this topic, it is said that the children who did nature exploration activities through walking showed the notable growth in vocabulary ability, communicative ability and social-emotional ability. And I think this effects are not limited only to children. I guess that walking in nature may be a very effective way for the balanced use of both left brain and right brain to all modern people whose use of left brain is excessively concentrated. So I confidently recommended a student of mine to take a walk at a nearby park as a 'prescription' for his headache because of his hard work of writing his own self-introduction script for getting a job. It is not a coincidence that the philosophers like Aristotle, Kant, Hegel, Jaspers, Nishida Kitaro and the artists like Goethe, Beethoven, Rimbaud, Kafka had a habit of taking a walk in nature for thinking. And, more than anyone else, it was Muwidang who was helped by the walks on the lonely path of the bank of Wonju River where small and insignificant grasses are growing in creating his idea of life through meditation. Taking a walk for thinking inspired their thoughts and artistic works and was also an indispensible motive power for their writing.

The ninth is having many good experiences. The experiences here mean personal direct ones, not indirect ones through writing or images. Good experiences mean the ones which make us grow spiritually. Especially in the digital era of which the mainstream is the experiences of feeling and thinking for 'communication' by smart phones and the internet, this element of personal experiences is also very important. The experiences of feeling and thinking through the 'communication' in the virtual reality are in essence limited. In such an era as today, making good experiences through travels and through participating in worthwhile social activities is not only in itself meaningful but also indispensable for writing containing living feeling and thinking. Making many good experiences is 'living well' after all. 'Living well' in this meaning is the foundation for all writing but it is much more essential for writing essays which will be discussed later. (I will give a detailed description of the reason in the chapter 4. The Attraction of Writing Essays.)

5) 한글 글쓰기의 특별한 의미

지구상의 여러 나라 사람들이 자기 말을 글로 옮길 수 있는 문자 체계를 가지고 있다. 그러나 한국인의 한글 글쓰기에는 특별한 의미가 있다고 할 수 있다. 우선, 『대지』라는 작품으로 퓰리처상과 노벨상을 동시에 수상한 세계적인 작가이자, 한국의 전쟁고아들을 돌보고 자신의 이름을 단 재단의 한국지부를 설립하는 등 한국과도 인연이 깊은 펄 벅 여사가, 한글이 세계에서 가장 단순하고도 훌륭한 문자이며 세종대왕은 한국의 레오나르도 다빈치라고 칭송한 사실에서 알 수 있듯이, 한국인이 한글로 글을 쓰는 것은 큰 자부심을 가질 만한 일이다. 전 세계인의 한글 예찬은 가히 최고에만 붙이는 수준의 것이다. 예컨대 영국의 역사가인 존 맨이라는 사람은 그의 저서의 한국어판 이름처럼 영어 알파벳의 힘을 과시하면서도 "한글은 모든 언어가 꿈꾸는 최고의 알파벳"[39] 이라 했고, 월터 옹 역시, 한글이 "아마도 모든 알파벳 중에서도 가장 효율적인, 진정한 알파벳"[40] 이라고 했다. 이처럼 세종대왕과 한글의 위대함을 전 세계에서 공인한 사례는 무수히 많지만, 유네스코에서 문맹 퇴치에 공헌한 사람들에게 주는 상에 '세종대왕상(King Sejong Literacy Prize)'이라는 이름을 붙인 것만큼 상징적인 일은 없을 것이다.

한글 글쓰기의 특별한 의미가 또 있다. 그것은 바로 "한글은 세계에서 유일한 자질문자체계"[41] 라는 사실에서 나온다. '자질문자체계'란 '표음 문자의 일종으로, 발음 기관의 모양이나 소리의 특성과 같은 음

운적 자질을 시각적으로 표현하여 만든 문자 체계'를 말한다.

한글은 한국어의 기본적인 변별자질을 재생할 수 있는 문자이다. 한글이 출현하기 전에는 자질문자체계의 선례가 없었다. 그러므로 한글은 차용한 체계를 장기간에 걸쳐 간헐적으로 개량한 것이 아니라 언어학적 원리에 따른 의도적인 발명의 결과물이다. 그러나 자질적 완전성에 도달할 능력을 갖춘 점에서 볼 때 한글은 체로키 족의 음절문자나 이스터 섬의 문자처럼 서양에서 비롯된 발명품과는 전혀 독립적인 영역을 차지하고 있다.[42]

한글은 자음이 이렇게 자질문자의 성격을 지니고 있음과 함께, 하늘(ㆍ)과 땅(ㅡ)과 사람(ㅣ)을 형상화한 모음에는 동양의 우주론까지 담겨 있다는 점에서 그 제작 원리가 매우 특별하고 심오하다고 할 수 있다. 이 정도면 한국인이 한글로 글쓰기를 할 수 있다는 사실에 정말 감사해야 할 것은 물론, 이런 최고의 문자로 쓰는 글을 인류 글쓰기의 최고 수준으로 만들어내야 한다는 사명감마저 가져야 하지 않을까 (이런 의미에서라면 한국어로 쓴 문학 작품이 노벨문학상을 받지 못하는 데 대해 한국인과 한국 작가들은 문제의식을 가져야 할 것이다. 그러나 여기에는 영어 번역의 문제도 크게 작용할 것이라 생각한다). 특히 한글을 저다지 찬양하면서도 "2, 3세기 뒤에는 아마 소수의 비주류 문자 체계와 문자만 살아남을 것이고, 라틴 알파벳이 세계를 제패할 것"이며, "마침내 라틴 알파벳이 세계 문자로 등극하는 날이 멀지 않았다"[43] 고 하는 영어 알파벳 사용자들의 오만을 경계하는 의미에서도, 한글 글쓰기를 하는 사람들은 남다른 사명감을 가져야 마땅하다.

Many of the peoples throughout the earth have their own character systems to write their spoken words. But it can be said that Korean people's writing has a special meaning. Firstly, as we know from the fact that a world-famous writer Pearl S. Buck, who was awarded both the Nobel Prize and the Pulitzer Prize for *The Good Earth* and had a strong tie to Korea through taking care of Korean war orphans and establishing the Korean branch of the foundation named after her name, eulogized Hangeul and King Sejong as the simplest-best character and Korean Leonardo da Vinci, respectively; it certainly is something to be proud of for Koreans to write in Hangeul. The praises of Hangeul from all around the world are what can be given to something of the highest level. For example, an English historian John Man showed the power of the English alphabet in the Korean title of his book, *The Alphabets which Changed the World*, but acknowledged Hangeul as "the best alphabet any language can hope for." [44] And Walter Ong also said, (Hangeul is) "a true alphabet, perhaps the most efficient of all alphabets." [45] There are so many instances like this in which the greatness of King Sejong and Hangeul won recognition from the world, but there is nothing more symbolic than the fact that the UNESCO award which is presented to literary contributors is called the "King Sejong

Literacy Prize."

There is another special meaning of writing in Hangeul. It is related to the fact that "Hankul is the world's only *featural* writing system—that is, one capable of reproducing the basic distinguishing features of its host language." [46]

There is no precedent for this. (......) Hankul is the result, then, not of protracted and discrete adaptations of a borrowed system, but of deliberate, linguistically founded invention. However, its capacity to achieve featural linguistic integrity places it in a separate dimension altogether from such Western-inspired 'inventions' as the Cherokee syllabary or Easter Island script. [47]

Hangeul has a very special and profound principle of creation in which the consonants have the characteristics of the featural letters and the vowels, modeled after heaven(·), earth(−) and man(ㅣ), express the Eastern cosmology. That would be enough for Korean people to be thankful to write in Hangeul and also have the sense of duty that they should put writing in the best alphabet on the highest level. (Only in this sense, Korean people and writers must examine themselves on the issue that the literary works in Korean have never won the Noble Prize. But I think that the problems of English translation are the major causes for that.) And especially, the people who do writing in Hangeul must have an uncommon sense of responsibility, even in the sense that they should keep watch on the arrogant users of the English alphabet who, although praising the greatness of Hangeul, say boastfully that "Within two or three centuries, only a small number of minority writing systems and scripts will survive, however, whereas the Latin alphabet will dominate the planet. It will be the World Script."[48]

2. 좋은 글쓰기의 세 가지 요건

앞에서 생각하기, 말하기, 읽기와 글쓰기가 어떤 관계인지를 이모저모로 살피면서 글쓰기의 가치에 관해 알아보았다. 요컨대 글쓰기는 사람이 살아가는 데 매우 중요한 생각하기와 말하기와 읽기를 한꺼번에 일깨우고 바로잡는 연습을 하는 긴요한 행위다. 『글쓰기, 이 좋은 공부』라는 이오덕 선생의 책 제목처럼, 살아 있는 인생 공부를 하고자 하는 사람 누구에게나 잘할 수 있는 가능성이 열려 있는 것이 바로 글쓰기다. 그러나 이상하게도 글쓰기를 어렵고 거북하게만 여기는 사람들을 많이 본다. 글쓰기는 특별한 사람들만이 하는 것, 또는 특별한 재능과 훈련이 필요한 것으로 생각하곤 한다. 이 생각은 근본적으로 잘못된 것이다. 왜일까?

글쓰기 기술

신비한 기술이여!

천사 같은 사람이 가르치는 신비한

   기술이여!

사람의 눈에 말을 걸고 형체 없는 생각을

   채색하는 기술이여!

비록 그대는 귀가 먹고 말이 없지만

   우리에게 구원을 주네.

그 축복 받은 기술을 통해 우리에게 한

가지 감각으로 세 가지의 기능을
수행케 하네.
우리는 머리와 가슴으로 보고 듣고 만지네.
그대의 신비한 뜻이 적당한 거리를
　유지하면서 우리에게 천천히 전해져
　오네.
소리가 없으되 그 뜻을 전해 주고, 비록
　잘 보지는 못한다 하나 이 거대하고
　둥근 지구의 온갖 지역을 헤집고
　다니네.
이리하여 살아 있는 생각을 담은 죽은
　글자가 영혼에다 사상을 확대시켜 주는
　망원경같이 되네.
인간의 한정된 목숨에 죽음 없는 증인이
　되어 주고, 모든 사건과 신분을
　뛰어넘어 영원히 존재하네.
우리 유한한 인간은 글자에서 영원을
　맛보네.
역사의 시작을 보고서 인류의 마지막
　순간을 알려 주네.
그리고 역사와 예술과 법률을 가르쳐
　주네.

운명처럼 모든 자연을 한 권의 책에
　　보존하는 기술이여!

조지프 샹피옹 [49]

　일견 글쓰기 기술에 합당한 최고의 찬사인 듯하지만, 이 시를 보면 글쓰기는 아무나 할 수 없는 것이라고 말하는 것 같다. 물론 다른 어떤 분야와도 마찬가지로 글쓰기에 특별히 타고난 재능을 가진 사람들은 있다. 그러나 글쓰기를 특별히 잘하는 이들 역시 앞서 말한 아홉 가지 방법들을 통해 타고난 재능을 꾸준히 계발한 사람들이다. 그리고 더욱 중요한 점은 글쓰기의 화려한 기술을 부러워할 것이 아니라, 우리 스스로 좋은 글쓰기란 무엇인지 분명한 관점을 가져야 한다는 것이다. 좋은 글쓰기의 기준을 세우는 것은 생각하기와 말하기와 읽기를 올바르게 이끄는 글쓰기란 무엇인지의 해답을 찾는 문제이기도 하다.

　첫째, 자기 자신의 느낌과 사고를 솔직하고 정직하게 쓰는 글이 좋은 글이다.[50] 특히 글쓴이가 표현하는 그 느낌이 살아 움직이는 글이 좋은 글이다. 앞에서 소개하겠다고 예고한 한 통의 편지를 그 좋은 예로 제시하고자 한다(내가 받지도 않은 이 편지의 공개에 대해 편지를 받은 당사자인 아내에게는 허락을 받았지만, 정작 편지를 쓰신 분에게는 승낙을 구하지 못했다. 아내 역시 연락할 방법을 모르겠단다. 이 지면으로 사후 승낙을 요청 드리고 싶지만 이래도 되는 건지 아직도 잘 모르겠다. 그저 내가 집 서가에 있는 책을 들춰 보다가 갈피에 끼

워져 있는 이 편지를 우연히 발견하여 받은 그 특별한 감동을 많은 사람들과 나누고 싶은 마음뿐이라고 말씀 드리고 싶다. 정말 혹시나 하는 마음에서 저자 소개에 내 이메일 주소를 함께 적었다. 연락을 주시는 '기적'이 일어났으면 좋겠다).

○○○ 선생님께,

고추 말리기에는 적절하지 않는 날이 요즘 날씨인 것 같아요.
하루하루 해 뜨기가 바쁘게 구름이 하늘을 덮고
산에도 걸려 쉬어 가니, 왠지 북풍이 올라나 하는 조짐도 느껴 봅니다.
그날 연수 때에는 참 피곤한 몸이었어요.
밤도 꼬박 새고 나니 눈도 감기고, ‥‥
선생님과 깊은 이야기를 나누지 못해 섭섭도 하고,
생각이 무척 많으시고 그 진지함에 왠지 고마운 마음이 들더군요.
요즘처럼 가벼운 세상에……
선생님께서 깊이 생각하시는 바를 그날 잘 알지 못했습니다만
선생님으로부터 오는 느낌으로 이해를 하려고 합니다.

사람에게서 (요즘) 느낌을 갖기가 쉽지 않습니다.
왠지 모르지만, 아이들에게도 그런 거 발견하기가 어려워졌어요.
느낌보다는 논리, 지식, 분석이 앞서다 보니

느낌은 매체에 떠맡기고…… 직관은 사라지고……

저는 그런 '결핍'에 대해 해결할 방도를 찾고 싶지만,

결핍이란 창작의 동력이라 했던가요?

인간 이해에 바탕을 두신 선생님께로 오는 느낌이

참 좋았습니다. 페미에 대한 관심도요.

부디 승리하시기 바랍니다. 고독하더라도요. 안녕히 계십시오.

99. 8. 25. ○ ○ ○

앞서 본 「글쓰기 기술」이라는 시의 과장된 글쓰기 예찬이 왠지 허황돼 보이고 무색해지는 것 같지 않은가. 보통 편지 봉투와 소박한 편지지에 볼펜과 연필로 정성을 다해 작고 예쁜 글씨로 쓴 이 편지를 보는 순간, 나는 마치 숨겨져 있던 값진 보물을 발견한 것과 같은 찌릿한 느낌을 받았다. 한 번도 만난 적이 없는데 오랜 친구를 대면하는 듯한 느낌이기도 했다. '요즘처럼 가벼운 세상'의 가장 큰 정신적 질병은 바로 '느낌의 결핍'이라는 말에서, 이 편지를 쓴 분의 그 절절한 느낌이 그대로 배어 나왔다. 그렇지만 과장은 전혀 없고, 자신이 평소에 사색한 바를 차분히 이야기할 뿐이다. 나는 무엇보다 이런 글이 좋은 글이라고 생각한다.

'다른 누구의 것도 아닌 자기 자신의 느낌과 사고를 솔직하고 정직하게 쓰는 글', '특히 글쓴이가 표현하는 그 느낌이 살아 있는 글'이라

는 좋은 글의 첫째 요건을 이해하는 데 좋은 참고가 되는 말씀을, 무위당 장일순 선생도 한 바 있다. 즉 "추운 겨울날 저잣거리에서 군고구마를 파는 사람이 써 붙인 서툴지만 정성이 가득한 군고구마라는 글씨", "그 절박함"[51] 이 담긴 글씨가 최고의 글씨라는 것이 무위당 선생의 '글씨론'인데, 문장이 아닌 글씨를 놓고 한 말이지만 이것은 지금 여기서 말하는 좋은 글쓰기의 첫째 요건과도 일맥상통하는 것이다. 그런데 이 요건을 뒤집어 보면, 가장 나쁜 글쓰기가 어떤 것인지도 알 수 있다. 즉 우선 그것은 부러 화려하게 꾸며 쓰는 글이다. 그래서 무위당 선생은 당신의 가까운 제자에게 애써 잘 쓰려고 하는 마음을 버려야 어린아이의 때 묻지 않은 글과 같은 진짜 글씨가 나온다는 것을 명심하라고 한다.[52] '폼 잡는' 마음가짐을 버려야 진짜 좋은 글을 쓸 수 있다는 것은 서양의 저명한 글쓰기 선생도 똑같이 가르치고 있다. 미국에서 지난 30년 동안 100만 명이 읽은 글쓰기의 고전이라는 『글쓰기 생각 쓰기(On Writing Well)』의 저자 윌리엄 진서는 이렇게 말한다.

글을 애써 꾸미려는 것이 문제다. 그러다 보면 자신만의 것을 잃고 만다. 어깨에 힘이 들어가면 독자들이 금방 알아차리게 마련이다. 독자들은 진실한 목소리를 듣고 싶어 한다. 그러므로 가장 기본적인 원칙은 자기 자신이 되어야 한다는 것이다.

하지만 이만큼 지키기 어려운 원칙도 없다. 이 원칙을 따르자면 생리적으로 불가능한 두 가지를 동시에 해야 하기 때문이다. 긴장을 푸

는 동시에 자신감을 가져야 하는 것이다.[53]

　글과 글쓴이를 분리해서 보는 것도 나쁜 글쓰기의 원인이 될 수 있다. 예컨대 어떤 시인이나 작가가 친일 행위를 했거나 도덕적으로 지저분한 행실을 했지만 작품은 최고라는 식으로 평가하는 것이 그러하다. 우리나라의 학자와 비평가들 중에는 의외로 이러한 관점을 갖고 있는 사람들이 많다. 나는 이제 이러한 관점이야말로 엉터리 중에 엉터리라고 분명히 평가한다. 글쓴이는 인격(영혼)에 결정적 하자가 있으나 그가 쓴 글은 최고라는 식의 평가는, 한마디로 말해 앞서 살핀 글쓰기의 모든 가치를 모독하는 것이다. 어떤 글쓰기의 가치도 그것을 쓴 사람과 분리해서 평가할 수 없다. 요컨대 글쓰기를 잘하고 그 글의 가치를 높이고 보존하기 위해서는, 다시 말하지만, 무엇보다도 '잘 살아야' 한다.

　둘째, 명료하게, 그리고 되도록 쉽게, 자기 자신의 주관(신념)을 표현한 글이 좋은 글이다. 이것은 솔직함과 정직함을 바탕에 두고 더욱 성숙한 글쓰기를 하기 위해 필요한 요건이다. 글에서 말하는 바가 불명료하고 정리되어 있지 않다면, 그것은 글쓴이의 느낌과 사고가 흐리멍덩하다는 것을 반영하는 것이기 때문이다. 이와 관련하여 중요한 것이 바로 글쓴이의 분명한 주관(신념)이다. 글쓰기에서 명료한 주관(신념)의 중요성에 관해서는 『동물농장』(1945)과 『1984』(1949)의 작가 조지 오웰이 역설한 바 있다. 그는 글을 쓰는 동기를 '1.순전한 이기심', '2.미학적 열정', '3.역사적 충동', '4.정치적 목적'의 네 가지로 설명하는데, 특별히 '정치적 목적'의 의미와 중요성에 관해 말한다.

여기서 '정치적'이라는 말은 가장 광범위한 의미로 사용되었다. 이 동기는 세상을 특정 방향으로 밀고 가려는, 어떤 사회를 지향하며 분투해야 하는지에 대한 남들의 생각을 바꾸려는 욕구를 말한다. 다시 말하지만, 어떤 책이든 정치적 편향으로부터 진정으로 자유로울 수 없다. 예술은 정치와 무관해야 한다는 의견 자체가 정치적 태도인 것이다.[54]

내 작업들을 돌이켜보건대 내가 맥없는 책들을 쓰고, 현란한 구절이나 의미 없는 문장이나 장식적인 형용사나 허튼소리에 현혹되었을 때는 어김없이 '정치적' 목적이 결여되어 있던 때였다.[55]

오웰이 말하는 글쓰기의 '정치적 목적'이란, 글쓴이가 생각하는 가장 보편적인 의미에서의 바람직한 삶의 전망 같은 것이라 할 수 있다. 왜 보다 가치 있는 글쓰기를 하는 데 이것이 중요할까? 성숙한 사람만이 보편적으로 바람직한 삶의 전망을 제시할 수 있고, 글쓰기는 궁극적으로 이렇게 보편적으로 바람직한 삶의 전망을 제시하는 수준으로 발전해야 하기 때문이다. 그래서 다음과 같이 조지 오웰이 말하는 작가의 확신은 글쓰기를 잘하고자 하는 모든 사람에게 강조할 수 있는 덕목이라 생각한다.

작가의 관점은 정신건강 차원의 온전함, 그리고 자기 생각을 밀어붙이는 힘과 조화를 이루어야 한다. 그 이상으로 우리가 요구할 수 있는 게 있다면 재능일 것이며, 그것은 **확신**의 다른 이름이라 할 수 있을 것이다. (……) 작가의 세계관이 온전함이라는 기준을 겨우 만족시키는 수준일지라도, 작가의 **확신**이 뒷받침해준다면 위대한 예술 작품을 충분히 낳을 수 있음을 알게 된다.[56] (강조는 인용자가 함)

느낌과 사고가 흐리멍덩하고 정리되어 있지 않은 사람이 이런 확신을 가질 수 없는 것은 명약관화하다. 그리고 오웰이 말하듯이 확신은 온전한 정신건강을 바탕으로 하는 것이므로 완고한 아집이나 비뚤어진 정치적 신념과는 전혀 다른 것이다. 이러한 확신은 오직 진실을 찾고자 하는 열정에 가득 찬 글쓴이의 내면 깊은 곳에서 나올 수 있다. 오웰이 글 쓰는 사람의 확신 즉 분명한 주관을 특별히 강조하는 데에는 분명한 이유가 있다고 생각한다. 『동물농장』과 『1984』에서 보여주듯이, 그는 우리가 사는 오늘날을 유례없는 물질적 · 정신적 혼돈과 위기의 시대라고 생각한다. 그는 이러한 혼돈과 위기를 돌파하기 위해서는 글 쓰는 이의 분명한 주관이 없어서는 안 된다고 본 것이리라. 나는 오웰의 생각에 깊이 공감한다.

셋째, 군더더기 없이 간소한 글이 좋은 글이다. 이것은 어떤 글이 앞의 두 가지 요건이 충족된 글인지를 가늠하는 기준이기도 하다. 즉 자기 자신의 느낌과 사고를 솔직하고 정직하게 쓰고, 자기 주관을 명료하고 되도록 쉽게 표현한 글은 군더더기 없이 간소한 글이 될 수

밖에 없다. 앞서 소개한 윌리엄 진서가 글을 왜 간소하게 써야 하는 지에 관해서도 매우 쉽고도 설득력 있게 설명한다. 그의 책 『글쓰기 생각쓰기』 전체의 핵심어를 하나만 고르라면 단연 그것은 '간소함'이다. 오랜 글쓰기와 글쓰기 강의 경험을 바탕으로 쓴 이 책 서문에서 그는 "마술 같은 전자기술이 넘치는 새 시대에도 기본은 역시 글쓰기"[57]이며 "컴퓨터로 글을 쓰는 이들은 글쓰기의 본질이 고쳐 쓰기라는 사실을 알지 못한다"[58]는 점을 우선 강조한다. 글쓰기의 본질인 고쳐 쓰기의 결과물이 곧 간소한 글이라는 것인데, 이 간소한 글의 정신을 그는 간소한 삶을 실천한 『월든』의 저자 헨리 데이비드 소로에게 배웠다고 한다.

　윌리엄 진서가 간소한 글쓰기를 강조하는 이유는 간단하다. 간소한 글만이 명료한 글이 될 수 있기 때문이다. 그가 간소하지 못한 표현의 예로 드는 것은 의외로 우리가 보통 많이 쓰거나 듣는 것들이다. 예컨 대 '내 개인적인 친구'(a personal friend of mine)에서 '개인적인'이라는 말은 쓸 데 없는 것이고, 치과의사가 "아프냐?"고 물을 것을 "고통을 '경험하고(experience)' 있느냐?"고 말하는 것도 난삽하고 간소하지 못한 표현 중 하나다. 특히 기업이나 정권에서 자기 잘못을 감추기 위해 쓰는 장황한 완곡어법은 여러 가지 예를 든다. DEC라는 기업에서 해고라는 말을 쓰지 않고 "본의 아닌 수단"이라고 했다든지, 공군에서 미사일 오발 사고가 나자 그것이 "지상에 조발(早發)적인 충격을 주었다"고 한 것, GM이 공장 문을 닫으면서 쓴 "총량 관련 생산 일정 조절"이라는 표현, 그리고 조지 W. 부시 정권에서 이라크의 민간인 사상자가 "부수적 피해(collateral damage)"가 된 것 등등. 그는 이 대목에서 조지 오웰의 1946년 에세이 「정치와 영어」의 한 대목을 인용한다. "정치적인 말과 글은 대개 방어할 수 없는 것을 방어하는 것이다. (……) 따라서 정치적 언어는 주로 완곡어법, 논점 회피, 도저히 분간할 수 없는 모호성으로 이루어지게 마련이다."[59] (여기에 우리가 흔히 듣는 정치인들의 '완곡어법'의 대표적인 예로, "반성한다" 또는 "잘못했다"라는 쉽고도 딱 부러지는 표현 대신에 "유감이다"라는 식으로 둘러대는 말을 쓰는 것을 들 수 있을 것이다.) 그는 정치권을 비롯한 "모든 전문분야에서 일반인의 눈을 속이는 전문용어가 점점 늘고 있다"고 지적하는데, 그의 지적이 영어 글쓰기를 하는 미국인들만 귀담아 들어야 할 말이 아님을 알 수 있다.

중요한 것은 난삽한 표현이 글의 적이라는 점이다. 짧은 단어보다 전혀 나을 것이 없는 긴 단어도 조심하자. '보조하다'(assistance)보다 '돕다'(help), '다수의'(numerous)보다 '많은'(many), '용이하게 하다'(facilitate)'보다 '쉽게 하다'(ease), '개개인'(individual)보다 '남녀'(man or woman), '여분'(remainder)보다 '나머지'(rest), '최초'(initial)보다 '처음'(first), '이행하다'(implement)보다 '하다'(do)가 더 낫다. 뜻이 애매한 유행어(paradigm, parameter, prioritize, potentialize)도 조심하자. 그런 것들은 모두 글을 답답하게 만드는 잡초다. '말'(talk)할 수 있는 것을 굳이 '논의'(dialogue)하지 말자. 괜히 '소통'(interface)하지 말자.[60]

이것이 바로 진서가 강조하는 간소한 글쓰기의 이유다. 그런데 이처럼 간소하지 못하고 난삽한 글쓰기의 '주범'들이 미국이건 한국이건 각 분야의 전문가들이라는 것이 진짜 문제다. 명색이 글쓰기 '전문가'인 나부터 지금 쓰는 이 글이 어떤지 반복해서 되돌아보게 된다.

2. Three Requirements for Good Writing

We have searched for the worth of writing through inquiring into the relation between writing and each of the following: doing 'saeng-gak,' speaking and reading. In short, writing is a necessary activity for developing and correcting the practice of our doing 'saeng-gak,' speaking and reading simultaneously which are very important for living. As the title of Mr. Yi O-deok's book, *Writing, This Good Study* indicates that writing is just what opens the possibility of doing well to everyone who wants to do a living study of life. But, strangely, I see many people who regard writing as something difficult and uncomfortable. They would think of writing as something which only special persons who have special talents and exercises engage in. This thought is basically wrong. Why?

On the Art of Writing

Hail mistick Art! which men like
    Angels taught,
To speak to Eyes, and paint unbody'd
    Taught!
Tho' Deaf, and Dumb; blest Skill,

reliev'd by Thee

We make one Sense perform the Task

of Three.

We see, we hear, we touch the Head

and Heart;

And take, or give, what each but yield

in part.

With the hard Laws of Distance we

dispence,

And without Sound, apart, commune

in Sense;

View, tho' confin'd; nay, rule this

Earthly Ball,

And travel o'er the wide expanded All.

Dead Letters, thus with Living Notions

fraught,

Prove to the Soul the Telescope of

Thought;

To Mortal Life a deathless Witness give;

And bid all Deeds and Titles last, and

live.

In scanty Life, Eternity we taste;

View the First Ages, and inform the Last.

Arts, Hist'ry, Laws, we purchase with a

    Look,

And keep, like Fate, all Nature in a

    Book.

Joseph Champion

early 18th century [61]

This poem appears to be the highest admiration due to writing, but it seems to me that the poem says, "Not everybody can do writing." It is needless to say that there are many persons who have special gifts for writing, as is also the case in any other field. But even the persons who can write specially well are those who developed their inborn talents steadily with the above-mentioned nine habits. And the more important point is that we should not envy others' showy skills of writing but should have our own clear standpoint about what good writing is. And establishing a standard for good writing is also finding an answer to the question of writing which leads rightly to doing 'saeng-gak,' speaking and reading.

Firstly, good writing is that in which we express our feeling and thinking frankly and honestly.[62] Writing of particularly living feeling which the writer expresses is good writing. I would like to present the letter quoted below as a good example. (I got my wife's consent to introduce this letter which was sent to her quite a long time ago, but could not actually even ask the original writer to let me cite it. My wife says that she can find no way to contact her either. I hope to obtain her 'ex post facto approval,' but cannot yet judge whether it is right or wrong. I would like to say to her that I just want to share the special feeling with many people which I got the moment I lit upon her letter inside an old book on my bookshelf. I write my email address below the author introduction of this work of mine. I really hope for a 'miracle' of receiving an answer from her.)

Dear ○ ○ ○

It's not proper these days for drying red peppers.
As soon as the sun rises, everyday, clouds cover the sky
and have a rest on the top of the mountain. So I wonder
if a northerly wind will blow.

That day of the workshop, I was very tired.
After staying up all night, my eyes were falling shut,
I was very sorry for not being able to talk with you much,

and felt very thankful to you for your being serious-minded.

Today when the world is overflowing with frivolous persons…

Although I could not grasp your deep thoughts that day,

now I try to understand them through the feeling I got from you.

It is not easy (nowadays) to get the feelings of others.

I don't know why, but it is also difficult to find such feelings from children.

Because they let logic, knowledge and analysis take precedence over feeling,

and entrust the mass media with the care of feeling…, intuition disappears…

I want to find a way of solving the 'lack,' but

did someone say that lack is the motive power of creation?

The feeling from you created by your understanding of human nature was so good for me. And your interest in feminism, too.

I pray for your victory. In spite of loneliness. Yours.

99.8.25. From ○ ○ ○

Don't you think that the exaggerated praise of writing in the above poem, "On the Art of Writing," seems absurd and somehow shameful? When I saw this letter written on humble paper and a simple envelope in small lettering and good handwriting with a ballpoint and a pencil, I felt an electrifying feeling as if I had found a hidden treasure. It was something like the feeling of facing an old friend whom I had never met even once. The very writer's earnest feeling of this letter comes out from the saying that today, when the world is overflowing with frivolous people, the most serious mental disease is the lack of feeling. But she is just telling her usual thinking calmly without exaggeration. I think that writing like this, more than anything else, is good writing.

Sir Muwidang Jang Il-sun said that the first requirement for good handwriting including calligraphy, which is corresponding to that of good writing, is that it express none other than one's own feeling and thought and that it be a writing in which the writer's feeling is particularly alive. He said that the clumsy but earnest and heartfelt handwriting of "Roasted Sweet Potato" which the seller wrote and attached on his handcart in the street[63] is the best handwriting. And, judging from this requirement, we can know what kind of writing is the worst one. In brief, it is a type of writing with a deliberately ornate style. So Muwidang said with emphasis especially to his close followers that they should let go of the desire for writing well and write an authentic calligraphic work like the pure handwriting made by children.[64] A famous American journalist says the same. We should get off our high horse to make a really good written work. William Zinsser, the author of a classic of writing, *On Writing Well*, which has been read for over 30 years by one million people in America, says as follows:

This is the problem of the writers who set out deliberately to garnish their prose. You lose whatever it is that makes you unique. The reader will notice if you are putting on airs. Readers want the person who is talking to them to sound genuine. Therefore a fundamental rule is: be yourself.

No rule, however, is harder to follow. It requires the writers to do two things that by his metabolism are impossible. They must relax, and they must have confidence.[65]

The writer who distinguishes writing from its author could therefore himself not be a good writer. For example, I mean, some people say that a certain poet or a novelist did pro-Japanese activities or morally wrong things but his literary works are of the highest ones. Surprisingly enough, there are many such people among Korean scholars and critics. Now I declare that such a point of view is complete nonsense. The way of thinking that someone's personality (soul) has crucial flaws but his writings are the best is a blasphemy of the whole above-mentioned worth of writing. We cannot think of the value of the writing irrelevant to the writer. In other words, in order to write well, and preserve and raise the value of our writing, yet again, we should 'live well.'

Secondly, a good written work is one that expresses one's own mind (conviction) plainly and as easily as possible. This is a requirement necessary for mature writing based on frankness and honesty. It is because a written work that does not have a clear point and is untidy expresses the fact that the writer's feeling and thinking is dim and vague. The writer's clear-cut viewpoint (conviction) is important in this context. A world-famous writer George Orwell, the author of *Animal Farm* (1945) and *1984* (1949), emphasized the importance of the writer's own lucid conviction in writing. He explains that there are four great motives for writing-sheer egoism, esthetic enthusiasm, historical impulse and political purpose. He especially mentioned the meaning and significance of political purpose:

Political purpose-using the word "political" in the widest possible sense. Desire to push the world in a certain direction, to alter other people's idea of the kind of society that they should strive after. Once again, no book is genuinely free from political bias. The opinion that art should have nothing to do with politics is itself a political attitude.[66]

And looking back through my work, I see that it is invariably where I lacked a political purpose that I wrote lifeless books and was betrayed into purple passages, sentences without meaning, decorative adjectives and humbug generally.[67]

The "political purpose" of writing of which Orwell speaks of can be thought to be a desirable life perspective in the most common sense. Why is this important in more worthy writing? It is because only spiritually mature persons can present a generally desirable perspective of life and writing should ultimately grow to the level where such a perspective can be provided. So a writer's conviction, as Orwell emphasizes as follows, can be possibly regarded as a virtue which everybody who hopes to write well must bear in mind.

The views that a writer holds must be compatible with sanity, in the medical sense, and with the power of continuous thought: beyond that what we ask of him is talent, which is probably another name for *conviction*. (......) if *the force of belief* is behind it, a world-view which only just passes the test of sanity is sufficient to produce a great work of art.[68] (The emphases are mine.)

It is quite obvious that someone whose feeling and thinking is dull and ambiguous can never have such conviction. And because, as Orwell says, such conviction is based on sanity, it is totally different from stubborn obstinacy or a distorted political belief. Such conviction can come only from deep down inside of a writer who is full of passion for truth. I think that Orwell has a definite reason why he especially emphasizes the writer's conviction, that is his clear viewpoint. *As Animal Farm* and *1984* show, he thinks that the modern times we are living in is an era of materially, spiritually unprecedented chaos and crisis. He may have thought that each writer must have his or her own standpoint to overcome the chaos and the crisis. I am very sympathetic with his critical mind.

Thirdly, simplified writing without superfluousness is good writing. This is also the standard of judgment about the satisfaction of the above two requirements. In other words, a work of writing which contains the writer's frank and honest feeling and thinking and expresses the writer's point of view clearly and as easily as possible must be a simplified one. William Zinsser also explains the reason very easily and persuasively why we should make our writings simplified. If I am asked to point out only one keyword in his book *On Writing Well*, I will choose the word "simplicity" without hesitation. In the introduction of the book based on his rich experience of writing and lectures about writing, he, most of all, says strongly, "The New age, for all its electronic wizardry, is still writing-based."[69] But "Nobody told all the computer writers that the essence of writing is rewriting."[70] This means that a result from rewriting as the essence of writing is a simplified one. And he confesses that he learned the spirit of simplified writing from the author of *Walden*, Henry David Thoreau, who practiced a simplified life.

The reason why William Zinsser recommends simplified writing is very simple. It is because only simplified writing can be clear. The expressions which he presents as examples of unsimplified ones are, unexpectedly, the ones that we use or see generally. For example, the word "personal" in "a personal friend of mine" is needless; and when a dentist asks if his patient is experiencing any pain instead of asking, "Does it hurt?", he clutters the language with "experiencing." He particularly points out a lot of ponderous euphemism used by American corporations and the Pentagon to hide their mistakes or the essence of their doings.

When the Digital Equipment Corporation eliminated 3,000 jobs its statement didn't mention layoffs; those were "involuntary methodologies." When an Air Force missile crashed, it "impacted with the ground prematurely." When General Motors had a plant shutdown, that was a "volume-related production-schedule adjustment." Companies that go belly-up have "a negative cash-flow position." (......) It was during George W. Bush's presidency that "civilian casualties" in Iraq became "collateral damage."[71]

Here he quotes some words from the essay "Politics and the English Language"(1946) written by George Orwell: "political speech and writing are largely the defense of the indefensible... Thus political language has to consist largely of euphemism, question-begging and sheer cloudy vagueness."[72] (Add to this we can cite, as the euphemism of politicians, the familiar vague wording, "It was a regrettable affair," used instead of the clear expression, "We regret our wrong doings.") He says that every profession has its growing arsenal of jargon to throw dust in the eyes of the populace. I think that his criticism must not be applied only to the American people's writing done in English.

The point of raising it now is to serve notice that clutter is the enemy. Beware, then, of the long word that's no better than the short word: "assistance" (help), "numerous" (many), "facilitate" (ease), "individual" (man or woman), "remainder" (rest), "initial" (first), "implement" (do), "sufficient" (enough), "attempt" (try), "referred to as" (called) and hundreds more. Beware of all the slippery new fad words: paradigm and parameter, prioritize and potentialize. They are all weeds that smother what you write. Don't dialogue with someone you can talk to. Don't interface with anybody.[73]

This is the reason why Zinsser emphasizes simplified writing. And it is the most significant problem that so-called specialists of every field, whether in America or in Korea, are the 'principals' who make unsimplified writing. I, one of the 'specialists' of writing, cannot help but reflect on this writing of mine right now.

3. 글쓰기의 네 가지 방법

여기서 말하는 글쓰기의 방법이란 글을 만드는 기본 원리이자 기술이다. 묘사, 서사, 설명, 논증의 네 가지가 그것인데, 이것들은 인간이 지닌 느낌과 사고의 표현 방법과 대응되기도 한다.

첫째, 묘사다. '어떤 대상이나 사물, 현상 따위를 언어로 서술하거나 그림을 그려서 표현함'이라는 사전의 정의를 응용하면, 글로 하는 묘사는 '글로 그린 그림'이라고 말할 수 있다. 우리가 화가들의 그림을 보고 감동을 받는 것은, 무엇보다도 그들이 남다른 관찰력을 통해 보통 사람들이 잘 보지 못하고 흘려버리는 것들을 보기 때문이다. 글로 하는 묘사 역시 관찰력이 필요한 것이어서 묘사 연습은 관찰 훈련이기도 하다. 관찰력을 바탕으로 묘사를 잘한 글은 무엇보다 그 묘사 대상의 느낌을 잘 전할 수 있다. 묘사 대상에는 겉으로 보이는 것뿐만 아니라 내면 심리도 포함되는데, 이 두 가지를 잘 결합하면 훨씬 더 생생한 느낌을 전달할 수 있다. 시나 소설, 수필 등에서 좋은 묘사의 예를 보곤 하는 것은, 그것은 바로 그 시인이나 작가의 관찰력 덕분이다.

나는 벅찬 탄성을 질렀다. 참으로 오랜만에 어머니의 눈에 부연 안개가 걷히고 어떤 감정이 담겼다. 나는 내 시선을 조금이라도 어머니로부터 비끼면 모처럼 돌아온 어머니의 영혼이 다시 훌쩍 떠나버릴 것 같아 열심히 어머니의 눈에 눈을 맞추었다. (⋯⋯)
"어쩌면 하늘도 무심하시지. 아들들은 몽땅 잡아가시고 계집애만

남겨 놓으셨노."

나는 비실비실 일어섰다. 간신히 안방 미닫이를 열고 대청으로 나왔다. 시야가 부옇게 흐려 보였다. (……) 나는 비로소 자지러지게 노오란 은행나무를 보았다. 화려한 광경이었다.

그는 얼마나 풍부한 의상을 걸쳤기에 저렇게 노오란 빛들을 마구 쏟아놓고도 저렇게 변함없이 아름다울 수 있는 걸까? 그것은 꽃보다도 훨씬 찬란했다. (……)

나는 돌연 뒹굴기를 멈추고 세차게 흐느꼈다. 오열은 한번 시작하자 멈출 수가 없었다. 마치 노오란 잎들이 땅으로 쏟아지듯이 나는 그렇게 울었다. 노오란 잎이 하나라도 나무에 있는 한 낙엽은 계속될 것이고, 나는 내 속에 축적된 눈물만큼만 울면 되는 것이다. 조금치의 슬픔도 동반되지 않은 그냥 순수한 울음일 따름인 울음 끝에 나는 부드러운 융단 위에서 혼곤한 숙면에 빠졌다.

그 후부터 나는 어머니의 병상을 지키기보다는 은행나무 밑에서 많은 시간을 보냈다.

아무리 쏟아져도 다할 날이 없을 것같이 풍성하던 황금빛 의상도 점점 희박해 갔다. 나는 두터운 융단 위에 누워, 성깃한 노란 잎 사이로 푸른 하늘을 마음껏 바라볼 수 있었다. 나는 그런 시간이 좋았다. 무엇보다도 살아 있다는 것이 조금도 거리낌 없어 좋았다. (……)

죽고 싶다. 죽고 싶다. 그렇지만 은행나무는 너무도 곱게 물들었고 하늘은 어쩌면 저렇게 푸르고 이 마당의 공기는 샘물처럼 청량하기만 한 것일까. 살고 싶다. 죽고 싶다. 살고 싶다. 죽고 싶다.

문득 전쟁이나 다시 휩쓸었으면 싶었다. 오빠들이 죽은 후에도 내 인생이 있다는 건 참을 수 있어도 내가 죽은 후에도 타인의 인생이 있다는 건 참을 수 없다. (……)

　그러나 전쟁이라면 곧 떠오르는 핏빛 호청과 젊은 육신의 처참한 파편들, 나는 그 부분은 망각하려고 고개를 미친 듯이 흔들고 낙엽 위를 뒹굴었다. 나는 매일같이 이렇게 푹신한 낙엽 위에서 몸부림치고 낙엽은 하루하루 두텁게 쌓여 나를 포근히 안았다.[74]

　훌륭한 묘사의 예로 내가 즐겨 인용하는 작가 박완서 선생의 『나목』(1970) 한 대목이다. 6.25 전쟁으로 오빠들을 잃은 데다, 아들들을 잃은 충격과 슬픔을 막내딸에 대한 무관심과 저주로 되돌리는 엄마를 대하면서 젊은 여성 주인공이 느끼는 절망과 분노, 죽음의 충동과 어찌할 수 없는 삶의 의욕을 아주 인상적으로 잘 묘사한 글이다. 황금빛으로 빛나는 노란 은행나무 잎들, 마당의 청량한 공기와 푸른 하늘, 핏빛 호청과 젊은 육신의 처참한 파편들, 그리고 넋이 빠져 초점을 잃은 눈빛의 늙은 어머니와 싱싱한 몸과 영혼을 가진 젊디젊은 딸의 모습 등, 서로 완전히 대조되는 자연과 인간의 이미지들을 한데 보여주면서 작가는 전쟁의 비극과 그 속에서도 죽지 않는 생명력의 꿈틀거림을 생생하게 느끼도록 해준다. 이 글은 허구로 된 소설이지만 과장이나 거짓이 느껴지지 않을 뿐더러, 심오한 철학 개념이나 어려운 정치학 또는 심리학 용어를 전혀 쓰지 않으면서도, 읽는 이가 전쟁의 참혹함과 젊은 여성 주인공의 갈등을 느낄 수 있게 해준다. 이것은 작가가 자신의 체험을 정직하고도 정확하게 기억해서 당시에 자신이 처했던 상황과 자신의 내면을 잘 관찰해 냈기 때문에 가능한 것이다. 이런 것이 묘사의 힘이다. 느낌을 생생하게 전하기 위한 것으로서 묘사는 글쓰기의 중요한 한 가지 방법이다.

둘째는 서사다. 서사는 한마디로 '이야기하기'다. 사실 위에 인용한 박완서 선생의 글에는 묘사뿐만 아니라 서사의 요소도 들어 있다. 특히 문학 작품에서는 묘사와 서사의 방법을 함께 쓰는 일이 많다. 시사 즉 이야기에는 세 가지 요소가 반드시 들어 있는데, 시간의 흐름, 어떤 인물 또는 의인화한 사물이나 동물의 행위(사건), 그리고 그 행위(사건)에 대한 의미 부여가 그것이다. 친구들과 만나서 늘 하는 소소한 수다건, 인류 역사상 최고의 문학 고전에 담긴 이야기건 간에, 이 세 가지 요소로 서사가 이루어지는 것은 마찬가지다. 이것은 무엇을 말하는가? 사람은 누구나 과거에 이미 행한 일, 이미 벌어진 일의 의미를 따져보고 싶어 한다는 것이다. 특히 자신이 직접 겪은 억울한 일이나 고통스러운 사건에 대해서는 더더욱 그러하다. 만약 그런 이야기를 하지 못한다면 누구나 마치 죽을 것같이 극심한 답답함을 느낀다. 이런 뜻에서 글로 하는 이야기하기인 서사는 아주 중요한 글쓰기 방법이다. 서사를 잘하는 데에는 기억력이 중요한데, 특히 중요한 대목들을 중심으로 자신이 겪은 일을 풀어내는 가운데 그 일의 의미가 자연스럽게 드러나도록 기억을 잘 정돈해야 한다. 여기서는 두 어린 학생이 똑같은 주제로 쓴 두 편의 글을 대조하여 예시하는 이오덕 선생의 설명을 통해, 서사의 글쓰기 방법이 어떤 의의를 지니고 있는지 확인해 본다. 좀 긴 내용이지만 이것은 글쓰기의 셋째와 넷째 방법과도 연결되기 때문에 그대로 인용하는 것이 좋겠다.

보기1

⟨식목일⟩

자연은 사람을 보호하고 사람은 자연을 보호한다. 매년 이날만 되면 나무를 심고 물을 주어 가꾼다.

나무가 없는 나라가 망한다고도 한다. 나무가 많은 나라는 잘 살고 부강한 나라가 되고 또 나라가 튼튼해질 것이다. 나라가 있어야만 사람이 살고, 홍수도 막고 바람도 막을 수 있다.

우리나라는 나무가 별로 없다. 그래서 해마다 4월이 되면 전 국민이 나무를 심어야 한다. 그러면 우리나라가 부강해지고, 잘 살고 빨리 복지 국가를 이루고 국민 모두가 부지런해질 것이다. (6학년 남자아이)

보기2

⟨식목일⟩

오늘은 4월 5일 식목일이다.

아침부터 동네 사람들이 나무를 심고 있었다. 나와 동생은 집 옆으로 갔다. 그리고, 낫으로 버들가지를 치다가 그만 낫을 바윗돌에 떨어뜨렸다. 나는 낫을 주우러 갔더니 낫자루가 빠져 있었다. 나는 집에 가서 딴 낫을 가지고 와서 버들가지를 쳤다.

버들가지를 들고 우리는 비탈진 언덕에 올라갔다. 나는 구덩이를 파서 심고, 동생이 물을 주고 발로 밟았다. 다 심고 나서 작년에 심은 나무가 살아 있는지 보았다. 작년에 심은 잣나무 세 그루가 무성하게 살아 있었다. 우리가 집으로 돌아오니 오빠가 동네에 갔다 오더니 버들나무 몇 그루를 들고 왔다.

나와 동생은 다시 나무를 들고 비탈진 언덕으로 올라갔다. 그리고 나무를 다 심고 나서 오늘 심은 나무가 잘 자라기를 바라며 집으로 돌아왔다. (6학년 여자아이)

이 두 편의 글은 여러 가지로 대조가 된다. 앞의 글은 무엇을 주장하는 것같이 썼고, 뒤의 글은 자기가 한 일을 그대로 썼다. 그래서 우선 글의 형태가 다르다. 어린이의 글에는 자기가 한 일을 쓴 글(서사문)이 가장 많다. 그러나 생각이나 주장을 쓴 글(감상문, 논문)도 얼마든지 나올 수 있다. 그러니 글의 형태를 두고 이 두 편의 글 중 어느 것이 좋다 나쁘다 할 수는 없다. 단지, 지도 교사가 같은 제목으로 글을 쓰게 했다면, 이런 경우 식목일에 대한 어떤 주장을 쓰게 한 것이 아니고 아마 산에 가서 나무를 심고 나서 그 심는 일을 한 것을 글로 쓰라고 했을 것인데, 그렇다면 그런 체험을 쓰지 않고 일반적인 생각을 쓴 앞의 글은 당연히 그 점에서 지적되어야 할 것이다.

그런데 보기1은 글의 내용이 좋지 않다. 좋지 않다는 것은 잘못된 말을 하였다거나 거짓말을 하였다는 것이 아니다. 이 글을 읽어 보면 재미가 없고 맛이 없다. 왜 그럴까? 자기의 생각이란 것이 없고, 선생님들한테서 들은 교훈, 벽에 붙은 교훈 같은 걸 그대로 썼기 때문이다. 개성이 없는 글은 죽은 글이다. 자기의 생각을 주장하는 글도 자기의 생활 속에서 얻어진 생각이 바탕이 되어야 사람이 "참 그렇구나." 하고 공감하게 되는 것이다.

이에 비해서 보기2는 실제로 나무를 심은 이야기를 어느 정도 자세하게 썼다. 이 글은 남의 말을 모방하려 하거나, 근사하게 잘 써 보이려고 하지 않고, 다만 자기가 한 것을 그대로 정직하게 썼다. 그래서 읽을 맛도 난다. 보기1에 비교하면 보기2는 월등하게 좋은 글이 되어 있다. 어린이들에게 보여 주는 글은 이런 글이라야 되는 것이다.[75] (강조는 인용자가 함)

어린이들뿐만 아니라 성인들도 서사를 이해하는 데, 이 두 편의 어린이 글을 대조하는 이오덕 선생의 설명이 아주 적절하다. 이오덕 선생의 설명처럼 개성이 없는 글은 죽은 글인데, 개성은 자기 생활 속에서 얻은 생각을 바탕으로 생긴다. 어린이의 글에 서사문이 가장 많다는 것은, 대개 아이들은 아직 남의 관념에 그저 휘둘리거나 그것을 무작정 받아들이지 않는 순수함이 남아 있다는 뜻이다. 자기가 직접 겪으며 얻은 생각을 쓰기 때문에 무엇보다도 이야기(서사)를 한다는 것이다. 그러니 자기 이야기(서사)를 해야 할 때 그것을 잘하지 못하는 것은 아이이건 어른이건 뭔가 문제가 있는 것이다. 또 선생의 말씀처럼, 자기 생각을 주장하는 글도 자기 생활 속에서 얻은 생각을 바탕으로 써야 지지를 얻을 수 있다. 여기에도 이야기하기(서사)의 의의가 있다. 자기 생활 속에서 얻은 자기 생각을 바탕으로 무엇보다도 자기 자신의 이야기를, 나아가서는 다른 사람들의 이야기를 글로 옮기는 서사의 글쓰기 방법은 우선 그 자체로 큰 의미가 있을 뿐더러, 다른 사람들의 이해를 돕고(셋째, 설명의 방법) 자신의 주장을 펼치는(넷째, 논증의 방법) 글쓰기 방법의 연마를 위해서도 없어서는 안 될 바탕이 된다. 묘사와 서사의 방법을 결합하여 쓴 신화 또는 서사시가 글쓰기의 가장 오래된 형태라는 사실은 묘사와 서사가 인간의 내면을 표현하는 데 더 효과적인 글쓰기 방법임을 뜻한다.

여기까지 말한 묘사와 서사는 주로 느낌 또는 감성을 표현하는 글쓰기 방법이라 할 수 있다. 이제 글쓰기의 셋째와 넷째 방법에 관해 말할 차례다. 이것들은 주로 사고 또는 지성을 사용하는 글쓰기 방법이라 할 수 있는 설명과 논증이다.

셋째, 설명이다. 설명은 '이해 돕기'의 글쓰기 방법이다. 나는 이제까지 학생들에게 이것을 '이해시키기'의 글쓰기 방법이라고 '설명'하곤 했는데, 이 책을 쓰는 과정에서 이해'시키기'보다는 이해 '돕기'라는 말이 적절한 표현이라고 생각하게 되었다. 그리고 학생들에게 '이해시키기'는 곧 '가르쳐 주기'라고 '설명'하곤 했는데, 이 '가르쳐 주기'가 무엇인지 깊이 생각해 보면서 '가르쳐 주기'의 본질은 이해'시키기'가 아니라는 점을 깨닫게 되었다. 이것은 '이해'라는 말의 뜻을 잘 생각해 보면 알 수 있다. 이 말은 사전에서 '사리를 분별하여 해석함', '깨달아 앎. 또는 잘 알아서 받아들임'이라 풀이한다. 즉 이해는 스스로 하는 것이다. 그러므로 가르쳐 주는 행위는 스스로 분별하여 해석하거나 깨달아 받아들이도록 돕는 것이어야 한다는 것이다. '주입식'이 되어서는 안 된다는 것은 말할 것도 없다.

설명 즉 가르쳐 주기가 이해를 '돕는' 글쓰기 방법이라는 것은 중요한 의미가 있다. 가르쳐 주는 사람은 가르침을 받아들이는 사람 위에서 권위를 과시하기 위해 가르쳐서는 안 된다. 자신이 아는 내용을 상대방이 함께 나눌 수 있어야 한다. 그러려면 상대방의 처지에 서서 어떻게 하면 내가 가르쳐 주는 내용을 상대방이 잘 받아들여 스스로 깨닫게 할 수 있을지를 궁리해야 한다. 이것이 바로 설명의 글쓰기 방법의 핵심이다. 그래서 설명은 할 수 있는 한 쉽게 해야 한다. 무언가를 아는 사람이 그것을 모르는 사람에게 가르쳐 주는 글쓰기 방법이 설명이라는 사실로부터, 설명은 곧 대개 '전문가들'이 보통 사람을 대상으로 쓰는 글에서 많이 사용하는 글쓰기 방법이라는 점을 짐작할 수 있다. 이 때문에 더더욱 설명은 쉬워야 한다. 나는 특히 설명의 방법이 주를 이루는 전공 관련 주제 기말보고서를 쓰는 학생들에게, 그 주제에 관해 아무것도 모르는 일반인도 알아들을 수 있도록 친절하게 가르쳐 주는 것을 목표로 해야 한다고 말하곤 한다. 정의와 지정, 예시와 유추, 비교와 대조, 분류와 구분, 과정과 분석, 묘사적 설명과 서사적 설명 등등, 다른 글쓰기 방법과 달리 유독 설명이라는 글쓰기 방법 속에 이렇게 많은 세부 방법들이 있는 것은, 이해를 돕기 위해서는 설명이 쉬워야 하고 설명을 쉽게 하려면 이렇게 다양한 방법이 필요하기 때문이라고 나는 이해한다. 앞서 '서사' 항목에서 인용한 이오덕 선생의 글이 예시와 비교−대조 등을 이용한 설명의 글쓰기의 좋은 본보기다.

넷째, 논증이다. 논증은 '설득하기' 또는 '주장하기'의 글쓰기 방법이다. 이것은 어떤 것을 아는 사람이 그것을 모르는 사람에게 가르쳐주는 설명의 차원을 넘어서서, 그것을 놓고 어떤 판단을 내리는 것이 옳으냐를 놓고 자기주장을 펼쳐 읽는 이를 설득하는 글쓰기 방법이다. 그러나 논증은 설명의 뒷받침을 받아가며 이루어지는 것이 예사다. 우리가 보통 논리적이라고 말하는 글은 논증의 방법을 잘 쓴 글이다. 논증의 방법 속에는 '논제' 즉 '쓰고자 하는 글의 주제', '논지' 즉 '그 주제에 관한 주장', '논거' 즉 '그 주장을 뒷받침하는 근거(이유)', 그리고 '추론' 즉 '근거(이유)를 대면서 주장을 펼치는 방법'의 네 가지 필수 요소가 있다. 논증의 글쓰기에서 중요한 점들은 첫째, 자신이 무엇에 관해서 말하고자 하는지, 즉 논제가 명료해야 하고, 둘째, 그 무엇에 관해서 어떤 주장을 하는 것인지, 즉 논지가 분명해야 하고, 셋째, 무슨 근거(이유)로 그런 주장을 펼치는 것인지, 즉 논거가 믿을 만하고 충분해야 하며, 넷째, 그 근거(이유)와 주장을 연결하는 생각의 과정, 즉 추론이 누구나 받아들일 만해야 한다는 것이다. 논증문을 대표하는 것이 논설문인데, 그 중에서도 우리가 가장 많이 보는 것이 신문사설이나 칼럼이다. 여기서는 신문사설의 한 예를 통해 논증의 방법이 어떻게 쓰이는지 살펴보자.

"후쿠시마 3년, 대재앙의 교훈 벌써 잊었나"

후쿠시마 원자력발전소 사고는 지금도 진행 중이다. 녹아내린 핵연료는 사람이 접근할 수 없어 어떤 상태인지조차 알 수 없고 매일 300~400t의 오염수가 바다로 흘러들고 있다. 사고 원전 부근은 물론 주변 지역의 제염도 지지부진하다. 아직도 고향으로 돌아가지 못하고 떠도는 주민이 약 27만 명에 이른다고 한다. 후쿠시마 지역 어린이 갑상샘암 환자가 급증했다는 조사 결과라든가 "아이를 무사히 낳을 수 있을지 걱정"이라는 18세 소녀의 편지 등에서 보듯이 방사능 공포 또한 여전하다. (……) 아베 신조 총리는 그제 동일본대지진 및 후쿠시마 원전사고 3주기 기자회견에서도 원전 재가동 입장을 거듭 밝혔다. 원전 공백을 석유·가스 발전으로 메우면서 무역수지 적자가 초래되는 등 경제의 발목을 잡는다고 보기 때문인 모양이다. 경제지상주의에 매몰돼 아직도 진행 중인 대재앙의 현실과 교훈을 외면하는 것은 어리석은 일이다.

한국 정부는 어떤가. 대재앙의 교훈을 아예 무시하는 게 아닌가 싶을 정도다. 이명박 정부의 원전 진흥 및 수출 정책을 박근혜 정부가 사실상 답습하는 모습이기 때문이다. 지난 1월14일 확정한 제2차 국가에너지기본계획은 2035년까지 원전을 최소한 39기로 확대하겠다는 정책이다. 현재 가동 중인 원전 23기와 건설 중인 5기 외에 11기를 더 짓겠다는 의도다. (……) 탈원전의 길로 돌아선 유럽과 달리 사고 지역인 동아시아 한·중·일 3국이 오히려 역주행을 하는 것은 안타까운 일이다. 특히 한국은 자체 원전뿐 아니라 중·일 양국의 원전에 포위돼 있다. 중국 원전에서 사고가 발생하면 황사·미세먼지보다 훨

씬 빨리 한반도에 영향을 미칠 것이다. (……) ⁷⁶

이 글에서 우선 논제는 '후쿠시마 원전 사고의 교훈'이고, 논지는 '후쿠시마 사태를 교훈 삼아 탈원전의 길로 가야 한다'라고 정리할 수 있다.

논거는 무엇인가. ① 첫 단락 내용 전체다. 즉 후쿠시마 원전 사고는 수습된 것이 아니라 정확한 사태 파악도 되지 않고 있으며 그것이 낳은 해악이 걷잡을 수 없이 확산되고 있다. ② 그런데도 아베 정부의 경제지상주의 정책은 후쿠시마 대재앙을 더욱 악화시키는 방향으로 몰아가고 있다. ③ 최근 한국 정부 역시 원전 확대 정책을 공표했다. ④ 한중일의 원전 확대 정책은 탈핵이라는 세계 조류에 반하는 것이다.

이러한 논거들을 바탕으로 '후쿠시마 사태를 교훈 삼아 탈원전의 길로 가야 한다'는 논지를 어떻게 이끌고(추론하고) 있는가. 우선 원전 사고는 한 번 일어나면 통제할 수 없는 대재앙을 일으킨다는 논리를 끌어내고 있다. 이것은 명시되지는 않았지만 행간에 강하게 담겨 있다. 이 전제를 바탕으로 후쿠시마 대재앙을 일으키고도 원전 재가동과 수출 정책을 밀어붙이는 일본 정부와, 이 사태를 보고서도 오히려 원전 확대 정책으로 나아가는 한국 정부가 완전한 닮은꼴이고, 동아시아에 원전 사고 위험이 집중되었음을 설명하면서, 한국이 반드시 탈원전을 향해 가야 한다고 주장한다.

이 추론이 좀 더 설득력을 갖기 위해서는 우선 '원전 사고는 한 번 일어나면 통제할 수 없는 대재앙을 일으킨다'는 것을 뒷받침할 만한 논거를 좀 더 제시하면 좋을 듯하다. 1979년 미국의 스리마일 사고, 1986년의 유명한 체르노빌 사고를 강조해서 언급하고, 한국에서도 여러 차례 원전 비리 사건과 사고가 발생하여 조짐이 심상치 않다는 것을 덧붙인다면 좀 더 논리적인 설득력이 생기지 않을까 싶다. 또한 사고가 일어나지 않더라도, 핵폐기물에서 나오는 방사능이 짧게는 최소한 수십 년간, 길게는 10만 년 이상 후세에 엄청난 위험과 부담을 안긴다는 점을 강조하는 것도 중요하다. 그러나 사설의 제한된 지면을 감안하면, 이렇게 중대한 주제를 다룬 논증으로서 비교적 설득력을 갖추고 있다.

앞에서 말한 것처럼, 묘사와 서사가 주로 느낌과 감성을 표현하는 글쓰기 방법이라면, 설명과 논증은 주로 사고와 지성을 사용하는 글쓰기 방법이다. 따라서 이 두 부류 또는 네 가지 방법 가운데 어느 하나가 우월하거나 우선적인 방법이라고 보는 것은 어리석다. 네 가지 방법을 자유자재로, 필요에 따라 잘 결합해서 쓸 수 있어야 어떤 글쓰기든 잘할 수 있다. 이것은 왼쪽 뇌와 오른쪽 뇌를 균형 있게 모두 잘 써야 한다는 것과 똑같은 이치다.

3. Four Methods of Writing

Here I present four methods of writing as the basic principles and skills of writing. They are description, narration, explanation and argumentation, and also correspond to the expression methods of human feeling and thinking.

The first is description. If we reinterpret the dictionary definition of description, "the act of writing or saying in words what sb/sth is like," we can understand that to write with descriptions is "the act of making a picture with writing." It is, most of all, because artists see with uncommon eyes of observation what ordinary people do not see or miss that we are impressed with their pictures. Writing with descriptions also needs the power of observation. So a practice of descriptions is also that of observation. A work of well-described writing based on good observation, first of all, can represent well the feeling of the described object. The objects of description include not only the visible but also the internal world and we can show our feelings more vividly by describing both worlds. It is due to the special observing eyes of a poet or a writer that we see examples of good description in a poem or a novel or an essay.

For the first time the dull mist in her eyes disappeared and feelings were clear. Afraid that her spirit would leave if I dared to glance away, I met her gaze. (......)

"The gods are so cruel. Why did they take all my sons, leaving only the girl behind?"

I scrambled to my feet. I managed to slide the door open and went out. My eyes grew fuzzy and dim. (......) For the first time I saw the ginkgo trees, the dazzling yellow. They were splendid.

How many layers of clothes were they wearing? They were still beautiful, even after discarding so much yellow. The leaves were more brilliant than flowers. (......)

Suddenly I stopped rolling and sobbed violently. Once I had started, I couldn't stop. I cried on and on like the yellow leaves dropping endlessly. As long as there was even one leaf on the trees, the leaves would keep falling, and I would weep until I was drained of all the tears imprisoned in me. My weeping was pure, not tinged with sadness, and I fell into a deep sleep on the soft carpet.

From that day forward, I spent more time under the ginkgo trees than by my mother's sick bed. The gold that had seemed so endless grew scarce. Lying on the thick yellow carpet, I could stare up at the blue sky through the sparse yellow leaves. I liked those moments. I liked them because I didn't have to feel sorry that I was the one who was alive. (......)

I wanted to die. I wanted to die. But the ginkgo trees were so splendid, the sky so blue, the air in the backyard so refreshing and clear that I wanted to live. I wanted to die. I wanted to live. I wanted to die.

Suddenly I wanted the war to sweep down over us. I could accept the fact that I had survived my brothers' deaths, but I couldn't stand it if others lived on after I died. (......) However, along with the word "war," an image of the bloody sheets and the mutilated chunks of young flesh darted before me. I shook my head and rolled on the soft leaves to forget. I writhed on the bed of leaves each day, and the leaves piled higher and higher, embracing me cozily. [77]

This is my favorite quote from the novel *The Naked Tree* (1970) written by Pak Wan-so as a wonderful example of description. These passages contain very impressive descriptions of the young heroine's despair, resentment, death drive and unmanageable desire for living to which her mother is utterly indifferent. She even curses her youngest daughter because of the shock and the grief from her sons' deaths in the Korean War. The writer makes us feel the tragedy of the war and the vital life force all the more shining in the tragedy by showing the contrasting images of nature and a human being such as the golden yellow ginkgo leaves, the refreshing and clear air in the backyard, the bloody sheets and the mutilated chunks of young flesh, the mother who is soulless with unfocused eyes and the young daughter who has a fresh body and soul. Although this is a work of fiction, we do not feel any exaggeration or falsehood in it. And although it never uses any abstruse philosophical concepts or difficult political and psychological terms, it enables the readers to feel the cruelty of the war and the young woman's conflicts. This is possible due to the writer's good memory and observation with which she describes honestly and exactly what was then her situation and inner state. This is the power of description. Thus description is an important method for telling feelings vividly.

The second is narration. Narration is, in a word, "storytelling by writing." In fact the above-quoted writing of Pak Wan-so contains the elements of not only description but also narration. Literary works, in particular, are often written with the methods of description and narration at the same time. Narration as storytelling must have three indispensable elements. These are a passage of time, acts (events) of men or personified things or animals, and the meaning of the acts (events). Whether it is in an everyday trivial chat or in a profound story of the historically greatest classic, every narration consists of these three elements. What does it mean? It means that everybody naturally wants to reflect on the meaning of the acts which he or she already did in the past and those of the events which already happened. It is particularly so about his or her own unfair affairs or painful events. If someone cannot tell the story, he or she will feel a severe pressure on his or her chest to death. In this sense, narration as storytelling by writing is a very important writing method. Good memory is essential for good narration. You should arrange the order of your memories well so that the meaning of your experiences can be naturally shown while you are writing the experiences especially around their important points. Here let me show you the significance of narration through the explanation of Mr. Yi O-deok who illustrates it by two contrasting writings on the same topic written by two young students of his. This quotation is a little long but the contents are very good for understanding the third and the fourth writing methods, too.

Instance 1

"Arbor Day"

Nature protects man and man protects nature. At this time every year we plant trees and look after them with water.

A country without trees is said to perish. A country with many trees will thrive and will become rich and powerful. People need a country to survive and prevent flooding and shut out wind.

Our country does not have many trees. So all the people must plant trees in April every year. If so, our country will become rich and powerful and wealthy and a welfare state and all the people will be diligent. (6th-grade boy)

Instance 2

"Arbor Day"

Today is April 5th, Arbor Day.

From the morning, our village people were planting trees. I and my sister went to the side of our house. And I dropped my sickle on a rock by mistake while I was cutting some willow branches. I went to pick up the sickle but the helve came off. I went home to get another one and cut some willow branches.

We climbed up the steep hill. I dug a hole and planted the branches and my sister watered them and trod down the earth. After finishing, we saw whether the trees were alive which we planted last year. Three Korean pines we planted last year were growing well. As we returned home, my brother was coming with several willows from the town.

I and my sister went up to the steep hill again with the trees. And we planted all the trees and returned home hoping for their growing well we planted today. (6th-grade girl)

These two pieces of writing contrast with each other in many points. The one is a kind of writing for argument and the latter is just for writing what she did. So, first of all, the forms are different. Most of children's writings are about what they did (narratives). But they can write as many writings for their opinions or arguments (report, persuasive writing) as they want. So we cannot judge which is right or wrong on the basis of the form. But, if the teacher told the children to write about the same subject, he or she may have meant that the pupils should write about what they actually did at a mountain such as tree planting, rather than a kind of argument about Arbor Day. If so, it is natural to point out that the former, that is, the boy's writing, contains a popular belief, not such an experience.

And the former does not have a good content. I do not mean that the boy is saying a wrong word or a lie. This writing is not interesting and not tasty. Why? It is because he did not write his own thinking but just a lesson from his teacher or a publicity poster attached to a wall. *A writing without individuality is a dead one. We feel sympathetic even for a writing for argument, "You said it!", when it is based on the thinking from one's own life.*

Compared with the former, the latter contains the story about planting trees pretty fully. The writer did not try to imitate others' words or deliberately garnish her writing, but just wrote about what she did honestly. So it has a special taste. This is very fine compared with the first one. We should show this kind of a writing to children.[78] (The emphases are mine.)

This explanation of Mr. Yi O-deok is very proper for understanding not only writings of children but also of adults. A writing without individuality is a dead one as he says and individuality is formed based on thinking obtained from one's own life. The fact that the most of children's writings are narratives means that children generally have the purity of not just being swayed by the ideas of others and not receiving them blindly. Children make narratives more than anything else because they write their feelings and thoughts from their own experiences. Therefore, it is a problem for them, whether children or adults, that they cannot do that well when they need to write their own stories. And, as Mr. Yi says, even a writing for argument can obtain support from others when it is based on the thinking from one's own life. Here is another meaning of narration. The writing method of narration is also indispensable for practicing explanation and argumentation which are for helping others to understand something and for stating one's case, respectively. The fact that myths and epics made by the combination of description and narration are the oldest forms of writing means that both are more effective methods for showing the inner workings of humankind.

Description and narration can be said to be the writing methods for expressing feelings or emotions. Now we inquire into the ones of the third and the fourth categories. They are explanation and argumentation in which we use mainly thinking or intellect.

The third is explanation. Explanation is the method for "helping others to understand." I have "explained" to my students that it is the method for "making" others understand, but I thought, in the process of writing this book, that the former wording is more proper than the latter. And I have "explained" to them that making others understand is teaching others, and realized, in the course of thinking of "teaching," that the essence of "teaching" is not "making" others understand. Anybody should understand something for himself or herself. So teaching must be an activity of helping others to interpret and realize something for themselves.

It is important that explanation as teaching is the writing method for "helping" others to understand. A teacher should not teach others by demonstrating his/her authority to them while standing above them. He or she must share what he or she knows with others. To do that, he or she can put himself or herself in the shoes of the others. This is the essence of the writing method of explanation. Therefore, an explanation must be as simple as possible. We can guess, from the fact that "explanation is teaching," that the method of explanation is usually used by "experts" in writing for ordinary people. Explanations must be all the more simple and easy because of this reason. I always tell the students who write semester reports related to their majors which are written mainly with explanation, that they should aim to teach non-specialist readers kindly for their easy understanding. Unlike the other methods, explanation especially has many subordinate methods such as definition and designation, exemplification and analogy, comparison and contrast, process and analysis, descriptive explanation and narrative explanation, and I understand that this is because we need various ways for easy explanation. The above-quoted writing of Mr. Yi O-deok is also a good model of explanation using exemplification and comparison/contrast.

The fourth is argumentation. This is the writing method for "persuading." This is the writing method for persuading others to accept the writer's opinion. So, in this sense, it is beyond explanation as teaching. But argumentation must almost always be supported by explanation. We call the writings logical in which the method of argumentation is used well. Argumentation has four necessary elements: the subject (what is discussed), the point (the main idea of what is written), the grounds or basis (good or true reasons) and the reasoning (the process of thinking about things in a logical way). For writing of argumentation, it is important that we should, firstly, show the subject clearly; and, secondly, present the point in an obvious manner; and, thirdly, give enough reliable bases for the point; and, fourthly, use a type of reasoning acceptable to as many people as possible. A representative writing of argumentation is an editorial or a column. Following is an editorial of a daily newspaper in which we can see the method of argumentation:

"3 years of Post-Fukushima, Do you remember the Apocalypse?"

The accident of the nuclear plants in Fukushima is now in progress. We cannot approach to check the melted nuclear fuel and 300~400 tons of contaminated water continue to flow into the ocean everyday. The number of the inhabitants is believed to be about 270,000 who cannot return to their home staying at strange places. As we see from the findings of the investigation that the thyroid cancer of children in Fukushima has increased rapidly, and from an 18-year-old girl's letter, "I am afraid I may not be able to bear a healthy baby"; the fear of radioactivity continues as before. (……) Prime Minister Shinzo Abe made his position clear again at the press conference for the 3rd anniversary of the big earthquake in east Japan and the nuclear accident in Fukushima that it will re-operate the other nuclear plants in Japan. The government officials seem to think that the generation of electricity only with oil and gas because of the shutdowns is bringing about a trade deficit and economic depression. It is stupid to look away from the actualities and the lessons of the ongoing catastrophe by being driven by economism.

What's the story on the Korean government? It appears to almost disregard the lessons of the catastrophe. It, in fact, is following in the former Yi Myeong-bak Administration's policies of the promotion and the export of nuclear plants. The core policy of the Second-Term National Energy Principles determined on last January 14 is that they will increase the number of nuclear plants to at least 39. It means that they have the intention of building 11 more nuclear plants apart from the 23 ones in operation and the 5 under construction. (......) It is beyond deplorable that the three East Asian countries of Korea, China and Japan, where the effects of the catastrophe are serious, unlike most of European countries, would fall out of step with the global de-nuclear trends. Korea, in particular, is surrounded by the nuclear plants of China and Japan as well as by its own. If a nuclear accident happens in China, it will influence the Korean Peninsula much more rapidly than the yellow sand and the fine dust. (......)[79]

We can say that the subject of this editorial is "the Lessons of the Nuclear Accident in Fukushima" and the point is "We should take the way of de-nuclearization from the lessons of the Fukushima accident." On what is this based? 1. We find the base in the whole of the first paragraph. In short, the evils of the nuclear accident in Fukushima are uncontrollably spreading far as it has not been cleaned up, but they do not and cannot even give the accurate picture. 2. And the Abe Administration's policy of economism is aggravating the catastrophe of Fukushima. 3. Recently the Korean government also pronounced the expansionary policy of nuclear plants. 4. The three East Asian countries' expansionary policy of nuclear plants is running against the global de-nuclearization trends. And what is the reasoning with which the point is drawn that we should take the way of de-nuclearization from the lessons of the Fukushima accident? Firstly, there seems a logic that a nuclear accident, if it happens only once, invites an uncontrollable disaster. We can read this between the lines. On the basis of this premise, it is explained that the Japanese government, pushing ahead with the policy of the re-operation and the export of nuclear plants even after the catastrophe of Fukushima, and the Korean government, going forward with the expansion of nuclear plants regardless of the catastrophe, are completely "similar figures," and it is argued that we should pursue de-nuclearization without fail. It seems that some more grounds for the point are needed in order that this reasoning can be more persuasive. It would be very helpful to emphasize the serious effects of the American Three Mile Island accident in 1979 and the famous Chernobyl accident in 1986. And it will also make the reasoning more persuasive to add the fact that there have already been corruption scandals, small but very questionable accidents related to nuclear plants so many times. And it is also important to emphasize the point that the radioactivity from the nuclear wastes would be tremendous danger and burden to future generations for at least several decades to over one hundred thousand years even though no accident happens. But, considering the lack of space, it is comparatively persuasive as argumentation for such a significant theme as this case.

As is said above, description and narration are the writing methods mainly for the expression of feelings and emotions, and explanation and argumentation are the ones which use chiefly thinking and intellect. Therefore, it is absurd to think that the one or the other category is better and that a particular method of the four ones is the most important. We should be able to use the four methods freely and combine them as needed for good writing. This is the same as the necessity for the balanced using of the left and right brains.

4. 수필 쓰기의 매력

앞에서 설명한 네 가지 방법을 사용해서 쓰는 글의 종류나 형태는, 우리가 알다시피 하나하나 늘어놓기 힘들 만큼 아주 다양하다. 흔히 문학 글쓰기 형식으로도 시, 소설, 비평, 희곡, 수필 등의 여러 장르를 꼽는다. 그런데 여기서는 수필이라는 글쓰기 형태에 관해 특별히 말하고자 한다. 여기서 말하고자 하는 수필은 '문학' 글쓰기를 '전문'으로 하는 사람들이 쓰는 것을 당연히 포함하지만, '생각하는' 사람이라면 누구나 보편적으로 쓰기에 가장 적합한 것으로서 제시하는 글쓰기 형태다.

수필은 사전에서, '일정한 형식을 따르지 않고 인생이나 자연 또는 일상생활에서의 느낌이나 체험을 생각나는 대로 쓴 산문 형식의 글'(강조는 인용자가 함)이라 풀이되어 있다. 사실은 '붓(筆)'을 '따라서(隨)' 쓴다는 뜻의 '수필(隨筆)'이라는 말 자체에 이미 이 풀이 내용의 중요한 일부가 들어 있다. '붓을 따라서＝일정한 형식을 따르지 않고' 쓰는 수필을, 나는 '자유로운 글쓰기' 형식이라 일컫고 싶다. 미리 정해진 형식으로 쓰지 않는다는 것은 두 가지 의미가 있다. 첫째는 기본적인 구성 요소, 즉 이미지와 운율, 인물과 플롯 등을 가지고 쓰는 시나 소설 같은 문학 작품, 또는 보고서나 제품 설명서처럼 특정 용도를 위해 쓰는 글과 달리, 수필에는 일정한 형식이 없다는 것이다. 둘째, 수필이라는 글쓰기 속에도 형식이 없다고는 할 수 없는데, 그 형식은 미리 주어진 것이 아니라 수필을 쓰는 이가 스스로 만들어내는 것이다. 이런 설명은 시인이자 문학평론가인 임화(1908~1953)라는 이가 요령 있게 한 바 있다. 자신의 사상(생각)을 자신의 목소리로 직접 표현하는 글쓰기 형식이 수필이기 때문에, 표현만 번드르르하지 않고 사상만 딱딱하게 드러나지 않으면서도 이 둘을 잘 조화시켜 맛도 있으면서 사람들의 생각을 변화시키는 힘을 지닌 수필을 쓰는 것이 다른 어떤 글쓰기보다도 어렵다는 것이 그의 생각의 핵심이다. 실제로 '보수주의' 문인이건 '진보주의' 문인이건 당대의 대표적인 문인 가운데 누구나 인정할 만큼 좋은 수필을 쓰는 사람은 없다는 것이 그의 냉정한 평가다.[80]

임화의 생각은 매우 설득력이 있지만, 나는 그의 논리를 뒤집어서 말하고 싶다. 시나 소설처럼 일정한 형식 속에 '숨는' 것이 아니라 자기 자신의 느낌과 체험을 자기 목소리로 드러내 놓고 말해야 하는 수필을 쓰는 것이 어렵다는 것은, 현대의 '전문' 문인들의 글쓰기 '관행'에 뭔가 심각한 문제가 있다는 것을 뜻한다. 그리고 이 '관행'은 임화의 시대뿐만 아니라 현재까지도 온존하고 있다. 한국문학의 이 '고질병'에 관해 작가 최성각이 매우 신랄하게 비판한다. 그의 비판의 핵심 대상은 유달리 소설 장르만을 숭상하는 반면에 수필(에세이)은 천시하는 한국 문단의 시대착오성과 왜곡된 시각이다.

오늘 이 나라, 문학이라는 외진 골목길에서 패거리 지어 놓고 있는 사람들은 '소설'이라는 장르에 대해, 더 나아가 문학에 대해 깊고도 뿌리 깊은 착각을 하고 있는 것 같습니다. (……)

이 나라, 특히 문학판의 장르에 대한 고정관념은 작가나 비평가 할 것 없이 예술사의 과거 한 지점에 고착되어 있습니다. 서양예술의 준거가 우리나라에 이식되어, 이식된 문화가 늘 그래왔듯이, 본토에서보다 더 보수화된 경우가 바로 이 해묵은 장르계급이라고 여겨집니다. 달리 말해 18~19세기에 서양에서 '문학'이라고 인정한 형식만이 그 정의상 문학이라고 간주하고 있습니다. (⋯⋯)

에세이는 시, 소설이라는 건축물이 조립되는 과정에서 발생하는 톱밥이 아닙니다. 소설이 죽자 이때다, 하면서 새로 탄생한 글쓰기 형식은 더욱이 아닙니다. 본래부터 에세이는 당대 사람살이의 이야기였던 것입니다. 그래서 일찍이 김종철 선생님 같은 이는 "우리 시대의 진정한 문학은 시나 소설이 아니고, 어쩌면 르포작가나 저널리스트들이 하고 있는 것인지 모른다(김종철, 『시적 인간과 생태적 인간』, 구모룡과의 대화, 삼인)"는 발언을 했는지도 모릅니다.

(⋯⋯) 생태계 위기의 시대는 그 어느 때와도 다른 혁명적인 문학(관)을 요구하고 있는 게 아닌가 생각됩니다. 그것은 곧, 인간이란 어떤 존재인가, 인간은 지금 자신과 이 행성에 도대체 어떤 짓을 저지르고 있는가, 하는 피할 재간이 없는 '최초의 질문'에 봉착했다는 점에서도 그러합니다.[81]

그의 설명에 의하면 소설 장르는 근대가 시작될 때 나타나 한동안 근대의 시대정신을 대표하는 문학 형식이었지만, 서구에서는 그러한 지위를 잃은 지 오래고 그것은 필연이었다. 왜냐하면 산업화와 자본주의를 경제 원리의 핵심으로 삼는 근대라는 시대는 곧 '생태계 위기의 시대'이기도 한데, 이런 시대에 예컨대 현대 산업 자본주의 문명을 대표하는 미국에서 진주만 공습 후 "'소설가'의 '느린 리듬과 암시적인 진술'에 독자들은 인내심을 잃어'[82] 버리면서 논픽션이 문학으로 자리 잡고 황금기를 시작한 사실에서 보듯, 관습적인 근대문학관을 수정해야 할 필요성이 이미 오래 전에 생겼기 때문이다. 현대의 고전이 된 레이첼 카슨의 『침묵의 봄』(1962), 트루먼 커포티, 노먼 메일러서 등의 빼어난 작업,[83] 우루과이 작가 에두아르도 갈레아노의 글들, 루쉰의 잡문, 멕시코 사파티스타 부사령관 마르코스와 그의 사상을 형성시킨 체 게바라의 글들, 동화작가로 널리 알려진 권정생 선생의 산문집들이 그가 제시하는바 오늘날의 시대정신을 표현한 훌륭한 에세이의 예들이다. 그러나 헨리 데이비드 소로의 『월든』(1854)에서 보듯, 에세이의 정신이 빛을 발하기 시작한 것은 오래 전 일이다. 그의 설명처럼 "본래부터 에세이는 당대 사람살이의 이야기였던 것"이다.

동양에서건 서양에서건 수필은 이미 근대 이전에 등장하여 중요한 자기 역할을 한 글쓰기 형식이다. 동양의 문헌에서 수필이라는 명칭이 최초로 사용된 것은 남송 때 홍매(洪邁, 1123~1202)라는 이의 저서 『용재수필(容齋隨筆)』에서고, 우리나라의 문헌에서 수필이라는 명칭이 처음 보이는 곳은 조선왕조 1688년에 조성건(趙性乾)이 쓴 『한거수필(閑居隨筆)』이라고 한다. 한편 영어 'essay'는 '계량하다', '조사하다', '맛보다'라는 뜻의 라틴어 'exigere'서 온 고대 불어 'essai'에서 기원하는 말인데, 에세이라는 말을 서구에서 처음 사용한 것은 미셸

드 몽테뉴(1533~1592)가 쓴 『수상록(Les Essais)』(1580)에서다.[84] 이렇게 보자면, 자기 자신의 느낌과 생각을 기존 형식에 얽매이지 않고 자유로이 펼치는 수필 쓰기는 동양에서 먼저 시작했다고 할 수 있다. 그래서 "보통 수필이라고 하면 생활 속의 가벼운 체험이나 견문, 느낌에 한정되는 경향이 있다"[85]고 평가하면서 몽테뉴 '에세'에 수필과는 격이 다른 가치를 부여하는 것에 나는 찬성하지 않는다. 동양에서도 수필이라 하면 전통적으로 그 형식이 포괄하는 범위가 아주 넓어서, '생활 속의 가벼운 체험이나 견문, 느낌'을 쓴 것은 그 일부일 뿐이기 때문이다. 서설(書說), 증서(贈書), 잡기(雜記), 찬송(讚頌), 논변(論辨), 감상(感想), 수상(隨想), 수감(隨感), 상화(想華), 만상(漫想), 만필(漫筆), 단상(斷想), 논고(論考) 등등,[86] 수필을 가리켰던 글쓰기 형식의 명칭이 매우 다양했던 것도 수필 형식이 얼마나 넓은 주제와 글쓰기 방법을 거느렸는지를 말해준다.

중요한 것은 오히려 수필이건 에세 또는 에세이건 간에, '스스로 판단을 시도해 보는 정신'에 따른 '주체적인 표현의 시도'[87]를 핵심으로 한다는 점에서 같은 것이라는 점이다. 그래서 나는 '글쓰기의 전형이자 모범'[88]을 몽테뉴의 『에세』에서뿐만 아니라 법정 스님의 『무소유』에서도 보고, 앞서 최성각이 열거한 현대 동서양의 여러 인물들의 글에서도 찾을 수 있다고 생각한다. 이 모든 분들의 수필은 주체적인 생각을 주체적인 표현에 담아냈다는 점에서 모두가 자기 글쓰기 형식의 창시자라고도 할 수 있다.

수필은 '주체적인 내용과 형식'을 특징으로 할 뿐만 아니라, 민주주의의 정신을 담을 가장 적절한 형식이라는 점에서도 특별한 의미가 있다고 나는 생각한다. 앞서도 말한 것처럼, 수필은 전문 문인뿐만 아니라 '생각하는' 사람이라면 누구나 쓸 수 있는 글쓰기 형식이다. '생각하는' 사람, 즉 자기 스스로 어떤 삶의 문제에 관해 생각해 보고 판단하고 그것을 자기만의 방식으로 표현하고자 하는 사람이 쓰기에 수필이 가장 적절한 글쓰기 형식이기 때문이다. 이를테면 수필은 시나 소설처럼 '전문적인' 창작 수업이나 연습이 필수는 아니다. 물론 수필 역시 많이 읽고 많이 써 본 사람이 더 잘 쓸 수 있겠지만, 그것은 혼자서도 얼마든지 할 수 있는 것이다. 중요한 것은 글에 담는 자기 생각과 자기만의 방식인데, 바로 이 때문에 수필은 '전문' 문인보다 삶의 경험이 깊고 풍부하면서 자기 관점이 뚜렷한 보통 사람이 더 잘할 수도 있는 글쓰기 형식이다.

그리고 무엇보다도, 수필은 가장 정직한 글쓰기 형식이라고 생각한다. 학생들에게도 늘 하는 말이지만, 시나 소설 등 다른 문학적 글쓰기를 포함하여 대부분의 글쓰기 형식은, 통념과는 달리 그 기술을 연습하면 최고로는 쓰지 못한다 하더라도 흉내는 낼 수 있다. 그러나 수필은 남의 것을 흉내도 낼 수 없다. 수필은 글에 등장하는 '나'와 글을 쓰는 '나'를 완전히 일치시켜야 쓸 수 있는 글이기 때문이다. 물론 수필 역시 문장 쓰기의 기본적인 기술을 연마하지 않고는 잘 쓸 수 없다. 그러나 그에 못지않게 수필 쓰기를 잘하기 위해 특별히 강조해야할 점은, 글을 쓰는 '나'가 온전해야 글 속의 '나'에게서도 깊은 향기가 배어난다는 것이다. 그러니 어떻게 해야 수필을 잘 쓸 수 있겠는가?

앞서도 말했듯이, "잘 살아야 한다."

나는 여기서 어느 평범하고 정직한 젊은이가 쓴 짧지만 감동이 깊은 수필 한 편을 본보기로 소개하고자 한다(이 젊은이는 내 글쓰기 수업을 들은 학생이다. 이 학생에게도 이 글의 게재 허락을 받지 못했다. 연락을 시도했지만, 군에 입대한 사실을 알게 되었다. 나중에 내가 연락을 해서 자초지종을 말하면 많이 당황할 테지만 사후에라도 결국 승낙을 해 주리라 믿는다. 좀 쑥스러워하겠지만).

〈우리 아버지〉

대학에 입학하며 타지에서 생활한 지 1년이 되어 간다. 대학 생활은 상상과 달리 유쾌하지만은 않고, 힘이 들 때면 고향 생각이 많이 난다. 집, 가족, 부모님, 그 중에서도 아버지를 많이 떠올린다.

고등학교를 졸업하신 아버지께서는 어려운 집안 형편 탓에 대학교에 다니지 못하셨다. 그렇게 아버지께서는 시골 생활을 하시다가 남동생 셋과 여동생을 이끌고 상경을 하셨다. 고등학생이었던 동생들을 보며 아버지께서는 무슨 생각을 하셨을지는 상상만 할 뿐이다. 의지할 친척도 없이 어렵게 살 곳을 마련하시고, 아버지께서 가장 먼저 시작하신 일은 두루마리 화장지 장사였다고 한다. 인력거에 화장지를 싣고 시장에서 소리를 지르려는데, 목소리가 나오지 않아 막걸리한 사발을 들이켜고 나서야 정신을 차릴 수 있었다는 말씀을 자주 하셨다. 그 모습을 상상하면 아무리 세대가 다르다지만 같은 20대인 나는 그런 패기 있는 모습을 보일 수 없을 것 같아 아버지가 더욱 대단하게 느껴진다.

　어릴 적엔 부모님께서 다투시는 모습을 자주 봤다. 아버지께서 홧김에 바닥에 내던지신 왜간장에 교과서가 젖었고, 책을 펼 때마다 그때 생각이 나서 아버지가 미워졌다. 아버지는 무식하다 생각했고, 아버지는 독불장군이라 생각했고, 아버지가 내 아버지인 것이 싫었다. 아버지와 대화하는 것을 피했고, 관계는 점점 더 삭막해졌다. 하지만 아버지께서 고생하시는 모습을 떠올리면 차마 그런 생각을 할 수가 없었다. 젊은 시절 교통사고로 지체 장애 판정을 받으시고도 무리하시어 일을 계속하시는 것을 알기에 더욱 그렇다. 나는 내 기억이 닿는 순간부터 아버지와 밭일을 하며 자라왔고, 아버지의 여러 모습을 볼 수 있었다. 밭에서는 비바람 맞으시며 화물차에 배추를 쌓으시고, 장에서는 차에 올라 배추를 다듬는 일을 20년째 하신다. 그렇게 고생하시면서 지금까지, 또 앞으로도 자식 놈들 보살피시는 아버지가 자랑스럽고 항상 감사하다.

　집에 내려가서 아버지를 뵈면 많은 생각이 든다. 세기 힘들 정도로 많아진 흰머리, 작아진 키와 야윈 몸, 깊어진 주름을 보며 내가 더 열심히 살아야겠다고 다짐한다. 아버지께서 항상 말씀하시는 것처럼 착하게 살겠다고 생각한다. 말로 혹은 글로 표현하기 어려워 어깨라도 더 주물러드리고 온다.

　뒤에서도 살펴보겠지만, 나는 이 학생의 짧고 소박한 이 글에 밴 배려의 진실함이 몽테뉴의 『수상록』에 담긴 생각의 무게보다 별로 못하다고 생각하지 않는다. 좋은 글의 요건 가운데 첫째와 셋째, 즉 솔직함과 정직함, 간소함도 충분히 갖추고 있다. 단, 둘째 요건, 즉 세상사를 좀 더 넓고 좀 더 깊게 보면서 그 전체를 바라보는 자신의 뚜렷한 주관을 가질 수 있도록 앞으로 노력한다면, 모든 면에서 『수상록』에 못지않은 좋은 글을 쓸 수도 있다고 생각한다.

수필 쓰기는 이렇게 아주 매력 있는 일이다. 다시 말하지만, '생각하는' 사람들 그 누구나 늘 읽고 쓰기를 해볼 만한 것이 수필 쓰기이다. 내가 수필 쓰기에 특별히 관심을 두고 있는 것은 두말할 필요도 없는데, 사실은 글쓰기의 이론 설명에 해당하는 1부를 포함해서 이 책 전체가 크게 보아 수필이라 할 수 있다. 2부에서는 몽테뉴의 『수상록』에 관한 이야기를 시작으로 본격적인 수필 쓰기를 시도한다.

4. The Attraction of Writing Essays

The kinds or forms of writing belonging to the above-explained four methods, as we know, are too various to be listed. Usually the genres of poetry, novel, criticism, play and essay as writing forms of literature are mentioned. Here let me speak of the form of the essay in particular. I would like to present essay writing as the most appropriate writing for anybody who does 'saeng-gak' as well as the 'specialists of literature.'

The meaning of an essay given by a Korean dictionary is "a prosaic writing of one's own *feelings and experiences* obtained from one's life or nature, *free from specific forms*." (The emphases are mine.) I want to call the essay the freest form of writing. This means two things. Firstly, unlike a poem or a novel, written with images and rhymes, characters and a plot, or, a report or a manual written for a particular purpose, an essay has no set form elements of writing. Secondly, this does not mean that an essay has no form, but it must be made by the writer himself or herself. Im Hwa (1908~1953), a poet and critic, made a good explanation related to this. His point is that essay writing is more difficult than any other writing because it is a writing form with one's own thinking and voice, and it is not easy to write an essay which does not show only splendid expressions or only one's rigid view but has both virtues of a polished style and an energy of changing others' thoughts. His cool judgment was that there was none among his contemporary writers, both conservative or progressive, who could be recognized as a good essayist.[89]

Although his thought is quite persuasive, I would like to mention the point which his logic missed. The fact that it is difficult to write an essay because the writer cannot "hide" behind set elements of form, as in a poem or a novel, but should speak candidly about his or her own feelings and experiences with his or her own voice, means, in other words, that there is a serious problem with "the customs" of modern "specialists" in literature. And "the customs" are still conserved. A Korean writer Choe Seong-gak criticizes "the stubborn customs" of Korean literature very severely. The main object of his criticism is the anachronism and the distorted perspective of the Korean literary circles who only revere the genre of novel and look down on essays.

It seems that those who are moving around in groups at the remote street of Korean literature today have a serious delusion about the genre of novel, and furthermore, of literature itself. (......)

The literary persons' focus on genres in this country, in particular, whether they are novelists or critics, is generally fixed to a point of the past literature-art history. I think that the literary persons of the old genre (novel) in this country belong to the category who transplanted the standard of Western art and became more conservative rather than those in the mainland, as is the case of all the transplanted cultures. In other words, they regard only the form which the Western literary persons recognized as 'literature' in the 18th and the 19th centuries as literature by definition. (......)

An essay is not something like sawdust which is made as a by-product of building a poem or a novel. It is not even a new-born writing form taking the decline of novels as a chance. Essay writing was originally the story writing of people's life at that time. Maybe that is the reason for such a person like Mr. Kim Jong-cheol to say long ago, "Perhaps the genuine literary works in our times are not poems or novels but what are being made by documentary writers and journalists. (Kim Jong-cheol, *Si-jjeok In-gan-gwa Saeng-tae-jeok In-gan* (Poetic Human Beings and Ecological Human Beings), A Dialogue with Gu Mo-ryong, Samin.)

(......) This era of the ecological crises may be demanding a revolutionary (viewpoint of) literature totally different from that of any other age. It is also because we are confronted by the inescapable "unparalleled question" of "what are human beings?" and "What on earth do human beings commit to themselves and this planet?" [90]

According to his explanation, the genre of novel appeared at the beginning of the modern age and was the form of literature representative of the spirit of the modern times for quite some time but lost such a position in the West long ago, and this was inevitable. It is because the modern age of which the core economic principles are industrialization and capitalism are also those of ecological crises, and as is seen from the fact, for example, that nonfiction as literature began to take its own place and greet a golden age in America, which is the representative country of modern industrial, capitalistic civilization, after the air attack on Pearl Harbor because the American readers "who saw reality every evening in their living room lost patience with the slower rhythms and glancing allusions of the novelist."[91] In short, the necessity for changing the conventional viewpoint of modern literature already arose long ago. He presents, as the good examples expressing today's spirit of times, Rachel Carson's *Silent Spring* which became a modern classic work, the outstanding works of Truman Capote and Norman Mailer, the writings of the Uruguayan writer Eduardo Hughes Galeano, Lu Hsun's miscellaneous writings, the writings of Marcos, the deputy commander of Mexican Zapatista, and Che Guevara, his teacher of thought, and a famous fairy tale writer Gwon Jeong-saeng's essays. But, as we see from Henry David Thoreau's *Walden*, it is long ago that the spirit of an essay began to shine brightly. Like Choe's explanation, "Essay writing was originally the story writing of people's life at that time."

Whether in the East or in the West, essay writing is a writing form which appeared long before the modern times and played an important role of its own. It is said that the first use of the name of Supil (essay) was in the book *Yong-jae Supil* (My Essays) written by Hong Mae (1123~1202) who was a prime minister in Chinese South Song Dynasty, and it was in *Han-geo Supil* (The Essays with a Life of Ease) written by Jo Seong-geon in the year 1688 that the title of Supil appeared for the first time in a Korean document. On the other hand, the English word "essay" originated from the ancient French word "essai," of which the etymology is the Latin word "exigere" which means "to taste" and "to examine," and it was in *Les Essais* (1580) written by Michel Eyquem de Montaigne (1533~1592) that the name of essay was first used in the West.[92] In this sense, we can say that essay writing started in the East. So I do not agree that "Supil usually means the writings about trivial experiences, knowledge and feelings of everyday life"[93] and Montaigne' *Les Essais* is not to be on the same level. Also in the East, Supil has traditionally included a very wide range of writings and "the writings about trivial experiences, knowledge and feelings of everyday life" are only part of it.

The broad category of Supil in subject and method is shown in the fact that Supil had various different names.

Each one, Supil or Essai or essay, has the same essence of "attempting to make a self-expression" on the basis of "the spirit of one's own judgment."[94] So I think that we can see "a model of writing"[95] in Venerable Beopjeong's *Musoyu* (Non-possession) and the above-mentioned modern writings written by many authors in the East and the West as well as Montaigne's *Les Essais*. Each of these can be said to be the founder of his/her own writing form in the sense that each showed his or her own subjective thinking with his or her own subjective expressions.

I think that an essay has a special meaning in that it is not only characteristic of "subjective contents and form," but also the most proper form for containing the spirit of democracy. As said above, an essay is a writing form which everyone who does "saeng-gak" can make as well as writing specialists. An essay is the most appropriate form for expressing one's own judgments about his or her own life problems who try to do "saeng-gak" for himself or herself. In other words, Essay writing does not necessarily require "professional" lessons as in the writing of a poem or a novel. Of course a person who reads and writes many essays can write a better essay, but the reading and writing can be done by himself or herself. The point in writing an essay is one's own way of thinking and one's own form of writing, and just because of this reason, an essay is a writing form which a person who has many profound experiences and his or her own viewpoint of life has the possibility of writing better rather than "professional" writers.

And, above all, I think that essay writing is also the most honest writing. As I always say to my students, almost every form of writing including a poem or a novel, contrary to popular belief, can be imitated, even though it is not the best, if he or she learns the skills. But someone else's essay cannot even be mimicked. Because everyone should make the "I" who is in the essay perfectly identical with the "I" who is writing it to write a good essay. It is natural that we should practice basic writing skills to write a nice essay. But it also deserves special emphasis that the writer "I" should be a person of sound character to give forth fragrance from the "I" in the essay. If so, how can we write an essay well? As I said above, "Each of us should live a good life."

Let me here introduce a short but moving essay as a good example which an ordinary and honest young man wrote. (He was one of my students. I could not get his permission for publication either. I tried to contact him but I got to know that he joined the army. I believe that he will be embarrassed but understand me if I tell him the whole story later.)

My Father

It's been almost a year since I entered the university and began living away from home. The university life is not always as pleasant as I had imagined and I often miss my home, my family and my parents whenever I face trouble. Most of all, I think of my father so much.

My father could not enter a university after graduating from high school because his family was very poor. He lived a rural life and then went to Seoul with three younger brothers and one younger sister. I can just imagine what thoughts my father had looking at his brothers and sister who were high school students. He told me that he got a dwelling place with difficulty without help from a relative and set about his work in Seoul by selling toilet paper. He often said that he could not help drinking a cup of *makgeolli*[96] to recover his spirits whenever he could not shout at a market place with toilet paper on a cart. He seems very great when I imagine the sight because I might not have had such spirit even though he and I are of different generations.

When young, I saw my parents quarrel with each other very frequently. My textbooks used to be soaked with Japanese soy which my father threw on the room floor and I felt hatred toward my father whenever I opened them. I thought that my father was ignorant and my father was a man of only self-assertion. And it was terrible that he was my father. I avoided talking with him and our relation became more and more dull. But I did not have the heart to think and act so when I thought of his sufferings. I could not do that especially because I knew that he could not but overwork himself even though it was decided that he would have a physical disability after a car accident when he was young. I have grown up working with my father in the fields for as long as I can remember. I saw many images of him. He did the work of heaping cabbages on the truck in the fields exposed to wind and rain, and of cleaning the cabbages on the truck at the market places. I am proud of and grateful to my father who has taken care of and will look after his children with such sufferings.

A number of thoughts occur to me when I return home and see my father. When I see him whose white hairs became too many to enumerate, whose body became shorter and thinner and whose wrinkles became deeper, I pledge myself to live a good life as my father asks of me. I give him a little more of a shoulder massage before I return to the school when I cannot show my love for him with a word or with writing.

As we will consider later, I do not think that the sincerity of consideration for his father contained in this short and simple writing of the student is far inferior to the weight of thinking in Montaigne's *Les Essais*. The above writing fulfills the first and the third requirements of good writing well enough; that is to say frankness, honesty and simplicity. If he only makes an effort for his own clear viewpoint of life to see the world more widely, more deeply and more wholly, he will, in his writing, even come to the level of *Les Essais* in all aspects.

Thus writing an essay is a very attractive thing. Again, it is a wonderful challenge for anyone who is doing 'saeng-gak' to try to read and write an essay. It is needless to say that I have a special concern for essay writing. In fact, it can be said that the whole of this book including section I is an essay. In section II, I will make an actual attempt to write essays in earnest starting with an essay about Montaigne's *Les Essais*.

Ⅱ. 수필 쓰기의 실제 :
읽고 쓰며 배우는 삶의 지혜와 언어

1. '나-인간'에 관해 성찰해 보기 : 몽테뉴의 『수상록』

몽테뉴, 『몽테뉴 수상록』, 손우성 옮김, 동서문화사, 2014.

_____, 『몽테뉴 수상록』, 민희식 옮김, 육문사, 2013.

박홍규, 『몽테뉴의 숲에서 거닐다』, 청어람미디어, 2004.

몽테뉴의 『수상록』에 관한 이야기로 수필 쓰기를 시작하는 데에
는 분명한 이유가 두 가지 있다. 첫째, 서양의 경우이지만, 수필에 해
당하는 에세이(불어로는 에세)라는 명칭이 이 책 이름에서 비롯되었
으니, 이 책에 관한 글쓰기는 그야말로 수필에 관한 수필 쓰기가 된다
는 점이다. 둘째, 명실상부하게도, 이 책은 무엇보다 글 쓰는 이의 체
험과 느낌을 진솔한 자기 목소리로 드러내 놓고 말한다는 수필의 취
지를 다른 어떤 책보다도 잘 보여준다는 점이다. 따라서 이 책은 수필
에 관한 이론 공부의 자료로뿐만 아니라 실제 수필의 본보기로도 반
드시 읽어야 할 책이라고 생각한다.

몽테뉴는 프랑스에서 1533년에 태어나 1592년까지 살다 간 사람이
다. 그의 아버지가 몽테뉴 성의 영주일 정도로 그는 지체 높은 귀족 집

안에서 태어나, 아주 어릴 때부터 라틴어로 고전 교육을 받았고, 커서는 대학에서 법률 공부를 하고 나서 법관직을 거쳐 보르도 시장이 되었다. 『수상록』은 1571년 전후부터 그가 죽는 1592년까지 20년에 걸쳐 썼다고 한다.[97] 무엇이 그로 하여금 그토록 오랜 세월 동안 자기 탐구와 그것을 매개로 한 인간 탐구의 글쓰기에 몰입하도록 한 것일까?

먼저 눈에 띄는 것은 그가 죽은 해인 1592년이다. 이 해에 우리나라에서는 임진왜란이라는 7년 전쟁이 일어나 나라 전체의 근간이 뒤흔들리는데, 이 난리를 분기점으로 하여 조선시대가 전기와 후기로 확연히 나뉜다는 데에서 그것이 미친 파장을 짐작하고도 남는다. 비슷한 시기에, 몽테뉴가 살던 시대의 프랑스에서는 기독교 신·구파 간의 갈등과 대립이 발단이 된 30여 년간의 내전이 계속되고 있었다. 이 내전은 몽테뉴가 죽은 6년 뒤에나 종결되었다고 하니 그 시점은 우리나라가 겪은 왜란이 끝난 시기와 비슷하다. 어떤 전쟁이든 큰 전쟁을 치르고 나면, 그 전쟁이 낳은 환멸이 역설적 동기가 되어 인간의 본질에 대한 깊은 탐구의 경향이 하나의 뚜렷한 시대적 특징으로 나타나곤 한다. 이것은 몽테뉴의 『수상록』에서도 매우 분명하게 볼 수 있는데, 이 책에서 가장 큰 비중을 차지하는 내용이 사실은 고금의 전쟁과 관련된 이야기인 것이다. 다시 말해서, 성인이 된 이후 대부분의 시기를 전쟁의 와중에서 살았다는 점이야말로 몽테뉴가 인간 탐구에 나선 첫째 원인이 아닐까 싶다.

나는 국내 전쟁의 퇴폐한 세태로 이러한 믿을 수 없는 악덕의 예가

성행되는 시대에 살고 있다. 우리가 날마다 겪고 있는 극단의 처사는 고대에서는 도무지 찾아볼 수 없는 일이다. 나는 결코 이것을 그저 평범하게 볼 수 없다. 이렇게도 괴물 같은 마음씨들이 있어서, 사람을 죽이는 재미로 살인을 하며, 남의 사지를 쳐서 가르고, 아무 적의도 아무 이익도 없이 고통스런 형벌을 받고 죽어가는 사람의 비참한 울음소리와 그 가련하게 꿈틀거리는 몸부림을 재미나게 구경하자는 단 하나의 목적으로, 전에 없던 고문과 새로운 살인법을 꾸며 내려고 머리를 쓰다니, 내 눈으로 보기 전에는 도무지 믿어지지 않는 일이다. 왜냐하면 이것이야말로 잔인성이 도달할 수 있는 극한이기 때문이다.[98]

또한 매우 불운했다고 할 만한 그의 개인사가 두드러지게 보인다. 장남인 몽테뉴는 아버지로부터는 총애를 받았으나, 어머니는 그를 어릴 적부터 끔찍이 싫어해서 그는 어머니에 대해 평생 단 한 마디로 쓰지 않았고, 유일한 친구로 생각한 라 보에티가 요절한 뒤에는 친구도 없었으며, 결혼하자마자 아내는 그의 동생과 정분이 났고, 결혼 생활 내내 지독히 불행했으며, 여섯 명의 딸이 태어났으나 대부분 일찍 죽고, 둘째 딸 하나만 장성했다고 한다.[99] 웬만한 사람이라면 스스로 파멸의 길을 선택하는 것이 이상해 보이지 않을 정도의 사연들이다. 그러나 이렇게 불운한 개인사 역시 몽테뉴에게는 자기 탐구와 인간 탐구의 원동력이 되었다.

가혹한 시대사와 개인사의 무게를 그대로 받아들이면서, 스스로 선택한 고독 가운데 몽테뉴 성탑 3층 작은 서재에서의 독서와 그 주변 자연 속에서의 산책과 사색을 통해 몽테뉴는 『수상록』을 쓴 것이다. 그의 고독과 사색의 깊이가 얼마나 되는지는 그가 영향을 끼친 후대 사상가들의 면면만으로도 미루어 알 수 있다. 디드로와 볼테르는 그를 계몽주의 철학의 선구자로 칭송했고, 헤르더는 그가 민요를 제대로 이해하고 자연 회귀를 주장한 사람이라고 평가했으며, 영국의 비평가이자 수필가인 해즐릿은 인간으로서 느낀 점을 솔직하게 쓰는 용기를 가진 최초의 인간으로 그를 숭상했고, 니체는 몽테뉴의 문화상대주의와 '간결하고 발랄한 회의주의'를 찬양했고, 몽테뉴의 솔직함은 프로이트 이론의 원천이 되기도 했으며, 레비스트로스는 그의 저서 『야생의 사고』에서 몽테뉴가 쓴 식인종에 대한 글을 언급하며 '인류학자 몽테뉴'에게 경의를 표했다고 한다.[100] 그러나 "모든 전위문학은 불온하다. 그리고 모든 살아 있는 문화는 본질적으로 불온한 것이다. 그것은 두말할 것도 없이 문화의 본질이 꿈을 추구하는 것이고 불가능을 추구하는 것이기 때문이다."[101] 후대의 쟁쟁한 사상가들에게 그들 사상의 선구자로 칭송 받은 몽테뉴의 글이 예외일 리 없었다. 그는 생전에 이 책 때문에 교황청 검열관의 조사를 받기도 했고,[102] 결국 이 책은 1676년 교황청의 금서 목록에 올라 1939년까지 금서의 신세를 면하지 못했으며,[103] 자국 프랑스에서는 1669년부터 1724년까지 55년간 출판조차 될 수 없었다고 한다.[104]

『수상록』이 이렇게 '불온한' 책이라는 사실을 나는 최근에 이 책을 접하면서 알게 되었고, 또 그럴 만하다고 생각했다. 그러면서 나는 고전의 정의를 내 나름대로 새로 내려 보았다. "고전이란 자기가 직접 읽어 보아야 그 진가를 제대로 알 수 있는 책이다." 물론 '전문가'의 해설이 고전 이해에 도움을 준다. 그러나 해설을 통해서만 고전을 접하고 그것으로 그쳐 버린다면, 그것은 해설 없이 자기가 직접 읽어보는 것보다 못한 것은 물론, 그 고전에 담긴 내용과 그것이 인간에게 던지는 의미에 대해 아주 편협한 생각을 평생 고착화시킬 위험도 있다고 나는 생각한다. 왜냐하면 우리가 고전이라고 인정할 수 있는 책은 여러 중요한 면에서 매우 밀도 높은 통찰을 담고 있어서, 읽는 사람 각자가 다른 누구도 보지 못하는 깊은 의미를 발견해 낼 가능성이 무궁무진하기 때문이다. 힘들더라도, 조금씩이라도, 직접 읽어 보아야 할 책이 고전이다.

내가 읽은 『수상록』은 이렇다. 나는 무엇보다도 '인간으로서 느낀 점을 솔직하게 쓰는 용기를 가진 최초의 인간'이라는 윌리엄 해즐릿의 몽테뉴 평가에 공감한다. 몽테뉴는 책 이곳저곳에서 누구보다도 자기 자신에 관해 매우 솔직하게 이야기한다. "행동들은 이상하게도 대개 서로 모순되어" "인간의 행동을 검토하는 자들은, 그 행동을 하나의 동일한 전체 모습으로 맞추어 보려고 할 때 가장 당혹하게 된다"[105]는 그의 '인간론'은 그렇게 솔직한 자기 탐구에서 출발한 것이다. 위선과 허위를 까발리고자 하는 그 태도는 반어(irony)를 핵심으로 하는 풍자의 정신과 닮아 있기도 하다.

내 지나친 방자함이 우리의 결함에서 생겨난 저 겉모양만 꾸미는 비겁한 도덕을 벗어나서 사람들을 자유 속으로 끌어내고, 내 무절제한 행위의 부담으로 그들을 사리에 맞는 점까지 끌어 온다면, 그것이 바로 내 소원이다! [106]

그가 소크라테스를 최고의 스승으로 생각하는 것은 바로 이런 이유에서다. 그는 인간의 오만함을 극도로 경계하고 경멸한다.

나는 내 경험으로 인간의 무지를 강조한다. 그것은 인간의 학문이 얻을 수 있는 가장 확실한 지식이다. 내 의견이나 자기들 의견과 같은 허망한 사례들을 가지고 이 무지의 사상을 품고 싶지 않은 자들은, 신들과 인간들의 증명으로 지금까지 생존했던 인간 중에서 가장 현명했던 소크라테스의 의견을 따라서 이 말을 인정해야 한다.[107]

그래서 그는 잘못된 인간의 학문(학자)과 교육(학교), 그리고 거짓되고 화려한 겉치레의 수단으로 전락한 언어, 그리고 기독교의 타락마저 신랄하게 비판한다. 그 핵심에 잘못된 교육에 대한 비판이 있다.

교육은 우리를 선량하고 현명하게 만드는 것이 목적이 아니고 학자를 만드는 것이 목적이었다. 그것은 달성하였다. 교육은 우리에게 도덕과 예지를 좇고 파악하라고 가르치지 않고, (도덕과 예지라는-인용자)말의 유래와 어원(語源)의 지식을 주입시켰다. 우리는 도덕을 사랑할 줄은 몰라도, 도덕(이라는 말-인용자)의 어미(語尾)를 변화시킬 줄은 안다. 우리는 효과와 경험으로 예지가 무엇인지는 몰라도 잠꼬대로 외워서 이 말을 안다. (······) 교육은 우리에게 족보에 나오는 이름과 가계(家系)를 가르치는 식으로, 도덕의 정의와 구분 · 세분만 가르치고, 우리와 도덕 사이의 친밀성과 정다운 친구 관계의 실천을 세워 볼 생각은 않는다. 교육은 우리를 수련시키기 위해서, 더 건전하고 진실한 사상을 실은 서적을 주는 것이 아니고, 가장 훌륭한 그리스어, 라틴어가 실려 있는 서적을 골라 주며, 그 아름다운 문자들 속에서 고대의 가장 헛된 심정들을 우리 사상 속에 흘러들게 하였다.

훌륭한 교육은 판단력과 행동 습관을 고쳐 준다.(······)[108]

그래서 그는, "내 시대에 대학 총장들보다 더 현명하고 행복한 장인들[109]과 농군들을 몇 백 명이고 보았는데, 나는 차라리 이들을 닮고 싶다"라거나, "행동이나 행위로 우리를 검토해 본다면, 학자들보다도 배우지 못한 사람들 속에 더 많은 수의 탁월한 인물들이 발견될 것"[110] 이라는 말을 서슴지 않고 한다. 이러한 판단은, "하느님께서 인간에게 내리신 최초의 법률은 순수한 복종의 법률"[111] 이며 "오로지 겸양과 복종에서 착한 사람이 나오는 법"[112] 이라는 그의 기독교관에 뿌리를 둔 것이다. 또한 이러한 생각은, "기독교도의 적개심보다 더 심한 것은 없"[113]고, "우리 종교는 악덕을 뿌리 뽑기 위해서 된 것인데, 도리어 그런 것을 옹호하고 가꾸며 유발시키고 있다"[114] 는 그의 냉엄한 기독교 비판과 맞물린 것이다. 그러나 몽테뉴 사상의 핵심은 이러한 기독교관 이면에 있다. 내가 『수상록』에서 가장 주목하는 것이 바로 그것이다.

내가 읽은 바로는, 몽테뉴를 칭송한 위의 여러 사상가들 가운데 헤르더의 평가, 즉 몽테뉴는 '자연회귀를 주장한 사람'이라는 지적이 핵심을 가장 정확하게 간파한 것이 아닌가 싶다. '인간중심주의 비판-자연에 귀의'라는 생각이야말로 이 방대한 책 전편에 흐르고 있는 메시지다. 인간에게 그것은 자신의 본성으로 돌아가는 것이기도 하다. 바로 이 점이, 몽테뉴를 독특한 문체로 자기 탐구와 인간 탐구를 시도한 르네상스인 또는 그 시기에 독특한 기독교 신앙을 가졌던 한 서구인임을 넘어서, 인류 역사상 보편적으로 공감할 만한 설득력을 지닌 한 사람의 중요한 사상가가 될 수 있게 해 주는 것이라고 나는 생각한다.

자연은 우리에게 걸어가라고 발을 만들어 준 것과 같이, 예지를 가지고 우리의 인생의 길을 지도하고 있다. 그것은 철학자들이 고안한 것처럼 교묘하고 억세고 화려한 것이 아니고, 거기 상응해서 좇기 쉽고 유익하며, 다른 자가 말로 하는 것을 순박하고 질서 있게, 말하자면 자연스럽게 처신하는 행운을 가진 자에게 실제 행동으로 잘하게끔 해 주는 예지이다. 가장 순박하게 본성을 신뢰하는 것은 가장 현명하게 본성을 신뢰하는 일이다.[115]

서로 전혀 연관성 없어 보이는 제목의 장들까지 포함하여 매우 다양한 항목으로 구성된, 3권 107장의 이 방대한 책의 핵심 사상이 바로 이

것이라고 나는 생각한다. 이 '자연 회귀'의 사상이 밑바탕을 이루고 있기에, 앞서 본 바와 같은 기독교 비판과 학문 · 교육 비판도 가능한 것이다. 또한 니체와 레비스트로스가 높이 평가하는 몽테뉴의 '문화상대주의'의 원천도 바로 이 '자연 회귀' 사상의 보편성에 있다고 할 수 있다. 다음과 같이 자국민의 사고방식을 비판하는 몽테뉴의 관점은, 그가 늘 강조하는 대로 매우 쉽고 소박한 말투로 표현되었지만, 사실은 제국주의에 내재한 오만함의 본질을 비판하는 것이다.

우리나라 사람들이 이 어리석은 습성에 도취해서, 자기들 식과 반대되는 형식에 놀라는 꼴을 보면 남부끄러워진다. 그들은 자기 동네 밖으로 나가면 자기들 본질에서 벗어나는 듯이 여긴다. 어디를 가든지 그들은 자기네 식을 지키며, 다른 방식은 싫어하고 꺼린다. 어쩌다가 헝가리에 가서 우리나라 사람들을 만나면 무슨 큰일이나 난 것처럼 야단법석이다. 그들은 거기서 서로 뭉쳐 단합하며, 그들이 보는 그 많은 야만적 풍속을 비난한다. 그들은 프랑스식이 아닌데, 어째서 야만이 아니겠는가? 그나마 이런 것이 눈에 띄어서 욕이라도 하는 자들은 그 중에도 좀 현명한 자들이다. 대부분은 단지 돌아가기 위해서 가는 것이다. 그들은 마차의 덮개를 덮고 비좁게 앉아서 묵묵히 조심하여 말도 하지 않고, 알지 못하는 땅의 공기에 감염될까 자기를 방비하며 여행한다.[116]

몽테뉴는 이 책 서문에서 "생긴 그대로의 자연스럽고 평범하고 꾸

148

믿없는 나"를 보아 달라고 했다. 그가 말년에 고향 산천으로 돌아가 날마다 산책을 즐기며 『수상록』을 쓴 것은, 그 고향의 자연을 닮은 자신의 모습을 되찾고 싶었기 때문이 아니었을까. 그 사색과 탐색을 통해 그가 얻은 결론이 이 책 맨 마지막에 이처럼 간결하고 소박한 표현으로 담겨 있다.

가장 아름다운 인생은, 내 생각으로는 터무니없는 기적 없이 보통 인간의 본보기로 질서 있게 처신하는 인생이다.[117]

II. The Practice of Writing Essays : Learning the Wisdom of Life and Languages with Reading and Writing

1. Introspection of 'Me-Man': Montaigne's *Les Essais*

I have two manifest reasons for starting essay writing with Montaigne's *Les Essais*. Firstly, writing about this book is just essay writing about the essay, as genre or category, because the name of essay originates from the title of the book in the West. Secondly, this book shows the essence of the essay rather than any other book in which, more than anything else, the writer should tell his or her own experiences and feelings with his or her own honest voice. Therefore, I think that this book is a must-read not only as theoretical study material of essay writing but also as a practical model of an essay.

Montaigne was born in France in 1533 and died in 1592. We can know that he was of very noble birth from the fact that his father was the lord of Montaigne Castle and he studied law in a university to be a judicial officer and became the mayor of Bordeaux. It is said that he wrote *Les Essais* from about 1571 until 1592, the year of his death.[118] What made him absorbed for so long in a writing of self-exploration and the study of man through it?

The year of 1592 when he died is first of all remarkable. In this year Korea was invaded by Japan and destroyed to the extent that its national basis was seriously shaken because of this 7-year war. Only by the fact that the latter part of the Joseon Dynasty began with the war as the starting point, we can guess at the impact of the war. Around the same time, in France where Montaigne was living, the 30-year civil war, which had resulted from the antagonism and the conflicts between the old and the new schools of Christianity, was taking place. This civil war ended no less than six years after Montaigne's death and it was around the same time that each of the two wars in Korea and France came to a close. After any war is over, the war results in uncommon inquiring minds of human nature on the disillusionment of man as a characteristic of the times. We can see such a case in the book of Montaigne. The largest portion of this book is actually about wars of all ages. In other words, it seems that it was the fact that he lived almost his whole adult life embroiled in war that was the main reason why Montaigne attempted to explore human nature.

I live in a time when we abound in incredible examples of this vice, through the licenses of our civil wars; and we see in the ancient histories nothing more extreme than what we experience of this everyday. But that has not reconciled me to it at all. I could hardly be convinced, until I saw it, that there were souls so monstrous that they would commit murder for the mere pleasure of it; hack and cut off other men's limbs; sharpen their wits to invent unaccustomed torments and new forms of death, without enmity, without profit, and for the sole purpose of enjoying the pleasing spectacle of the pitiful gestures and movements, the lamentable groans and cries, of a man dying in anguish. For that is the uttermost point that cruelty can attain.[119]

Also his individual life story full of so many frightful misfortunes is noticeable. Montaigne was the eldest son of his family and gained the favor of his father but did not write even a word about his mother because she really hated him so much. He did not have a friend after La Boetie whom Montaigne thought of as his only friend died. As soon as they were married, his wife had an affair with his younger brother, and he lived a miserably unhappy lifelong marital life, and he had six daughters but almost each of them died young except the second only one who grew up.[120] It is a life history in which an ordinary person may choose to go down the road to self-destruction. But even such an unfortunate life history was for him the motive power of self-exploration and the study of man.

With the burdens on his shoulders from the severe times and his life history, in the depth of the solitude of his own choice, he wrote *Les Essais* through reading in a small room of the Montaigne Castle tower and contemplative walking around in the surrounding nature. We can imagine the depth of his solitude and thinking only by hearing each name of the thinkers whom he influenced. It is said that Diderot and Voltaire praised him as the forerunner of the philosophy of enlightenment; Herder thought of him as a thinker who understood folk ballads well and advocated the return to Nature; Hazlitt, a famous English critic and essayist, respected him as the first person who had the bravery to write about his feelings honestly; Nietzsche admired his cultural relativism and his "concise, lively skepticism." Montaigne's frankness was also a source of Freudian theory; and Levi-strauss, commenting on Montaigne's writing about cannibals in *The Savage Mind* paid a respect to "Montaigne as an anthropologist." [121] But "All of avant-garde literature is disquieting. And all of living culture is essentially disquieting. It is, of course, because the essence of culture is pursuing its own dreams and impossibilities." [122] Montaigne's writing, which has been eulogized as a pioneering work by distinguished thinkers, could not be an exception. He was investigated by a censor of Vatican because of his book [123]; the book itself was included in the Vatican list of forbidden books from 1676 until 1939 [124] and could not even be published in his country France for 55 years (from 1669 until 1724). [125]

Recently, by meeting this book personally, I came to know the fact that *Les Essais* is such a "serious" book. And I thought the book deserves it. Through this experience of reading, I made an attempt to define a classic: "A classic is a book whose true worth can be appreciated only by personal reading." Of course an interpretation of a "specialist" is helpful for understanding a classic. But I think that if someone meets a classic only through others' interpretations without reading it personally, it will be worse rather than personal reading without any help of others' interpretations; and, furthermore, it will have the possibility of making him or her have a lifelong narrow, distorted view of the book which, in fact, may have very many important messages and an enormous amount of food for thought about human life and nature. Thus a classic is a book that we should personally read little by little, even though it is a challenge and not speedy, to find and learn the deep wisdom contained in it.

Les Essais I read is as follows. I agree, most of all, with William Hazlitt who considered Montaigne as "the first person who had the bravery to write his feelings honestly." Montaigne, more than anyone else, speaks of himself very frankly in many parts of his book.

At the beginning of Book Two of *Les Essais*, he writes: "Those who make a practice of comparing human actions are never so perplexed as when they try to see them as a whole and in the same light; for they commonly contradict each other so strangely that it seems impossible that they have come from the same shop." [126] I think this view of man comes from the above-mentioned honest self-exploration more than anything else. His will to be ready to lay bare falsehood and hypocrisy is similar to the spirit of satire whose core is irony.

God grant that this excessive license of mine may encourage our men to attain freedom, rising above these cowardly and hypocritical virtues born of our imperfections; that at the expense of my immoderation I may draw them on to the point of reason. [127]

This is the reason why he regard Socrates as the highest teacher. He is extremely cautious and contemptuous of human ignorance.

It is from my experience that I affirm human ignorance, which is, in my opinion, the most certain fact in the school of the world. Those who will not conclude their own ignorance from so vain an example as mine, or as theirs, let them recognize it through Socrates, the master of masters. [128]

And he criticizes wrong human knowledge (scholars) and education, the language which degenerated to a means for splendid false rhetoric and, moreover, the depravity of Christianity. The criticism finally focuses on wrong education.

Its goal has been to make us not good or wise, but learned; it has attained this goal. It has not taught us to follow and embrace virtue and wisdom, but has imprinted in us their derivation and etymology. We know how to decline virtue, if we cannot we love it. If we do not know what wisdom is by practice and experience, we know it by jargon and by rote. (......) Education has taught us the definitions, divisions, and partitions of virtue, like the surnames and branches of a genealogy, without any further concern to form between us and virtue any familiar relationship and intimate acquaintance. It has chosen for our instruction not the books that have the soundest and truest opinions, but those that speak the best Greek and Latin; and amid its beautiful words, it has poured into our minds the most insane humors of antiquity.

A good education changes your judgment and conduct (......)[129]

So he does not hesitate to say, "I have seen in my time a hundred artisans, a hundred plowmen, wiser and happier than rectors of the university, and whom I would rather resemble," or, "If anyone will sum us up by our actions and conduct, a greater number of excellent men will be found among the ignorant than among the learned."[130]

This judgment results from his view of Christianity that "The first law that God ever gave to man was a law of pure obedience" and "humility and submissiveness alone can make a good man."[131] And this thinking of his is interlinked with the criticism that "There is no hostility that excels Christian hostility"[132] and "Our religion is made to extirpate vices; it covers them, fosters them, incites them."[133] But the essence of Montaigne's thought lies in the background of this view of Christianity. That is for me most notable in his book.

From what I read, it is Herder, above the rest of the above-mentioned thinkers, who understood the essence of Montaigne's thinking most correctly as a thought of "the return to Nature." I think that "the criticism of anthropocentricism-the return to Nature" is the message which fills this voluminous work. For human beings it means the return to his or her own nature. I think that this aspect of Montaigne's thinking makes him an important thinker who can have universal persuasion throughout human history, rather than a person in the Renaissance who just made an attempt of self-exploration and a study of man with a unique style or a Western man with a characteristic Christian faith.

As she has furnished us with feet to walk with, so she has given us wisdom to guide us in life: a wisdom not so ingenious, robust, and pompous as that of their invention, but correspondingly easy and salutary, performing very well what the other talks about, in a man who has the good fortune to know how to occupy himself simply and in an orderly way, that is to say naturally. The more simply we trust to Nature, the more wisely we trust her.[134]

I think that these passages contain the core thinking of this bulky writing which consists of 107 chapters in three volumes including those chapters which have titles that seem totally disconnected from the others. On the basis of this thought of "the return to Nature," the criticism of education and Christianity is possible. And we can say that it is also due to the universality of this thought that Montaigne's cultural relativism is admired from Nietzsche to Levistrauss. Montaigne's criticism of the attitude of his fellow countrymen, even though it is done in the very easy and simple language that he emphasizes, is, in fact, said to be also toward the essence of the arrogance inherent in imperialism itself.

I am shamed to see my countrymen besotted with that stupid disposition to shy away from ways contrary to their own; they think they are out of their element when they are out of their village. Wherever they go, they stick to their ways and abominate foreign ones. Do they find a compatriot in Hungary, they celebrate this adventure: see them rally round and join forces, and condemn all the barbarous customs that they see. Why not barbarous, since they are not French? Still, these are the ablest ones, who have noticed them enough to abuse them. Most of them take the trip only for the return. They travel covered and wrapped in a taciturn and incommunicative prudence, defending themselves from the contagion of an unknown atmosphere.[135]

Montaigne said to us in the preface ("to the Reader"), "I want to be seen here in my simple natural, ordinary fashion, without straining or artifice." I imagine that it was perhaps for recovering his own self that Montaigne returned home to write *Les Essais* while enjoying walking everyday in his latter years. His conclusion with these brief, simple words through speculation and search is in the last part.

The most beautiful lives, to my mind, are those that conform to the common human pattern, with order, but without miracle and without eccentricity.[136]

2. 낮은 곳으로 흐르는 물, 풀 한 포기, 좁쌀 한 알 :
무위당 선생님 말씀

무위당 장일순의 이야기 모음, 『나락 한 알 속의 우주』, 녹색평론사, 1997.

최성현, 『좁쌀 한 알』, 도솔, 2004.

무위당을 기리는 모임 엮음, 『너를 보고 나는 부끄러웠네』, 녹색평론사, 2004.

지난 5월 15일, 스승의 날이라고 학생 둘이 연구실로 찾아왔다. 무슨 이야기를 나누고 싶어서 왔겠지만 쑥스러워할 것 같기도 하고, 나역시 마땅한 말머리를 찾지 못해서 읽고 있던 책의 한 대목을 좀 길게 들려주었다. 한 번도 만나 뵌 적이 없지만 여기 이 분이 내 선생님이라고 말해 주었다. 무위당 선생이 붓으로 그린 사람 얼굴 모양의 풀 그림을 보여 주니 여학생 하나가 아주 재미난 듯 저절로 밝은 미소를 짓는다.

장일순이 최병하에게 말했다.

"너나 나나 거지다."

최병하는 동의할 수 없었다. 장일순도 물론 거지가 아니었고, 자신도 제재소를 경영하는 사장이었지 거지가 아니었다. 장일순이 뜨악해 하는 최병하에게 물었다.

"거지가 뭔가?"

"거리에 깡통을 놓고 앉아 지나다니는 사람들에게 구걸을 하여 먹고사는 사람들이지요."

장일순이 받았다.

"그렇지. 그런데 자네는 제재소라는 깡통을 놓고 앉아 있는 거지라네. 거지는 행인이 있어 먹고살고, 자네는 물건을 사가는 손님이 있어 먹고사네. 서로 겉모양만 다를 뿐 속은 다를 게 없지 않은가?"

틀린 말이 아니었다. 장일순이 물었다.

"그렇다면 누가 하느님인가?"

최병하는 얼른 답을 못했다.

"거지에게는 행인이, 자네에게는 손님이, 고객이 하느님이라네. 그런 줄 알고 손님을 하느님처럼 잘 모시라고. 누가 자네에게 밥을 주고 입을 옷을 주는지 잘 보라고."

밥집을 하는 사람들에게는 이렇게 말했다.

"자네 집에 밥 잡수시러 오시는 분들이 자네의 하느님이여. 그런 줄 알고 진짜 하느님이 오신 것처럼 요리를 해서 대접을 해야 혀. 장사 안 되면 어떻게 하나, 그런 생각은 일절 할 필요 없어. 하느님처럼 섬기면 하느님들이 알아서 다 먹여주신다 이 말이야."

학교 선생님에게는 누가 하느님인가? 그렇다. 학생이다. 공무원에게는 누가 하느님인가? 지역 주민이다. 대통령에게는 국민이 하느님이고, 신부나 목사에게는 신도가 하느님이다.[137]

여기까지 읽어주고 나서 나는 그 두 학생에게 말했다. "너희들이 내 하느님이다." 작지만 분명한 탄성을 들을 수 있었다. 무위당 선생의 말씀의 울림이 이 젊은 학생들에게도 조금이나마 전해진 것 같은 묘한 느낌이었다.

　무위당 장일순 선생은 서슬 퍼런 오랜 독재 정권 시절 동안, 자신이 쓴 글이 남들에게 피해 줄 것을 우려하여 갖게 된 습성이 몸에 배어, 평생 동안 글을 남기지 않은 것으로 유명하다. 지금 쓰고 있는 이 글의 읽기 자료들 모두가 이 분이 쓴 글이 아니라, 이 분의 말씀을 녹취한 것이나 이 분에 관한 기억과 생각을 다른 사람들이 쓴 글들이다. 그런데 이번에 이 책들을 다시 읽다 보니 무위당 선생이 글쓰기에 관해 하신 말씀이 특별히 눈에 들어왔다.

　— 가치관의 혼돈으로 많은 사람들이 갈피를 못 잡고 있습니다.
　"우선 자신이 잘못 살아온 것에 대해 반성하는 고백의 시대가 되어야 합니다. 지금은 삶이 뭐냐, 생명이 뭐냐 하는 것을 헤아려야 할 시기입니다. 뭘 더 갖고, 꾸며야 되느냐에 몰두하는 시대는 이미 절정을 넘어섰어요. **글 쓰는 사람들이 가급적이면 고백의 글을 많이 써줬으면 좋겠어요.** 갖겠다고 영원히 가져집니까. 원칙적으로 나의 것이란 없는 거지요. 이 자리에서 내가 말하는 것도 다 훌륭한 분의 영향에 의해 얘기하는 거지 나 스스로 알아 얘기하는 게 아니란 말입니다."
（강조는 인용자가 함)[38]

　"잘 쓰려는 생각을 싹 버린 마음으로 쓰라는 것이었지요. 거기 생각은 하나도 없고 다만 정성만이 있는 상태라고나 할까요."[139]

아래쪽 말은 무위당 선생의 제자가 자기 스승의 말씀을 전하는 것이고, 그것도 글이 아니라 붓글씨에 관한 말씀이지만, 글을 쓸 때도 똑같이 가슴에 새겨 두어야 할 말씀일 터이다. 두 말씀을 한데 모아 보면 어떤가. "잘난 척하고자 하는 마음을 싹 버리고 생명을 화두로 자기 삶을 성찰하는 글을 써라." 무위당의 말씀을 통해 이런 식으로 올바른 글쓰기의 '지침'을 정리해 보았지만, 사실 오늘날 우리가 삶의 지침으로 삼아야 할 무위당 사상의 핵심이 이 간결한 말씀에 들어 있다고 나는 생각한다.

무위당 선생은 "지금은 삶이 뭐냐, 생명이 뭐냐 하는 것을 헤아려야 할 시기"이지 "뭘 더 갖고, 꾸며야 되느냐에 몰두하는 시대는 이미 절정을 넘어"섰다고 말한다. 이 인터뷰는 1991년에 한 것이다. 그로부터 이십여 년 뒤인 지금이라면 무슨 말씀을 하실까. 아마도 똑같은 말씀을 훨씬 더 간곡하게 하거나 아예 침묵할지도 모른다. 그러나 나는 이 한마디는 특별히 강조해서 꼭 하실 것이라고 상상해 본다. "반드시 탈핵(脫核)으로 가야 하고, 30년 넘은 핵발전소들은 지금 당장 폐쇄해야 한다." 이런 상상이 자의적인 것이라고 생각하지 않는다. 무위당 선생이 돌아가시기 2년 전인 1992년에, 내가 알기로는 생애 가운데 단 한 번 출연한 어느 TV 프로그램의 말미에서 이런 말씀을 했다.

기본적으로 운동을 하다 보니까, 이 산업문명 자체가 계속 자연을 파괴해가고, 우리가 살아가는 땅마저도 망가뜨려가고 또 그 속에서 생산되는 우리들의 농산물까지도 많은 사람들에게 질병을 가져오고 이렇게 되니까, 이래 가지고는 아무 의미가 없지 않느냐. 땅이 죽고 사람이 병들고 그러면 끝나는 게 아닙니까? 자연이, 생태계가 전부 파괴되고. 그것은 정치 이전의 문제요 근원적인 사람의 문제다, 이 말씀이야. 그러니까 오늘날의 정치라든가 경제라든가 이런 것은 경륜이 없는 거라, 살아가는 길이 없는 거예요. 막힌 짓들을 하고 있어요. 그래서 살아가는 길을 틔워주는 방향에서 우리가 서로 이야기가 되어야 하지 않겠느냐, 그렇게 저는 생각을 하고 있는 겁니다.[140]

어차피 어떤 한 시대가 가고 변화하는 시대가 아니라, 문명 자체가 지금 종말을 고하는 세상이고, 지구가 죽느냐 사느냐 하는 그런 시대니까, 삶의 방향이 어디로 가야 되는가에 대해서 결정적으로, 결단적으로 다시 생각해야 하는 위기에 왔다고 하는 것을 한마디 드리고 싶어요. 이것은 기복신앙이라든가 미신신앙에 있어서 어떤 극락에 가야 하겠다든가, 언제 지구가 망한다든가 하는 그런 것이 아니라, 현실적으로 인간이 저지른 과오 때문에 자연이 파괴되고 인간과 인간끼리의 영성이 다 파괴됐는데 이것을 회복해야 하는 중요한 국면에 놓여 있다고 하는 것만은 명심해야 되겠다 하는 얘깁니다.[141] (강조는 인용자가 함)

이미 20여 년 전에, 무위당 선생은 "문명 자체가 지금 종말을 고하는 세상이고, 지구가 죽느냐 사느냐 하는 그런 시대"라고 말했다. 최근의 그 뚜렷한 징후가 바로 후쿠시마 사태라고 나는 생각한다. 일본의 극우 정권과 핵 마피아 세력은 이 사태의 진상을 덮어 버리는 데 혈안이 되어 있지만, 이미 일본의 국운은 끝났다는 판단마저 있다.[142] 후쿠시마 사태는 우리 자신을 되돌아보게 한다. 이 암울한 일본의 상황을 놓고 인터넷에 달리는 댓글을 보면 마치 '그거 참 쌤통!'이라는 듯이 말하는 사람들을 흔히 보게 되는데, 이런 태도야말로 지극히 어리석은 것이다. 후쿠시마 사태는 결코 남의 일이 아니다. 일본 사람들뿐만 아니라 우리도 공기와 음식 등을 통해 후쿠시마 사태의 영향을 직접 받아 왔다. 그러나 근본적으로 심각한 문제는 우리나라에도 이미 설계 수명 30년을 넘기고 연장 가동되고 있는 핵발전소가 3기나 있고, 하루가 멀다 하고 크고 작은 고장과 비리에 관한 기사가 나오고 있다는 점이다. 밀양과 청도 등지의 선량하고 힘없는 노인들의 이루 말할 수 없는 고통과 죽음을 대가로 건설을 강행하고 있는 초고압 송전탑들도, 새로 짓는 핵발전소가 없다면 애초부터 필요 없는 것들이다. 만약 2011년 3월 11일에 무위당 선생이 살아 계셨다면, 후쿠시마 사태는 인류 문명의 잘못된 방향에 대한 자연의 마지막 경고라는 말씀을 반드시 하셨을 것이라고 나는 생각한다. 이러한 확신은 무위당 선생의 생명사상과 그것을 낳은 선생의 생애에 근거한 것이다.[143]

무위당 선생은 1928년에 원주에서 태어나 1994년에 향년 67세로 돌아가셨다. 선생의 집안은 임진왜란 때 원주에서 전사한 13대조 할아버지 이래로 이곳에서 토박이로 살아 왔다고 하니, 원주라는 한 고장에 뿌리를 내리고 산 지 400년이 넘는 매우 희귀한 가문이다.

선생 역시 서울로 유학 간 몇 년을 빼고는 돌아가실 때까지 고향 원주를 떠나 본 적이 없었다.

(……) 자기 고향을 무시하고 자기 겨레를 무시하는 것은 어려서부터 마뜩치 않데요. 원주는 치악산이 막혀서 사람이 나지 않는다는 옛이야기가 도무지 내 마음에 맞지 않았죠. 착하고 진실하고 성실하게 사는 게 가장 보배로운 삶이 아니겠는가? 그렇게 생각하다 보니 그냥 고향에 남게 되데요. [144]

이렇게 한 고장에 오랫동안 뿌리를 내리고 산 삶은 무위당의 생명사상을 낳는 데 가장 중요하고도 필수적인 조건이 되었다. 도시의 콘크리트 문명 속에서, 이곳저곳을 떠돌아다니며 산 사람에게서 제대로 된 생명사상이 나올 리 없다. 게다가 무위당은 자신의 첫째 스승으로 할아버지를 꼽는데, 할아버지가 몸으로 보여주신 일상생활 자체가 어린 시절로부터 자연스럽게 무위당 생명사상의 큰 바탕이 되었음을 분명히 알 수 있다.

(……) 그래서 그렇게(장사를 하시면서-인용자) 모은 돈으로 땅도 좀 마련하고 불쌍한 사람도 도와주고. 교육이 필요하다 학교를 지어야 한다고 하면 돈도 기부하고, 땅도 기부하고 학교도 지어주신 분입니다.
그런데 이 양반은 팥알 하나 쌀알 하나가 마당에 떨어져 있어도 그

걸 전부 이남박에다 주워서 담으셨습니다. 하늘과 땅과 농부가 애써서 만든 것인데 그냥 버리면 되느냐구요. 그리고 종이 하나도 함부로 버리시지 않고 차곡차곡 모아놓고는 귀하게 쓰세요. 그러니까 아침에 일어나서부터 주무실 때까지 하시는 행동이 일관돼요.

거지가 와서 한술 주세요 하면, 그것 때문에 우리 어머니가 고생은 좀 하셨지만, 사랑에 계시면서 안채에다 대고 크게 호령을 하세요. "야 어멈아 손님 오셨다" 그러면 상 받쳐다 마루에다 대령해야 되죠. 또 겨울에는 방에 들어가 자시라고 국밥을 말아줬어요. 그리고 농사철에 타작이 끝나고 소작인들이 오셔서 보라고 하거든요. 공평히 나눌 테니까 와서 보시라구요. 그러면 조부님은 가볼 게 뭐 있느냐고 안 가세요.

누구 돈을 꿔줘도 가 달라 소리를 안 하세요. 내가 아홉 살 땐데, "돈 3백 원을 아무개가 꿔 가서 안 가져 오시니 제가 가서 얘기를 할까요" 하고 우리 아버지가 할아버지한테 여쭈었어요. 그러니까 내 조부님 말씀이 "너도 자식을 키우잖니, 돈은 줬으면 그만이지 달라는 소리를 해서는 안 된다" 하시는 거예요. "갚을 마음이 있어야 되는 거지, 갚을 마음이 없는 사람한테 가서 돈을 달래면 돈은 받지도 못하면서 사람을 잃고, 또 갚을 마음은 있는데 돈이 없어 못 가리는 사람한테 가서 달래면 그 사람 마음이 얼마나 안타까워. 그러니 그런 슬기롭지 못한 짓은 하지 마라" 하고 당신 자식을 그렇게 가르치시더라구요. 나는 못 들은 척하고 마당에서 들었어요. 그러던 분이세요. [145]

어린 장일순에게 전통 학문과 서예를 가르쳐 준 분으로 할아버지와 더불어 차강 박기정 선생이 계셨는데, 이 분은 선비 집안 출신으로 을사늑약 직후 낙향하여 의병투쟁과 독립운동을 한 분이었다고 한다. 또한 어려서 형이 죽기 전까지는 불교를 종교로 가지고 있었고, 형이 죽으면서 가족 모두 가톨릭에 입교해 줄 것을 유언으로 남긴 것을 계기로 가톨릭 신자가 되었다. 그리고 어릴 때 이웃해 살던 동학교도의 안내로 동학에도 눈을 뜨고 특히 동학 2대 교주인 해월 최시형 선생의 삶과 사상에 깊은 영향을 받게 된다. 물론 서울 유학을 통해 명문 고등학교와 대학교에서 근대 교육 역시 받았다.

미리 이야기하자면, 무위당의 생명사상은, 이렇게 어릴 때부터 자연스럽게 습득한 전통적인 유·불·선 삼교의 가르침[146], 예수의 가르침을 바탕에 두면서도 특히 모든 종교와 민족 문화에 교회의 문을 활짝 열고 '사제가 아니라 평신도가 중심인 교회'를 만들 것을 강조한 교황 요한 23세의 교회 개혁 정신, 그리고 간디와 비노바 바베의 비폭력사상[147] 등을, "해월사상의 포용력"[148] 을 통해 한데 아우른 것이다. 또 달리 말하자면, 이러한 사상의 바탕 위에서, 대상과 나를 근원에서 분리하는바 서양 근대 철학의 이원론이 낳은 오늘날 인간의 생존 위기를 근본에서 비판적으로 성찰하는 것이 바로 생명사상이라 할 수 있다.

무위당은 20대 초반이었던 해방 직후에, 히로시마와 나가사키에 원폭이 투하된 뒤 아인슈타인을 비롯한 세계 과학자들이 자기 반성하면서 세계를 하나의 연립정부로 만들자는 취지로 시작한 세계연방운동

(One-World Movement)의 한국지부 상임이사로 활동하면서 이 운동을 주도한 아인슈타인과 편지를 주고받기도 한다. 무위당이 아인슈타인의 첫 번째 편지를 받은 것이 1952년도, 그의 나이 25세 때였다.

1월 8일자 편지, 감사히 받았습니다. 세계 연방주의자들을 비롯하여 세계의 안전 문제를 초국가적인 차원에서 해결하려고 노력하는 사람들은 지금 전 세계를 풍미하는 국수주의자들의 거센 열기에 부딪혀 느린 걸음으로 앞으로 나아가며 힘든 상황을 견뎌가고 있습니다.
　저는 미국 주재의 세계 연방주의자 본부에 편지를 써서 원하시는 정보를 당신에게 보내라고 촉구하겠습니다.[149]

　무위당이 원주라는 '시골'에 살면서 이렇게 국제적인 감각과 실천 능력을 가질 수 있었던 것은 일본어와 영어 등의 외국어 실력이 바탕에 있기 때문이었다. 〈Time〉, 〈Newsweek〉 등의 영자 잡지와 〈문예춘추〉 같은 일본 잡지를 정기 구독했다고 한다. 무위당이 외국어 실력의 연마를 중요하게 생각했다는 것은, 1950년대에 자신이 설립한 학교에서 영어 수업을 위해 0교시를 만들어 학생들에게 직접 영어를 가르쳤다는 사실에서도 알 수 있다. 이 수업은 철저히 자율이어서 처음에 열 명 가까이 나오던 학생들 가운데 맨 나중에는 한 명만 남았다. 그러나 그 학생은 이 수업 덕분에 완벽에 가까운 영어를 구사하게 되었다. 무위당에게 외국어 실력은 넓은 세상으로 난 창을 얻는 것과 같은 것이었다. 무위당은 외신 기자들과도 어렵지 않게 인터뷰를 할 수 있었다고 하며, 자신의 제자인 시인 김지하를 만나기 위해 일본에서 일부러 방문한 저명 사상가 쓰루미 슌스케와 맥주 한 잔을 앞에 놓고 7시간 동안 대화를 나누기도 했다. 리영희 선생을 비롯한 여러 사람이 이런 말을 했다.

"서울도 아니고 원주라는 지방 도시에 살면서 어떻게 그렇게 세계 정세를 훤히 꿰뚫고 있는지 신기할 정도인 분이었지요."

"치악산 아래 사는 촌사람이 거꾸로 서울 사람에게 세상이 앞으로 어떻게 돌아갈 것이라고 일러준단 말이야. 그때는 긴가민가한 것들도 나중에 보면 그 사람 말대로 돼. 그 뒤로는 일부러 들으러 다니기도 했지."[150]

27세 때인 1954년에는, 도산 안창호 선생이 평양에 세운 대성학원의 맥을 계승한다는 의미로 뜻있는 다른 이들과 함께 원주에 대성중고등학교를 세웠고, 이승만 정권 하에서 두 차례 국회의원에 입후보했으나 낙선했다. 1961년 5.16 군사쿠데타 직후, 평소 주장하던 중립화통일론이 빌미가 되어 투옥돼 3년간의 옥고를 치렀고, 그 이후로도 사회안전법과 정치정화법에 묶여 일체의 정치활동을 금지당한다. 1960년대 후반부터는 피폐해진 농촌과 광산촌을 살리고자 원주신협을 필두로 하여 강원도와 충북 일대에서 신용협동조합운동을 전개했고, 지학순 주교와 더불어 원주가 민주화운동의 메카가 되는 데 앞장서서 사회정의운동을 펼쳤다. 1977년에는 이때까지 해오던 노동운동과 농민운동을 공생의 논리에 입각한 생명운동으로 전환할 것을 결심한다. 1983년에는 도농직거래조직인 〈한살림〉을 창립하면서 본격적으로 생명운동을 전개했고, 1988년에는 한살림운동 기금 조성을 위해 〈그림마당 민〉에서 서화전을 개최했다. 1989년에는 해월 최시형 선생의 뜻을 기리고자 해월 선생이 체포된 원주군 호저면 송골에 비문을 쓰고 기념비를 세웠다. 1991년에 위암 수술을 받고 치료를 계속하던 가운데, 이현주 목사와 함께 노자의 도덕경을 생명사상의 관점에서 풀이한 『무위당 장일순의 노자 이야기』[151]를 펴냈다. 1993년, 민청학련운동 계승사업회로부터 투옥 인사들의 인권 보호와 석방을 위해 애쓴 공로로 감사패를 받았다. 1994년 5월 22일 원주 봉산동 자택에서 67세를 일기로 영면에 들었다.

무위당 선생의 생애를 이렇게 짧은 지면에 '정리'한다는 것이 얼마나 가당치 않은지 잘 알지만, 이것은 무엇보다 이렇게라도 해서 이 분의 생애에서 내가 주목하고자 하는 핵심을 다시 한 번 되새기려 하는 것이다. 무위당의 생명사상을 이해하는 데 무엇보다 중요한 것은 그 집안이 오랜 세월 대를 이어 한 고장에 살아 왔다는 점이라고 나는 생각한다. 사실은 그렇게 오랜 세월을 두고 한 고장에 뿌리박고 산 사람만이 그러한 삶에서 얻은 제대로 된 친숙함의 경험을 통해 사람과 자연을 진정으로 사랑하고 공경할 수 있기 때문이다. 나중에 살펴보겠으나, 무위당 선생보다 몇 살 아래의 비슷한 연배인 농부–작가 웬델 베리(1934~)가 미국이라는 먼 땅에 살아 서로 존재조차 알지 못했을 터인데도 무위당의 생명사상과 놀랍도록 유사한 사유를 보여주는 것은, 그 역시 다른 무엇보다 집안 대대로 오랜 세월 한 고장에 뿌리박고 살아 왔기 때문이라 생각된다. 그 스스로 이 점을 특별히 강조한다. 또한 무위당 선생의 생애를 볼 때마다 새삼 절실히 느끼는 것은, 선생 스스로도 강조하고 있지만, 가정교육의 중요성이다. 그러나, 두 말할 필요도 없이, 가장 탄복하게 되는 것은 무위당이라는 분 자신의 사유의 폭과 깊이, 그리고 그것을 일상생활 속에서 실천하며 몸에 밴 도덕성과 인격이다.

이러한 생애를 살면서 무위당이 깨달은 단 한 가지가 바로, 당신 스스로 말하듯이, 인간이 마땅히 따라야 할 생명의 섭리다. 많은 사람들이 지적하듯이, 무위당의 생명사상이 어떤 과정을 거쳐 형성되었는지 살피는 것은 앞으로 많은 연구가 필요하겠지만, 정작 선생의 설명은 매우 쉽고 간결하다. 그러나 그것은 늘 마음으로 곱씹고 생활 속에서 실천하지 않으면 그 깊이를 느낄 수도 없고 삶의 지침으로서의 소용도 알 수 없는 것이다.

(……) 생명이라고 하는 것은 하나지 둘이 아니다 이 말이야. 생명은 볼 수가 없어요. 볼 수가 없단 말이야. 볼 수가 없는데 하나다 이 말이야. 생명은 분명히 있는데 하나다 이 말이야. 생명이 둘이다 할 적에는 '너'와 '내'가 갈라지는 거예요. (……) 이 생명은 절대세계에 속하는 거지, '너'와 '나'라든가, 삼이라든가, 사라든가 이거는 상대적인 세계에 있다 이 말이야. 그러니까 오늘날 모두가 하나같이 눈으로 뵈지 않는 것은 없다고 이야기를 하고 눈으로 들어오고 손으로 꽉 쥐어야

만 이게 뵌다고 하는 세상이라. 그것이 다시 말하면 물질문명이요, 그 거만 따라가다 보니까 해결이 안 되는 거라. 어떠한 거든지 현상세계 는 '너'나 '나'다 이렇게 생긴 이것은 죽게 되어 있어요. 그러나 생명의 세계는, 절대의 세계는 영원한 것이다 이 말이야. 그러니까 '너'·'나' 해서 자꾸 담을 쌓고 가게 되면 말이지 수없이 담을 쌓게 돼. (……) 일체의 중생, 풀이라든가 벌레라든가 돌이라든가 그거와 나와의 관계 는 어떤가? 동격(同格)이지요. 동가(同價)다 말이야. 그런데 이건 더 아름다운 거, 이건 고귀한 거, 이건 좋은 거, 이건 나쁜 거, 이건 누가 정하는 거냐? 사람의 오만, 사람의 횡포가 정하는 거지. 그런데 사람 이 오늘 이 시점에 와서 자기 횡포를 포기하지 않으면 이 우주는, 인 간의 미래는 끝나는 거지.[152]

이러한 생명의 섭리를 이해한다면, 인간의 '경제' 활동 가운데에서 도 특히 농사는 (1차)'산업'이 되어서는 안 된다. 농사는, 정확히 말하 자면 자연의 법칙을 거스르지 않는 수단을 쓰는 농업은, 인간이 생명 의 섭리 안에서 대조화를 이루며 살아 갈 수 있는 자연스럽고도 올바 른 생존 방편이기 때문이다. 무위당은 이에 관해, '이천식천(以天食 天)'이라는 단 네 글자로 인간이 밥을 먹는 행위의 본질을 표현한 해 월 선생의 가르침을 통해 설명한다.

풀 하나 돌 하나 예를 들어서 나락 하나도 땅과 하늘이 없으면, 물과 빛이 없으면, 공기가 없으면, 미물들이 없으면, 이 우주가 없으면 나락 하나가 되지 않는다 이거예요. 그렇지 않습니까? 그 나락 하나가 우주 없이 될 수 없는 하늘이야. 그래서 해월께서는 무슨 말씀을 했느냐. '이천식천(以天食天)'이라. 하늘이 하늘을 먹는다 이 말이야. 우리가 다 하늘이다 이거야. 우리 안에 불생불멸의 영원한 아버지께서 함께 하신다 이 말이야.[153]

그리고 이렇게 생명의 섭리를 따를 때 인간이 가져야 할 세 가지 덕목(삼보, 三寶)을 무위당은 노자의 가르침에서 인용하는데, 그것이 바로 자애와 검약과 겸손이다. 생명을 중심에 놓고 만물을 하나로 보는 관점, 그리고 거기에서 비롯한 이 '삼보'의 마음가짐이 무위당의 실제 삶에 어떻게 배어 있는지에 관해서는, 리영희 선생만큼 적절하고도 감동적인 설명과 고백을 들려주는 분이 없는 것 같다. 리영희 선생은 당신보다 1년 연상일 뿐인 무위당을 사상적 스승으로 생각했고, 마음이 답답할 때면 술을 사 들고 원주로 무위당을 찾아 갔다고 한다.

나는 너무 서양적인 요소가 많아요. 사회를 직선적으로, 구조적으로, 이론적으로 해석해 보려고 하는 측면이 있기 때문에 나의 경우는 분석적이라고 할 수 있지요. 같은 의미에서 무위당은 종합적이랄까, 총괄적이랄까, 잡다하게 많은 것을 이렇게 하나의 보자기로 싸서 덮고 거기서 융화해 버린단 말이에요. 난 그걸 굳이 골라서 A, B, C … 이렇게 분석하고, 그러니까 작은 거죠. 차원이 낮은 거고.

둘째는 역시 나는 감히 못 따를 하나의 인간으로서의 삶의 자세인

174

데, 그 철저하면서도 하나도 철저한 거 같지 않으신, 이게 말이 좀 모순이 있지만 말입니다. 그 삶이 얼마나 철저합니까? 그렇게 살 수가 있어요? 한 예로 그 집의 변소를 보면, 남들은 전부 개조해서 세상을 편리하게만 살아가려고 고치는데, 그냥 막 풍덩풍덩 소리가 나고 튀어 오르고 야단났어요. 지금도 그 부엌이 그대로인지 모르지만 사모님 사시는 부엌도 그렇지, 마당 그렇지, 우물 그렇지. 그 중에서도 제일 대표적인 게 변소인데 끝까지 안 고치고…'[154]

그런데 무위당이 자연과 인간, 인간과 인간 사이의 관계에서 특별히 강조한 절대적인 덕목이 겸손이라고 생각한다. 이미 청강(靑江)과 무위당(無爲堂)을 비롯해 여러 호가 있었으나, 자기 자신을 한없이 낮추는 의미로 '조 한 알'이라는 뜻의 일속자(一粟子)라는 호를 스스로 지어 가진 것만으로도 그것을 충분히 알 수 있다. 생명사상의 사고방식에서 겸손은 어떤 의도적인 겉치레의 처세 수단이 결코 아니다. 무위당과 함께 노자의 말씀을 풀어 낸 이현주 목사는 이렇게 말한다.

"노자를 함께 읽던 어느 날, 작은 메모지에 '개문류하開門流河'라 쓰시고, '밑바닥 놈들과 어울려야 개인도 집단도 오류가 없다'고 말씀하셨습니다. 문을 활짝 열고 아래로 흘러간다. 이 자세야말로 선생님께서 당신의 삶으로 우리에게 보여주시고 가르쳐주신 참사람의 자세가 아닐까 합니다."[155]

이렇게 겸손한 삶의 자세는, 돈과 권력을 가지고 거만을 떠는 사람들이 생명의 이치를 깨닫는 것은 만무하다는 것, 잘나거나 잘난 척하는 사람들이 아니라, 못나고 가진 것 없어도 작은 것에 감사할 줄 아는 밑바닥 민중을 섬기는 것이 바로 생명운동의 길이라는, 무위당 생명사상의 귀결이라고 나는 생각한다. 〈녹색평론〉 발행인 김종철 선생의 말처럼, 문제는 이러한 무위당 선생의 가르침에 우리가 응답할 수 있는 능력이다.

해월 선생에서 장일순 선생으로 이어지는 비폭력주의 사상의 흐름은 한국의 근현대 정신사에서 참으로 희귀한 사상의 맥을 형성하고 있다. 끊임없는 도피와 잠적의 생활 가운데에서도 풀뿌리 민중을 하늘처럼 섬기고, 생명의 존귀함과 평등성을 소박한 말과 행동으로 정성을 다하여 가르쳤던 해월 선생의 삶이나 그 삶 속에서 진정한 사표(師表)를 발견한 장일순 선생의 생애에서 우리가 보는 것은 지극히 겸허하고 부드러운 여성적인 영혼이다. 이러한 영혼에 깊이 응답할 수 있는 능력의 유무에 우리의 구원의 가능성이 달려 있을 것이라는 것은 더 말할 필요가 없다.[156]

무위당 선생에 관한 이 글 꼭지를 마무리하면서 내 '불편했던' 마음 상태를 고백하지 않을 수 없다. 선생이 평생 글을 쓰지 않은 진짜 이유가 글을 쓰는 내내 머릿속을 떠나지 않았기 때문이다. 글을 쓰는 사람은 날카롭고 자기중심적으로 되기 쉬워 남을 배려할 시간도 낼 수 없어서 애초에 무위당 선생과 같은 삶을 살 수가 없다는 것, 그래서 선생이 글의 거의 쓰지 않은 건 참 다행이라는 생각[157]이 그 이유를 간접으로나마 적절히 설명해 주는 것 같다. 그러나 글을 써 나가면서 나는 마음을 고쳐먹기로 했다. (앞에서 글쓰기가 올바른 말하기의 방편이 될 수도 있다고 했지만) 마음가짐에 따라서는 글쓰기를 통해 자기중심적인 날카로움을 스스로 반성하면서 남에 대한 배려심도 더 낼 수 있게 되지 않을까. 아니, 그렇게 되어야 제대로 된 글쓰기일 것이다.

그러나 글을 쓰면 쓸수록, 이 짧은 글 속에 무위당 선생의 삶과 사상의 그 폭과 깊이를 어떻게든 '재현'해 보겠다는 내 맹랑한 의도가 점점 더 스스로 마음을 불편하게 만들었다는 것을 고백하지 않을 수 없다. 이 불편함은 결국 글쓰기로 해소될 수 있는 것이 아니라, 앞으로 내가 어떻게 사느냐에 따라 더 심해질 수도 있고 풀려 나갈 수도 있을 것이다. 그러나 한 가지 깨달음만은 더욱 확실해졌다. 길게는 학교 교육을 처음 받기 시작할 때부터 지금까지, 짧게는 '전공 연구'를 시작했을 때부터 불과 몇 년 전까지, 내가 받은 교육과 내 연구와 글쓰기와 일상생활을 포함한 모든 것이 크게 보아 '성장'과 '경쟁'을 본질로 하는, 이른바 '근대 담론' 속에 거의 완벽하게 갇혀 있었다는 사실이다. 앞으로의 내 공부와 글쓰기는 이것을 반성하는 데서 그치는 것이 아니라, 실제로 변화할 수 있는 힘을 스스로 얻는 방편이 될 것이다.

한 가지 더 고백할 것이 있다. 나는 무위당 선생에 관한 이 글쓰기 '부담'을 좀 덜어 볼 양으로 김민기의 노래를 오랜만에 줄곧 들었다. 듣다 보니 낮은 목소리로 자연스레 정말 오랜만에 그의 노래를 따라 부르게 되었고, 가슴이 차분해지면서도 설레었다. 나는 슬픔과 따뜻함과 은근한 의지가 단순한 형식 속에 배어 있으면서도 깊은 울림을 주는 김민기 노래의 원천이 무엇일지 늘 궁금했다. 그런데 그가 한마디로 "아버지 같은 분"이라고 고백하는 이가 바로 무위당 장일순 선생이다.

〈무위당 장일순 선생님 영전에서〉

장일순 선생님,

오늘에야 이렇게 왔습니다.
그토록 뵙고 싶었는데, 돌아온 탕자처럼 오늘에야 이렇게
찾아뵙습니다.
선생님 누워 계신 이곳에 오늘에야 왔습니다.
만나 뵙고 귀한 말씀 들어, 이 혼돈스러운 세상, 살아가는
지혜 얻고 싶어 이렇게 왔습니다.

이렇게 선생님 영전에 서고 보니
살아생전에 한 번 만나 뵙지 못한 것이 더더욱 한없이 한스럽습니다.

그러나 무위당 선생님,
선생님 생각을 할 때면
그 막연하게만 생각되던, 정신이라는 것이 분명히 존재함을
느낍니다.
눈에 보이지 않는 그 무엇이 선생님과 저 사이에, 선생님과 저희
사이에
확실히 존재한다는 것을 느낍니다.
선생님이 행하신 그 뜻 깊은 일들과, 그 귀한 말씀에 어린 정신이
저희를 오늘 여기 와 있게 합니다.

좁쌀 한 알 선생님,
저희가 오늘 선생님을 뵈러 온 이유를
선생님은 잘 알고 계십니다.

잘난 척하지 마라,
평범한 너의 이웃들과 풀 한 포기 자연의
발밑을 기듯 겸손하라,
한없이 한없이 겸손하라,
너희 평범한 이웃과 풀 한 포기 자연을 한없이 섬기라,

선생님이 주신 이 단순 명료한 가르침을
진정 다시 한 번 가슴에 새기고자 이렇게 왔습니다.
날로 날로 혼탁해지고 어지러워만 가는 듯한 세상이지만
선생님 생각만 하면
정신이 맑아지고 보는 눈이 밝아짐을 느낍니다.

저희에게 힘을 주십시오.
마음으로 정신으로 선생님과 늘 만나 뵙고 싶습니다.
하루 하루의 생활을, 넓은 세상과의 대면을,
선생님의 지혜와 지침대로
행할 수 있게 하여주십시오.
정말로 부끄러움을 알고
하여 진정 스스로 자존감을 느낄 수 있게 도와주십시오.

저희가 오늘 선생님을 찾아온 것은
그 진정한 부끄러움과 자존감을
세상 살아갈 활력으로 삼기 위함입니다.

살아가는 동안 언제나
선생님께
늘 묻고 말씀 나누고 싶습니다.

사랑하는 선생님

다시 찾아뵙겠습니다.

2. Water flowing Downward, A Clump of Grass, A Grain of Millet: Sir Muwidang[158]'s Sayings

On last May 15, Teacher's Day, two students of mine visited my office. I guessed that they may have come to talk with me but were maybe feeling awkward before me and I also was not starting the conversation with them. So I read them a part of the book which I was reading. I told them that the man on the cover of the book is my teacher even though I had not met him even once. I showed them a picture of a face-shaped weed drawn with a writing brush by Sir Muwidang and a bright smile came to the lips of the girl student.

Jang Il-sun said to Choe Byeong-ha.

"Both you and I are beggars."

Choe could not agree. Jang Il-sun, of course, is not a beggar and he is the boss of a lumber mill, not a beggar. Jang asked Choe who was showing displeasure.

"What is a beggar?"

"He who is, you know, begging in the streets sitting on the ground with a cup in front of him to make a living."

Jang Il-sun said again.

"Of course. So you are a beggar with a cup of a lumber mill. A beggar can make a living due to passersby and you can make a living due to your customers. Aren't they the same except the appearances?

It was not wrong. Jang Il-sun asked.

"Then, who is God?"

Choe could not answer at once.

"Passersby are God for a beggar, customers for you. You should know that and serve them like God. You should see well who give you food and clothing."

He said to the people who manage restaurants as follows:

"It is your God who comes to your restaurant to take a meal. You should know that and serve them with a good meal as if the real God came to you. You absolutely don't need to worry that your business will not pay. If you serve them as God, you know, the God will take care of you."

Who is God for a teacher? Yes. Students. Who is God for a civil servant? Local people. The entire nation is God for a president, and the believers for a Father or a minister. [159]

After I read, I said to my students. "You are my God." I could hear them give a soft but clear exclamation of surprise. It was a marvelous scene as if the voice of Sir Muwidang had been listened to by them.

Sir Muwidang Jang Il-sun is famous for almost never making a work of writing during his entire life because of the habit which he came to have for fear of damage that any kind of his writing may cause to others during the long period of the terrible dictatorship. The reading materials for this writing of mine are not his own writings but the transcripts of his sayings or the writings about him made by others. And his sayings about writing especially caught my eyes while I was reading through the books again this time.

[Interviewer] Many people are being thrown into confusion regarding values.

"First of all, we should make our times that of confession for reflecting on our wrong life styles. Now is the time to consider what life is, what our living must be. We have already passed the peak age of the desire for more possession and more luxury. *I hope that writers make as many writings of confession as possible.* Can we have what we own forever? There is nothing that is originally mine. Even my words here, you know, are not what I make with my knowledge but what is made by the influence of other great men."[160] (The emphasis is mine.)

"His advice was that we should throw out the desire for writing well. I think he meant a pure sincere mind without any thoughts."[161]

Although the latter quotation is Muwidang's saying that one of his disciples tells us second hand and it is not about writing but calligraphy, I think that it is a saying we should bear in mind also when we are writing. What is the essence of the above sayings? "Throw out any thought of putting on airs and make a work of writing of self-reflection with the subject of life." This is not only a guide to good writing from Muwidang's sayings but also the core of his thinking which we should think of as the guideline of our lives.

Sir Muwidang says, "We have already passed the peak age of the desire for more possession and more luxury." The interview was conducted in 1991. What would he say now when more than 20 years have passed since then? Perhaps he would say the same thing much more desperately or he might keep his silence. But I imagine that he would surely say something with a special emphasis. "We should go toward de-nuclearization and the old nuclear plants that are more than 30 years old should be decommissioned right now." I think that such an imagination is not an arbitrary one. At the end of a TV program in 1992, two years before his death, which, as I know, was the only time that he made an appearance in the mass media for whole his life, he said as follows:

After I had engaged in a social movement for a long time, I came to the conclusion that there will be nothing left worth pursuing if the current situation continues in which the industrial civilization itself is destroying nature and the earth where we are living and so the agricultural products made in it bring diseases to people. Isn't that 'the end' if the earth is dead and people all get diseased? *The complete destruction of nature and the ecosystem, you know, is a fundamental matter beyond politics.* Thus today's politics and economy have little experience and knowledge of life regarding the ways to live. They are increasingly sinking into a rank absurdity. So I think that we should talk with each other about the way of saving ourselves. [162]

Let me say a word about the fact that *today is not a mere transitional age but the age when the human civilization itself may come to an end and the age when the earth is at the crossroads between life and death, and the age of crisis when we should decide resolutely which way to choose to live.* It is not nonsense from a kind of superstition or religious belief in earth destruction or personal bliss. I mean that nature and human spirituality have been destroyed by human faults and we are living in the important age when we should restore them. [163](The emphases are mine.)

Over 20 years ago, Sir Muwidang said, "Today is the age when the human civilization itself may come to an end and the age when the earth is at the crossroads between life and death." I think that the recent evident symptom of that is the disaster of Fukushima. Although the extreme right politicians and the nuclear Mafia in Japan are obsessed with covering up the truth of the accident, there is even a judgment that Fortune already deserted the country. [164]The catastrophe of Fukushima mirrors ourselves. We can easily see many people on the internet who speak about the gloomy situation of present-day Japan in this way: "Ha! It serves you right!" But I think that such an attitude is extremely stupid. The disaster of Fukushima is by no means only other people's affair. We as well as Japanese people have received the influences of the accident through air and food. But our fundamentally serious problem is that we also have three old nuclear plants which have been operated for over 30 years and frequently see the news of the breakdowns and corruption scandals related to the nuclear plants especially recently. The power-transmission towers of superhigh tension, which are under construction at the expense of the seniors' unspeakable hell and deaths in Miryang and Cheondo etc., are unnecessary things from the beginning if it were not for the new nuclear plants. I imagine that if Sir Muwidang had been alive on March 11, 2011, he may have said, "The catastrophe of Fukushima is the Last Warning of Nature against the wrong way of human civilization." This conviction is based on his idea of life and his life which caused it.

Sir Muwidang was born in Wonju in 1928 and passed away at the Korean age of 67 in 1994. His family has lived there for generations since the above-mentioned Japanese Invasion of Korea in 1592 when one of his ancestors was killed in a battle in Wonju. Thus his family is a very rare one that put down roots and lived in a place of Wonju for over 400 years. He also never left his home all his life except during the years of studying in Seoul when young.

Looking down on my own home and my country was disagreeable to me from my childhood. The legend that a great man cannot be born in Wonju because of Chiak Mountain was very offensive to me. "Isn't that a precious life to live a good, true and sincere life?" I thought so and remain in my home naturally.[165]

And, after all, to live such a deeply rooted life in a place was an essential element for his idea of life. A genuine philosophy of life cannot be created from a man who lived a wandering life in a city civilization made of dead concrete. And, moreover, Muwidang thinks of his grandfather as his first teacher of life and we can understand that the everyday life itself of his grandfather which had been seen by Muwidang from his childhood was an essential basis of his idea of life.

Muwidang remembers his grandfather as follows:

He bought some land and helped poor people with the money he earned by making business, and contributed money and land for building a school.

And he picked up every grain of red bean or rice in the yard and put it in a rice-washing bowl. He said that we should not drop a grain, as it is from the efforts made by heaven, earth and farmers. And he put every piece of paper in a neat pile without wasting a single piece and used it as something precious. Thus he was consistent in all his behavior from the minute he woke up to the minute he went to sleep.

When a beggar came for a bit of rice, even though my mother actually had some trouble with that, my grandfather used to shout loudly to my mother, "Here came a guest!" Then, she must serve the beggar a meal on a small table. And, furthermore, in winter, she served boiled rice in soup to a beggar in a room. And when farming season was over and rice threshing was finished, the tenants asked my grandfather to visit them for seeing the crop. But he did not go. He meant that he don't need to go.

He did not urge anybody to pay a debt. Once when I was nine years old, my father said to his father, "Mr. So-and-so does not pay 300 won of his debt and let me go to him to get the money." But my grandfather said to his son, "You are also a parent who has children to be looked after. Once you give money to someone, you should not urge him." And he taught his son, "One who has a mind to pay his debt must naturally do that. But if you urge someone, who is not willing to pay his debt, to do that, you will not get the money and will lose the man himself as well. And if you urge someone, who has a mind to pay his debt but does not have money, to do that, how will he feel? So don't do such a stupid thing." I listened to him in the garden pretending not to. He was that kind of a person![66]

Young Jang Il-sun has two teachers of traditional learning and calligraphy who were his grandfather and Sir Chagang Park Gi-jeong. Sir Chagang was a classical scholar and returned home and joined the Righteous Army and the Independence Movement just after the Protectorate Treaty between Korea and Japan concluded in 1905. And young Il-sun's religion had been Buddhism before his elder brother died young but became a Catholic with his brother's last word as a momentum that their family should enter into Catholicism. He became also aware of Donghak through the guidance of a neighboring believer of Donghak and was especially deeply influenced by the life and the idea of Sir Haewol[67] Choe Si-hyeong. Of course he received a modern education at a prestige high school and a university in Seoul.

In short, Muwidang's idea of life is that which, on the basis of "the great capacity of Haewol's idea"[168] embraces all of, firstly, the traditional teachings of Confucianism,[169] Buddhism and Taoism which he learned naturally from his childhood; and secondly, Pope John XXIII's spirit of church reform on the basis of the original teaching of Jesus that emphasized an open mind to other religions and national cultures and the making of the churches which are lead by general believers rather than priests; and thirdly, Gandhi's and Vinoba Bhabe's idea of non-violence.[170] In other words, we can say that his idea of life on the harmonic thinking basis is a critical contemplation of today's crises of human existence which were originally created by the dualism of the Western modern philosophy which sees 'I' and 'the object' as separate things from the roots.

Muwidang was a passionate activist in his early twenties right after Korea's liberation from Japanese colonialism, who became executive director of the Korean branch of the One-World Movement which was started by scientists from all over the world, including Einstein, for the purpose of their own self-reflection and the establishment of an international coalition government. He exchanged letters with Einstein and it was in 1952 when he was 25 years old that he received his first letter from Einstein.

January 27, 1952

Mr. John Tjang

Catholic Church Wonju

Kanwon Province

Korea

Dear Mr. Tjang:

   Thank you for your letter of January 8th.
The World Federalists and in general all these working
for a supra-national solution of the security problem
are making slow progress and have hard times in their
struggle against the passions of all the nationalists the
world over. I shall write to the headquarters of the
World Federalists of America and ask to send you the
desired information.

     With best wishes,

      sincerely yours,

       Albert Einstein.[171]

It was due to his capability in the foreign languages of Japanese
and English that he could acquire such a cosmopolitan outlook and

practice actual international exchanges. They say that he was a regular reader of English journals like *Time* and *Newsweek* and a Japanese journal of *Bungei-syunsyu*. We can know that he thought of foreign language study as an important thing through the fact that he fixed "the zero class" for English before the first class in the school which he established in 1950's and taught English to his students. This English class was only for those who wanted to join and the number of the students was almost 10 at the beginning but finally came down to one. But the only one student came to have a fluent command of English due to the class. To Muwidang, the capability in foreign languages was the window through which he could see the wide world. They say that he could give interviews to foreign reporters without difficulty. Once he talked with the Japanese thinker Tzurumi Shunsuke over a glass of beer for 7 hours who actually visited Korea from Japan on purpose to meet his disciple Kim Ji-ha. Many people including Mr. Yi Young-hi said as follows:

"He was a very marvelous man to be well acquainted with the world situation even though he was living in a local city of Wonju, not in Seoul."

"A countryman who was living at the foot of Chiak Mountain, you know, was telling me how the world will become. I always wondered whether it's the case whenever I listened to him, but that was how the world works in the end. Later, I intentionally went to Wonju to listen to his words."[172]

In 1954, when he was 27 years old, he established Daeseong Middle & High School in Wonju with other noble-minded people by which they hoped to inherit the spirit of the Daeseong School founded in Pyeongyang by Sir Dosan Ahn Chang-ho. And under the oppressive regime of Lee Seung-man, he ran for election to the National Assembly two times but failed. Just after the military coup in 1961, he was thrown into prison for his usual position supporting neutralized unification of the Korean peninsula, and remained in prison for three years. And even after that, he was banned from any political activity by being bound by The Social Security Law and The Political Purification Law. From the later 1960's, he started a credit union movement in Gangwon-do and Chungcheongbuk-do with the Wonju Credit Union as the starting point to revive the impoverished farm villages and mining towns. And with Mr. Ji Hak-sun, bishop of Wonju, he initiated a social justice movement to make Wonju a mecca of democracy. Around 1977, he decided to change over his movement line from that of the labor movement and the peasant movement to that of "life movement" based on the logic of "living by helping each other." The new movement began in earnest in 1983 with the establishment of Hansalim which is the organization for direct dealing between cities and farm villages and he had an exhibition of his paintings and calligraphic works as a fund-raising event for the Hansalim movement in 1988. In 1989, he erected a monument to the memory of Sir Haewol Choe Si-hyeong at the very spot of Song-gol, Hojeo-myeon, Wonju-gun, where Sir Haewol had been arrested in 1898, and wrote the passage for the inscription. Although he had an operation for stomach cancer in 1991 and was receiving anticancer treatments, he published the book, *Muwidang Jang Il-sun-ui No-ja I-ya-gi* (A talk about Lao-tzu by Muwidang Jang Il-sun) with the Reverend Yi Hyeon-ju. This is a book in which they interpreted Lao-tzu's Tao-te-ching from the viewpoint of the idea of life. In 1993, he was awarded an appreciation plaque from a Korean organization for social movement for his dedication to the protection of imprisoned men's rights and their release. He breathed his last at his home at Bongsan-dong, Wonju, on May 22, 1994.

I know well how absurd it is to sum up the life history of Sir Muwidang like this. I just hope to represent once again, by that, the aspect that I regard as most notable in his life. From my viewpoint, the fact that his family including him has been living rooted in the same place is the most important point for us to understand Muwidang's idea of life. It is because only such a person can actually have the genuine experiences of familiarity to truly love and pay respect to other people and nature. As I will say later, an American farmer-writer Wendell Berry (1934~), who is about Muwidang's age, has amazingly almost the same thinking as Muwidang's idea of life even though they perhaps did not know the existence of each other at a long distance. I think that it is also, most of all, because both of them have lived such deeply rooted lives. Wendell Berry himself especially emphasized the point in his books. And I always fully realize again that home education is of superior importance, as is emphasized by Muwidang, whenever I look deep into his life. But, it goes without saying that the width and depth of his thinking and his morality and personality fixed through the practices of everyday life is what is most worthy of admiration.

The only thing that he realized through such a life is, as he says, the law of life. Although it will require, as many people say, to inquire into the formation process of the idea, his explanation about it is very easy and simple. But it may be something that we cannot feel the depth of and perceive the worth as a guidance for living unless we think of the meaning repeatedly and put it into practice in everyday life.

Life is one, not two. Life is invisible. It is invisible, you know. It is invisible and it is one. It is evident that it exists but it is one, you know. If we say that it is two, 'you' and 'I' are divided. (......) Thus life belongs to the Absolute World but anything like 'you and I' or 'three' or 'four' is in the world of relativity. So today's world is where all the people say that there is nothing existent without being invisible through eyes and only the things they can grasp tightly are visible. That is, in other words, the material civilization and we could not find a solution because we used to follow the way. The visible world, no matter what it is, where 'you' and 'I' are divided, is bound to vanish. But the world of life, you know, the Absolute World is forever. So if you have a habit of building a wall between 'you' and 'I', you know, you will build innumerable walls. (......) How are all creatures, be they a weed or an insect or a stone, and I are related? Equal. I mean the same worth. By the way, "This is more beautiful," or "This is nobler," or "This is good," or "This is bad," who determines the criteria of these? It is determined by the arrogance of man, the violence of man. So man and this universe will be futureless unless man himself abandons the violence at this point of time.[173]

When we understand the law of life, farming must not be a (primary) 'industry' particularly among all of human 'economic' activities. Because farming, correctly speaking, farming whose means is not against the law of nature, is the natural and right expedient of subsistence by which man can harmonize with all other creatures in the Providence of Life. Muwidang explains this with the brief phrase, *I-cheon-sik-cheon* (以天食天), which Sir Haewol presented as the essence of man's eating.

I mean, for example, a weed or a stone or a grain cannot be created without the earth and heaven, without water and light, without air, without a lower animal, without the universe. Isn't it? And the grain is heaven which cannot be produced without the universe. So what did Sir Haewol say? He said, "I-cheon-sik-cheon!" It means that heaven eats heaven. We are all heaven, you know. You know, we have the immortal eternal Father inside us.[174]

And he quoted three virtues from the teachings of Lao-tzu which we should have to follow the law of life. Those are affection, frugalness and humbleness. I think that there is none who tells more properly and impressively about Muwidang's idea of life and the three actual virtues of Muwidang than Mr. Lee Young-hi. Mr. Lee Young-hi (1929~2010), the representative conscientious journalist in the history of the Korean press, even though he was only one year younger than Muwidang, said that he considered Muwidang as his teacher in thought and used to visit Muwidang in Wonju with a bottle in his pocket whenever he felt heavy.

I have so many Western inclinations. I can say that I am analytic because I tend to see a human society as something like a structure made of throughly straight lines and to interpret it theoretically. On the other hand, I can say that Muwidang is synthetic and comprehensive. He embraces various kinds of things as if he wrapped all sorts of miscellaneous things in a wrapping cloth, and harmonized them in him. But I strictly sort them, "A, B, C," and analyze them. So I am a man of poor caliber and low level.

The second is his basic positions in life which I cannot dare to follow. My expression is an oxymoron, but they appear to be thorough and not thorough at the same time. How thorough is his life? For example, in the conventional type toilet in his house, even in these modern times when people are only in pursuit of convenience, the excrements make a sound of splash-splash and bound....... I don't know that the kitchen is now the same as it was but his wife works in such a humble kitchen, the garden and the well are also so. Among them, the toilet is the poorest but he never remodeled it.......[175]

And I think that the absolute virtue which Muwidang especially emphasized in the relations between nature and man, between man and man, is humbleness. We can understand it through the fact that he had had many pen names including Cheonggang (Green River) and Muwidang but made a new one for himself, Ilsokja (一粟子, a Grain of Millet), whose purpose is to make himself have more and constant humbleness. In his way of thinking based on the idea of life, to be humble can never be an intentional means of showy conduct of life. The Reverend Yi Hyeon-ju, who interpreted Lao-tzu's sayings with Muwidang, says:

One day when we were reading Lao-tzu together, he wrote on a scratch paper "Gae-Mun-Yu-Ha (開門流河)" and said, "Only by mixing with those at the bottom, an individual or a group does not make a mistake." The phrase means, "Throw open the door and flow downward!" I think that this attitude is that of a true man which the teacher showed and taught us through his own life.[176]

I think that this attitude of humbleness in living is the conclusion of Muwidang's idea of life that those who give themselves airs with money and power cannot realize the law of life and it is the way of life movement for us to serve those people at bottom who are foolish and poor but grateful for small things, not those who are eminent and arrogant. As Mr. Kim Jong-cheol, publisher of Green Review, says, the key point is our capability of responding to this teaching of Sir Mu-widang.

The stream of the doctrine of non-violence from Sir Haewol to Sir Jang Il-sun has formed a very rare tradition in the modern spiritual history of Korea. We see an extremely humble and soft feminine soul in the life of Haewol who, in spite of the incessant life of escape and disappearance, served the grass roots as heaven and taught people the nobility and the equality of life earnestly with simple words and activities, and in the life of Sir Jang Il-sun who found the true light of the world in the life of Sir Haewol. It is needless to say that the possibility of our own rescue must depend on whether we respond sincerely to the soul.[177]

Finishing this chapter about Sir Muwidang, I cannot but confess that I have been 'uncomfortable' while I was writing it. Thinking about the true reason why he did not make works of writing, I have been 'uncomfortable' while I was writing this chapter. One of his close followers said that a professional writer is apt to be too sensitive and egotistical and cannot afford to consider others and it was a very good thing that Sir Muwidang did not write almost at all. It seemed to be a proper explanation and judgment. But, while I was writing, I also decided to change my mind. I said above that writing can be a means of good speaking. If so, and if I govern the egotistical keenness strictly, is it impossible to reflect on myself calmly and be more considerate of others? Yes, only such a writing can be a good one.

But, nevertheless, I must confess that, as my writing was going on, my absurd intention of 'representing' the width and the depth of Sir Muwidang's life and thinking anyhow made me uncomfortable all the more. This discomfort may not disappear through writing and it will rely on how I will live my life whether it will be more intensified or be solved. But I realized one thing clearly that all of those things, all of the education which I have received, all of my study and writing and my life style, from my childhood around when the first education began, through the period of my 'special' study, to only a few years ago, have been almost completely confined in the boundary of the so-called "modern discourses" whose essence is "growth" and "competition." My study and writing from now will be not only for reflecting that but also the means to get strength for practical changes in myself.

I have one more thing to confess. I listened to the songs of Kim Min-gi after a long time in order to lessen the feeling of 'responsibil-ity' of this writing about Sir Muwidang. While I was listening to his songs, I naturally came to sing along with them in a low voice actually after a long time and I felt calm and my heart was throbbing. I have always wondered about the source of his songs which have sorrow and warmth and quiet willing inside the simple forms and which find echoes in many people's hearts. And the man whom he calls "like a father figure" is Sir Muwidang Jang Il-sun.

At the graveside of Sir Jang Il-soon

Finally I came to you like this.

Although I missed you for such a long time,

I came here to meet you like the prodigal son.

I only came here today where you are lying down.

I came to you here to see you, to listen to you and to get the wisdom of life

Urgently necessary in this chaotic world.

Now when I stand before your spirit,

I regret the more endlessly not being able to meet and see you in your lifetime.

But, Sir Muwidang!

Whenever I think of you,

I feel the obvious existence of spirit which was only obscurely

imagined.

I can certainly feel the invisible something

Between you and me, and between you and us.

Your meaningful work and the spirit indwelling in your priceless

words

made us come to here today.

Sir Jop-ssal-Han-al!

You must know the reason well

Why we came to see you today.

"Never be arrogant,

Be humble as if you were crawling

At the feet of your neighbors and nature in one clump of grass,

Be infinitely and boundlessly humble,

Serve your ordinary neighbors and nature in one clump of grass

unlimitedly."

We came here to keep the feelings of the simple and plain teachings

you gave

To us once again.

Although the world is becoming more and more corrupt and insane day by day,

Whenever we just recall you,

We feel our souls becoming clear and our eyes becoming bright.

Give us power.

Let our souls meet you with the help of the Spirit of Nature.

Let us live our everyday lives and confront the wide world

By following your wisdom and guidance.

Help us to know true shamefulness

And to be able to feel self-esteem through shamefulness.

We came to see you today

To make true shamefulness and self-esteem

Our vitality for living in this world.

We want to ask you

And talk with you

Throughout our lifetimes.

Dear Sir,

See you again.

3. 꽃이 피니 봄이 오는 것 : 법정 스님 말씀

법정, 『법정 스님 법문집1 : 일기일회(一期一會)』, 문학의숲, 2009.
___ , 『법정 스님 법문집2 : 한 사람은 모두를 모두는 한 사람을』,
문학의숲, 2009.

애초에는 전혀 의식하지 못했는데, 가만히 보면 볼수록 무위당 선생과 법정 스님(1932~2010)은 아주 대조적인 삶을 살았다. 무엇보다도 무위당 선생은 평생 글을 거의 쓰지 않았고, 법정 스님은 유명한 『무소유』를 비롯하여, 전문 문필가라고 해도 좋을 만큼 수많은 명저를 냈고 그 중 여러 책이 외국에서 번역, 출간되기도 했다(그러나 법정은 자신의 사후 모든 책을 절판할 것을 유언으로 남겨 결국 그렇게 되었지만, 『무위당 장일순의 노자 이야기』는 무위당 사후 이현주 목사가 완결하여 출간했다). 무위당은 그 집안이 수백 년 대를 이어 한 고장에 뿌리박고 살았고, 법정은 젊어서 고향을 떠나 이곳저곳을 여행자처럼 떠돌아다니며 살았다(불일암과 강원도 오두막 '수류산방'에서는 짧지 않은 세월을 살았으나 생애 전체를 보면 붙박이 삶이 아니었다). 또한 무위당에게는 아마도 단 한 차례 일본으로 견학 여행한 것이 유일한 해외여행이었다면, 법정은 미국과 유럽의 사찰과 그 밖의 장소, 아시아의 불교 성지들로 아주 여러 차례 여행을 다녔다. 무위당은 자신이 사는 고장의 저자 거리에서 친숙한 이웃들을 날마다

만나 가면서 동고동락하는 것이 일상이었고, 법정은 가장 가까운 제자들도 모르는 곳에 거처를 두고 혼자 사는 생활을 끝까지 고집했다 (더구나 첫 제자를 들인 것도 53세 때였으며, 그 손만 봐도 알 수 있듯이 텃밭 농사에서 일상생활의 사소한 일에 이르는 모든 일을 평생 손수 했다). 또한 무위당은 어느 때든 자기를 찾아오는 사람과 어울려 낮술도 마다하지 않고 이야기 나누는 것이 일상의 생활이었지만, 법정은 가끔씩 정기적으로 있는 법회에서 법문 하는 것을 제외하고는 혼자서 차와 음악과 독서를 즐기며 침묵하는 것이 일상화된 삶이었다. 이렇게 적고 보니 두 사람의 삶은 더더욱 대조적으로 보인다. 특히 연배가 비슷하고 고단한 동시대를 살았던 두 분이 이 넓지 않은 땅에 살면서 아마 단 한 번 마주친 적도 없었다는 것에 비추어 보자면, 정말로 두 분은 서로 완전히 반대되는 삶을 지향한 것이 아닌가 하는 생각이 들기도 한다(그러나 『법정 스님의 내가 사랑한 책들』 50권에 『나락 한 알 속의 우주』가 포함되어 있는 것을 보면, 눈에 보이지 않는 정신의 영역에서는 두 분이 깊은 교류를 했음을 알 수 있다).

정말로 두 분은 '색깔'이 전혀 다르다. 그러나 이렇게 전혀 달라 보이는 색깔의 저 깊은 속 밑바탕에서는, 우주의 섭리와 인간 삶의 지침이라는 본질 면에서 완전히 똑같은 가르침을 전하고 있다. 무엇보다도, 무위당 선생과 마찬가지로, 법정 스님의 말씀은 매우 쉬우면서도 깊은 생각거리를 준다. 이러한 '쉬운' 가르침은, 그것이 어떤 거창한 관념에서 만들어진 것이 아니라, 결국 풀 한 포기나 꽃 한 송이 같은 평범한 사람들의 오랜 삶의 전통에 뿌리박은 것이라는 점에 그 공통의 본질이 있다. 그리고 그 핵심은, 눈에 보이는 작은 생명 속에서 눈에 보이지 않는 우주의 섭리를 보고 그것에 순응하라는 것이다. 무위당 선생이 풀 한 포기 속에 담긴 생명의 거룩함을 보라고 하듯이, 법정 스님은 '봄'이라는 인간의 관념의 힘이 꽃을 피우는 것이 아니라 인고의 세월을 보내고 피어나는 꽃의 생명력이 비로소 봄을 있게 한다는 관점을 역설한다(이것은 '절이 있기 이전에 수행이 먼저 있었다'는 말씀과 정확히 짝을 이룬다. 중요한 것은 자기 안에서 진정한 본래적 자기를 찾는 일이지 눈에 보이는 제도적 종교에 의지하는 것이 아니라는 가르침이다). 무위당 선생이 특히 해월의 생명사상을 소개하고 한살림운동을 전개한 것은 현대산업문명에 의해 잊히고 유린된 생명 존중 정신의 삶의 전통을 되살리고자 하는 것이었다. 마찬가지로 법정 스님은, 생태계를 파괴하는 '서양의 인간 중심의 오만한 사고방식'과 현대 과학기술 문명을, '옛날 우리가 흙을 가까이 하고 살던 농경사회'의 자족·겸손의 미덕과 전혀 화해할 수 없는 것으로서 대조한다. 특히 법정 스님은 최첨단 현대문명 국가인 미국을 여러 차례 여행했지만, 예컨대 앤드류 카네기나 헨리 포드 또는 스티브 잡스나 빌 게이츠가 아니라, 이미 19세기에 현대문명의 본질적 문제를 통찰하고 월든 호숫가 오두막집에서 무소유의 삶을 실천한 헨리 데이비드 소로우를, 마하트마 간디와 더불어 자신의 정신적 스승으로 소개한다. 또한 인간들이 이렇게 살다가는 '꽃이 피지 않는 침묵의 봄'이 올 수도 있다고 엄중히 경고할 때에는, 『침묵의 봄』의 저자인 레이첼 카슨과 인디언 영적 지도자 '구르는 천둥'을 중요하게 언급한다. 이것은 곧, 참된 미국 정신과 인간 정신을 대표하는 사람들이 스님에게는 다른 누구도 아닌 헨리 데이비드 소로우와 레이첼 카슨과 '구르는 천둥'임을 말해주는 것이다.

우리가 의지해서 살아가는 이 지구는 단순한 흙이나 돌덩어리가 아닙니다. 지구는 모든 생명의 원천이고 인간은 그 개체에 지나지 않습니다. '구르는 천둥'이라는 인디언 영적 지도자는 또 이런 말을 합니다.
"대지는 지금 병들어 있다. 인간들이 대지를 잘못 대해 왔기 때문이다. 머지않은 장래에 큰 자연재해가 닥칠 것이다. 대지가 자신의 병을 치료하기 위해 몸을 크게 뒤흔들 것이다."
이것은 벌써 수십 년 전, 1950년대에 한 말입니다. 대지를 못살게 하는 물것들을 털어 낼 것이라는 경고입니다. 마치 짐승들이 물것들이 있으면 이내 털어 내듯이, 지구에 서식하고 있는 물것들이 하도 못되게 구니까 지구가 살아남기 위해 크게 뒤흔들 것이라는 예고입니다.[178]

그런데 사실 이러한 질타는 다른 무엇보다도 바로 '미국식 생활 방식'에 대한 것이다. 스님의 비판은 매우 의식적이고도 일관되어 있다. 그리고 이 비판은, 무위당 선생의 경우와 마찬가지로, 정확한 공부를 바탕으로 한 것이다. 2002년 10월 27일, 뉴욕 불광사 초청 법회에서 스님은 이렇게 말한다.

세계 전체 인구의 5퍼센트밖에 안 되는 미국 사람들이 지구 자원의 대부분을 독점적으로 점유하고 소비하고 있습니다. 그들이 이 지구상에서 대량생산, 대량소비, 대량폐기의 악순환을 부채질하고 있습니다. 미국식 생활 방식은 한마디로 배타적인 탐욕, 남을 생각하지 않는 매우 이기적인 탐욕입니다. 탐욕이라는 것은 분에 넘치는 욕심을 의미합니다. (……)

몇 가지 예를 들겠습니다. 이것은 정확한 통계입니다. 거의 유일하게 지뢰금지협약에 서명을 거부한 나라가 미국입니다. 또 화학무기를 제거하기 위한 세계 협정을 거부한 네 나라 중 한 나라입니다. 네 나라가 어떤 나라인 줄 아십니까? 리비아, 시리아, 이라크와 함께 미국이 화학무기를 제거하기 위한 세계적인 협정을 거부한 것입니다. 또 아동의 권리에 대한 유엔 협약을 비준하기를 거부한 두 나라 가운데 하나입니다. 다른 한 나라는 아프리카의 소말리아입니다. 또한 세계 무기 거래의 70퍼센트를 미국이 차지하고 있습니다. 이것이 미국의 실상입니다. 미국의 선량한 시민들이 이런 것에 가려져 많은 피해를 입고 있습니다. (……)

미국에 와서 가장 부러운 것이 이 자연, 이 아름다운 자연을 그대로 보존하고 있다는 것입니다. 자연을 보호한다는 것은 말이 안 되는 소리입니다. 사람이 어떻게 자연을 보호합니까? 그것은 주제넘은 일입니다. 다만 있는 그대로를 지키는 것일 뿐입니다. 있는 그대로 놔두는 것, 그것은 보존이지 사람이 보호하는 것이 아닙니다. 사람은 그런 능력을 가진 존재가 아닙니다. 미국에 와서 어디를 가나 존경스럽고 부러운 것은, 자연을 잘 보존하고 있는 것입니다. 그런데 다른 나라의 자연은 무자비하게 파괴하고 있는 현실입니다.[179]

이 밖에도 이라크 침공과 금융위기 전파, 교토 의정서 탈퇴와 광우병 쇠고기 수입 강요, 그리고 1920년대에 홍수로 자국민 2천여 명을 떼죽음 당하게 한 플로리다 대운하 건설 등 여러 중대한 역사적 사건들에 대한 언급을 보면, 법정 스님이 법문에서 미국과 미국식 생활 방식에 대한 비판을 얼마나 여러 차례에 걸쳐 통렬하게 했는지를 잘 알수 있다. 이는 곧, 어리석게도 그러한 '미국과 미국식'을 최상의 지표로 삼는 한국의 '엘리트들'에 대한 비판과 연결되어 있다. 특히 자국 농민들에 대한 보호책이 없기 때문에 일본과 중국 정부조차 시도하지 않는 미국과의 FTA를 몰아붙인 한국 정부에 대한 법정 스님의 비판은 그야말로 가차 없다.

정부나 관료들, 대통령까지도 한미 자유무역협정이 체결되면 어떤 이득이 있는지 입을 모아 말합니다. 몇몇 재벌 기업과 고급 공무원, 관료들과 언론사들은 분명 이익을 볼 것입니다. 그러나 노동자, 농민을 비롯한 대다수 서민들은 틀림없이 지금보다 더욱 살기 어려워집니다. 농업은 서로 돕고 의지하는 상생관계에 기반을 두어야 하는데, 미국의 농업이란 무엇인가? 상업농이 아니라 기업농입니다. 기업농체제는 농업의 기반을 근본적으로 무너뜨립니다. 전문가들의 견해에 의하면 한미 자유무역협정은 일단 '농업은 없다.'는 전제 하에 이루어진다고 합니다. 농업을 완전히 무시하고 시작하는 것입니다. 단순한 통상 협상이 아니라 사회 전환 프로그램입니다. 온 세계를 미국의 시장으로 만들겠다는 소위 세계화의 물결입니다. 얼마 전 노무현 대통령이 한 말입니다.

"한미 FTA로 농민들이 피해를 보는 것은 분명한 사실이다. 그렇지만 정부가 농민들한테 생활 보조비를 주어 먹여 살리면 되지 않는가?"

얼토당토않은 이야기입니다. 팔팔한 농사꾼에게 보조비나 타 먹으며 살아가라는 것이 말이 됩니까? 삶의 터전과 의욕을 잃은 채 식물인간이 되라는 미친 소리나 다름없습니다. 경제의 기반 산업인 농업이 소멸되면 무엇이 남습니까? 아무것도 남는 것이 없습니다. 경제가 튼튼하려면 기초산업인 농업이 뿌리를 내려야 합니다. 사람은 먹지 않으면 살 수 없기 때문입니다.[180]

수필집 『무소유』에 실린, 생텍쥐페리의 『어린왕자』에 관한 따뜻하고 아름다운 수필 한 편을 기억하는 사람들은, 저 말씀이 법정 스님의 말씀이라는 사실을 믿지 못할 수도 있을 것이다. 그 기억만을 소중히 여기는 사람은 법정 스님의 일면만을 본 것이다. 아름답고 선한 것에 대한 무한한 흠모와 옳지 못한 것에 대한 철저한 비타협은 스님의 마음속에서 똑같은 본질을 지닌 것이다(그러나 『무소유』에 실린 이 「영혼의 모음—어린 왕자에게 보내는 편지」라는 글 또한, 당시 본격적인 산업화와 함께 나타난 가시적인 '돈의 숫자 놀음'으로 불가시적인 인간 영혼의 영역이 날로 위축되고 메말라 가는 세태를 비판하는 것이 그 핵심이다. 이 글이『아동문학사상』이라는 지면에 처음 발표된 것이 1971년이다). 사실 법정 스님은, 그 제자들이 강조하는 바와 같이, "시대가 어두웠을 때 승려로서는 유일하게 함석헌, 장준하, 김동길 등과 함께 민주화 운동에 참여"[181] 했고, 1975년에 송광사 뒷산의 불일암으로 내려가 홀로 살게 된 계기가 다름 아니라 바로 세계 역사상 최악의 사법살인 사건인 인혁당 사건의 충격 때문이었다는 것도 잘 알려진 사실이다. 그리고 불일암으로 내려간 바로 그날이 1975년 4월 19일이었음을 훗날 당신 스스로 의미심장하게 강조해서 말하기도 했다.[182]

무위당 선생과 마찬가지로, 법정 스님이 산골에 홀로 산다고 해서 속세의 모순을 외면한 채 세상과 담을 쌓고 지낸 것이 결코 아니었다.『법정 스님의 내가 사랑한 책들』50권의 면면만 보아도 짐작할 수 있듯이, 종교적 수행과 마찬가지로 세상 공부를 결코 게을리 하지 않는 것이 스님의 일상생활이었다. 법정 스님은 법회에서도 자신이 읽어 본 좋은 책들을 청중들에게 소개하는 일이 자주 있었다. 이를테면 『법구경』,『숫타니파타』와 더불어 앙리 르페브르의『현대세계의 일상성』을 읽고 그 핵심 의미를 쉽고도 명료하게 소개해 주는 것이 법정 스님의 공부이자 일이었다. 그러나 역시 책 소개에서도, 현대인에게 삶의 지침이 될 만한 인물이나 생활 철학과 관련된 것에 집중했다. 그 소개 방법도 아주 간곡하다. 예컨대 "21세기를 살아가는 인간들이 해야 할 일이 무엇인지 분명하게 일깨워"[183] 주는『농부 철학자 피에르 라비』를 소개할 때는 청중들에게 '독서 숙제'를 내 주었고, 2004년 8월 30일 여름안거 해제일 법회에서는 『꾸뻬 씨의 행복 여행』이라는 책의 자상한 소개가 법문의 대부분이었다. 좋은 책의 소개는, 흔히 말하는 '홍보 대사'라는 이름에 값할 정도로 적극적이었다. 2003년 10월 4일 대구 '맑고 향기롭게' 초청 특별강연에서 그 대상은 〈녹색평론〉이었다.

또 〈녹색평론〉이라는 격월간지가 있는데, 이 책이 대구에서 발행되는 걸로 알고 있습니다. 〈녹색평론〉은 생태 환경 운동 순수지입니다. 창간호부터 구독하고 있는데, 저는 생태에 관련된 많은 지식과 정보를 여기서 얻어듣습니다. 이런 잡지가 널리 읽힌다면 우리가 사는 세상이 지금보다 훨씬 좋아질 것입니다. 그래서 오늘 이야기의 주제를 생태윤리로 잡았습니다.[184]

좋은 책 역시 다른 사람들과 함께 나누려고 하는 매우 적극적이고 열정적인 태도가, 여기서도 보듯이 법정 스님과 무위당 선생이 똑같다 할 만큼 닮아 있다. 두 사람의 '닮음' 이야기로 다시 돌아와 보자면, 다른 무엇보다도 그것은 두 분의 가르침에서 가장 기본이 되는 바에서 찾을 수 있다. 겸손한 자세로 자연과 타인을 '모시라'는 무위당의 가르침에 대응되는 것이, 법정 스님의 '친절하라'는 가르침이다.

이 세상에서 가장 위대한 종교는 무엇인가? 불교도 기독교도, 혹은 유대교도 회교도 아닙니다. 이 세상에서 가장 위대한 종교는 바로 '친절'입니다. 친절은 자비의 구체적인 모습입니다.

자신에 대한 염려에 앞서 남을 염려하는 쪽으로 마음을 돌릴 때, 인간은 비로소 성숙해집니다. 자기밖에 모른다면 아직 진정한 인간이 아닙니다. 여러 가지 주변 환경 때문이기도 하지만, 오늘날은 거의 모두가 이기적입니다. (……)

달라이 라마는 불교가 무엇이냐는 질문에 '친절한 마음'이 곧 불교라고 말합니다. 작은 친절과 따뜻한 몇 마디 말이 지구를 행복하게 합니다. 지구를 행복하게 한다는 것은 지구 안에 살고 있는 모든 존재들이 그 행복감을 누리게 됨을 의미합니다.[185]

나아가 이렇게 친절한 마음을 가진 사람이 진정한 부자이고, 잘 사는 사람이다. 이는 곧, 결국은 뭇 사람들을 물질적 욕망 충족만을 위해 치닫도록 부추긴, 저 1970년대 이래의 '잘 살아 보세'라는 구호에 대한 정면 비판이기도 하다.

저는 오늘 이 자리에 오신 모든 분들이 부자가 되기보다는 잘 사는 사람이 되기를 바랍니다. 잘 사십시오. 부자 부럽지 않게 잘 사십시오.[186]

이 책 1부의 1장 4절에서 '글쓰기를 잘하기 위한 습관' 가운데 아홉째로 나는 '잘 살기'를 꼽았는데, 이것은 특히 법정 스님의 이 가르침의 무의식적인 영향에 연유할 것이다.

또한 검약을 강조하는 무위당 선생의 가르침과 생활의 실천 모습을 앞에서 보았는데, 법정 스님 역시 이 면에서도 완전히 일치한다. 330만 부가 팔렸다는 『무소유』를 비롯한 수많은 책들의 인세는 다른 사람들을 위해 쓰였기 때문에, "정작 자신이 중병에 걸렸을 때는 치료비 일부를 절에서 빌려 써야만 할 정도였다."[187] 그의 제자들에게 비친 스승의 생활 모습은 이렇다. "예나 지금이나 화장지를 절반으로 잘라서 쓰고, 종이 한 장도 허투루 버리지 않으신다. 스님의 붓글씨를 선물로 받은 이들은 그것이 물건을 쌌던 포장지에 쓰인 것을 보고 놀란다. 어쩌면 그러한 삶이 더 가치 있는 법문인지도 모른다."[188]

무위당 선생과 법정 스님의 다른 '색깔'과 같은 가르침을 비교·대조하면서 법정 스님에 관한 이야기를 조금 해 보았다. 그러나 법정 스님은 역시 스님이다. 무위당 선생의 사상과 마찬가지로, 법정 스님의 가르침 역시 다른 종교나 사상과 두루 통하는 보편성을 가지고 있지만, 불교의 가르침이 당연하게도 그 핵심을 이루고 있다. 그것은 법정 사상의 사회적 현신이라 할 '맑고 향기롭게' 운동의 그 '우선 스스로를 맑히라'는 가르침에도 잘 나타나 있다. 아마도 이 점이 무위당 선생과 다르게 법정 스님이 특히 강조하는 삶의 지침이 아닐까 생각한다. 좋은 향기를 퍼뜨리는 사람이 될 수 있으려면, 무엇보다도 자기 자신을 맑게 하여 '본래의 자기'를 찾아야 한다는 것을 법정 스님은 법회에서도 늘 강조했다(이것은 '수신(修身)'이라는 유교의 지침과도 일면 통한다. 그러나 다시 말하지만, 유교에서는 '눈에 보이지 않는 것'을 인정하지 않는다는 점이 여기서도 결정적인 차이다). 그러려면 하루에 1시간이든 30분이든 자기 자신을 깊이 들여다보는 고요한 명상의 시간을 가져야 한다는 것이다. 스님의 가르침 전체를 온전히 받아들인다면, 나는 이 '자기 맑히기'와 '본래의 자기 찾기'라는 지침이 법정 스님의 전체 가르침 가운데에서도 특별한 의미가 있다고 생각한다.

자신이 무엇을 위해 살고 있는지, 어떻게 살아야 잘 사는 것인지 저마다 가치판단이 분명해야 됩니다. 반드시 어떻게 살아야 한다는 법은 없습니다. 각자의 업이 다르기 때문입니다. 사람이 서로 다르기에 무엇을 위해 사는가도 각각 다를 수 있습니다. 하지만 그 가치판단의 기준은 확고해야 합니다.[189]

자기 자신을 스스로 맑게 하여 본래의 자기에 가까이 다가갈수록 이 가치판단의 기준이 더더욱 확고하고 분명해질 것이다. 나는 요즘 들어 이 가르침의 의미를 더욱 더 절감한다. 특히 한국 사회처럼 '보여주기식' 문화가 고질처럼 만연되어 있는 곳에서 각자가 자기 내면에 확고한 가치판단의 기준을 갖는 것은 매우 중요한 일이다.[190] '자기 맑히기'와 '본래의 자기 찾기', 그리고 이를 위한 침묵의 명상 습관은, 외모지상주의를 비롯해 온갖 떠들썩한 '보여주기식' 문화의 병폐를 아무렇지도 않게 오히려 자랑거리로 삼는 한국인이 특히 귀담아 들어 받아들여야 할 삶의 지침이 아닌가 생각한다.

끝으로, 법정 스님이 법문에서 누차 강조한 것 가운데에서도, 글 읽기와 쓰기, 그리고 글쓰기 가르치기를 '업'으로 삼는 내가 특별한 의미를 두는 말씀들을 소개하고자 한다. 그것은 바로 글을 읽는 올바른 자세에 관한 말씀이다.

문자와 글은 지혜가 아닙니다. 다만 문자로써 지혜를 드러낼 뿐입니다. 불립문자不立文字(말이나 글에 의존하지 않는다는 말)라고 하니까 문자를 무시하는 것 같지만, 불립문자 자체도 하나의 문자입니다. 거기에 현혹되지 말라는 이야기입니다. 문자의 근원과 가르침의 근원으로 들어가라는 것입니다. 아직 활자화되지 않은 소식을 자기 안에서 일깨우라는 것입니다. 내가 지금 배우고 있는 경전과 조사의 말씀에 자신을 비추어 보면서 내 안에 잠들어 있는 부처의 말과 조사의 가르침을 스스로 일깨워 실천하라는 뜻입니다.[191]

거듭 이야기하지만 옛사람들은 독서를 하면서, 오늘의 우리처럼 책장만 훌훌 넘기며 내용만 빼내는 것이 아니라 독서하는 분위기, 자연과의 교감, 다시 말해 독서를 통해서 아직 활자화되지 않은 여백까지도 읽어 냈다는 것입니다. 일종의 풍류라고 할 수 있습니다. (……) 이런 독서의 분위기와 자연과의 교감을 통해서 책 밖에 들어 있는 그 소식까지도 우리가 받을 수 있다는 것입니다.[192]

법정 스님이 말하는 옛사람들의 독서는, 앞서 이반 일리치의 소개로 본 생 빅토르의 위그의 독서법을 연상케 한다. 나는 이 말씀을 글

읽기뿐만 아니라 글쓰기를 하면서 더 많이 곱씹게 된다. '내가 쓰는 문자와 글은 지혜가 아니다. 이 글과 이 글을 쓰고 있는 내 마음가짐, 몸가짐은 얼마나 일치하고 있는가? 나는 이 글을 쓰면서 어떻게 변화하고 있는가?' 무위당 선생에 관한 글줄을 쓸 때와 마찬가지로, 법정 스님의 가르침을 되새기는 이 글 꼭지를 쓰면서도 이렇게 삼가는 마음을, 나도 모르게 또는 의식적으로 가지게 된다. 이 역시 법정 스님의 말씀의 힘일 것이다. 그 말씀의 힘이, 서슬 퍼런 군사 독재 시절 고관대작과 거부들이 드나들며 주지육림의 호사를 누리던 요정 대원각을, 결국 '맑고 향기롭게' 운동의 근본 도량으로 변화시키기도 했다. 잡지 〈샘터〉에 연재되고 있던 법정 스님의 말씀에 감화된 대원각의 주인 길상화 김영한 여사가, 법정 스님에게 그 요정을 받아 맡아서 절로 만들어 줄 것을 오랜 시간 끈질기게 요청한 끝에 길상사라는 절이 탄생했다는 것은 너무도 유명한 사실이다. 그런데 나는 김영한 여사가, 한국 근대의 최고 시인들 가운데 한 사람, 백석의 옛 연인인 자야라는 사실 앞에서, 법정 스님이 말하는 인간의 업과 인연에 관해 다시 한 번 생각하게 된다. 그리고 가끔씩 바쁜 일상 속에서 시를 읽으라는 스님의 말씀을 새삼 떠올린다.

시는 언어의 결정체입니다. 그 안에 우리말의 넋이 살아 있습니다.(……)
　때로는 시를 읽으며 자기 삶을 새롭게 가꿀 필요가 있습니다. 시를 읽으면 피가 맑아집니다. 무뎌진 감성의 녹이 벗겨집니다. 험한 세상을 사느라 우리들의 감성이 얼마나 무뎌졌습니까? 달이 뜨는지 해가 돋는지 별이 있는지, 도시의 환경 자체가 우리들 감성을 무감각하게 만듭니다.[193]

길상사의 관세음보살상

그래서 시집 한 권을 오랜만에 뽑아 들었다. 언제 읽어도 새롭고 사랑스럽고 신비로운 느낌을 주는 백석의 시들 가운데에서도 아주 짤막한 시 한 편이 오늘 나와 만났다. 시를 읽다 보니, 법정 스님도 분명 백석 시인을 아주 좋아했을 것 같다는 느낌이 든다.

절간의 소 이야기

병이 들면 풀밭으로 가서 풀을 뜯는 소는 인간보다 영(靈)해서 열 걸음 안에 제 병을 낫게 할 약이 있는 줄을 안다고

수양산(首陽山)[194]의 어느 오래된 절에서 칠십이 넘은 노장[195]은 이런 이야기를 하며 치맛자락의 산나물을 추었다[196]

220

3. Spring Can Come to us Due to Flowers Blooming
: Venerable Beopjeong's Sayings

I did not notice it at first, but Sir Muwidang and Venerable Beop-jeong (1932~2010) lived very contrasting lives. First of all, Sir Muwi-dang did not engage in writing almost at all through out his life; but Ven. Beopjeong wrote many great essay books including the famous *Musoyu* (Non-possession) comparable to any work of any eminent professional writer in Korea and many of his books were translated and published in foreign countries. (On the other hand, Beopjeong left a will that all of his books should be out of print after his death and this was actually done, but *Muwidang Jang Il-sun-ui No-ja I-ya-gi* (A talk about Lao-tzu by Muwidang Jang Il-sun) was finished and published after his death by the Reverend Yi Hyeon-ju.) Muwidang's family including him lived at the same place for generations for many hundred years, and Beopjeong left his home young and lived a life of wandering here and there like a traveller. (He stayed long at Buriram[197] which is near Songgwang Temple and at Suryusanbang[198] which was his hermitage in Gangwon-do but his whole life was not a rooted liv-ing.) And the field trip to Japan was perhaps the only travel abroad for Muwidang, but Beopjeong made quite many travels to the temples and other places in America and Europe and to the Buddhist sacred grounds in Asia. Muwidang used to meet his familiar neighbors in the streets and at market places in his hometown everyday and share the pleasures and pains of life with them, whereas Beopjeong lived a solitary life at a dwelling place which even his close disciples did not know. (Moreover, it was at the age of 53 when he took the first disciple and, as we know from seeing his incredibly rough hands, he did all of the farming work at the vegetable garden and looked after every trifle for himself.) And it was the everyday life for Muwidang to talk with the people who visited him at any time without refusing to drink in the daytime; while Beopjeong made it his everyday work to enjoy tea and classical music and reading alone in silence except for preaching Buddhist teachings at Buddhist ceremonies a few times a year. Seeing the contrasting aspects like this, the two lives appear to be actually all the more different. Especially when I consider the fact that these two teachers who were about the same age and lived in the same period of suffering but actually never crossed each other's path perhaps not even once even in this small land, I have an impression that they really seem to have pursued completely different lives. (But when we see the fact that *Narak han-al Sog-ui U-ju* (The Universe in a Grain) is included in the 50 books of *Beopjeong Seu-nim-ui Nae-ga Sa-rang-han Chaek-deul* (The Books that Ven. Beopjeong Loved), we can realize that the two teachers interacted deeply with each other in a spiritual territory even without meeting even once.)

Indeed, they have quite different 'colors.' But in the deep core of the seemingly totally different colors, they have completely the same thinking which give the teachings about the principle of the universe and the guidance of human life. Most of all, like Sir Muwidang, Ven. Beopjeong's words are very easy and give food for thought. These 'easy' teachings have the common essence in the sense that both of them do not originate from a certain grandiose concept and are actually deeply rooted in the old tradition of ordinary people's life like a clump of grass or a flower. And the point is that we should see the invisible law of the universe in a tiny visible life and obey the law. As Sir Muwidang tells us to see the holiness of life in a clump of grass, Ven. Beopjeong emphasizes the viewpoint that it is not the power of the human concept of 'spring' which makes flowers bloom, and the life of a flower which blooms through the time of long-suffering brings spring at last. (This corresponds to his saying, "There had been practice before a temple came into being." It teaches that the point is to find the true self within oneself, not to depend on a visible institutional religion.) The reason why Sir Muwidang especially introduced Sir Haewol's idea of life and developed the Hansalim movement was that he hoped to revive the tradition of living by respecting life which had been forgotten and trampled upon by the modern industrial civilization. Likewise, Ven. Beopjeong contrasted "the arrogant attitude of the Western anthropocentricism" and the modern civilization which was based on it which have destroyed the ecosystem, with the virtue of self-contentedness and modesty of "our old agricultural societies whose life was close to the earth," as incompatible with each other. Especially it is worth mentioning that Ven. Beopjeong traveled to America which is the most modernized and industrialized country many times; but, for example, instead of Andrew Carnegie or Henry Ford and Steve Jobs or Bill Gates, he introduced Henry David Thoreau, who had an insight into the essential matter of the modern civilization even in the 19th century and practiced a life of non-possession at a cottage at Walden Lake, as one of his spiritual teachers together with Mahatma Gandhi. And as he gives us a strict warning that today's people's way of living may bring the "silent spring in which flowers do not bloom," he mentions seriously Rachel Carson, the author of *Silent Spring*, and the Indian spiritual leader "Rolling Thunder." This means that, for him, the representatives of the genuine American spirit and true human spirit are no other than Henry David Thoreau, Rachel Carson and Rolling Thunder.

The Earth, our home, is not mere earth or stones. It is the source of all living beings and man is nothing but a part of it. Rolling Thunder, the indian spiritual leader, also said:

"The Earth is now ill. Because men have treated her wrongly. In the not too distant future, there will be a great natural disaster. The Earth will shake her body heavily to heal her diseases."

These words were said many decades ago in the 1950's. It is a warning that the Earth will shake the biting insects which act ruthlessly against her. It is an advance notice that the Earth will shake herself heavily to survive because the insects which are the inhabitants of the Earth do too much wrong to her, as animals shake the biting insects off as soon as the insects begin to bite them harshly.[199]

And, in fact, this extremely strict rebuke is towards nothing else but "the American life style." His criticism is very conscious and consistent. And the criticism, as in the case of Sir Muwidang, is based on correct study. In the guest lecture at the Buddhist meeting of Bulgwang Temple in New York, on October 27th, 2002, Ven. Beopjeong says as follows:

American people who are no more than 5% of the whole world population obtain the exclusive possession of most of the planet's resources and are consuming them. They are accelerating the vicious cycle of mass production, mass consumption and mass waste. The American life style, in short, is that of exclusive greed, very selfish greed with no concern about others. Greed means unmerited desire. (......)

Let me give you several examples. These are from exact statistics. Almost the only country which refused to sign the treaty to prohibit the use of land mines is America. And it is one of the four countries which refused the international agreement for removing chemical weapons. Do you know the four countries? America with Libya, Syria and Iraq rejected the international Chemical Weapons Convention. It is one of the two countries which refused to ratify the United Nations convention on the rights of children. The other one is Somalia in Africa. Moreover, America occupies 70% of the international arms trade. This is all about America. Good people in America are injured by these evil deeds. (......)

If I tell you the most admired aspect in America, it is the beautiful nature conserved as it is. Protecting nature is absurd. How can man protect nature? It is presumptuous. We can only keep nature as it is. Letting it be as it is, is just conserving it, not protecting it by man. Man is not a being who has such a capability. What I came to be envious of when I came to America is the well-conserved nature. But they are actually destroying other countries' nature mercilessly.[200]

And we can also notice how severely and repeatedly he criticized

America and the American life style in his preaching, when we see his mentioning of many historical events like the invasion of Iraq, the production and propagation of financial crisis, the rejection of the Kyoto Protocol, the high-pressure export of beef with mad cow disease and the construction of the Florida Grand Canal which caused two thousand massive deaths of their own people in a flood in the 1920's. This criticism is immediately connected to that of Korean 'elites' who stupidly regard 'America and the American style' as the highest model. His judgment is unrelenting, indeed, particularly about the Korean Government which drove the FTA with America that even those of Japan and China did not try because they do not have plans to protect their own farmers.

Government officials and even the President talk in chorus about the profits if the Korea-US FTA is signed. Some of the Chaebol firms, high-ranking public officials and government officials and some of the media enterprises will surely get profits. But most of ordinary people including laborers and farmers will absolutely become more hard up than they are now. Agriculture must be based on the relation of coexistence, but what is American agriculture? It is industrial agriculture, not even commercial agriculture. The system of industrial agriculture destroys the fundamental base of agriculture. Experts say the Korea-

US FTA is based on the premise: "There is no agriculture." It starts with a complete disregard of agriculture. It is not a mere trade negotiation but a program for changing a society. It is the so-called tide of globalization which aims to make the whole world the markets for America. This is from recent speech of President Roh himself.

"It is evident that farmers will be damaged by the Korea-US FTA. But won't it be enough if the Government feeds farmers with maintenance allowances?"

Absolutely absurd. Does it make any sense that robust farmers are compelled to just receive maintenance allowances to survive? It is no different from saying that they must live as vegetables without a living foundation and desire for living. What will there be left if agriculture as the foundation of economy becomes extinct? There will be nothing left. Agriculture must be deeply rooted as the foundation in order that the economy may be healthy. Because human beings cannot live without eating. [201]

Those who remember the warm, beautiful essay in *Musoyu* about *The Little Prince* of Saint-Exupery may not believe the fact that the above saying is that of Ven. Beopjeong. Those who cherish the memory are those who only looked at one aspect of Ven. Beopjeong. The inexhaustible admiration of beautiful, good things and the thorough uncompromising attitude about wrong things are "the two sides of the same coin" in his mind. (But, in fact, the essence of the essay, "A Vowel in Soul: A Letter to the Little Prince," is also a criticism of the then ways of the world in which, the invisible sphere of soul was day by day being shrunk by the visible "numbers' game of money" which appeared with industrialization. The essay was originally published in a journal for the study of children's literature in 1971.) In fact, Ven Beopjeong, as his disciples emphasize, "participated in the pro-democracy movement as the only Buddhist priest among the members with Ham Seok-heon, Jang Jun-ha and Kim Dong-gil during the dark days."[202] It is also a well-known fact that the shock from the People's Revolutionary Party Incident which is famous as the case of the worst judicial murder in world history made him go down to the quiet hermitage of Buriam to live alone. And he himself emphasized later by implication that the date was April 19, 1975, when he went to Buriam. [203]

Like Sir Muwidang, Ven. Beopjeong did not shut himself off from the world even though he lived in the backwoods alone. As we guess from each of *The Books that Ven. Beopjeong Loved*, his everyday life was that of not neglecting study of the world as well as religious practice. He often introduced good books he had read to the audience in his Buddhist preachings. For example, it was his everyday study and life to read and introduce the essential meaning of Henri Lefebvre's

Critique of Everyday Life as well as the early Buddhist scriptures such as *Dhammapada* and *Sutta Nipata* clearly and easily. And the introductions were all about those figures and philosophies of life enough to be a guide in the life of modern people. And the method of introducing is very earnest. For instance, when he introduced *The Song of the Earth* (Le Chant de la Terre) written by Pierre Rabhi, who "makes us realize clearly what people in 21th century should do," he set the audience a homework of reading it; and he devoted most of the time in introducing the book courteously, *Hector and the Search for Happiness* (Le Voyage d'hector ou la recherche du bonheur) at the Buddhist preaching on the free last day of the Summer Meditation Retreat on August 30, 2004. His introduction of good books was enthusiastic enough for him to be called a honorary ambassador for good books. The object of the introduction at the special guest lecture in Daegu, October 4, 2003, for *Malgo Hyanggiropge* [204] (Clear and Fragrant), a national organization which Ven. Beopjeong made and led, was *Green Review*.

And there is a bimonthly, *Green Review*. I know that this book is published in Daegu. *Green Review* is a journal purely for the ecological environment movement. I have subscribed to it since the first issue and get much knowledge and information related to ecology from it. If such a journal is widely read, our world will be much better to live in than now. So today's topic of my talk is "ecological ethics." [205]

Ven. Beopjeong and Sir Muwidang resemble each other enough to be seen as the same, as we see here, in the aspect of the very enthusiastic and passionate mind of sharing good books with others. If we return to the topic, "the similarity of the two teachers," we can find it in the base of their teachings more than anything else. That which corresponds to Muwidang's teaching that we should "serve" nature and others humbly is Ven. Beopjeong's teaching that we should be "kind."

What is the greatest religion in the world? It is not Buddhism or Christianity, Judaism or Islam. The greatest religion in the world is "kindness." Kindness is the outward appearance of compassion.

When we change our mind so that we may have concern for others prior to that for ourselves, we become, at last, spiritually mature. A selfish person is not yet a true human being. Though it is because of various surroundings, almost all of today's people are selfish. (......)

In answer to the question of what the Buddhism is, the Dalai Lama says that "kind mind" is Buddhism. Little kindness and a few warm words make the earth happy. Making the earth happy means that all beings living in the earth come to enjoy the happy feeling. [206]

Furthermore, a person who has such a kind mind is one who is truly rich and lives well. It is also a direct criticism of the government-inspired slogan since 1970's, "Let's try to be rich!", which, after all, urged all the people to pursue only the fulfillment of material wants.

I hope that all of you here today will become those who live well rather than those who are rich. Live well. Live well enough to be not envious of rich men. [207]

I mentioned above "to live well" as the ninth habit for writing well and it may have been unconsciously influenced especially by the above teaching of Ven. Beopjeong.

And we saw above Sir Muwidang's teaching of emphasizing frugalness and his actual practices in everyday life, and Ven. Beopjeong is exactly the same in this aspect. Because the royalties from his books including *Musoyu* which is said to have been sold over 3.3 million copies were spent for others, "he was moneyless to such an extent as to borrow a part of medical expenses from the temple when he actually fell seriously sick." [208] His life style seen by his disciples is as follows: "He, past and present, uses a tissue by cutting it into two pieces and does not throw away a piece of paper carelessly. Those who were given calligraphy writings as gifts from our teacher are surprised to see that those calligraphies are written on wrapping paper. Perhaps his life being like that may be a more worthy preaching for them."[209]

I said a few words about the different 'color' and the same teaching of Ven. Beopjeong in comparison with Sir Muwidang. But Ven. Beopjeong is, after all, a Buddhist monk. Like the thoughts of Sir Muwidang, Ven. Beopjeong's teachings also have universality which share many things in common with other thoughts and religions, but the essence is naturally the teachings of Buddhism. It appeared clearly in the teaching, "First of all, make yourself clear," which is the spirit of the 'Clear and Fragrant' movement as the social manifestation of Beopjeong's thinking. I think that it is the guide for life which Ven. Beopjeong especially emphasizes in contrast with Sir Muwidang. Ven. Beopjeong always emphasized the point at the Buddhist preachings that each one, more than anything else, should make himself or herself clear and find "the essential himself or herself" to be a person who diffuses good fragrance. (This is similar to the guide of "moral culture" in Confucianism. But, yet again, there is a definite difference between them in that Confucianism does not recognize "the invisible.") He means that, to do so, everyone should have the time for silent meditation to look deeply into himself or herself one hour or half an hour a day. I think this guide of "Clearing of oneself" and "Finding the essential oneself," more than any other teaching of Ven. Beopjeong, has a special meaning if we accept his teachings in their entirety.

Each one's value judgment concerning "What do I live for?" and "What is living well?" must be clear. There is no fixed law of living which everyone should observe. It is because each one's karma is different. Everyone is different from others and each one's purpose of living can be different. But each one's criterion of value judgment must be firm. [210]

The closer a person comes to his or her true self by making himself or herself clear, the more determined and plainer his or her criterion of value judgment will be. I feel the meaning of this teaching all the more strongly these days. Especially in a society like Korea where the 'culture of showing off' is predominant as a chronic disease, it is very important for each one to have a firm criterion of value judgment inside. [211] I think that 'clearing oneself,' 'finding one's true self' and the habit of silent meditation for the clearing and the finding is the guide of life especially for all of the Korean people who boast of the social ills originated from the noisy 'culture of showing off' including lookism without a blink or qualm.

Finally, let me introduce the sayings, among those which Ven. Beopjeong emphasized repeatedly, to which I, who have a karma of reading, writing and teaching of writing, put a special meaning. They are sayings about the right attitude of reading.

Letters and writings are not wisdom. Letters just show wisdom. Although the teaching of 'non-dependence on words and letters' seems to disregard letters, it also consists of letters. It means that we should not be dazzled by the letters themselves. It means that we should enter the root of the letters and the source of the teaching. It means that we should awaken the news inside ourselves which are not yet printed. It means that we should awaken and practice the Buddha's words and the patriarchs' teachings which are sleeping inside ourselves with seeing ourselves reflected in the scripts and the patriarchs' sayings. [212]

I say to you again repeatedly: the ancients, in reading, did not just pull out the contents with just flipping through it like us today, but enjoyed the reading atmosphere and communion with nature, that is to say that they read even the blank space in which no letters were when they were reading. We call it a kind of a taste for the arts. (......) I mean we can receive the news outside the book through such a reading atmosphere and communion with nature. [213]

The ancients' reading to which Ven. Beopjeong refers reminds me of that of Hugh of Saint Victor which we saw above through Ivan Illich's introduction. I dwell on this word all the more while writing as well as while reading: 'The letters and writings are not wisdom.' 'How am I consistent in the attitude of mind and behaviors and my writing?' 'How am I changing through this writing?' As when I wrote about Sir Muwidang, I, in spite of myself or consciously, come to refrain myself while I am meditating on Ven. Beopjeong's teachings through this writing. It may be also due to the energy of his sayings. The energy of the sayings also changed the high-class Korean-style restaurant, Daewongak, in which men of high office and very rich persons, coming in and out, used to enjoy sumptuous feasts, into the central practicing place for the 'Clear and Fragrant' movement in the end. It is a very famous fact that the owner of Daewongak, Madame Kim Young-han, who was moved by the words of Ven. Beopjeong which were serialized in the magazine *Saemteo* (Well Site), asked him persistently for a long time to take the restaurant and make it a temple and finally Gilsang Temple was born. And I once again think of human karma and destiny of which Ven. Beopjeong speaks, seeing the fact that Madame Kim was the old flame, Jaya, of Baek Seok (1912~1996) who is one of the greatest poets in Korean modern times. And I remember again that Ven. Beopjeong tells us to read a poem once in a while in spite of a busy daily life.

A poem is a crystal of a language. The soul of our language is alive in it. (......)

We need to read a poem once in a while and renew ourselves. Our blood becomes clear when we read a poem. The rust of hardened sensitivity becomes removed. How hardened is our sensitivity living in this harsh world? The environment of a city makes our sensitivity impassive and we cannot feel anything from the moon rising and the rising sun.[214]

So I pulled out a book of poems. A short poem, among those of Baek Seok which give me a new, lovely and mysterious feeling whenever I read, met me today. While I was reading the poem, I thought that Ven. Beopjeong was also surely very fond of the poet.

The Tale of a Cow in the Temple

A cow who feeds on grass when she falls sick is more numinous than man and can find the medicine to cure her disease within ten steps

A grandma over seventy said so at an old temple in Suyang Mountain[215] and pulled up the hem of her skirt to draw together the wild greens in it.

4. 현대인의 지식과 삶의 방식에 관하여 :
E.F. 슈마허의 저작

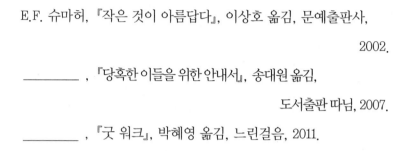

E.F. 슈마허, 『작은 것이 아름답다』, 이상호 옮김, 문예출판사,
2002.
_____, 『당혹한 이들을 위한 안내서』, 송대원 옮김,
도서출판 따님, 2007.
_____, 『굿 워크』, 박혜영 옮김, 느린걸음, 2011.

무위당 장일순 선생은 좋은 책이 있으면 주변 사람들에게 직접 사
서 주거나 그 책의 한 대목을 소개하며 사서 읽어 보기를 권하는 게
일상의 중요한 일 중 하나였다. 어느 날, 중요인간문화재 10호 나전칠
기 기능 보유자인 이형만에게 선생이 책 한 권을 들고 찾아와, 읽어 보
라면서 일주일 뒤에 다시 들르겠다고 말했다. 일주일 뒤에 선생이 다
시 찾아 왔을 때 이형만은 책을 읽지 않은 상태였다. 이제는 읽지 않
고 배길 도리가 없었다. 결국 그는 그 책을 일곱 번이나 읽었다고 한
다. 그 책이 바로 『작은 것이 아름답다』이다. E.F. 슈마허(1911~1977)
가 타계한 해는 무위당이 생명운동으로의 전환을 결심한 해이고, 공
교롭게도 두 분 모두 향년 67세로 별세했다. 『법정 스님의 내가 사랑
한 책들』 50권에도 역시, '인간의 얼굴을 가진 경제'라는 소제목으로
『작은 것이 아름답다』가 포함되어 있다. 그 마지막 대목에 스님의

'논평' 말씀이 소개되어 있다.

세속적인 거대주의와 물질주의의 허상에서 벗어나, 작고 알찬 데서 진실하고 아름다움을 찾아야 한다.

마하트마 간디의 몸무게는 40킬로그램밖에 안 됐다고 한다. 그토록 작은 몸속에 위대한 혼(마하트마)이 깃들 수 있었던 것이다.

작은 것이 아름답다. 그러니 큰 것은 추해지기 알맞다.[216]

인터넷에서 신동엽, 김남주를 검색하면, 각각 개그맨과 여성 탤런트가 '대표' 인물로 나온다. 10년 전쯤만 해도 나는 이들 개그맨과 여성 탤런트의 '동명이인'으로 소개되는 '과거의' 시인들을 염두에 두고 키보드를 쳤겠지만, 지금은 나 역시 예의 개그맨과 여성 탤런트가 큼지막한 사진과 함께 맨 앞자리에서 소개되는 것을 당연시한다. 슈마허를 검색하면 어떨까. 에른스트 프리드리히 슈마허가 아니라 미하엘 슈마허가 맨 먼저 나온다. 그런데 이 슈마허의 경우에는 인물 소개만이 아니라 2013년 말에 스키를 타다가 사고를 당해 혼수 상태였다가 6개월 만에 깨어났으나 평생을 지체장애자로 살 수도 있다는 기사가 우수수 함께 나온다. 같은 독일 태생의 이 현존의 젊은 슈마허는, 몇 해 뒤면 40주기가 되는 현인 슈마허가 그토록 경계했던 현대 산업문명의 속도 경쟁의 상징이라 할 자동차 경주의 세계 최고 선수였다(물론 그가 자동차를 타다가 사고를 당한 것은 아니지만, 스키라는 스포츠의 속도 역시, 그에게는 자동차의 속도를 자동차라는 기계의 매개 없이 자신의 맨몸에 옮겨 놓아 즐기는 대상으로만 느껴지지는 않았을까).

인터넷이라는 공간이 '세속적인 거대주의와 물질주의'의 첨단의 산물이라 할 수 있지만, 오늘날 우리가 살고 있는 이 시대의 본질적 문제를 이미 반세기도 더 전에 아주 구체적으로 통찰하고 원만한 보편적 해결책까지 내놓은 진정한 첨단의 사상가가 바로 슈마허다. 그러니 에른스트 슈마허가 아닌 미하엘 슈마허가 인터넷에서 대표 인물로 소개되는 것, 거기에 더해 그 현존의 젊은 슈마허의 심각한 상태 자체가 바로 이 시대의 문제를 역설적으로 보여 주는 것은 아닐지 생각하게 된다.

앞에서 본 것처럼 슈마허의 사상은 무위당과 법정에게도 없어서는 안 될 큰 가르침이 되어 주었다. 뭇 사람들에게 존경 받을 만한 사상가의 가르침은 그 삶과 분리하여 이해할 수 없는 법인데, 이것은 슈마허에게서도 영락없이 확인되는 바다. 첨단 현대 학문인 경제학의 전문가 슈마허가 위기에 처한 현대문명의 운명을 바꿀 수 있는 지혜의 보고로서 동서양의 오랜 전통적 가르침을 본 것은, 물론 타고난 천재성과 명징한 통찰력 덕분이기도 하지만, 끊임없는 열정과 의지로 전 세계를 돌아다니며 밑바닥 민중의 삶을 직접 살피고 그들과 함께한 경험 없이는 불가능했을 것이다.

슈마허는 1911년 독일에서 태어나 1차 세계대전과 대공황이 낳은 궁핍한 시대에 유년기를 보냈다. 세계에서 가장 영예로운 장학생 중 하나로 인정받는다는 로즈 장학생(Rhodes Scholarship)으로 선발되어 영국 옥스퍼드대학에서 경제학을 공부하고 스물두 살 나이에 미국 컬럼비아대학에서 경제학 강의를 했다. 미래가 보장된 교수직을 버리고 전운이 감돌던 독일로 귀국했으나 당시는 나치 치하였다. 1934년 영국으로 피신하여 정착했지만 '적국 국민'이라는 이유로 한동안 한 농장에서 억류 생활을 했다. 이때 쓴 「다각적 결제(Multilateral Clearing)」라는 논문이 케인스의 주목을 받았고, 그의 도움으로 옥스퍼드대학 통계연구소에서 연구를 계속했다. 세계 평화를 위해 그가 제안한 금융제도가 '케인스 플랜'에 반영되었다. 2차 세계 대전 후 영국 점령지관리위원회의 수석통계관으로 일했고, 1950년부터 20여 년간 영국 국립석탄위원회 경제고문을 맡아 일하며 재생 불가능한 자원에 기반을 둔 서구문명의 근본적 반성을 촉구했다. 1955년 경제자문관으로 미얀마에 머물면서 '불교경제학'이라는 새로운 경제철학을 완성하여 제시했다. 인도에서는 민중의 처참한 빈곤을 목격하면서 지역 규모에 알맞고 사용이 쉬우며 생태적인 '중간기술' 개념을 창안하고 실행했다. 이후 여러 제3세계 국가를 돌아다니면서 중간기술 개발을 통해 자립경제를 건설할 것을 권유하고 지원했다. 1966년에는 이러한 작업을 체계화·본격화하기 위해 '중간기술개발그룹(Intermediate Technology Development Group, ITDG)'을 설립하여 활동했다. 1971년 국립석탄위원회 고문직에서 사직하고 가톨릭 세례를 받았고, 1973년에 첫 저서 『작은 것이 아름답다』를 출간했다. 1974년에는 대영제국 지도자 훈장(CBE)를 받았다. 1977에는, 1959년 런던대학에서 강의한 '현대생활의 근본문제'라는 주제의 강의노트를 토대로 한 『당혹한 이들을 위한 안내서』를 출간했다. 1977년 강연 여행 도중에 스위스에서 영면했다. 1977년 미 대륙을 횡단하며 펼친 강연을 묶은 책이 『굿워크(Good Work)』라는 제목으로 그의 사후 출간되었다.[217]

대학 1학년 때 멋도 모르고 수강한 〈경제학 개론〉 수업이 떠오른다. 인문대 어문계열에 입학한 나는, 당시 대학생들의 수강 신청 경향에 발맞추어 '문과'와 '이과'의 여러 '개론' 수업을 수강 신청했다. 어문계열 학생들이 〈문학개론〉을 듣는 것은 거의 필수처럼 되어 있었고, 〈경제학개론〉은 사회대에서 그와 비슷한 위치였지만 나 같은 비전공자 수강생들도 많이 들어와 있는 대형 강의였다. 대형 강의인 데다 무엇보다 수강생 자신이 열심히 공부하는 학생이 아니어서 수업은 전혀 재미가 없었다. 교수는 한국 경제학계를 대표하는 분들 가운데 한 사람이었다(이 분이 1950년대 후반에 이미, 슈마허에게는 협력과 동시에 비판의 대상이 된, 케인스 학파의 일원이었다는 사실을 그의 후배 교수의 에세이 한 대목을 통해 최근 알게 되었다).[218] 어쨌든 수업 내용은 기억에 남는 것이 거의 없고, 아주 지루했던 느낌은 오히려 생생히 남아 있다. 그러나 경제학 이론 강의 내용 중에 한 가지 이미지만은 기억에 뚜렷한데, 그것은 고등학교 때도 배웠던 '수요-공급' 곡선 그래프다. 지금 돌이켜 보면 경제학 수업이 재미없는 것은 당연한 노릇이었다. '수요-공급의 법칙'이 '근대 경제학'의 기초 핵심 '이론'임은 누구나 아는 사실인데, 대학 1학년 때 〈경제학개론〉 수업 때도 그랬지만, 그 이후로도 줄곧 저런 멋대가리 없고도 무지막지한 '법칙'

을 자신들의 핵심 이론으로 내세우는 경제학 '전문가들'의 사고 구조를 이해할 수 있기는커녕 설명할 수 없는 거부감을 느끼곤 했다. 그 거부감의 근원을 알 수 있게 해 준 사람이 바로 슈마허다. 다음과 같이 간결·명료한 그의 설명을 통해 '수요-공급의 법칙'의 본질이 적나라하게 드러난다.

경제학은 재화나 서비스를 구매자와 판매자가 만나는 시장이라는 관점에서 바라보고 있다는 것이다. 구매자는 본질적으로 유리한 재화를 찾아다니는 사냥꾼(a bargain hunter)일 뿐, **재화의 산지나 생산 조건**에 대해서는 관심이 없다. 그는 오직 자신의 돈으로 최상의 가치를 확보하는 데 관심이 있을 뿐이다. (……) 만일 어떤 구매자가 특정 제품의 저렴함이 착취나 기타 비열한 행위(도둑질은 제외)에서 비롯된 것일 수도 있다는 의심 때문에 그 제품을 사지 않는다면, 그는 '비경제적으로' 행동한다ー이는 타락에 못지않은 것으로 여겨진다ー고 비판받기 쉽다. 경제학자와 많은 사람들은 이렇게 별난 행동에 대해 설령 화를 내지는 않더라도 으레 비웃곤 한다. 경제학이라는 종교에는 독자적인 윤리강령이 있는데, 그 첫 번째 조항은 생산하거나 매매할 때 언제나 '경제적으로' 행동하라는 것이다.[219] (강조는 인용자가 함)

'수요-공급의 법칙'은 바로 여기서 묘사되는 '이상적인' 구매자와 판매자가 다수 인간인 사회를 전제로 하는 경제학 이론인 것이다. 이 구매자와 판매자는 가장 효과적인 방법으로 최대의 이윤과 최대의 물질적 가치 획득을 얻는 것이 삶의 목표이자 행복인 인간들이다. 이것이 또한 경제학이 바라보는 이상적인 인간 유형이기도 하다. 케인스가 공언하듯이, 이런 유형의 이상적인 '경제적 인간'에 의한 경제적 진보는 "종교와 전통적인 지혜(wisdom)가 언제나 거부하도록 가르치는 인간의 강한 이기심을 이용하는 경우에만 비로소 실현될 수 있다." [220] 내가 배운 〈경제학개론〉 시간에는 케인스 학파인 그 교수님이 이렇게 '솔직한' 말씀을 해주지 않았다. (근대 주류)경제학이 이런 학문이라는 것을 알았다면 나는 경제학을 오히려 쉽게 '이해'했을 것이고, 쓸데 없는 거부감을 애초에 품지도 않았을 것이다.

그런데 슈마허에 따르면, 이런 경제학 이론과 사고방식의 문제는 훨씬 더 깊은 곳에 있다. "'시장'에서는 양이 위대한 승리를 누리면서 지배"하기 때문에 "모든 것이 동질적인 것으로 취급"[221]되고, 그래서 결국은 "돈이 최고의 가치라는 주장"[222]에 이른다는 지적은, 슈마허가 처음 한 것도 아닐뿐더러 지금은 뭇 사람들이 그냥 '인정'하는 '사실'이 되어 버렸다. 그러나 **경제학의 방법론에 자연 세계에 대한 인간의 의존성을 무시하는** 관점이 깔려"[223] (강조는 원문 그대로임) 있다는 슈마허의 통찰은 누구도 피해갈 수 없는 문제의 핵심을 가리키고 있다. "인간이 만들 수 없고 단지 발견할 뿐이며 그것 없이는 인간이 아무것도 할 수 없는 대체 불가능한(irreplaceable) 자본" 즉 "인간이 아니라 자연에 의해 제공되는 자본은 훨씬 더 크지만 우리는 그것을 자본으로 인정하려고도 하지 않는다"[224]는 것이다. '노동가치론'을 정식화한 마르크스조차 똑같은 엄청난 오류에 빠졌음을 슈마허는 분명히 지적

한다. 그런데 이런 대체 불가능한 자본 가운데 대표적인 것이면서 '경제학의 방법론'을 실제로 가능케 해 준 대표적인 '자연자본'이 바로 석유를 비롯한 화석연료다. 그러나 석유의 생산 최고점 즉 피크 오일 (peak oil)이 여러 해 전에 지났다는 것은 공인된 사실이고, 슈마허는 4차 중동전이 발발한 1973년 10월 6일 이후 이미 "인류 역사상 석유를 그토록 값싸게 펑펑 쓰던 시대가 끝났다"²²⁵ 고 선언했다. 이러한 통찰을 바탕으로 왜 근대 경제와 경제학이 사상누각인지에 관해 농업시스템과 거대 도시의 문제를 가지고 말한다.

우리가 먹는 것은 생리학적으로 말하자면 갖가지 종류의 음식이지만 경제학적으로 말하자면 주로 석유를 먹는다고 할 수 있습니다. 아닌 게 아니라 음식에서 석유 맛이 납니다. 물론 예전에는 그렇지 않았습니다. 지금의 석유가 하는 일을 예전에는 적절한 재활용이나 윤번제, 흙 속의 미생물이 하거나 생물학적 농법 혹은 유기농법이 대신했습니다. (……) 마침내 서구는 이 방식을 버렸고, 그 대신 이제는 화학물질과 인공 비료에 토대를 둔 농업 시스템이 들어서게 되었습니다. (……) 재생 가능한 자원이 재생 불가능한 자원으로 대체된 것입니다. 현대화된 농업시스템으로 인류 전체를 먹여 살릴 수 있다고들 하지만 40억 인구를 전부 현대식 농업기술로 먹여 살리려면 에너지, 즉 석유라는 측면에서 볼 때 농업 한 분야에만 지난 30년 간 발굴한 석유 매장량을 죄다 써야 합니다. 농업 한 분야에서만 말입니다. (……) 짧은 기간 대량의 저가 석유가 낳은 또 다른 결과는 바로 흉물스러운 도시의 출현입니다. (……) 1인당 생산력이 급속히 증가되어—물론 여기에는 여성도 포함됩니다—5명이 100명을 먹여 살릴 수 있게 되면 95명은 도시에 살 수 있고, 오직 5명만 농촌에 남아도 됩니다. 따라서 대도시가 탄생하려면 1인당 농업생산성이 급격히 늘어나야 합니다. 오늘날과 같은 크기의 현대도시들은 두 번째 전제 조건이 충족되면서 가능하게 되었습니다.

도시는 석유라는 에너지를 계속 넣어줘야만 움직일 수 있는 거대한 기계입니다. 이 도시는 앞으로 어떻게 될까요? 휘발유 가격만 네 배로 뛰어도 도시생활은 전보다 훨씬 성가시고 부담스러워질 것입니다. 태양열이나 풍력 같은 소위 '소득 창출형 에너지(income energies)'를 도시에 적용해보자는 제안도 별 소용이 없습니다. 집 한 채 정도라면 태양열로 매우 따뜻하게 데울 수 있지만 가령 록펠러 센터 전체를 그렇게 할 수는 없기 때문입니다. [226]

이렇게 석유의 위기가 고조될 즈음에 "미래의 에너지 공급에 대해 안도감을 준 것은 무엇보다도 사람들이 적절한 때에 나타났다고 느끼는 원자력의 등장" [227]이었다. 이른바 '핵에너지의 평화적 이용'이라는 정치적 모토를 뒷받침하는 것도 경제학이었다. 슈마허는 자기 저서에서, 6년 전에 밝혔던 자신의 '이단적 견해'를 스스로 다시 인용하면서 석유를 대체하는 이윤 추구 수단으로 원자력을 이용하려고 하는 경제 논리의 위험성과 기만성을 다른 어느 대목에서보다도 열정적으로 비판한다.

분명한 개선인지 알 수 없는 변화는 의심스러운 축복이라는 것이 기본적인 진리이지만, 경제학이라는 종교는 이를 무시한 채 급격한 변화라는 우상숭배를 추천한다. 입증 책임은 '생태학적 입장'에 서 있는 사람들에게 전가된다. **이들**이 인간에게 분명히 폐해를 끼친다는 증거를 제시할 수 없는 한, 변화가 지속될 것이다. 그러나 상식이 시사하는 바에 따르면, 입증 책임은 변화를 원하는 사람에게 있으며, 그러므로 그는 절대로 해롭지 **않다**는 점을 입증해야 한다. [228] (강조는 원문 그대로임)

『작은 것이 아름답다』가 출간된 1973년은 물론 슈마허가 갑작스럽게 죽음을 맞이한 1977년조차, 최초의 심각한 핵발전소 사고인 미국의 스리마일 사고(1979)도 나기 이전인데, 놀랍게도 그는 마치 그보다 훨씬 뒤에 일어난 체르노빌 사고와 후쿠시마 사고를 모두 예언하기라도 하는 듯한 자세한 분석과 예측을 내놓고 있다. 심지어는 이 문제의 핵심이 무엇인지를 설명하면서, 앞으로 벌어질 상황을 마음속 깊이 우려하는 사람들이 이 문제에 어떻게 대처해야 하는지에 관해 일종의 지침마저 제시한다.

우리는 이 문제와 관련된 복잡한 논쟁에 휘말리지 않도록 신중해야 한다. 문제의 초점은 '원자력의 평화적 이용'이 그것도 오늘날 생존하고 있는 사람들만이 아니라 모든 미래의 후손들에게까지 심각한 위험을 불러일으키고 있다는 점이다. [229] (강조는 인용자가 함)

전리방사선 때문에 대기, 물, 토양 따위가 오염되는 것과 매연 때문에 공기가 더럽혀지는 것을 비교하면 어떠한가? 필자는 기존의 대기 오염이나 수질 오염 같은 해악을 경시하려는 게 결코 아니다. 이것들을 접했을 때 '차원의 차이'를 인정해야 한다는 것이다. **방사능 오염은 지금까지 인류가 알고 있는 그 어떠한 것과도 비교가 안 될 정도로 심각한 해악이다.**[230] (강조는 인용자가 함)

슈마허는 방사능은 **"아무리 적은** 양이라도 축적되면 생물학적 폐해를 끼친다는 점을 이미 알려진 사실"[231] (강조는 원문 그대로임)이라는 것을 강조한다. 그래서 특히 정책 당국이 각종 방사성 물질에 대해 '최대 허용 농도'와 '최대 허용 수준'을 결정하는 것에 대해, 슈바이처 박사처럼 뛰어난 지성과 인품을 지닌 사람의 분노의 반응을 소개함으로써 그 기만적 본질을 폭로한다. 후쿠시마 사태 이후 오늘날 특히 심각한 문제가 되고 있는, 식품에 대한 이른바 방사능 '허용 기준치'는 슈바이처의 이 한 마디 말로써 논란의 여지가 없이 그 정체가 드러난다.

누가 그런 권한을 주었는가? 누가 그러한 허용선을 결정할 자격을 주었단 말인가?[232]

원자력과 방사능 문제에 이르러 경제학과 경제 논리가 '생명'에 끼치는 직접적 해악의 지적과 함께 슈마허의 비판은 최고조가 된다. 그런데 현대 문명의 본질적 문제에 대한 슈마허의 비판에서 가장 독특하고도 빛나는 부분은 이러한 경제 '논리'보다 훨씬 더 구체적인 것을 향하는 데 있다. 그것은 바로 현대의 거대 기술에 대한 비판이다. 그가 보기에 지금 우리가 지닌 '체제'는 현대 기술의 필연적 산물이다. 다시 말해 서로 다른 '체제'라도 같은 기술을 도입하면 체제가 같은 방식으로 작동하여 결국 두 사회가 서로 비슷하게 된다는 것이다. 슈마허에게는, 똑같이 현대의 거대 기술을 도입하고 심지어 서로 경쟁하는 당대 미국과 소련이, 자본주의와 공산주의라는 다른 겉모습을 지니고 있을 뿐 사실 본질적으로는 같은 체제로 보였을 것임이 당연하다. 마르크스가 생산력과 생산관계로 아주 포괄적으로 설명한 '토대'의 핵심이, 슈마허에게는 다른 무엇보다도 기술이다. 그래서 "기술이라는 토대가 바뀌지 않는 한, 상부구조에서의 진정한 변화는 불가능"[233] 하다. 문제는 기술이다. 즉 인간이 어떤 기술을 쓰느냐가 문제의 본질인 것이다. 말할 필요도 없이 현대 체제의 문제는 그것을 뒷받침하는 거대 기술의 문제다. 그리고 이러한 거대 기술이 낳은 체제 문제를 가장 대표적이고 전형적으로 보여주는 나라가 다름 아닌 미국이다.

다시 말하자면 새로운 기술은 기술을 낳아준 체제의 모습을 갖고 태어나고 다시 체제를 굳건하게 만듭니다. 만약 사유건 공유건 간에 대기업이 지배하는 체제라면 어떤 식으로든 새로운 기술도 '거대해질' 가능성이 커집니다. 대기업은 고도의 전문 인력과 천문학적 비용을 들여 '어마어마한 돌파구'로서 거대 기술을 만들고 설령 폭력적인 결과가 나타나더라도 "우리는 거기에 대처할 방법까지 알아내게 될 것이다"라며 거대 기술이 사회에 엄청난 영향력을 끼칠 수 있다고 약속합니다. (……) 하지만 대다수의 보통사람들에게 가장 필요한 주거와 같은 기본 욕구에 대해서는 안중에도 없습니다.

(……) 세계 인구의 5내지 6퍼센트에 지나지 않는 미국인들이 전 세계 천연자원 생산량의 35퍼센트를 사용하고 있지만 사람들은 전혀 행복하지 않습니다. 막대한 부는 특정한 곳에만 쌓여 있고 나머지 도처에 존재하는 극도의 불행, 비참, 절망, 투쟁, 범죄, 도피 등이 미국인들의 몸과 마음을 갉아먹습니다. 여기서 벗어나기란 어렵습니다. [234]

이제까지 살펴본 이 현대 문명의 문제들에 대해 슈마허는 과연 어떤 '대안'을 제시할까? 그는 우선 경제학의 한계를 이해하고 해명하는 메타경제학을 이해해야 한다고 말한다. 메타경제학은 인간과 환경을 다루는 두 부분으로 구성된다. "[메타]경제학은 그것의 목적과 목표를 인간에 대한 연구로부터 끄집어내야 하며, 적어도 방법론의 주요 부분을 자연에 대한 연구로부터 도출해야 한다." [235] 다시 말해서, 경제학은 "메타경제학이라 부르는 것으로부터 가르침을 받는 '파생'과학이다. 그 가르침이 달라지면 경제학의 내용도 변한다." [236] 서구 근대 경제학의 '전문가'인 슈마허는 자신의 '전공' 분야에 대해, 인간이 지녀 온 모든 지식의 전체적 시야 속에서 스스로 비판하고 재규정하면서 근본적인 갱신을 시도하는 것이다. 그런데 여기서도 슈마허의 '이단적 혜안'이 빛난다. 그는 "서구의 물질주의라는 메타경제학적 토대를 버리고 그 자리에 불교의 가르침을 수용"[237]한다. 혹시 슈마허 역시 동양의 정신문화를 서구인의 취향에 맞게 몽롱한 빛깔로 포장하는 '오리엔탈리스트'인 것은 아닐까? 이러한 의구심을 슈마허 는 쉽고도 명료한 단 한 마디 말로 간단히 떨어내 버린다. 그의 어떤 말과 글에서도 잘 나타나지만, 실제로 슈마허는 전통적 지혜를 수용 하는 데, 좋은 것이라면 동서고금의 그 어떤 가르침에 대해서도 막힘 과 거리낌이 없다.

이 목적을 위해 불교를 선택한 것은 순전히 우연이며, 여타 위대한 동양의 전통만큼이나 기독교, 이슬람교, 유대교 등의 가르침도 이용 될 수 있다. [238]

경제학이 왜 불교의 가르침을 수용해야 하는지는 불교 경제학과 근 대 경제학의 명쾌한 대비를 통해 설명한다.

물질주의자는 주로 물질에 관심을 보이지만, 불교도는 주로 해 탈(liberation)에 관심을 보인다. 그렇지만 불교는 '중도(The Middle Way)'이므로 결코 물질적인 복지(well-being)에 대해 적대적이지 않 다. 해탈을 방해하는 것은 부 자체가 아니라 부에 대한 집착이며, 즐 거움을 향유하는 것이 아니라 그것을 탐하는 마음이다. 따라서 불교 경제학의 핵심은 소박함(simplicity)과 비폭력이다. 경제학자의 관점 에서 볼 때, 불교도의 생활방식은 경이롭다. 왜냐하면 놀랄 만큼 적은 수단으로 아주 만족할 만한 결과를 산출한 정도로 대단히 합리적이기 때문이다.

근대 경제학자가 이것을 이해하기는 매우 힘들다. 그는 항시 많이 소비하는 사람은 적게 소비하는 사람보다 '행복하다'는 전제 아래 연간 소비량으로 '생활수준'을 측정하는 데 익숙하다. (……) 간단히 말해서, 불교 경제학이 적절한 소비 패턴(the optimal pattern of consumption)으로 인간의 만족을 극대화하려는 데 반해, 근대 경제학은 최적의 생산 패턴(the optimal pattern of productive effort)으로 소비를 극대화하려 한다.[239]

이 불교 경제학과 더불어, 슈마허가 중요한 '대안'으로 제시하는 것이 그 유명한 '중간 기술' 또는 '적정 기술'[240] 이다. 이는 불교의 '중도(中道)'의 정신과 정확히 대응되는 기술의 방법론이라 할 수 있다. 슈마허는, 부국의 거대 기술은 빈국에서 받아들일 수 없는 것이고, "빈국에 진정으로 필요한 것은 바로 **다른** 종류의 기술, 즉 인간의 얼굴을 한 기술이며 이는 또한 우리에게도 필요한 것"[241] (강조는 원문 그대로임)이라는 문제의식에서 출발한다. 그런데 "이 기술이 과거의 원시적인 기술에 비하면 훨씬 우수하지만, 부자들의 거대 기술(super technology)에 비하면 훨씬 소박하고 값싸며 제약이 적다는 의미에서 이를 중간 기술(intermediate technology)이라 명명"[242] 한 것이다. 앞에서 살펴보았듯이, 슈마허가 보기에 현대 문명이 지닌 모든 문제의 '토대'이자 동력은 다른 무엇보다도 거대하고 복잡한 기술이다. 거대하고 복잡한 기술이 이 '체제'의 중심 동력을 이루고 있는 한, 앞서 살핀 것처럼 인간과 자연의 생명을 위협하는 심각한 문제들은 사라질 수 없다. 그렇기 때문에 중간 기술 또는 적정 기술의 개발과 활용은 현대 문명의 근본 문제를 해결하는 데 매우 중요하다. 슈마허가 주장하는 중간 기술에 대해 아마 많은 사람들이 이렇게 반발했을 것이다. '이제까지 인류가 쌓아 놓은 기술력을 무용지물로 만들자는 것인가?' '원시시대로 돌아가자는 말인가?' 슈마허는 자신이 실행하거나 목격한 생생한 사례들을 제시하면서 중간 기술의 타당성과 성공 가능성을 구체적으로 입증한다. 그리고 오히려 중간 기술이야말로 높은 사유의 수준과 기술력을 요하는 것임을 적극적으로 설득한다.

산업혁명시대 이전으로 돌아가자는 이야기가 아닙니다. 지금까지와는 다른 방식으로 지식을 활용하는 게 가능하다는 점을 사례를 통해 알려드리는 것입니다.[243]

복잡한 기기를 더욱 복잡하게 만드는 데는 삼류 기술자면 됩니다. 하지만 상당히 간단한 기본 원리로도 정상적으로 돌아가는 방식을 찾으려면 천재의 손길이 필요합니다.[244]

대량 소비를 부추기기 위한 대량 생산[245] 추구의 경제학, 그 핵심 토대인 거대 기술, 그리고 그 경제학과 거대 기술을 실제로 가능케 한 '자연 자본' 석유 에너지, 이 세 가지가 현대 문명의 실체라는 사실에 대한 통찰에서 멈추지 않고, 슈마허는 현대인의 물질주의가 발원한 철학적 원천을 추적한다. 현대인의 물질주의는 인간과 자연에 대한 현대인(정확히 말해서 현대 서구인) 특유의 사고방식과 마음가짐에서 비롯되었다는 것이 슈마허의 생각이었다. 따라서 진정으로 중요한 것은 그 물질주의의 근원을 알아내서 문제의 해결책을 찾는 것이었다. 그래야 불교 경제학과 중간 기술도 실행할 수 있을 터였다. 슈마허가 보기에, 그 문제의 근원에 근대철학의 시조라 일컬어지는 데카르트의 사고방식, 즉 데카르트의 인간관과 자연관이 있었다. 데카르트는 철학자이기 이전에 수학자였다. 그래서 데카르트는, 슈마허가 중요하게 인용하듯이, "진리에 이르는 똑바른 길을 찾는 사람은 산술과 기하학의 증명과 동등한 확신을 가질 수 없는 어떤 대상에 대해서도 고민해서는 안 된다"[246] 고 생각했다. 이러한 데카르트 사상의 본질과 영향이 어떤 것인지 슈마허는 다음과 같이 정리한다.

데카르트는 자신의 관심을 어떠한 의심의 가능성도 넘어선 정확하고 확실한 지식과 관념에 한정시킨다. 그의 주된 관심은 인간이 **"자연의 주인이자 소유자"**가 되는 것이기 때문이다. 어떻게든 정량화할 수 없는 것은 결코 정확한 것일 수 없다. (……)

데카르트는 스스로 모든 것을 알아내기 위해 전통과 단절하여 깨끗이 정리하고 새로 시작하겠다고 선언했다. 이 같은 오만이 유럽 철학의 '양식(樣式)'이 되어버렸다. 마리텡은 "근대 철학자는 자기가 절대로 확실한 것에서 출발하며 우리에게 세계에 대한 새로운 관념을 가져다줄 사명을 지녔다고 생각한다는 의미에서 모두가 데카르트 학파이다"라고 말한다.[247] (강조는 원문 그대로임)

데카르트의 사고방식이 전통적 지혜와 얼마나 다르고 왜 문제인 것일까? 슈마허의 용어를 빌리자면, 그것은 인간의 사유에서 무엇보다도 '수직적 차원'을 없애버린 것이다. 인간이 '자연의 주인이자 소유자'가 되자니, 양적-수학적으로 '정확하고 확실하게' '증명'할 수 있는 것만을 통해 '진리'를 찾아야 한다. 그렇게 해야 인간은 자연을 자기 마음대로 '조작'할 수 있다. 또한 '이해'할 수 없는 것은 미련 없이 제쳐 놓아야 한다. 그런데 여기서 아마도 데카르트도 예기치 못했을 결과가 나타났다. 이제 인간이 '자연의 주인이자 소유자'가 되어 그것을 자기 마음대로 '조작'할 수 있게 되었다고 '생각'은 할 수 있게 되었지만(이런 사고방식이라면 자기보다 좀 '못한' 다른 인간들 역시 자기 마음대로 '조작'해도 된다는 생각 역시 쉽게 할 수 있을 터인데, 이것이 바로 제국주의자들의 생각이 아니고 무엇이겠는가?), 인간이 옛날부터 오랫동안 스스로에게 던져 온 깊은 철학적 문제에 대해 할 수 있는 대답은 스스로 보기에도 너무 빈약해져 버렸다. 그리고 여기에 이르자 근대 철학과 (서구의)전통적 지혜의 본질적 차이가 확연히 나타났다.

수직적 차원의 상실은 이제 더 이상 "나는 어떻게 살아야 하는가?"라는 물음에 대해 공리주의적인 대답 외에는 해줄 수 없게 되었음을 의미했다. "할 수 있는 한 안락하게 지내라" 또는 "최대 다수의 최대 행복을 위해 일해라" 하는 식으로 개인의 이익과 사회의 이익 중 어느 하나를 더 중요시할 수는 있지만, 결국 공리주의적인 것이 될 수밖에 없었다. 또한 인간의 본성을 동물의 본성과 다른 것으로 정의할 수도 없게 되었다. 인간은 '더 높은' 동물인가? 아마 그럴 것이다. 그러나 몇 가지 점에서만 그렇다. (……) 하지만 전통적 지혜는 고뇌 없이도 쉽게 알 수 있는 답을 갖고 있었다. 즉, 인간의 행복은 더 **'높이'** 올라가 자신의 **'가장 높은'** 능력을 개발하고 **'가장 높은'** 사물들에 대한 지식을 얻으며 가능하면 **'신을 보는'** 것이다. 만약 더 **'낮게'** 내려가 동물들과 공유한 **'낮은'** 능력만을 개발한다면, 그는 매우 불행해지고 절망에 빠질 수 있다.[248] (강조는 원문 그대로임)

이제 슈마허는 서구의 전통적 지혜가 가르치는 '존재의 단계'에 다시 주목하면서 현대인이 되찾아야 할 진정한 지식이 무엇인지 근본적으로 되묻는다. 서구의 전통적 견해에서는 세계의 존재를 광물, 식물, 동물, 인간의 네 단계로 나눈다. 슈마허에 의하면, 광물을 'm'이라 했을 때, 식물, 동물, 인간의 단계는 각각 m+x, m+x+y, m+x+y+z라고 말할 수 있다. 즉 무생물인 광물의 요소를 네 존재가 모두 갖고 있으면서, 그것과 더불어 식물은 생명(x), 동물은 생명과 의식(x+y), 인간은 생명과 의식과 자기인식(x+y+z)이라는 요소를 더 갖고 있다. 그런데 "무생물에게 생명을 주고, 생물에게 의식을 주고, 의식을 가진 존재에게 자기인식의 힘을 더해주는 것은 우리의 능력 바깥에 있다."[249] 또한 "생명, 의식, 자기인식의 힘들이 무생물로부터 자연히 또 우연히 나타나는 과정으로서의 진화는 우리의 이해 범위를 완전히 넘어선다."[250] 이러한 깨달음을 거치게 되면, "네 존재단계를 깊이 들여다봄으로써 얻을 수 있는 가장 중요한 통찰"[251] 에 이르게 된다.

경외와 감탄, 의문과 당혹 속에서 존재의 네 단계에 대해 깊이 생각하는 사람은 우주에는 오로지 **많고 적음**-즉, 수평적 연장-만이 있다는 주장에 쉽게 이끌리지 않을 것이다. 그들은 **높고 낮은** 것들-즉, 수직적 단계와 나아가서는 단계들의 불연속-에 대해 마음을 닫을 수 없다는 것을 깨달을 것이다. 그리고 인간을 무생물의 더없이 복잡한 배열**보다 높은** 존재, 더없이 발달한 동물**보다 높은** 존재로 이해한다면, 그들은 또한 인간을 **가장 높은** 단계에 있지는 않지만 완전함에 이를 수 있는 잠재력을 지닌 '무한한 가능성'의 존재로 생각할 것이다.[252] (강조는 원문 그대로임)

인간이 이렇게 스스로를 '무한한 가능성의 존재'로 생각할 수 있는 능력이 바로, 광물과 식물과 동물이 지니지 못한 인간의 '자기인식' 능력이다. '자기인식'이야말로 인간을 인간답게 해주는 요소라는 것이다. 슈마허는 인간의 '자기인식' 능력의 절대적 중요성을 매개로 하여, 인간의 지식을 구성하는 네 영역에 관한 탐구로 나아간다. 물질주의를 지고의 진리로 삼는 현대 문명의 문제는 극도의 지식 편중이라는 문제와 직결되어 있기 때문이다. 그렇다면 지식의 네 영역이란 무엇일까? 슈마허의 설명은 매우 간단하다.

1. 나-안   3. 나-바깥

2. 세계(너)-안   4. 세계(너)-바깥

다시 말해서,

1. 나는 어떻게 느끼는가?

2. 너는 어떻게 느끼는가?

3. 나는 어떻게 보이는가?

4. 너는 어떻게 보이는가?

이렇게 네 가지 영역과 관련된 지식이 인간의 모든 지식을 이루고 있다는 것이다. 슈마허에 의하면, '지식의 제1영역'에 대한 탐구는 전 인격을 요구하는데, 이것이 바로 인간을 가장 인간답게 만드는 '자기인식'의 영역이기 때문이다. 그런데 이 "자기인식은 주의력, 즉 주의를 원하는 것에 **기울이는** 힘과 밀접한 관계가 있다."[253] (강조는 원문 그대로임) 또한 "어떤 것에 주의를 기울이는 것과 **빼앗기는** 것의 차이는 일을 스스로 하는 것과 제멋대로 되게 내버려두는 것의 차이, 살아가는 삶과 살아지는 삶의 차이와 같다. 자기인식만큼 흥미롭고 또 모든 전통적 가르침에서 중심을 차지한 주제는 없고, 그것만큼 현대 세계의 사고에서 무시되고 오해되고 왜곡된 주제도 없다."[254] 심리학이 현대에 나타난 새로운 학문인 것처럼 알고 있지만, 사실 심리학은 인간의 가장 오래된 학문이고, 현대의 심리학은 오히려 그것의 가장 근본적인 특성을 잃어버렸다. 즉 현대 인간의 지식에서 자기 자신(의 본래 모습)에 관한 지식만큼 결여된 것은 없다는 것이다. '너 자신을 알라'고 가르친 소크라테스를 최고의 스승으로 삼은 몽테뉴, '본래의 자기'·'전체적 자기'를 찾으라고 가르친 법정 스님, 기듯이 겸손해야만, 즉 아래쪽에 서야만(under+stand) 자기 자신을 포함한 우주 만물의 생명의 섭리를 이해할 수 있다고 가르친 무위당 선생, 그리고 자기 인식의 중요성을 강조하는 슈마허는 그 깨달음과 가르침이 모두 일맥상통한다는 것을 알 수 있다.

'지식의 제2영역' 즉 타인의 마음을 이해하는 열쇠도 '지식의 제1영역'에 있다. 즉 "너는 너 자신에 대해 알고 있는 한에서만 다른 존재들을 이해할 수 있다."[255] 그런데 나를 알기 위한 길에서 슈마허의 독특한 문제의식이 나타나는데 그것이 바로 '지식의 제3영역'의 의미에 대한 설명이다. 그의 해석에 의하면, "만일 내가 제1영역에서, 즉 나의 내적 경험에서만 '나의 모습'을 끌어낸다면, 나를 '세상의 중심'으로 생각하기 쉬울 수밖에"[256] 없기 때문에 **"객관적 현상으로서의 나 자신**에 대한 똑같이 체계적인 탐구에 의해 균형을 이루고 보완**되어야만 한다.**"[257] (강조는 원문 그대로임)

그렇다면 '지식의 제4영역'의 본질은 무엇일까? 이것은 "엄밀한 의미에서 관찰 가능한 **행위**만을 관심의 대상으로 삼는 모든 **행동주의**의 진정한 고국이라고 할 수 있다. 모든 과학이 이 영역을 탐구하느라 바쁘고, 많은 이들은 진정한 지식을 얻을 수 있는 유일한 영역이라고 생각한다."[258] (강조는 원문 그대로임) 현대인의 대부분의 지식은 이 영역에 극도로 편중되어 있다. 그것은 눈에 보이지 않는 것이 아니라 눈에 보이는 것, 안에 있는 것이 아니라 겉으로 드러나 있는 것, 질적인 것이 아니라 양적인 것, 이해가 아니라 조작을 위한 것, 살아 있는 것이 아니라 죽어 있는 것, 정신적인 것이 아니라 물질적인 것에 관심을 집중하는 지식이다. '존재의 네 단계'와 연관지어 보자면, 현대의 지식은 광물(무생물)적 요소에 집중되어 있고, 생명과 의식에 관한 것은 그보다 훨씬 적으며, 인간을 인간답게 만드는 요소인 자기인식에 관한 것은 없다시피 한 것이다. 앞서 살펴본바 근대 경제학과 거대기술이 이 '지식의 제4영역'을 대표하는 것임은 말할 필요도 없을 것이다.

평생 동안의 열정적 진리 탐구와 실천 행동의 오랜 여정 끝에, 현대 문명의 근본 문제에 대한 '해결책'을 슈마허는 과연 어디서 찾았을까? 나는 슈마허의 다음 두 마디 말을, 그가 우리에게 전하는 결론적 지혜의 메시지로 삼고 싶다.

복구는 안에서 비롯해야 한다.[259] (강조는 원문 그대로임)

가장 위대한 '행동'은 우리가 처한 상황을 올바로 이해할 수 있는 능력을 키우고, 이런 이해를 바탕으로 각자의 마음속에서 확신과 신념, 남을 설득할 수 있는 능력을 쌓아가는 일입니다.[260]

4. About the Knowledge and the Way of Life of Modern People: E. F. Schumacher's Works

It was a common, important affair for Sir Muwidang Jang Il-sun to buy a good book for his neighbors or advise them to buy and read a book by reading a phrase from it. One day, he visited Yi Hyeong-man with a book, who is an important human cultural asset No.10 of making lacquerware inlaid with mother-of-pearl, and told him to have a read of it, saying that he would come again a week later. When he came again a week later, Yi had not read it. Now he could not but read it. After all, he read the book no less than seven times. It was *Small is Beautiful*. The year when E.F. Schumacher (1911~1977) passed away is the year when Muwidang decided to change his movement to life movement and both of the two teachers happened to depart from this life at the same age.

The Books that Ven. Beopjeong Loved also contain *Small is Beautiful* with a subtitle of "A Human-faced Economy." In the last part of the chapter, they introduced a comment on the book of Ven. Beopjeong.

We should free ourselves from the false image of the worldly jumboism and materialism to find truth and beauty in that which is small and meaningful.

The body weight of Mahatma Gandhi was said to be no more than 40kg. It means that the great soul (Mahatma) could dwell in so small a body.

Small is Beautiful. So big is apt to become ugly.

When we search the names of Sin Dong-yeop and Kim Nam-ju on the internet, a gagman and a female TV talent appear as the representative persons, respectively. Even around 10 years ago, I may have touched the keyboard with having different persons in mind with the same names who had been quite famous poets in Korea in the past. But now I also take it for granted that the gagman and the female TV talent are introduced at the forefront with their big pictures. What if we search Schumacher? Michael Schumacher, not Ernst Friedrich Schumacher, appears at the very first. Moreover, in the case of the former Schumacher, not only the introduction of him but also the news about him pours out in great masses that he met with an accident at the end of 2013 while he was skiing; lapsed into a coma and woke up 6 months after but may live as a physically challenged person the rest of his life. This young Schumacher, who is also German by birth as the late Schumacher, was the best car racer in the world who can be regarded as a character representing the competitive speed of the modern industrial civilization. And the sage, the late Schumacher, whose 40th anniversary of death would be a few years later, exercised extreme vigilance over the speed all his life. (And although the young Schumacher did not meet the accident while he was driving a car, may he not have felt, while he was skiing, as if he had enjoyed the speed of a racing car directly with his body without the vehicle?)

We can say that the space of the internet is a fruit of huge-tech from the worldly jumboism and materialism and it was Schumacher, the true thinker on the cutting edge, who penetrated into the essential problem of this age which we are living today very concretely over a half century ago and presented even the universal solutions. So I wonder whether the fact that Michael Schumacher, not Ernst Friedrich Schumacher, is introduced on the internet as the representative of the modern times, and, furthermore, the serious condition of the present young Schumacher symbolizes the essence of today's problem paradoxically.

As we saw above, Schumacher's thinking gave indispensable teachings even to Sir Muwidang and Ven. Beopjeong. It is natural that the teachings of a thinker who can be respected by many people cannot be understood with being separated from his or her life. We can ascertain the truth through the case of Schumacher. Although it was, of course, due to his inborn genius and insight that he, who is a specialist of economics as an ultramodern knowledge, could think of the Western and the Eastern old traditional teachings as the repository of wisdom which can change the destiny of the endangered modern civilization, it may have been impossible without his going all over the world with incessant passion and will to examine the life of common people and share their life as well.

Schumacher was born in Bonn, Germany, in 1911 and lived his childhood in the age of poverty which resulted from the First World War and the Great Depression. He studied economics at New College, Oxford, as a Rhodes Scholar which is said to be one of the most honorable scholarships in the world, and gave lectures of economics at Columbia University in America at the age of 22. He gave up the professorship which would guarantee his future and returned to Germany where the war clouds gathered, as Germany at that time was under Nazi rule. He took refuge in England in 1934, but was interned for a while on an isolated farm as an "enemy alien." In these years, he captured the attention of John Maynard Keynes with a paper entitled "Multilateral Clearing" and continued his study at Oxford University Institute of Economics and Statistics with Keynes's help. The financial system which he proposed for world peace was reflected in "Keynes Plan." After the war, he worked as an economic advisor to, and later Chief Statistician for the British Control Commission. For 20 years from 1950 he worked as Chief Economic Advisor to the National Coal

Board and urged a self-examination of Western civilization which is based on the non-renewable resources. While he was staying in Myanmar as an economic consultant in 1955, he perfected and presented the philosophy which he called "Buddhist economics." Witnessing the miserable poverty of people in India, he created and practiced the ecological "intermediate technology" appropriate for the regional scale and easy to use. After that, he travelled throughout many Third World countries, encouraging and helping local governments to create self-reliant economies through the development of the intermediate technology. He founded the Intermediate Technology Development Group (now Practical Action) in 1966 to systematize and promote the works in earnest. He resigned form this position as Chief Economic Advisor to the National Coal Board and was baptized as a Catholic in 1971. He published his first book *Small is Beautiful* in 1973. In 1974 he was awarded the distinction of CBE (Commander of the British Empire). In 1977 he published *A Guide for the Perplexed* which was based on the notes of his lecture at London University in 1959 entitled 'The Fundamental Issues of the Modern Life.' He went to his final rest in Switzerland during a lecture trip on September 4, 1977. His posthumous work *Good Work*, which is the collection of his transcontinental lectures in America, was published in 1977.

I remember the class of "An Introduction of Economics" which I attended without knowing anything about it in my first year at the university. I, who had the major of language and literature at the College of Liberal Arts, registered for various courses of "introductions" following the registering tendency of the then university students. It was almost compulsory for the students majoring in language and literature to attend the class of "An Introduction of Literature." "An Introduction of Economics" was in the same position as that at the College of Social Science and it was a very large class which was also attended by many non-major students like me. It was not an absolutely interesting class because it was very large and, moreover, I was not a student who was studying hard. The professor was one of the scholars representative of the academic world of Korean economics. (I came to know the fact, by reading an essay written by his junior colleague professor, that he was one of the Korean members of the Keynesian school. And on the one hand, Schumacher had cooperated with them, but on the other hand, he criticized them even in the late 1950's.)[261] Anyway, the contents of the class are hardly memorable and the terribly dull feeling remains rather vivid even now. But only one image among the contents of economic theory lives in my memory. It is the graph of the supply-demand curve which I had learned even at high school. Looking back, it was very natural that the class of economics was not interesting. Everyone knows that the law of demand and supply is the basic and essential "theory" of modern economics. I thought so in the classroom when I was a freshman and I have been always repulsed by the thinking structure of the economic "specialists" who boast such a tasteless, uncouth "law" as their theoretical core, far from understanding it. He who helped me know the source of the repulsion is Schumacher. The essence of the law of demand-supply is on full display by his simple, clear explanation as follows:

(……) economics deals with goods and services from the point of view of the market, where willing buyer meets willing seller. The buyer is essentially a bargain hunter; he is not concerned with *the origin of the goods or the conditions under which they have been produced.* His sole concern is to obtain the best value for his money. (……) If a buyer refused a good bargain because he suspected that the cheapness of the goods in question stemmed from exploitation or other despicable practices (except theft), he would be open to the criticism of behaving 'uneconomically,' which is viewed as nothing less than a fall from grace. Economists and others are wont to treat such eccentric behavior with derision if not indignation. The religion of economics has its own code of ethics, and the First Commandment is to behave 'economically' – in any case when you are producing, selling, or buying. [262] (The emphasis is mine.)

The law of demand-supply is an economic theory which is based upon the premise that such 'ideological' buyers and sellers occupy the majority of the society as the above-described one. The buyers and sellers are those who have their common aim and happiness of life to obtain maximum profits and material values with the most efficient method. This is also the ideological type of man from the viewpoint of economics. As Keynes professed, the economic progress by such a type of ideological 'Homo Economicus' "is obtainable only if we employ those powerful human drives of selfishness, which religion and traditional wisdom universally call upon us to resist."[263] At the class of "An Introduction of Economics" which I attended, I could not hear such a 'frank' word from the Keynesian Professor. If I had known that (the modern mainstream) economics is that kind of knowledge, I could have 'understood' rather easily and would not even have felt such a useless repulsion for it.

But, according to Schumacher, the genuine problem of the economic theory and the economic way of thinking is much more serious. It is not a 'fact' which was not pointed out by Schumacher for the first time and now many people just 'recognize' that "the reign of quantity celebrates its greatest triumphs in 'The Market'"[264] and "money is the highest of all values."[265] But his insight into the fact that "it is inherent in the methodology of economics to *ignore man's dependence on the natural world*   [266] (The emphasis is the author's.) indicates the essence of the matter which no one can avoid. In short, they ignore intentionally the untold value of "the irreplaceable capital which man has not made, but simply found, and without which he can do nothing."[267] In other words, "Far larger is the capital provided by nature and not by man—and we do not even recognise it as such."[268] And it is fossil fuel including oil which is the representative of the irreplaceable capital and made "the methodology of economics" actually possible. But it is a publicly recognized fact that the peak oil which means the top point of oil production already passed many years ago. Schumacher even declared that "this very, very short period in history of cheap and plentiful oil is now over"[269] already after the 6th of October, 1973, when the fourth Arab-Israeli War started. Based on this insight, he talks about why the modern economy and economics are a house of cards by treating the problem of the modern system of agriculture and megalopolises.

What you eat may be, physiologically speaking, all sorts of different foods: economically speaking, you eat mainly oil. (And most of the foods increasingly taste like it...) Of course, this didn't use to be the case. We had farming systems in which the job that is now done by oil was done by the microbes in the ground, and biological or organic farming methods, with proper recycling and rotation and whathaveyou. (......) We have abandoned that, in the West, and have now a system based on chemicals, artificial fertilizers (......) Instead of a renewable resource, we have substituted a nonrenewable resource. People believe that the modern system of agriculture can feed mankind. Well, if we work this out in terms of energy, in terms of oil, if we attempted to feed something like four billion people on modern agriculture technology, then agriculture alone would utilize and absorb all known oil reserves in less than thirty years—agriculture alone. (......)

Another consequence of the short period of cheap and plentiful oil, of course, is the monster cities of today. (......) if there is a tremendous increase in the productivity per man—and in this context "man" embraces "woman"—so that five people can feed a hundred, then 95 percent of the people can live in cities and only 5 percent have to stay on the land. So the second precondition was the immense increase in the productivity per man in agriculture, which made the modern city possible.

The city itself is a huge machine which for its very breathing requires a constant, continuous input of energy, namely oil. What is to become of these cities? Even the fourfold increase of fuel prices is making city life more and more onerous and burdensome than it has ever been before. There is no use in referring cities to what we now have learned to call "income energies," like solar power, wind power, etc., because, while you can heat a house with solar energy very comfortably, you can't heat Rockefeller Center.[270]

At the time of the upsurge of the oil crisis, "The main cause of the complacency—now gradually diminishing—about future energy supplies was undoubtedly the emergence of nuclear energy, which, people felt, had arrived just in time."[271] It was also economics which supported the political motto of 'peaceful uses of atomic energy.' Schumacher criticizes the danger and the deceitfulness of the economic logic, which intends to use nuclear energy instead of oil as a means of profit seeking, more passionately than any other issues by quoting again his own "unorthodox" view which he presented.

The religion of economics promotes an idolatry of rapid change, unaffected by the elementary truism that a change which is not an unquestionable improvement is a doubtful blessing. The burden of proof is placed on those who take the 'ecological viewpoint': unless *they* can produce evidence of marked injury to man, the change will proceed. Common sense, on the contrary, would suggest that the burden of proof should lie on the man who wants to introduce a change; *he* has to demonstrate that there *cannot* be any damaging consequences.[272] (The emphases are the author's.)

Even although both the year of 1977 when Schumacher faced his own unexpected death and that of 1973 when *Small is Beautiful* was published were before the Three Mile Island accident in 1979, surprisingly, he presented a precise predictive analysis about the nuclear issue as if he had prophesied both of the accidents of Chernobyl and Fukushima which actually happened quite later. He explains what the essence of the matter is; even gives instructions to the people who are deeply concerned about the future as to how to deal with the problem.

We must be careful, however, not to be get lost in the jungle of controversy that has grown up in this field. The point is that very serious hazards have already been created by the 'peaceful uses of atomic energy', affecting not merely the people alive today but all future generations[273] (......) (The emphasis is mine.)

What, after all, is the fouling of air with smoke compared with the pollution of air, water, and soil with ionising radiation? Not that I wish in any way to belittle the evils of conventional air and water pollution;

but we must recognise 'dimensional differences' when we encounter them: *radioactive pollution is an evil of an incomparably greater 'dimension' than anything mankind has known before.*[274] (The emphasis is mine.)

Schumacher especially emphasizes the fact that "any accumulation produces biological damage."[275] And he exposes the essence of deceitfulness which is in 'maximum permissible concentrations' (MPCs) and 'maximum permissible levels' (MPLs) for various radioactive elements defined by the authorities by introducing the serene anger of "men of outstanding intelligence and integrity, such as Albert Schweitzer."[276] The true character of the 'permissible standards' for radioactivity in food, which has been a serious problem especially since the Fukushima accident, is exposed unquestionably through a cutting remark of Schweitzer.

Who has given them the right to do this? Who is even entitled to give such a permission?[277]

His criticism reaches its peak with pointing out the direct evils to 'life' which economics and the economic logic causes with the problems of nuclear power and radioactivity. The most peculiar and brightest part of his criticism about the essential problems of the modern civilization is that which is toward a much more concrete thing than the economic 'logic.' It is the criticism of the modern "gigantic" technologies. From his point of view, today's common 'system' of ours is the necessary result of modern technology. In other words, if even seemingly different 'systems' introduce the same technology, the 'systems' will work in the same way and the different societies will become similar ones after all. It is natural that both of the then USA and USSR which introduced the same modern "gigantic" technologies and even competed against that of each other's, in spite of the different appearances of capitalism and communism, in the eyes of Schumacher they in essence seemed to be the same. That which corresponds to the core of the 'base' that Marx explained comprehensively with the concepts of productive forces and relations of production in his economics is no other than technology. Therefore, "If there is no change in the base—which is technology—there is unlikely to be any *real* change in the superstructure."[278] (The emphasis is the author's.) It is technology that matters. That is to say, it is the scale of technology we use that matters. It is needless to say that the problem of the modern system is that of the gigantic technologies. And the country which shows the most representative, typical problem resulting from the gigantic technologies is no other than USA.

In other words, the new technologies will be in the image of the system that brings then forth, *and they will reinforce the system*. If the system is ruled by giant enterprises—whether privately or publicly owned—the new technologies will tend to be "gigantic" in one way or another, designed for "massive breakthroughs," at massive cost, demanding extreme specialization, promising a massive impact-no matter how violent—"we shall know how to cope with the consequences." (……) but many of the most basic needs of great masses of people, such as housing, cannot be taken care of. (……) in the States (……) 5 or 6 percent of the world population using something like 35 percent of the world's output of raw materials—and not a happy place: great wealth in some places but utter misery, degradation, hopelessness, strife, criminality, escapism, sickness of body and mind almost everywhere; it is hard to get away from it.[279] (The emphasis is the author's.)

If so, what 'alternative' does Schumacher suggest about the problems we have seen? He says that we should firstly understand the meta-economics which recognizes and explains the limit of the established economics. The meta-economics consists of two parts which deal with man and nature. "(……) we expect that economics must derive its aims and objectives from a study of man, and that it must derive at least a large part of its methodology from a study of nature."[280]

In other words, "(......) economics is a 'derived' science which accepts instructions from what I call meta-economics. As the instructions are changed, so changes the content of economics."[281] He who is a 'specialist' of the modern economics in the West is trying to do self-criticism about his own 'major'; redefine and make a fundamental renewal of it in the whole perspective supported by all the traditional knowledge of human beings. And, even here, his 'unorthodox insight' shines brightly. That is, "the meta-economic basis of western materialism is abandoned and the teaching of Buddhism is put in its place."[282] May he not be also an 'orientalist' who is caught in a self-created illusion of the spiritual cultures in the East to suit the Western people's taste? Schumacher wipes out such suspicion with an easy and clear word. As is well seen in any of his words or writing, he actually does not have any hesitation in accepting any traditional wisdom of all ages and cultures, if only it be good.

The choice of Buddhism for this purpose is purely incidental; the teachings of Christianity, Islam, or Judaism could have been used just as well as those of any other of the great Eastern traditions.[283]

He explains his reason for accepting the teachings of Buddhism by comparing Buddhist economics and modern economics.

While the materialist is mainly interested in goods, the Buddhist is mainly interested in liberation. But Buddhism is 'The Middle Way' and therefore in no way antagonistic to physical well-being. It is not wealth that stands in the way of liberation but the attachment to wealth; not the enjoyment of pleasurable things but the craving for them. The keynote of Buddhist economics, therefore, is simplicity and non-violence. From an economist's point of view, the marvel of the Buddhist way of life is the utter rationality of its pattern-amazingly small means leading to extraordinarily satisfactory results.

For the modern economist this is very difficult to understand. He is used to measuring the 'standard of living' by the amount of annual consumption, assuming all the time that a man who consumes more is 'better off' than a man who consumes less. (......) The former [Buddhist economics], in short, tries to maximise human satisfactions by the optimal pattern of consumption, while the latter [the modern economics] tries to maximise consumption by the optimal pattern of productive effort.[284]

Together with the Buddhist economics, he proposes the well-known 'intermediate technology' or 'appropriate technology'[285] as the important 'alternative' of the gigantic technology. It can be said to be the methodology of technology corresponding exactly to the Buddhist spirit of 'The Middle Way.' He starts from the position that the gigantic technologies of rich countries cannot be accepted by poor countries; they need "the very thing (......), which we also need: a *different* kind of technology with a human face."[286] And he has "named it *intermediate technology* to signify that it is vastly superior to the primitive technology of bygone ages but at the same time much simpler, cheaper, and freer than the super-technology of the rich."[287] (The emphases are the author's.) From his point of view, and as we have seen, the 'base' and motive power of all the problems indwelling the modern civilization is the large-scale, complicated technology more than anything else. As long as such gigantic, complex technology is the central power of the 'system,' as is seen above, the serious problems which threaten the life of man and nature cannot absolutely disappear. Therefore, the development and the utilization of intermediate technology or appropriate technology is very important for the solution of the basic problems in modern civilization. Perhaps many people may have resisted the intermediate technology which Schumacher suggested in these questions: 'Do you intend to make all the power of technology, which has been accumulated by man till now, count for nothing?' 'Should we return to the primitive age?' He proves the appropriateness and the probability of success of intermediate technology concretely with vivid cases which he himself practiced or witnessed. And he positively persuades them that intermediate technology is the very thing that requires a high level of thinking and technical skills.

Now this is something quite different from going back into the preindustrial era. It is using our knowledge in a different way, and we know it can be done.[288]

Any third-rate engineer can make a complicated apparatus more complicated, but it takes a touch of genius to find one's way back to the basic principles, which are normally fairly simple.[289]

Thus he had an insight into the fact that the economic system which pursues mass production for instigating mass consumption[290]; with a gigantic technology as its base; and with the energy of oil as the natural capital which actually made the economics and the gigantic technology possible in the first place, is; the essence of modern civilization. And furthermore, he traced back the materialism of modern man to its philosophical origin. He thought that modern materialism originated from the peculiar modern man's (more precisely, the modern Western man's) way of thinking and attitude of mind toward man and nature. Therefore, the truly important thing is to discover the source of the materialism and to find the solution of it so that we may practice the Buddhist economics and intermediate technology. From the viewpoint of Schumacher, at the source of the matter, there is the way of thinking of Descartes, who is called the founder of modern philosophy; that is, Descartes's view of man and nature. Descartes was a mathematician rather than a philosopher. So he, as Schumacher quotes, thought that "Those who seek the direct road to truth should not bother with any object of which they cannot have a certainty equal to the demonstrations of arithmetic and geometry."[291] Schumacher explains the essence and the influence of Descartes's thinking as follows:

Descartes limits his interest to knowledge and ideas that are precise and certain beyond any possibility of doubt, because this primary interest is that we should become *masters and possessors of nature.* Nothing can be precise unless it can be quantified in one way or another. (......)

Descartes broke with tradition, made a clean sweep, and undertook to start afresh, to find out everything for himself. This kind of arrogance became the "style" of European philosophy. "Every modern philosopher," as Maritain remarks, "is a Cartesian in the sense that he looks upon himself as starting off in the absolute, and as having the mission of bringing men a new conception of the world."[292] (The emphasis is the author's.)

How different is Descartes's way of thinking from traditional wisdom and why does it matter? According to Schumacher, it is to remove the 'vertical dimension,' more than anything else, in men's thinking and mind. If men intend to become 'masters and possessors of nature,' they should search for 'truth' only through the things that they 'prove' with quantitative-mathematical precision and accuracy. Only then can men 'manipulate' nature at their disposal. And they should discard that which they cannot 'understand.' In this, a result came out which even Descartes might have anticipated. Now men can 'think' that they became the 'masters and possessors of nature' and 'manipulate' it at their disposal (If they have such a way of thinking, they necessarily come to easily think that they may 'manipulate' even other men who are thought to be 'inferior' to them at their disposal. What is this other than the imperialists' way of thinking?) But the answer to the philosophical questions which they asked themselves since ancient times became too poor even from their own viewpoint. And arriving at this point, the essential difference between modern philosophy and traditional wisdom appeared definitely.

The loss of the *vertical dimension* meant that it was no longer possible to give an answer, other than a utilitarian one, to the question "What am I to do with my life?" The answer could be more individualistic-selfish or more social-unselfish, but it could not help being utilitarian: either "Make yourself as comfortable as you can" or "Work for the greatest happiness of the greatest number." Nor was it possible to define the nature of man other than as that of an animal. A "higher" animal? Yes, perhaps, but only in some respects. (......) Traditional wisdom had a reassuringly plain answer: Man's happiness is to move *higher*, to develop his *highest* facilities, to gain knowledge of the *highest* things and, if possible, to "see God." If he moves *lower*, develops only his *lower* faculties, which he shares with the animals, then he makes himself deeply unhappy, even to the point of despair. (The emphases are the author's.)[293]

Taking note of the 'levels of being' again of which the Western traditional wisdom gives teachings, now Schumacher asks them back the question about what the true knowledge is which modern people should recover. From the Western traditional viewpoint, the world is divided into the four levels of mineral, plant, animal and man. According to Schumacher, if we call mineral 'm,' each level of plant, animal and man is m+x, m+x+y and m+x+y+z, respectively. It means that the four beings have the inanimate element of mineral in common; in addition to that, a plant has the element of life (x); an animal has those of life and consciousness (x+y); and a man has those of life, consciousness and self-awareness (x+y+z). "But it is outside our power to give life to inanimate matter, to give consciousness to living matter, and finally to add the power of self-awareness to conscious beings."[294] And "Evolution as a process of the spontaneous, accidental emergence of the power of life, consciousness, and self-awareness, out of inanimate matter, is totally incomprehensible."[295] After going through this enlightenment, we come to get "the most important insight that follows the contemplation of the four great Levels of Being."[296]

Those who stand in awe and admiration, in wonder and perplexity, contemplating the four great Levels of Being, will not be easily persuaded that there is only *more or less*—i.e., horizontal extension. They will find it impossible to close their minds to *higher or lower*—that is to say, vertical scales and even discontinuities. If they then see man as *higher* than any arrangement, no matter how complex, of inanimate matter, and *higher* than the animals, no matter how far advanced, they will also see man as "open-ended," not at the *highest* level but with a potential that might indeed lead to perfection.[297] (The emphases are the author's.)

Thus it is human capacity of 'self-awareness,' non-existent in mineral, plant and animal that makes men think of themselves as "open-ended." It is no other than self-awareness that makes man a human being. Schumacher, basing his thinking on the premise of the absolute importance of human 'self-awareness,' proceeds to inquire into the Four Fields of knowledge. He does so because the matter of modern civilization's regard of materialism as the highest truth is directly connected with that of the specific field of knowledge to which too much importance is given. Then, what are the Four Fields of knowledge? Schumacher's explanation is very simple.

1. I – inner   3. I – outer

2. The world (you) – inner   4. The world (you) – outer

In other words,

1. What do I feel like?

2. What do you feel like?

3. What do I look like?

4. What do you look like?[298]

The knowledge related to these Four Fields consists of all human knowledge. According to Schumacher, the search for Field 1 requires putting one's whole personality, because it is the Field of 'self-awareness' that makes man a man more than anything else. "Now, self-awareness is closely related to the power of attention, or perhaps I should say the power of *directing* attention." [299] (The emphasis is the author's.) And "The difference between directed and captured attention is the same as the difference between doing things and letting things take their course, or between living and "being lived." No subject could be of greater interest; no subject occupies a more central place in all traditional teachings; and no subject suffers more neglect, misunderstanding, and distortion in the thinking of the modern world." [300] Although they think that psychology is a new field of knowledge, in fact, it is the oldest knowledge of man. But modern psychology has lost even its fundamental characteristic from the ancient times. In short, there is nothing that the modern knowledge of man lacks more as the knowledge about man himself (his original nature). Here we realize that Montaigne who looked up to Socrates as his highest teacher who said "Know yourself!"; Ven. Beopjeong who taught that we should search for 'our true selves,' 'our holistic selves'; Sir Muwidang who taught that we can understand the law of life of all things in universe including ourselves only when we are humble as if we were creeping, that is 'standing under (somebody or something)';

and Schumacher who emphasizes the importance of self-awareness show the same essence of enlightenment and teachings.

'Field 2,' that is the key to understanding the other's mind, is also in 'Field 1.' In other words, "You can understand other beings only to the extent that you know yourself."[301] And a unique critical mind of Schumacher is shown on the path of self-knowledge. That is the explanation of the meaning of 'Field 3.' According to his interpretation, because "If I derive my "picture of myself "solely from Field 1, my inner experiences, I inevitably tend to see myself as "center of the Universe","[302] "The systematic study of the inner worlds of myself (Field 1) and other beings (Field 2) *must* be balanced and complemented by an equally systematic study of *myself as an objective phenomenon.*"[303] (The emphases are the author's.)

Then, what is the essence of 'Field 4'? It "is the real homeland of every kind of behaviorism: only strictly observable behavior is of interest. All the sciences are busy in this field, and many people believe that it is the only field in which true knowledge can be obtained."[304] Thus almost all of modern knowledge is extremely concentrated on this field. It is the type of knowledge whose concern is concentrated on not the invisible but the visible; not the inner but the outer; not the qualitative but the quantitative; not what is for understanding but what is for manipulating; not the living but the dead, that is not the spiritual but the material. If we try to find its relation with the 'four levels of being,' we can say that modern knowledge is that which concentrates on the element of mineral (inanimate object); contains much less about life and consciousness; has almost none of self-awareness as the element of making man a man. It goes without saying that the modern economics and the gigantic technology which we have seen above are the representative of 'Field 4.'

Where did Schumacher, at the end of his lifelong journey of passionate searching for truth and the practical activities, find the 'solution' of the basic problems of the modern civilization? I would like to think of the following words of Schumacher as the conclusive wisdom which he gives us.

(......) *restoration must come from within*[305] (......) (The emphasis is the author's.)

The greatest "doing" that is open to every one of us, now as always, is to foster and develop within oneself a genuine understanding of the situation which confronts us, and to build conviction, determination, and persuasiveness upon such understanding.[306]

5. 온전한 한 사람이 된다는 것 :
찰스 코박스의 『파르치팔과 성배 찾기』 [307]

찰스 코박스, 『파르치팔과 성배 찾기』, 정홍섭 옮김,

도서출판 푸른씨앗, 2012.

찰스 코박스는 본명이 칼 코박스(Karl Kovacs)이며, 찰스는 영국 이주 뒤의 이름이다. 1890년대에 조부모가 솔가하여 헝가리 북부 미슈콜츠(Miskolc)로부터 오스트리아 비엔나로 이주했고, 칼은 1907년에 비엔나에서 태어났다. 남동생 어윈은 1909년에 출생했다. 칼과 어윈은 어릴 때부터 어머니에게 피아노를 배웠다. 어린 칼은 영어 공부와 미술에서도 소질을 보였다. 학창 시절에 젊은 칼은 오스트리아 인지학협회 회원이 되었고, 인지학자인 프리드리히 테터 교수를 통해 괴테와 루돌프 슈타이너의 철학에 입문했다. 1938년 독일-오스트리아 합방 후 동생 어윈은 중국으로, 칼은 케냐로 갔다. 칼은 케냐의 한 농장에서 일하면서 그림 그리기를 계속했고, 나이로비에 인지학회를 세웠다. 영국 시민권을 얻어 영국-이집트 연합군에 입대하여 참전했다. 제대 후 카이로에서 고대 이집트 문화를 공부했다. 1948년에 찰스 코박스라는 이름으로 영국에 정착하여 인생의 후반기를 시작했고, 이때 평생의 반려자 도라를 만났다. 1950년 런던에 루돌프 슈타이너 하우스를 세우고 「악의 문제」라는 강연을 성공적으로 개최했다. 강연

회를 지속하면서 루돌프 슈타이너의 저작들을 영어로 번역했다. 1956년에 에든버러로 이주하여 그곳 루돌프 슈타이너 학교에서 한 학급을 맡았으며, 1976년 은퇴할 때까지 그곳에서 담임교사로 재직했다. 에든버러에서 2001년에 타계했으나, 그의 폭넓은 수업 노트들은 지금도 수많은 교사들에게 유용하고도 영감을 주는 수업 자료가 되고 있다(이상은 이 책의 원저를 출간한 플로리스출판사(Florisbooks)의 저자 소개 및 위키피디아 헝가리어판의 설명을 참조했다). 저서로『인도 · 페르시아 · 바빌로니아 · 이집트의 고대 신화』, 『파르치팔과 성배 찾기』, 『혁명의 시대』, 『발견의 시대』, 『고대 그리스』, 『고대 로마』, 『식물학』, 『근육과 뼈』, 『기독교 축제의 정신적 배경』, 『인간과 동물 세계』, 『북유럽 신화』, 『지질학과 천문학』, 『루돌프 슈타이너의 강연에 나타난 요한계시록』 등이 있다.

1) 『파르치팔과 성배 찾기』, 현대인의 자아 찾기

열여덟 살 시절에 나는 무얼 하고 있었나? 그때 나는 내가 누구인지 얼마나 알아가고 있었을까? 내가 어떤 사람인지, 이 세상에서 해야 할 일이 무엇인지 알고자 무엇을 하고 있었던가? 특히 학교에서 받은 교육은 지금 내게 소명으로 다가오는 일들과 어떤 연관성이 있을까?

위에 소개했듯이, 이 책은 거의 반세기 전인 1960년대 중반 스코틀랜드 에든버러의 발도르프 학교의 한 교사가, 자아가 완성되어 가는 길목의 열일고여덟 살(서양 나이로는 16 또는 17세) 학생들에게 행한 문학수업의 노트다. 그러나 그러한 사실이 믿기지 않을 만큼, 이 책을 읽다 보면 그야말로 다양한 차원의 만감이 교차한다. 그 중 가장 먼저 드는 생각이 바로 위와 같은 자문이다. 물론 지금 그 나이인 젊은이들에게는 이 물음의 시제가 모두 현재형이 된다.

이러한 자문에는 탄식과 자조가 다소 섞이지 않을 수 없을 것 같다. 코박스 선생이 들려주는 '인성 발달과 자아 완성'론에 비춰볼 때, 나 또는 우리의 현실 조건은 여러 모로 그 이상과의 거리가 상당히 멀어 보이기 때문이다. 그러나 실망할 필요는 없다. 그가 말하듯이, 자아 찾기의 문제로 고통과 고독을 겪는 것은 비단 나나 우리만이 아니며, 그것은 현대 인류의 보편적 해결 과제이기 때문이다. 따라서 중요한 것은, 그가 인도하는 바대로, 파르치팔이라는 인물을 통해 (물질적 조건까지 포함하여)현대인의 역사적 성격(변화)을 제대로 이해하는 것이며,[308] 나아가 인간을 근본적으로 아는 것이다.

2) '정신-영혼-물질'을 통한 인간 이해와 현대문학

이 책에서 최초의 현대인이라 일컫는 파르치팔은 지금으로부터 800년 전에 쓰인 문학 작품의 주인공이다. 달리 말하자면 13세기 초에 나온 이 작품이 최초의 현대문학 작품이 되는 셈이다. 인물이나 배경도 전혀 '현대적'이지 않거니와 무엇보다도 그 양식이 역사적 장르로서의 현대소설(novel=새로운 것)이 아니어서, 이 작품을 현대문학이라고 한다면 이 분야의 '전문가들'은 십중팔구 코웃음을 칠 것이다.

더구나 이 작품 자체가 일반 독자뿐만 아니라 세계문학(사)에 웬만큼 해박한 '전문가들'에게도 매우 생소하리라 짐작된다.

그러나 우리가 주목해야 할 이 작품의 현대성은 파르치팔 이야기로 상징되는 현대인의 본질 이해다. 우리가 상식적으로 생각하는 '정신/물질'이라는 이항 대립에서 특히 후자를 중심으로 한 것이 아닌, '정신-영혼-물질'이라는 삼원적(三元的) 인간 이해가 바로 그 핵심이다. 저자 코박스 선생은 '정신/물질'이 아니라 '정신-영혼-물질'이라는 틀로 현대인을 이해해야 한다고 역설한다. 정신세계에 근원을 두고 있지만, 물질적 성격 또한 필수적으로 내포하고 있으면서도, 스스로 판단하여 자신의 운명을 만들어나가는 영혼의 존재가 바로 현대인이라는 것이다. 그에 의하면, 정신주의자나 물질주의자는 현세를 '초월'하거나 물질에 '집착'할 뿐이어서, 근본적으로 연민과 겸손이라는, 현대인이 지녀야 마땅할 지고지순의 정신적 가치를 체현할 수 없다. 현대인이 자유롭다는 것 또는 자유로울 수 있다는 것은 바로 영혼의 존재라는 뜻이며, 타자의 고통에 깊은 연민을 느끼고 진정으로 겸손해지는 것이 자유로운 존재를 향해 나아가는 인간의 길이다.[309]

3) 찰스 코박스 선생이 보여주는 문학 수업과 감상법

이 책에서 얻는 가장 중요한 영감은 하나는 문학 수업의 방법론에 관한 것이 아닐까 생각한다. 현대인의 감각으로 볼 때 친숙하지도, 그다지 흥미롭지도 않은 원작을 이렇게도 재미나고 의미심장하게 만드는 것은, 한마디로 말해서, 이 책 자체가 훌륭한 문학 작품 즉 잘 만들어진 이야기이기 때문이다. 문학 수업의 성패는, 그것이 그야말로 잘 만든 이야기인지 여부에 달려 있는 것임을 이 책은 여실히 보여준다 (그런데 사실 모든 수업이 그렇지 않을까). 찰스 코박스 선생 자신이 볼프람 에셴바흐 원작의 가치를 십이분 높이는 이 시대의 트루바두르이자 탁월한 이야기꾼이 아닐 수 없다.

그런데 코박스 선생의 그 탁월함은 단순한 말솜씨가 아니다. 적어도 두 가지 점은 꼭 눈여겨보아야 한다. 하나는 그의 이야기가 읽는 이를 몰입하게 하는 힘의 원천이다. 그의 이야기는 책에 쓰여 있지만 곁에서 직접 들려준다는 느낌이 자연스럽게 든다. 왜일까? 그것은 바로 그의 이야기가 작품 속 인물과 사건을 생생하고 깊이 **경험**하도록 해주기 때문이다.[310] 그래서 그가 묘사하는 사람들은, 이를테면 영화가 아닌 연극 속 인물들에 훨씬 가깝다. 그 인물들에게 말 그대로 일체감을 느끼는 것이다. 둘째는 파르치팔 이야기라는 중심 이야기를 뒷받침해주면서 감성적·지적 상상력을 다양하게 자극하는 풍부한 이야기들이 담겨 있다는 점이다. 하나의 상상력과 지적 호기심이 또 다른 상상력과 지적 호기심을 불러들인다. 그래서 이 책은 재미있는 이야기이면서 품격 높은 문학·인간학 연구서이기도 하다. 그러나 어떤 현학적 허영과 애매함도 없이 명징한 것은 물론, 각각의 뒷받침 이야기의 내용 역시 다른 누구도 아닌 바로 나의 경험이자 내 공부의 바탕이 된다. 예컨대 아서 왕 이야기에 대한 코박스 선생의 해설은 우리의 단군신화를 새로운 각도에서 볼 수 없을지 궁리하게 한다. 이처럼 이 책은 훌륭한 문학 수업 지침서이자 그 자체로 흥미진진한 이야기이며 연구서인 데다, 문학 작품 감상 안내서가 되기도 한다. 위에서 말한 이 책의 미덕들은 곧 작품 감상의 초점이다. 문학 작품에서 무엇을 어떻게 귀 기울여 듣고 스스로 경험하며, 거기서 얻은 상상력과 지적 호기심을 어떻게 펼칠지를 이 책은 보여준다.

그렇다면 이 책이 지닌 이러한 미덕들의 궁극적 비밀은 어디에 있을까? 이 역시 찰스 코박스 선생이 친절하게 말씀해주고 있다. 어린 아이 같은 마음 상태에서 나오는 신선한 관점, 살아 있는 진실한 관심, 꿈꾸듯 자유로이 뛰노는 상상력이 바로 그 비결이라는 것이다. 그래서 이 책에 끝까지 몰입한 독자라면, 코박스 선생의 이야기를 자신의 이야기로 경험하며 귀 기울인 독자라면, 이 한마디에도 자연스럽게 동의할 것이라 생각한다. 찰스 코박스야말로 순수하고 자유로운 상상력을 지닌 현대의 파르치팔이다.[311]

4) 『파르치팔과 성배 찾기』를 통해 보는 오늘날 현실과 문학의 의미

"『파르치팔』을 읽고 나면 여러분은 책 속에만 존재하는 한 사람이 아닌 여러분 스스로에 관한 어떤 것을 배웠다고 느끼게 될 것"이며, "그것이 결국 모든 문학이 목적하는 바"라고 코박스 선생은 말한다. 그런데 이 책을 읽고 나면 자신의 자아 찾기뿐만 아니라 우리를 둘러싸고 있는 오늘날 현실과 그 속에서의 문학의 의미 문제에까지 생각이 미친다.

이 책에서 코박스 선생이 제시하는 현실 진단에는 논란의 여지가 있을 수 있으나, 우리가 목도하고 있는 바로 지금의 현실을 본다면 선생께서는 어떤 물음을 던질지 먼저 생각해보게 된다. 그런데 오늘의 현실을 생각할 때 2011년 3월 11일의 후쿠시마 사태 이후 변화된 지구의 생존 조건 문제를 빼놓을 수 있을까. 기형 나비와 물고기, 그리고 2011년 3월 11일 이후 5~6년 뒤에 한반도 주변 바다를 포함하여 태평양 전체가 방사능 물질 세슘으로 완전히 오염될 것이라는 시뮬레이션 결과[312]보다 더 오늘날 우리가 처한 현실을 극적으로 보여주는 것이 있을까.

『파르치팔과 성배 찾기』를 읽으며 묻게 되는 것은 오늘날 '어부왕의 고통'은 과연 무엇인가 하는 것이다. 또한 오늘날의 파르치팔 이야기는 과연 무엇인가 하는 것이다. 어떤 사람들이 순수한 바보들인가? 오늘날 진정한 자아 찾기란 무엇일까? 서점 진열대에 넘쳐나는 문학 작품들 가운데 우리가 귀 기울일 탐색의 이야기는 과연 어느 것인가? 무엇이 진정 좋은 문학 작품인가? 찰스 코박스 선생의 『파르치팔과 성배 찾기』는 이 모든 물음들 또한 거듭 묻게 한다.

5) 현대의 파르치팔들

찰스 코박스 선생의 이 불후의 명강의·명저에 사족이 됨을 알면서도 다시 한 번 언급하지 않을 수 없는 것이 있다. 이 책의 바탕 사상인 루돌프 슈타이너 인지학(人智學)의 핵심 중 하나일 터, 코박스 선생

역시 줄기차게 강조하는 바는 지성 즉 머리만으로 사고하는 것의 본질과 한계를 똑바로 알라는 것이다. 이는 곧 현대인이라면 누구든 다소간 습관화되어 있는 사변적 사고와 태도의 근본적 폐해를 경계하는 것이다.[313] 특히 그 폐해를 심각하게 받는 것이 아이들이다. 전자 게임기이건 인터넷이건 또는 입시위주교육이건 겉보기의 형태만 다를 뿐, 오늘날 특히 한국의 아이들은 '머리'만을 기형적으로 키워내는 환경에 둘러싸여 있다.[314] 그 해결책은 무엇보다도 늘 몸을 움직이며 가슴으로 온전히 느끼는 훈련을 하는 것이다. 이것은 특히 '어린 파르치팔들'의 성장 과정에서 언제나 강조되어야 한다.

인간이 온전히 성장하려면 머리보다 가슴과 사지가 먼저라는 이 단순 진리를 확증케 해주는 '현대의 파르치팔들'이 있다. 두 말할 필요도 없이 코박스 선생이 이 책에서 소개하는 인물들인 앙리 뒤낭, 알렉산더 플레밍, 알베르트 아인슈타인, 찰리 채플린 등이 그들이다. 그들은 무엇보다도 연민과 겸손이 무엇인지를 진정 알며 신비감을 느낄 줄 아는 인물들이다. 그들의 어릴 적 성장 과정이 궁금하지 않을 수 없다. 그렇지만 한 가지 분명히 해둘 것이 있는데, 현대의 파르치팔 가운데에는 남성만이 존재하는 것은 아니라는 점이다. 현대의 파르치팔에 관한 코박스 선생의 이야기를 들으며 내게 가장 먼저 떠오른 인물은 한 여성, 레이첼 카슨이었다. 모두가 아는 바와 같이 지구 생태 파괴의 위기에 맞서 말할 수 없이 고독하고도 용감한 투쟁을 벌여 승리한 레이첼 카슨이, '20세기에 가장 큰 영향력을 미친 책' 『침묵의 봄』(1962)을 출간한 것이 지금으로부터 반세기 전 일이다. 그런데 이 책 자체가 말해주는 바이지만, 레이첼 카슨은 과학자이기 이전에 시인의 마음을 지닌 사람이었음을 기억해야 한다. 그의 '과학적' 주장의 바탕에는 어머니 자연을 죽이려 하는 자들에 대한 시적 분노의 감수성이 깔려 있는 것이다.

어린이 앞의 세상은 신선하고, 새롭고, 아름다우며, 놀라움과 흥분으로 가득하다. 어른들의 가장 큰 불행은 아름다운 것, 놀라움을 불러일으키는 것을 추구하는 순수한 본능이 흐려졌다는 데 있다. 자연과 세상을 바라보는 맑은 눈을 상실하는 일은 심지어 어른이 되기 전에 일어나기도 한다. 내가 만일 모든 어린이들을 곁에서 지켜주는 착한 요정과 이야기를 나눌 수 있다면, 나는 주저 없이 부탁하고 싶다. 세상의 모든 어린이들이 지닌 **자연에 대한 경이의 감정**이 언제까지라도 계속되게 해달라고.

내가 착한 요정에게 받고 싶은 선물은 해독제와 같다. 그 해독제가 치료할 수 있는 증상은 이런 것들이다. **우리의 몸과 마음을 진실로 강하게 해주는 것에서 멀어지는 증상, 인공적인 사물들에 푹 빠져 헤어나지 못하는 증상, 너무나 똑똑한 나머지 모든 것에서 권태를 느끼는 증상…**[315]

(강조는 인용자가 함)

찰스 코박스 선생이 레이첼 카슨 선생의 책들을 물론 읽었을 것이고, 직접 만나지는 못했을 지라도 바로 곁에서 이야기하는 것처럼 충분히 교감을 나누었을 것이라고 나는 생각한다(레이첼 카슨 선생이

『침묵의 봄』을 출간했을 때 찰스 코박스 선생은 에든버러 루돌프 슈타이너 학교 담임교사였다. 이 책에 관해 코박스 선생이 학생들에게 무슨 이야기를 들려주었을지 상상해본다. 공교롭게도 두 분은 1907년생 동갑내기다). 『파르치팔과 성배 찾기』를 펼치기만 하면 코박스 선생의 생생한 육성이 들리는 것처럼 말이다. 그래서 번역이 진행되면 될수록, 기회만 된다면 선생을 직접 만나 뵙고 말씀을 청해 듣고 싶다는 생각이 정말 강렬하게 들었다. 10여 년 전에 이미 돌아가셨다는 것을 안 것은 1차 번역을 마치고 난 뒤였다. 그때의 먹먹하면서도 허전한 느낌은 말로 표현하기 힘들다(선생이 문학은 물론, 앞에 소개한 저서 목록이 말해주듯이, 온갖 방면의 수업 결과를 해박한 지식과 영감이 담긴 저서들로 남겨주셨다는 사실을 알고서, 그 먹먹함과 허전함은 더욱 증폭되었다). 그러나 선생의 가르침을 가슴 깊이 새기는 이라면 누구라도 우선 이 점을 명심하게 될 것이다. 이제 우리 각자가 파르치팔이 되어 자아 찾기의 여행길에 나서야 한다는 것을. 고통 받는 어부왕(들)을 찾아 치유의 물음을 건네야 한다는 것을. 고통 받는 이들을 찾아 치유의 물음을 건네는 것이 곧 자아 탐색의 여행길임을. 바로 그 길에서 우리는 그 가르침에 담긴 정신을 통해 선생을 언제든 다시 만나게 될 것이다.

5. To be a Sound Man : Charles Kovacs's *Parsifal and the Search for the Grail*

Charles Kovacs, original name is Karl Kovacs and Charles is his name after his immigration to England. His grandparents emigrated with their family from Miskolc, Hungary to Vienna, Austria, in 1890. Karl was born in 1907 in Vienna. His younger brother, Erwin was born in 1909. They learned to play the piano from their mother. Young Karl showed an aptitude for English, drawing and painting. He joined the Austrian Anthroposophical Society and studied Goethe and Rudolf Steiner from Professor Friedrich Thetter. After the Anschluss in 1938, he and his brother left Austria. Erwin went to China and Karl went to Kenya. Karl worked on a farm in Kenya, but did not stop art activities. He founded an anthroposophical group in Nairobi; he got British citizenship and joined the allied forces of the United Kingdom and Egypt. After the army discharge, he studied the ancient Egyptian culture in Cairo. In 1948, he settled in Britain with the name of Charles Kovacs and met his future wife, Dora. In 1950 he founded the Rudolf Steiner House in London and held successful lectures on 'The Problem of Evil.' Leading the group and giving lectures, he translated Steiner's works into English. In 1956 they moved to Edinburgh and he took over a class at the Rudolf Steiner School there, where he remained a class teacher until his retirement in 1976. He died in 2001. His extensive lesson notes have been a useful and inspiring resource material for many teachers. His works are as follows:

Ancient Mythologies: India, Persia, Babylon, Egypt (London, 1990 and 1999)

Parsifal and the Search for the Grail (Edinburgh, 2002)

The Age of Revolution (Edinburgh, 2003)

The Age of Discovery (Edinburgh, 2004)

Ancient Greece (Edinburgh, 2004)

Ancient Rome (Edinburgh, 2005)

Botany (Edinburgh, 2005)

Muscles and Bones (Edinburgh, 2006)

The Spiritual Background to Christian Festivals (Edinburgh, 2007)

The Human Being and the Animal World (Edinburgh, 2008)

Norse Mythology (Edinburgh, 2009)

Geology and Astronomy (Edinburgh, 2011)

The Apocalypse in Rudolf Steiner's Lecture Series (Edinburgh, 2013)

1) *Parsifal and the Search for the Grail*, Modern Man's Search for the Self

What was I doing when I was 18 years old? How was I learning about who I am? What was I doing to know what I should do in this world? What relation is there between especially the education I got in schools and the things that are approaching me as my calling now?

As is introduced above, this book is from the notes of a literature class at a Waldorf school in Edinburgh, Scotland, in the mid-1960's, which a teacher, Charles Kovacs gave his students at the age of 16 or 17 years when their selves are in the process of completion. But to the extent that I cannot believe the fact, reading this book, all kinds of emotions and thoughts run through my mind. Among them, the thoughts that come uppermost to my mind are the above self-questionings. It is natural that the tense of the questions would be that of the present to those young people of the same age now.

I cannot make the self-questionings without any sigh and self-ridicule. Because in the light of the principle of 'personality development and self completion' of which Mr. Kovacs tells us, it appears that my or our real conditions are very far from the ideal. But we need not be disappointed. Because, as he says, it is not only I or we who suffer from distress and loneliness because of the search for the self; it is to be generally solved by every modern human being. Therefore, the important thing is, following his guidance, to understand the historically changed characteristics of modern man including his material conditions through the figure of Parsifal[316]; and, furthermore, to understand the essence of man.

2) Understanding of Man through 'Spirit-Soul-Matter' and Modern Literature

Parsifal, who is called the first modern man in this book, is a character of a literary work written around 800 years ago. In other words, it means that this work published early in the thirteenth century is the first modern literary work. Nine times out of ten the specialists of this field would laugh sardonically, because the characters and the background are not 'modern' at all and the form is not the modern novel (=new) as a historical genre. Moreover, I guess this work itself may be quite unfamiliar not only to general readers but also to the 'specialists' who have fairly extensive knowledge about world literature (history).

But the modernity of this work of which we should take notice is the understanding of the essence of modern man symbolized by the story of Parsifal. The core of the understanding is not that of man which is based on the binary oppositional view of 'spirit/matter' (and the latter even takes the dominant position) but is based on the view of seeing man as the united being of threefold elements, 'spirit-soul-matter.' The author, Charles Kovacs, emphasizes that we should understand modern man not through the view of 'spirit/matter' but through that of 'spirit-soul-matter.' It means that the human being, who has the source of existence in the spiritual world and necessarily has the characteristics of matter as well, but also has a soul with which to carve out his or her destiny based on his or her own judgment, is precisely modern man. According to him, a spiritualist or a materialist would 'rise above' the world or 'stick to' matter; both of them cannot realize the noble, pure and spiritual value of compassion and modesty which modern man should have. "Modern man is free or can be free" means that he or she is a being of soul. And to feel deep compassion for others' sufferings and become truly humble is the way of man towards being free.[317]

3) The Class and the Method of Appreciation of Literature shown by Mr. Charles Kovacs

I think that the most important inspiration we get from this book is that which is about the methodology of a literature class. In short, it is because this book in itself is a great literary work, that is a well-made story, that the original work, which neither has a modern style of writing nor may interest modern people is changed into a very interesting and meaningful work. This book shows clearly that success or failure of a literature class depends on whether it is a well-made story or not. (Well, may the same not be true of any other class?) Mr. Charles Kovacs must be a troubadour in our times and excellent storyteller who enhances the value of the original work of Wolfram Eschenbach to the full.

But the excellence of Mr. Kovacs is not mere eloquence. We should observe carefully at least two things. One is the resource of the energy in his storytelling which makes the readers absorbed in it. Although his storytelling is written in a book, it gives us the feeling of being told by his side. Why? It is because his storytelling lets us experience vividly and deeply the characters and the events in the story. So the characters which he describes are, so to speak, far more similar to those of a play rather than a movie. It means that we can identify with them. The other is that there are various small stories which, stimulating our emotional and intellectual imagination in many ways, support the main story of Parsifal. An imagination or an intellectual curiosity evokes another imagination or another intellectual curiosity. So this book is not only an interesting storybook but also a high-class study report of literary humanistics. But its view is very lucid without any pedantic vanity and vagueness; each of the details in the story can also be my experience and my materials to study. For example, the explanation of King Arthur by Mr. Kovacs makes us ponder the question as to whether we can see the Korean birth myth of Dangun from another angle. Thus it is a good guide to a literature class; a fascinating storybook; a study report of literature; and, furthermore, a good guide to the appreciation of literary works. The above-mentioned virtues of this book can be the focuses of appreciation of literature. This book shows how and, to what we should listen to in literary works; how we should develop the imagination and the intellectual curiosity which we get from them.

Well, where is the fountainhead of the virtues of this book? We can also hear a kind of answer to the question from Mr. Kovacs. He points out "a fresh outlook" from a childlike mind, "a lively genuine interest" and "free play of imagination" like that of a dreamer as the key. So those who have been immersed in this book to the end; those who have been going through the stories that Mr. Kovacs tells as if the stories were their own, can naturally agree that no other than Mr. Charles Kovacs is a modern Parsifal who has a pure and free imagination.

4) The Meaning of Today's Reality and the Literature in *Parsifal and the Search for the Grail*

Mr. Kovacs says, "you should, after going through Parsifal, feel that you have learned something, not about a person who exists only in the pages of a book, but about yourself" and "That is what, in the end, all literature is about."[318] And after reading this book, I naturally come to think about the problems of today's reality surrounding us and the meaning of literature in it as well as that of the search for the self.

Although it can be controversial whether to accept the diagnosis of today's reality or not, I come to think deeply about what questions Mr. Kovacs would ask if he saw today's reality which we witness. When we think about today's reality, can we miss the problem of the conditions of survival of the earth which have been changed since the Fukushima accident, March 11th, 2011? Is there anything that shows today's reality of ours more dramatically than deformed butterflies and fishes and the result of simulation which predicts that the whole Pacific Ocean including the seas around the Korean Peninsula will be contaminated by the radioactive cesium 5 or 6 years after the accident?

The question that we naturally come to ask in reading *Parsifal and the Search for the Grail* is "What is 'the Fisher King's wound today?'"; "What is the story of today's Parsifal?"; "What is the true search of the self today?"; "What is the genuine story of the Quest which we should listen to among the literary works overflowing the display stands of bookstores?" and "What are truly good literary works?" While we are reading *Parsifal and the Search for the Grail* of Mr. Charles Kovacs, we come to ask these questions to ourselves again and again.

5) The Parsifals in Our Time

I cannot help mentioning one thing again even though I know that it may be an unnecessary addition to this immortal work of Mr. Charles Kovacs. It is Mr. Kovacs's incessant emphasis on the essence and the limit of intellect, that is to say thinking or brainwork, which is the one of the most important teachings of Rudolf Steiner's anthroposophy. It is for keeping watch on the fundamental bad effects of the speculative attitude which modern man generally has almost as a habit.[319] It is especially children who are influenced seriously by the harmful effects. Whether it has a form of an electronic game machine or that of internet or that of the education system focusing only on college entrance exams, especially today's Korean children are surrounded by that which grows almost only their 'heads.' The solution is, more than anything else, practicing moving of their limbs and sound feeling with heart. This must be always emphasized especially for the growth process of 'young Parsifals.'

There are 'the modern Parsifals' who prove the simple truth that a human being must develop his or her heart and limbs prior to head to become both bodily and spiritually healthy. Needless to say, they are the figures introduced in this book by Mr. Kovacs such as Jean Henri Dunant, Alexander Fleming, Albert Einstein and Charlie Chaplin. They are those who can, first of all, understand what compassion and humbleness is; and feel the mysteries of nature. I cannot but wonder how the growth process of each of them was. And I should not miss one thing here. I mean there are not merely men among the modern Parsifals. When I listened to Mr. Kovacs on the modern Parsifals, it was Rachel Carson whose image first occurred to me. It was, as you know, over half a century ago when Rachel Carson made a solitary, brave struggle against the ecological crisis of the earth and gained the victory, and published *Silent Spring* which is 'one of the most influential books in the 20th century.' And as is shown by the book itself, we should remember that she was a person who had a heart of a poet prior to that of a scientist. It means that her 'scientific' insistence is based upon the sensitivity of poetic anger towards those who intend to kill Mother Earth.

A child's world is fresh and new and beautiful, full of wonder and excitement. It is our misfortune that for most of us that clear-eyed vision, that true instinct for what is beautiful and awe-inspiring, is dimmed and even lost before we reach adulthood. If I had influence with the good fairy who is supposed to preside over the christening of all the children I should ask that her gift to each child in the world be *a sense of wonder* so indestructible that it would last throughout life, as an unfailing antidote against *the boredom and disenchantments of later years, the sterile preoccupation with things that are artificial from the sources of our strength.*[320] (The emphases are mine.)

I imagine that Mr. Charles Kovacs must have read the works of Rachel Carson and shared spiritual communion with her as if they had been close at hand even though they could not have met each other, as we can hear his vivid voice only if we open his work. (When she published *Silent Spring*, he was a class teacher at the Rudolf Steiner School in Edinburgh. I imagine what he told to his students about the book. Incidentally, they, both of whom were born in 1907, are of the same age.) So, the more I proceeded with the translation of this work into Korean, the more I indeed desired to meet him in person to ask him for words of wisdom if I had the chance. It was just after I finished the first translation that I came to know that he passed away more than 10 years ago. The then painful, empty feeling can hardly be described. (After I realized that he left extensive works including what is about literature like this book based on his own varied classes which contain profound learning and inspiration, the feelings of mine came to be deepened.) But whoever engraves his teachings in his or her mind would, first of all, keep the following point in mind; now each of us should become a Parsifal and proceed on the journey of the search of the self; should find the suffering Fisher King(s) and ask him or her or them the question of healing; and finding the sufferers and asking them the question of healing in itself is the journey of the quest. Just on the way, we will always have a chance of meeting Mr. Kovacs through the spirit which is contained in his teachings.

6. 한 농부–작가가 들려주는 온전한 삶의 모습 :
웬델 베리의 저작

웬델 베리, 『나에게 컴퓨터는 필요없다』, ㈜양문, 2002.

_____, 『생활의 조건』, 산해, 2004.

_____, 『희망의 뿌리』, 산해, 2004.

_____, 『포트윌리엄의 이발사』, 산해, 2005.

_____, 『삶은 기적이다』, 녹색평론사, 2006.

_____, 『지식의 역습』, 청림출판사, 2011.

_____, 『온 삶을 먹다』, 낮은산, 2011.

영국 국제구호단체 옥스팜이 2013년에 펴낸 보고서에 의하면 전 세계 인구 8명 가운데 1명이 굶주림에 고통 받고 있다. 기아를 가속화하는 것이 온난화인데, 기온이 2도 오르면 온실가스 배출 책임이 없는 사하라 이남 아프리카 지역의 식량 생산이 최대 30%까지 줄어든다. 온난화는 온실가스 배출 책임이 가장 큰 나라에도 똑같이 피해를 주어서, 2012년 미국 중부지역 가뭄으로 옥수수 생산이 25% 줄었을 때 세계 옥수수 값이 40% 올랐다. 이러한 사태는 다시 기아로 고통 받는 가난한 나라들을 더 어렵게 만드는 악순환을 만든다. 최빈국에서는 연간 40만 명이 굶주림과 전염병으로 죽고 있다.[321]

한편 오늘날 지구상에는 이와는 정반대로 넘쳐나는 먹거리를 즐기며 사는 사람들도 많다. 그들이 먹는 음식의 '양'만 놓고 보자면, 오늘날처럼 인간이 음식을 풍요롭게 향유하던 때가 역사상 없었을지도 모른다. 비만과 비만으로 인한 온갖 질병에 시달리고, 결국은 찐 살을 빼는 데 다시 몰두하게 될지언정 많이 먹는다. 그러나 그들 대부분은 자기가 먹는 음식을 누가 어디서 어떻게 만들었고 그것이 어떤 경로로 자신에게 오는 것인지 알지 못하고 관심도 없다. 현대 이전 인류 역사에서도 기아와 포식이 공존한 사례를 얼마든지 찾아볼 수 있을 것이다. 그러나 어떤 경우든 그것은, 그들이 볼 수 있거나 알고 있는 어떤 땅에서 그 먹거리가 얼마나 나느냐, 그 먹거리를 어떻게 나누느냐에 따른 것이었다. 현대인의 '먹는 문제'는 전혀 다르다. 특히 현대 인류의 탐식은, 다른 한편의 굶주림과 극단적으로 대조되기도 하지만, 탐식하는 사람들이 그 먹거리가 나는 장소도, 그 먹거리가 만들어지는 방식도, 자신의 입에 들어오기까지의 과정도, 그리고 심지어는 그 맛에 관해서도 모르거나 무관심하다는 점에서 과거 사람들의 그것과는 질적으로 다른 것이다.

이러한 무지와 무관심이 어디에서 연유하는지 짐작할 수 있는 계기가 있었다. 나는 최근에, 지금 이 글에서 살펴려고 하는 웬델 베리의 한 저서 가운데 「먹는 즐거움」이라는 글을 학생들에게 소개하고 그에 관해 짤막한 논평을 다는 것을 과제로 내 준 일이 있었다. 여러 가지 논평 가운데에서도 한 학생의 '비판적인' 논평이 특히 눈길을 끌었다. 우선 웬델 베리가 글에서 말하는 핵심은 이런 것이다.

"먹는다는 건 씨를 뿌리고 싹이 트는 것으로 시작되는 먹거리 경제의

한 해 드라마를 마무리하는 일이다. 하지만 먹는 사람들 대부분은 그런 사실을 더 이상 인식하지 못한다."[322]

"식품산업이 주는 대로 받아먹는 사람은 먹는다는 게 농업적인 행위라는 사실을 모르는 사람이다. 먹는 일과 땅이 연결되어 있다는 것을 알거나 상상하지 못하며, 그래서 수동적이고 무비판적일 수밖에 없는 사람이다. 한마디로 희생자인 것이다."[323]

"먹는 사람은 먹는 행위가 불가피하게 이 세상에서 일어나는 일임을, 불가피하게 농적인 행위임을, 그리고 **어떻게 먹느냐에 따라 세상을 어떻게 이용하느냐가 크게 달라짐을 이해해야 한다.** 이는 말할 수 없이 복잡한 관계를 간단히 설명하는 한 방법이다. **책임 있게 먹는다는 것은 이 복잡한 관계를 이해하고 규정하는 최선의 방법일지 모른다.**"[324]

(강조는 인용자가 함)

이런 요지의 글에 대해 그 학생은, "자신의 주변에 있는 모든 소비용품에 대해 자신이 모든 것을 파악하고 아는 상태로 소비하는 것은 거의 불가능하다고 보며, 오히려 서로 다른 분야의 생산자를 믿지 못하는 각박한 사회가 될 것"라고 '비판'했다. 다시 말해서, 책임 있는 '식'생활을 주장하는 웬델 베리는 먹거리의 생산자로서 소비자들인 우리에게 충분히 할 만한 말을 하는 것일 수도 있지만, 그 역시 '의'와 '주'에 대해서는 소비자이며 이 모든 면에서 완전한 지식을 갖고 소비

생활을 하는 것은 불가능할 뿐만 아니라 좋지도 않다는 것이다. 이러한 비판에 대해 웬델 베리가 어떻게 답변할지 정확히 알 수는 없다. 아마도 그는 옷과 집에 관해서도 책임 있는 소비를 하고자 최대한 노력해야 하며 또 그러고 있다고 말할 것 같다. 그러나 이보다 훨씬 중요한 점은, 그가 의식주 가운데에서도 바로 먹는 것이 인간 생활에서 가장 기본이고,[325] 이 식생활의 태도와 방법이야말로 세상을 이해하고 변화시키기도 하는 가장 중요한 열쇠가 된다는 것을 그가 분명히 말하고 있다는 점이다. 아마도 위 학생은 저자의 이러한 강조점을 잘 이해하지 못했거나 그것에 동의하지 않는 것 같다. 그리고 그 주장의 핵심 논거는, 우리가 먹는 것에 관해 꼬치꼬치 알려고 들면 "서로 다른 분야의 생산자를 믿지 못하는 사회가 될 것"이라는 것이다. 나는 이 학생의 '선의'를 충분히 이해할 수 있다. 그러나 우리가 먹는 것에 관해 잘 알고 책임 있게 먹는 것이 왜 중요한지, 그리고 그렇게 하지 않는다면 이런 '선의'가 어떻게 악용될 수 있는지, 웬델 베리는 우리에게 분명히 말해준다. 나는 우선 그의 말에 귀 기울여 볼 것을 학생에게 권한다. 그는 역사, 문학, 종교 등 전통 인문학에 뿌리를 둔 지혜와 고향 땅에서의 자신의 오랜 농사 경험 이야기를 바탕으로, 우리가 미처 생각해 보지 못했던 올바른 삶의 관점과 방식에 관해 들려준다. 외람되지만, 나는 그가 그런 경험과 지혜를 충분히 지닐 수 있을 만한 인생을 살아 온 사람이라고 생각한다.

웬델 베리는 아주 '특이한' 삶을 살아 온 사람처럼 보인다. 그것은 같은 미국인들이 보기에도 그럴 만한 삶이고, 아마도 한국인들이 보기에는 더욱 그러한 인생이다. 한마디로 말해서 그는 미국 백인 남성 사회에서 보더라도 거의 최고급의 학벌과 학식을 지닌 지식인이기도 하고, 성년이 된 이후 자기 고향 땅에 다시 정착한 뒤로만 따져도 올해로 꼭 50년 세월 농사를 지어 온 진짜배기 농부이기도 하다. 미국 켄터키 주에서 5대를 이어 농사를 지어 온 집안에서 1934년에 태어난 그는, 어릴 때부터 농촌 자연 속에 살며 집안 어른들을 도와 농사 짓는 경험을 쌓았다. 커서는 켄터키대학 영문과에 들어가 영문학 학사와 석사 학위를 취득했고, 스탠포드대학교에서는 문예창작을 공부한 뒤 강의도 했다. 그 뒤 소설과 시 창작, 농사와 강의를 겸하며 생활하다가 1964년 31세 때에는 켄터키대학교 렉싱턴 캠퍼스 문예창작 교수로 부임했다. 그 이듬해인 32세 때, 그 뒤 지금까지 살고 있는 켄터키 주 포트 로열에 자기 농장을 마련해서 이주했고, 이 해에 록펠러 재단 장학금을 받았다. 1968년에는 스탠포드대학교 문예창작 방문교수에 선임되었고, 그 뒤에는 켄터키대학교를 사임하고 복귀했다가 1993년에는 완전히 사임했다. 농사를 지으며 병행하는 글쓰기는 줄곧 계속하여 시집과 장·단편소설, 에세이와 동화를 망라하며, 위에 소개한 7권을 포함하여 40권이 넘는 저서를 썼다. 진 스타인 상, 래넌 문학상 논픽션 부문, T.S. 엘리엇 상, 토머스 머튼 상, 에이컨 테일러 상, 존 헤이 상, O. 헨리 상, 국민 인문학 상, 남부작가협회의 클린스 브룩스 공로상, 루이스 브롬필드 연구회 상, 루즈벨트 협회의 자유 메달 등을 수상했다. 50년 전에 자리 잡은 그 땅 그 집에서 지금도 그는 아내와 자녀들, 손자손녀들과 함께 살고 있다.

도시에서의 일시적인 유학과 교수 생활을 빼고는, 조상들이 대를 이어 살아 온 고향 땅에서 붙박이 삶을 살았다는 점에서 웬델 베리는 무위당 장일순과 비슷하다. 그러나 두 사람은 차이점이 더 많아 보인다. 웬델 베리 역시 사회운동가로서의 면모가 있으나 무위당처럼 평생 이런저런 이유의 심한 고초를 겪은 것 같지는 않다. 아마도 그 차이와 무관하지 않을 터인데, 무위당은 말년에 얻은 병으로 67세에 별세했지만, 웬델 베리는 만 80세인 현재에도 건강한 모습으로 생존해 있다. 두 사람이 '속한' 나라의 크기부터가 비교할 수 없을 정도로 차이가 나지만, 그 땅의 규모와 긴밀히 관련되어 농업과 농민 삶의 문제에 대해서도 두 사람의 성찰과 고민과 실천은 매우 다를 수밖에 없다. 물론, 무위당 선생과 법정 스님의 차이와 마찬가지로, 무위당은 글을 거의 안 썼고 웬델 베리는 미국뿐만 아니라 전 세계에서 이름이 난 작가일 정도로 글을 많이 썼다는 점 역시 두드러진 차이다. 그러나, 무위당이 젊은 시절에 잠시 포도 농사도 해 보았고 한살림운동의 주창자가 될 만큼 평생을 농민 곁에 있었지만 그 자신 농민은 아니었던 데 비해, 웬델 베리는 농사꾼이라고 해도 좋을 만큼 평생 자신이 직접 농사를 지어 왔다는 것, 이 점이 가장 큰 차이점이 아닌가 싶다. 그러한 그의 삶이 그의 글에서 그의 '농업 철학과 방법론'으로 가장 두드러지고 생생하게 나타난다.

　웬델 베리는 농사와 농업을 말 그대로 정말 사랑하는 사람이다. 그와 그의 농사와 그의 글쓰기는 하나인데, 바로 그 중심에 그의 농사가 있다.

우선 농부의 일은 하나하나가 특별한 작업이다. (……)

정확한 언어를 구사하는 능력은 사물을 정확히 파악하는 능력과 관련이 있다. 농사와 같은 실용적인 일을 하다 보면 실수의 대가를 즉석에서 치를 때가 종종 있는데, 이것은 작가에게 귀중한 교훈이 된다. 농사를 짓는 작가는 적어도 농기구와 농작물을 정확한 명칭으로 부르고 농사일을 세세한 부분까지 정확히 묘사하며 다른 대상에게도 똑같은 예의를 지킬 것이다. (……)

농부로서 자기가 하는 일이 불가피하게 자기가 사는 장소에 영향을 미치고 그곳에 사는 이웃과 여타 생물에게도 영향을 미친다는 사실을 이해하는 사람은(그리고 그 사람이 작가이기도 하다면), 작가로서 자기가 쓰는 글이 그 장소에 어떤 영향을 미칠지를 생각하지 않을 수 없다. 이것은 누구에게나 어려운 문제이고 아직 연륜이 부족한 작가라면 잘 모를 수도 있겠지만, 나름 **그 장소의 건강을 글쓰기의 가장 중요한 기준으로 삼으려 할 것이다.** (……) 내가 이 장소에서 쓴 글 가운데 하나라도 이 장소를 착취하는 일에 이용되었거나, 누군가 이 장소에 '자본'으로서의 값을 매기고 이곳 주민들을 '노동력'으로 계산하는 일에 허용되었다면, 나의 글은 세상에 나오지 않는 것이 나았을 것이다. 그리고 누군가가 그런 글에서 '문학적 가치'를 발견했다면 더욱 경악할 일이었을 것이다.[326] (강조는 인용자가 함)

농사는 웬델 베리에게, 슈마허가 말하는 '좋은 일(Good Work)'인 것이다. '좋은 일'이 무엇일지 여기서 다시 한 번 생각해 본다. 우선 정신적 즐거움과 물질적 결과물의 추구를 대립시켜 보지 않고 조화롭게 추구할 수 있는 일, 바로 '중도(中道)'에 서서 하는 일이다. 둘째로는, 자연을 조작의 대상으로 생각하고 자기 욕심에 따라 망가뜨리는 것이 아니라, 인간 자신이 자연의 일부임을 깨닫고 자연의 순리에 따라 하는 일이다. 셋째, 그렇게 해서 '본래의 자기'·'진정한 자기'에 이를 수 있도록 이끌어 주는 일이다. 웬델 베리가 보기에 농사는 이 세 가지 조건을 모두 충족하는 '좋은 일'이 **될 수 있다.** 더 정확히 말하자면, "작가로서 농사를 지었고 농부로서 글을 썼다"[327]는 그의 말처럼, 그의 '좋은 일'은 '농사–글쓰기'일 것이다. 그런데 왜 농사가 무조건적으로 좋은 일이 아니라 '좋은 일'이 될 수 있다는 말인가? 사실 그 대답이 위의 웬델 베리의 말 속에 들어 있다. 나는 '장소의 건강'이라는 말만큼 웬델 베리의 생각을 집약하는 것은 달리 없다고 생각한다. 물론 그의 삶의 철학을 '자연이 척도'라는 말로도 표현할 수 있지만, 그에게 자연은 자기 자신이, 그리고 각자가 살고 있는 특정한 장소로 이해될 때에만 진정으로 의미 있는 것이고, 더 나아가서 그 특정한 장소의 건강 여부가 바로 그곳의 인간이 올바른 삶을 살고 있느냐의 척도가 된다. 한마디로 말해서, 자기가 살고 있는 바로 그 장소가 건강해야 인간을 포함한 그 장소의 모든 것이 건강하게 살 수 있고, 이러한 삶이 행복한 삶이라는 것이다. 이것이 바로 웬델 베리의 단순 명료한 인생철학이다. 이러한 관점에서 볼 때, 다른 무엇보다도 농사는 장소의 건강과 그곳에 사는 인간의 건강을 모두 유지해 주는 살림살이(경제) 활동이 될 수 있지만, 무조건 그런 것은 아니다. 왜냐하면 20세기의 중반에 들어 산업 기술이 농사마저 지배하게 되면서, 그 이전까지 수천 년 동안 이어져 오던 인류의 농사법을 밀어내고 '장소의 건강' 을 파괴하기 시작했기 때문이다. 미국 대부분의 땅에서 농업과 농사 가 이른바 '농산업'으로 변화한 것이다.

오랜 식민 지배와 전쟁으로 극심한 가난에 시달리던 한국에서도 1960년대 들어 산업화가 시작되었고, 그것이 곧바로 농업에도 파급 되어 농약과 화학 비료로 대표되는 '농업의 근대화'가 이루어졌다. 무 위당이 자신이 해 오던 기존의 사회운동을 생명운동으로 전환할 것 을 결심한 시기는, 한국에서도 '농업의 근대화'가 한참 진행되어 농민 이 농약 중독으로 쓰러지고 땅의 건강한 생명력이 죽어가는 것을 지 켜보아야 했던 1977년 즈음이었다. 먼 미국 땅 켄터키 시골 마을에 살 던 웬델 베리가 당시 지녔던 문제의식도 본질적으로 똑같은 것이었 다. 그러나 웬델 베리가 겪은 '농사의 위기'는 훨씬 더 일찍 시작되었 고 더 절박했다. 그것은 다름 아니라 그가 미국이라는 거대한 나라에 속해 있는 일개 농부라는 데 기인하는 특수한 위기였다. 최근 한 국내 일간지와의 인터뷰에서 그는 미국 농산업의 역사적 본질을 다시 한 번 간결하게 설명해 주었다.

서구에서는 자연을 극복해야 하는 대상으로 봐 왔습니다. 조력자, 함께 협동하는 지원자로 보지 않아요. 그 피해의 증거는 무수합니다. 수천t의 햄버거가 화학 성분에 오염돼 리콜되는 사례가 계속 발생하 고 있죠. 이렇게 땅의 열매가 건강을 지키는 음식이 아니라 생산 단위의 제품이 된 배경에는 세계대전이 있습니다. 그때 전쟁비품을 만들고 전쟁기기를 만들던 회사들이 전쟁이 끝난 뒤 할 일이 없으니까 농기계를 만들기 시작했습니다. 화약을 만들었던 이는 질소를 비료로 전환시켰습니다. 독가스를 만들던 사람들은 대안을 찾기가 더 쉬웠어요. 제초제, 살충제로 다시 태어났습니다. 산업화된 농업에서도 가장 최악의 위험은 화학제품입니다. 종류도 아주 많고 거의 모든 땅을 뒤덮고 있어요. 이 말은 흙이 땅에서 떠난다는 의미입니다. 더 어렵고 복잡한 문제를 만드는 거죠.[328]

이것은 세계대전 후 '평화적 이용'을 명분으로 지어지고 가동되기 시작한 핵발전소들이, 지난 수십 년 간 크고 작은 사고와 핵폐기물을 통해 전쟁 무기라는 본질을 스스로 여실히 드러낸 것과 조금도 다르지 않은 현상이다. 그런데 미국의 농산업은, 이렇게 타의 추종을 불허하는 세계 최대 규모의 무기 산업에 그 뿌리가 있을 뿐만 아니라, 한국과는 비교될 수 없을 정도로 대규모라는 점에서 그것이 '장소의 건강'에 미치는 영향 또한 이루 말할 수 없는 것이었다. 그 한복판에 농부 웬델 베리의 농사가 있었던 것이다. 그가 청소년기에 처음으로 농산업 기술을 접했을 때에는 반감을 느끼기는커녕 그 편리함과 힘에 곧바로 마음이 사로잡혔던 것 같다. 그러나 농산업 기술의 마력이 그를 아주 오랫동안 지배하지는 못했다. 대를 이어 어질고 성실한 농부의 삶을 살아 온 집안 내력, 젊은 시절부터 문학을 깊이 사랑하고 스스로 시와 이야기를 지은 그의 심성과, 농산업에 본질적으로 내재한

폭력성은 결국 서로 조화될 수 없는 것이었다. 그가 처음으로 접한 농산업 기술의 상징은 트랙터였다. 열일곱 살 때인 1950년 여름-한국에서는 끔찍한 전쟁이 시작되던 때다-그는 처음으로 트랙터를 몰게 되는데, 이것은 불과 그 4년 전에 돌아가신 그의 할아버지가 노새로 농사를 짓던 전통 농법이 몰락하고 바야흐로 산업기술 농법이 득세하는 상징적 사건이었다. "그 무렵 우리는 한계를 모르는 환각의 시대에 접어든 셈이었는데, 그럴 수 있었다는 것 자체가 놀라울 따름"이고 "이 세상에서 한계는 불가피할 뿐만 아니라 불가결한 것임을 다시 알게 되기까지는 여러 해 동안의 독서와 사고와 경험이 필요했다"[329]고 그는 고백한다. 그가 그 '독서와 사고와 경험'을 통해 얻은 것은, 농산업을 뒷받침하는 경제 논리가 '장소의 건강'을 보존하기는커녕 그것에 적대적이며 그것을 대체하는 '참된 경제'가 있어야 한다는 깨달음이었다. 그래서 '장소의 건강'을 지켜 주는 참된 살림살이(경제)가 무엇이냐가 그의 성찰의 핵심이었다.

무엇보다도, 그가 보기에 "인간이 할 수 있는 일은 자연의 것들에 가치를 덧붙이는 것이다." "인간 경제는 나무를 만들지 않았으며,"[330] "우리는 흙을 만들 수도 없을 뿐만 아니라 그 대용품도 만들 수 없다. 흙이 하는 것을 우리는 할 수 없다. 따라서 '과학적'이라 부르는 어떠한 언어로도 흙을 적절하게 묘사할 수 없다."[331] 그런데 "산업경제는 가능성, 심지어는 살아 있는 표토의 가능성도 오로지 **돈**[332]으로 정의한다. 따라서 불모지도 어쩔 수 없이 풍요의 조건으로 받아들여야만 한다. 산업경제가 자연과 인간문화 모두와 맺은 변함없는 이 방식은 매장된 지하자원이 그 바닥을 드러낼 때까지 채굴하는 방식과 다를 것이 없다."[333] 이렇게 돈의 논리가 농사와 자연을 지배한 결과가 어떤지는, 앞서 소개한 최근 인터뷰에서의 웬델 베리의 말을 다시 들어보면 더 생생히 알 수 있다.

네, 곡물에 대한 보조금이 나와요. 생산물을 조절하지 않으면서 생산에 보조금을 지급합니다. 과잉생산을 부추기고 곡물가격을 하락시키는 작용을 하죠. 농산물을 사는 사람들에게는 이득이지만 생산자인 농부에겐 한숨만 보탤 뿐입니다. 그 보조금의 80%가 상위 10%, 농부라고 부르기 어려운 거대 농업기업으로 가는 구조예요. 농부를 내쫓은 땅에는 사람 대신 기계가 들어왔습니다. (······) 지금 미국 농사의 80%가 밀·옥수수 등 한해살이 작물만 짓습니다. 그걸 팔아 돈이 생기면 시장에서 먹을 걸 사와 생활하고요. 그 땅에 무엇을 경작할지는 시장이 결정하죠. 하지만 제대로 된 농업이 되려면 자연에 흐르는 물길을 따라, 지역 생태에 따라 땅을 어떻게 사용할지 결정해야 합니다. 땅을 시장이 결정하는 대로 이용하면 금방 망가집니다. 유독한 화학물질로 오염되고 토양이 침식되고 영양분이 고갈되어 땅심이 떨어지게 되죠. 이미 벌어진 일입니다. 세상에는 침식 속도를 측정할 수 있는 사람들이 있어 이 지구가 얼마나 버틸지 예상을 합니다. 그들 말이 토양침식 속도가 매우 빠르다고 해요. 얼마 못 갈 상황입니다. 미국 전체가 의존하는 식량 생산지 아이오와 주만 해도 토양침식이 끔찍한 지경이고, 유독물질이 그대로 멕시코만으로 들어가 '데드 존'이 늘어났어요. 산소가 없어 아무것도 살 수 없는 구역 말입니다.

이것은 현재의 미국 농업의 현실일 뿐만 아니라 미 대륙이라는 땅과 그곳에 살고 있는 사람들의 전체적인 건강 상태라고도 할 수 있다. 이런 와중에서, 웬델 베리와 같은 깨어 있는 농부들, 그리고 그들에게 '이론적으로' 건강한 농법을 개발하여 제공하고 있는 웬델 베리의 평생 동지인 〈토지 연구소(The Land Institute)〉 지도자 웨스 잭슨 같은 이들이, 각자 자기 고향에서 '장소의 건강'을 지키기 위해 애쓰고 있는 것이다. 그리고 웬델 베리는 이미 오래 전부터, 이렇게 자연을 망가뜨리고 그럼으로써 인간 자신마저 파멸로 몰아가는 잘못된 농업에서 벗어나기 위해서는, 인간의 경제 자체가 달라져야 한다고 말해 왔다.

지금처럼 지구적인 경제에 완전히 의지하고 살다 보면 어쩔 수 없이 무지하고 무책임해지게 마련이다. 누구도 지구 전체를 알 수 없다. 지구에 대해서는 모르는 채 우리는 우리 자신을 위해 지구를 약탈하는 지구적 경제를 통해서만 지구와 우리 자신을 연결 짓는다. 지구적 경제(앞에서 언급한 국가적 경제와 마찬가지로)는 어떤 장소에서의 욕구나 소망, 결핍은 다른 장소를 파괴함으로써 안전하게 채울 수 있다는 맹신에 빠져 있다. 여기에 집을 짓기 위해서 우리는 저기 있는 숲을 개벌(皆伐)한다. 이곳의 공기를 조절하기 위해서 우리는 저 산의 노천광을 채굴한다. 여기서 차를 굴리겠다고 우리는 저기 있는 유정(油井)을 판다. 이것이 바로 부재경제이다. 눈앞에 빤히 보이는 것을 이용한 뒤 파괴하는 경우는 드물다. 쓰레기를 버리겠다고, 에너지를 얻겠다고 파헤친 구덩이도 눈에 보이지만 않으면, 우리는 모든 것이 잘 되고 있다고 생각해버린다.[334]

나 스스로에 대해 먼저 생각해 본다. 나는 과연 '지구적 경제'의 '당위성'과 '필연성'을 과연 머릿속에서라도 제대로 의심 한번 해 보았던가? '근대 담론'과 관련하여 국내외 '석학'들이 역설하는 '글로벌한 사고'라는 말도 그저 머리로 너무 쉽게 받아들이고 나 스스로 너무 쉽게 내뱉어 온 것은 아닌가? 웬델 베리의 말을 들으면서 나는 이제, 대다수 사람들에게 너무도 당연하게 받아들여지는 '지구적 경제'가 각자가 살고 있는 장소와 지구 전체에, 그리고 나에게 어떤 구체적 영향을 미쳐 왔는지 생각해 본다. 그리고 그의 이 경종의 말을 들으면서 곧바로, 이 '지구적 경제'가 낳는 문제의 해결책에 대해 조급증을 보이는 사람들에게 슈마허가 주는 깨우침을 연상케 된다.

(……) 우리에게는 할 수 있는 일과 할 수 없는 일이 있습니다. 여기서 '우리'란 추상적인 의미가 아니라 지금 이 자리에 앉아 있는 여러분을 의미합니다. '우리'라는 말은 많은 경우 토론에서 큰 혼란을 야기합니다. 사람들은 거대 기업인 GM을 소규모로 분산시켜야 한다고 말합니다. 저는 그렇게 말하는 사람들을 한번 쳐다봅니다. 저로서는 길모퉁이에 있는 약국 하나도 분산시킬 수 없습니다. 또 어떤 사람들은 인간의 본성이 달라져야 한다고 합니다. 그러나 이런 사람도 자신의 성

격 하나 바꾸지 못합니다. 제가 '우리'라는 말을 쓴 것은 지금 여기 와 있는 비록 약자들이지만 실제로 살아 있는 우리가 무엇을 할 수 있는지 묻기 위해서입니다.

이런 식으로 문제를 보고 대안의 가능성을 눈으로 볼 수 있게 제시해주면, 미래에 자립적으로 생존할 수 있는 방법은 현재 보이기 시작하는 것들 속에서 찾아낼 수 있음을 알게 됩니다.[335]

이런 맥락에서 웬델 베리가 제시하는 '대안 경제'는 "견고하고 다양하며, 지방분권적이고 민주적이며, 지역에서 수용되고 생태적으로 안전하며, 충분히 자급자족할 수 있는 자국경제"[336] 이다. 그가 말하는 바람직한 경제는 지역의 다양한 장소의 특성과 건강성에 기반을 둔 경제다. 그리고 그 경제 활동의 가장 토대가 되는 단위이자 주체는 가족의 자급자족을 기본으로 하여 지역 공동체의 다른 성원들과 협력하는 가족농이다. 이 가족농을 기반으로 하여 '새로운 산업 체계'가 추구하는바 장소의 건강과 인간의 건강을 되살리는 것이 그가 생각하는 '대안 경제'다. 결국 그것은 슈마허가 말하는 '작은' 규모와 기술에 토대를 둔 경제와 정확히 일치하는 것이다.

대신에 우리에게 작은 낙농장이나 치즈 공장, 통조림 공장, 정미소, 제재소, 가구 공장과 같이 우리의 논밭과 삼림과 시내에서 나오는 산물을 변형시키는 정도의 탈중심화된 소규모의 산업 체계가 필요하다. 여기서 '작다'는 것은 단지 농촌의 외형, 건강함, 고요함을 파괴하지 않을 정도의 규모를 의미한다. 공장 하나가 '성장가도'를 달리게 되었다거나 밤낮 없이 시끄러운 소음을 내며 돌아간다면, 그것은 단지 그 공장이 그 지방에는 더 이상 필요치 않다는 것을 의미한다. 또 쓰레기가 다른 지역에 버려져야 한다면 다른 종류의 사업이 필요하다는 것을 의미하는 것이다. 그리고 어떤 공장으로부터 유독물질과 오염물질이 유발되었다면 그것은 무언가가 절대적으로 잘못되었다는 표시로 이해될 것이고, 시정이 이루어질 것이다. 이렇게 작은 규모의 기업은 큰 규모의 기업보다 고치고 변화시키기 용이하고, 한결 믿을 수 있다. [337]

웬델 베리가 제시하는 이러한 대안 경제의 상이 '미국적 상황'을 얼마나 깊이 고민한 데서 나온 것인지를 잘 이해해야 한다. '참된 경제(살림살이)'의 구체적 방안에 관한 웬델 베리의 입장은 애초부터 '중도(中道)'에 입각한 것이라 할 수도 있다. 그러나 그것은 무엇보다도 미국이라는 사회의 특수한 상황이 역설적으로 추동한 그의 특별한 사려에서 나온 것이다. '가운데 길'의 한 쪽 저편에는 지금까지 익히 살펴 본 산업 경제 주도자들의 무한 개발주의가 있다. 그런데 그 반대편 저쪽에도 만만찮은 극단주의자들이 있는데 그들이 바로 보존주의자들이다. 70만 명이 넘는 회원을 가지고 있다는 시에라클럽 같은 것이 그 대표적인 단체이다. 앞서 보았듯이 법정 스님은 미국이라는 나라가 다른 나라의 자연과 자국의 자연을 극단적으로 다르게 대하는 것을 질타했지만, 그보다 더 기이한 점은 미국 내에서도 극단적인 자연 착취와 극단적인 자연 보존주의가 공존하고 있다는 점이다.[338] 웬델 베리는 이 문제의 본질을 정확히 보았고, 평생 동안 이 문제를 해결할 수 있는 '중도'를 찾아 생활 속에서 탐구와 실천을 이어 왔다. 조금 놀라운 것은, 미국 보존주의자들이 자신들의 '원조'로 다름 아닌 소로우를 떠받든다는 사실이다. 미국의 저술가이자 언론인이며, 활동가이자 버클리대학 대학원의 언론학 교수인 마이클 폴란에 의하면 "소로우는 월든에서 콩밭을 일구기는 했으나 자연에 대한 사랑과 작물을 보호할 필요성을 조화롭게 화해시키지 못했고, 결국 농사를 포기하고 말았다."[339] 그런데 웬델 베리는 "야생지보다는 농장을 교재로 삼아, 나와 자연의 다툼이 연인 사이의 사랑싸움처럼 있을 만한 것임을 가르쳐 주었고,"[340] "우리에게 더 이상 방관자가 아니라 어엿한 참여자로서 자연으로 돌아갈 수 있는 길을 알려 주었다"[341]는 것이다. 개발주의자들만큼 심각한 문제가 있지는 않다 하더라도, 보존주의자들은 "그들 모두 대리로, 즉 남을 시켜서 농사를 짓고 있는 셈"이며 "먹거리에 관심이 있으면서 먹거리 생산에 관심이 없다는 건 명백한 부조리다."[342] 보존주의자들이 눈부시게 아름다운 야생지 보호에는 더없이 적극적이면서도 "슈퍼마켓이 제공하고 정부가 묵인하는 대로 아무것이나 먹는다면, 산업주의의 전면적인 먹거리 생산 방식을 경제적으로 돕게 되는 것"[343]임을 깨달아야 한다. 아름다운 자연의 보존이라는 '선의'를 모순 없이 실천하기 위해서도, 보존주의자들 역시 '장소의 건강'을 유지하면서 인간이 건강하게 살아갈 수 있는 '중도'의 살림살이에 관심을 갖고 동참해야 한다는 것이 웬델 베리의 간곡한 권유인 것이다.

웬델 베리의 저작은 한국에 소개된 것만 해도 저렇게 많지만, 그의 깊은 사유와 풍부한 인생 경험 이야기를 전체적으로 소개하는 일 자체가 정말 버겁다. 그렇지만 넓은 의미의 그의 문화적 소양 또는 사고방식의 원천에 관해서는 언급하지 않을 수 없을 것 같다. 나는 위에서 '중도'라는 불교 용어를 갖고 그의 생각과 실천을 표현하기도 했지만, 이것은 내가 그를 이해하는 하나의 방편일 뿐이다. 한마디로 말하자면, 웬델 베리는 서구 문화의 전통 속에서 태어나고 살아 온, 그야말로 독실한 기독교인이다. 그런데 그에게서 '독특한' 점은 그 독실함의 내용과 성격이다. 한마디로, 그에게 성경 말씀(종교)과 글쓰기(예술)와 살림살이(경제)는 완전히 하나다. 신이 천지를 창조한 이후 인간에게 자연의 소유자 또는 지배자가 아닌 관리자 역할을 맡겼다는 것, 신이 부여한 자연의 관리자 역할이란 무엇보다도 자기가 스스로 붙박아 살고 있는 땅을 건강하게 잘 관리하는 것이며 이것이 바로 올바른 경제라는 것, 그리고 글쓰기를 포함한 모든 예술은 그러한 살림살이를 잘 표현할 뿐만 아니라 돕는 것이지 그와 무관하게 별난 천재들만 외따로 누리는 것이 아니라는 그의 확고한 '믿음'이 바로 그것이다. 특히 인간이 '자연을 척도로 하여' 살아야 한다는 그의 믿음은 서구문학의 전통을 통해서도 뒷받침되는데, 이것은 예컨대 베르길리우스의 「농사시」나 셰익스피어의 희곡 「뜻대로 하세요」를 비롯한 여러 작품에서 뚜렷이 나타나 있고, 적어도 알렉산더 포프(1688~1744)에 이르기까지는 "자연을 잊지 말고, 모든 장소들의 고유한 특성을 염두에

두라"는 주제가 면면히 이어졌다는 것이다.[344]

만일 '우리'에게 웬델 베리 같은 농부-작가가 있다면, 그는 자신의 농사와 글쓰기를 밑바탕에서 받쳐주는 종교와 문학적 전통을 어디서 찾을 것인지 상상해 본다. 만일 웬델 베리 같은 생각을 가지고 '우리'의 종교와 문학 전통을 다시 들여다본다면, 그 전통 전체에 대한 기존의 통념을 완전히 수정해야 하지 않을까 하는 상상도 해 보게 된다. 그러나 그보다 더 중요한 문제는, 이제까지 미국 산업경제의 모든 것을 금과옥조로 배우고 '체화'하려 치달아 왔고 마침내 쌀 시장 완전 개방으로써 '한국식 농산업'을 성공시키겠다고 나선 '우리'에게, 웬델 베리 선생이 주는 권고를 '우리'는 과연 어떤 살림살이 철학을 갖고 받아들여야 하느냐 하는 점이다. 조금 길지만 나는 이 말씀을 요약할 요령을 찾지 못하겠다(역시 앞서 소개한 인터뷰 중에서 마지막으로 한 말씀이다).

그러면 여러분은 귀중한 문화를 잃게 됩니다. 100여 년 전 프랭클린 킹이라는 분이 살았어요. 미국 농대 교수였는데 중국·일본·한국을 여행하며 농사 짓는 법을 둘러봤습니다. 바로 당신들의 문화지요. 농토는 매우 협소한데 거기서 4000년 동안 생산성을 유지하고 있었습니다. 킹은 그 비밀을 알고 싶었어요. 답은 영양분을 재활용하는 순환이었어요. 자연의 작용을 모방해 농사를 지었던 거죠. 킹은 자신이 보고 배운 것을 책으로 남겼습니다. 1911년에 나온 『4000년의 농부들, 중국·한국·일본의 영원한 농업』[345]입니다. 저는 이 책을 지금 더 열심히 봅니다. 킹의 영향을 받았고 '유기농의 아버지'라 불리는 앨버트 하워드 박사는 이런 말을 남겼어요. '만약에 당신이 농사를 어떻게 지어야 하는지 알고 싶다면, 숲을 공부해야 합니다.' 자연이 어떻게 작물을 길러내는지 배우자는 거죠. 자연은 동물들과 함께 농사를 짓습니다. 영양소를 순환시킵니다. 모든 것은 땅에서 왔다가 다시 땅으로 돌아가지요. 바로 윤회(the wheel of life)입니다. 태어나고 자라고 숙성하고 죽고 썩는 거죠. 윤회, 생의 바퀴는 굴러가야만 합니다. 바로 제자리에서요. 이것이 당신네 선조 농부들이 어떻게 그런 작은 땅에서 4000년 동안 농사를 지을 수 있었는지의 비결입니다. 한 자리에서 계속 순환하면 그 어떤 영양소도 낭비되지 않습니다. 산업국가들 대부분은 무엇을 해야 하는지 알고 있는 사람들을 잉여 취급하고 있어요. 오늘날 우리는 그들을 '멍청난 농부들'이라고 생각하죠. 우리는 생태계의 원리를 인간 경제 속으로 통합해내야 합니다. 지금까지 제가 추구해온 오랜 노력에 대한 설명은 끝났습니다. 이제 여러분이 대안을 찾아주세요. 더 나은 길을. 어떤 대안은 여러분의 역사 속에 있을 거고, 어떤 것은 아직 만들어지지 않았을 겁니다.

6. The Image of A Sound Life told by A Farmer-Writer
: Wendell Berry's Works

According to the report which the British organization Oxfam-UK published in 2013, one eighth of the world's population suffers from hunger. It is global warming which accelerates the hunger. If the temperature rises 2 degrees, the food production in sub-Saharan Africa, an area which is not responsible for greenhouse gas exhaustion, will decrease by up to 30%. Global warming damages badly even the country which is the most responsible for greenhouse gas exhaustion. When the corn production decreased by 25% because of the drought in Central United States, the worldly corn price rose by 40%. This again causes a vicious cycle which makes the poor countries suffering from hunger more painful. 400,000 of people die from hunger and infectious diseases in the world's poorest countries.[346]

On the other hand, on the contrary, there are many people on the planet today who enjoy overeating. If we take notice of only the 'quantity' of their food, there may have not been such an age in history when human beings enjoyed such abundant food as today. Although they suffer from all sorts of diseases caused by obesity and come to be absorbed in fighting the fat again, they just eat much.

But almost all of them do not know and are not concerned about who have made their food; where and how it was made; and how it comes to them. We may find many instances in premodern human history when hunger and overeating coexisted. But all of the cases had to do with where and how much food was produced, or of how the food was distributed. 'The matter of eating' of modern man is absolutely different. Especially the gluttony of modern mankind is, on the one hand, an extreme contrast to the hunger of the other side; and on the other hand, it is essentially different from that of men of other days in that the gluttonous people do not know or are not concerned about the place of production, the ways of making, the process of distribution and even the essence of the taste of the food.

I had an opportunity of guessing where such ignorance and in-difference stems from. Recently I introduced to my students an essay entitled "The Pleasures of Eating" in a book of Wendell Berry, which I want to review in this writing now, and set a task of making a comment on it. Among the various comments, a 'critical' comment of a student in particular caught my eyes. The core of Wendell Berry's message is as follows:

Eating ends the annual drama of the food economy that begins with planting and birth. Most eaters, however, are no longer aware that this is true.[347]

The industrial eater is, in fact, one who does not know that eating is an agricultural act, who no longer knows or imagines the connections between eating and the land, and who is therefore necessarily passive and uncritical—in short, a victim.[348]

Eaters, that is, *must understand* that eating takes place inescapably in the world, that it is inescapably an agricultural act, and *that how we eat determines, to a considerable extent, how the world is used.* This is a simple way of describing a relationship that is inexpressibly complex. *To eat responsibly is to understand and enact, so far as one can, this complex relationship.*[349] (The emphases are mine.)

The above-mentioned student made a 'critical' comment on the above words as follows: "I think that it is almost impossible to consume goods with knowing about all of them and, if so, our society will be a heartless one where they do not trust one another." In other words, he means that although Wendell Berry as a producer of food, who insists on a responsible 'food' life, may well tell that to us as consumers, Wendell Berry is also a consumer as respects 'clothing' and 'shelter' and it is not possible and good even for him to consume them with perfect knowledge about all of them. I do not know exactly how Wendell Berry would react the criticism. But perhaps he says that we should try our best to make a responsible consumption of even clothing and shelter and he actually does so. But the much more important point is the fact that he says clearly that no other than food among the three necessary things for human beings is the most fundamental thing; and it is just the ways of eating which are the most important key to understanding and changing of the world. Maybe the student does not understand the point of the author's words or agree with it. And his main argument is that if we are too inquisitive about food, "our society will be a heartless one where they do not trust one another." I can understand his 'good will' fully. But Wendell Berry tells us clearly the reason why our thorough understanding of food and responsible eating is important; how such a 'good will' can be abused if we do not do so. I recommend him to listen attentively to Wendell Berry first. He tells us good perspectives of life and good ways of life of which we did not think, based on the wisdom rooted in the traditional humanities of history, literature and religion and the story of his own long farming experiences at his hometown. I think that he has lived a life long and good enough to have such experiences and wisdom.

Wendell Berry seems to be a person who has lived a very unusual life. It is such a life from the point of Americans' view and maybe even more from that of Koreans' view. In short, he is not only an intellectual who has nearly top level educational background and learning even seen by the standard of American white men, but also a true farmer who has followed the plow for 50 years since he settled at his hometown again after he came of age. He, who was born in 1934 into the families both of whose parents have farmed in Henry county, Kentucky, for at least five generations, got agricultural experiences since childhood living in nature of farm villages. When he grew up, he earned a B.A. and M.A. in English at the University of Kentucky, and attended Stanford University's creative writing program and gave lectures there as well. After that, while he was living as a novelist, poet, lecturer and farmer, he began his new post as a professor of creative writing at the University of Kentucky in Lexington in 1964 at the age of 31. In the next year, 1965, he moved to a farm in north central Kentucky near Port Royal which he had purchased and where his family has been living until now. In the same year he was awarded a Rockefeller Fellowship. In 1968 he was appointed as a visiting professor of creative writing at Stanford University. After that, he resigned the professorship of UK and returned to it repeatedly, and finally resigned from it in 1993. He continued constantly to do writing together with farming. He wrote over 40 books covering poems, novels, short stories, essays and fairy tales. He won the Jean Stein Award, the Lannan Foundation Award for Nonfiction, T.S. Eliot Award, Thomas Merton Award, Aiken Taylor Award for Modern American Poetry, John Hay Award of the Orion Society, The O. Henry Award, The National Humanities Medal, The Cleanth Brooks Medal for Lifetime Achievement by the Fellowship of Southern Writers, The Louis Bromfield Society Award, The Roosevelt Institute's Freedom Medal etc. He lives with his wife, children and grandchildren at the house where he settled 50 years ago.

His life is similar to that of Muwidang Jang Il-sun in that he has lived rooted at the place where his ancestors have lived for generations except for the life of temporary studying and professorship in cities. But there seem more differences between them than similarities. Wendell Berry has an aspect of a social activist, but does not seem to suffer many severe hardships for various reasons for life like Muwidang. Perhaps it is related to the difference that Muwidang passed away at the age of 67 because of the disease he got in his later years whereas Wendell Berry is still healthy now in spite of the age of 80. The sizes of the countries which they 'belong to' are incomparably different and the reflection, the troubles and the practices related to agriculture and the life of farmers could not but be very different because of the different scales. Of course, like the difference between

Sir Muwidang and Ven. Beopjeong, Muwidang and Wendell Berry are remarkably different in that the one hardly wrote at all, while the other wrote so many works that he achieved fame in the world as well as in his country. But I think that the biggest difference is that Muwidang himself was not a farmer even though he once grew grapes during a few years in his youth and all his life was always with farmers, but Wendell Berry has devoted enough of his lifetime to farming to be called a farmer. Such a life of his is reflected in his 'agricultural philosophy and methodology' contained in his works.

Wendell Berry is a person who really loves farming and agriculture. He himself and his farming and his writing are one, and farming is in the center of them.

To begin with, the work of a farmer, of the sort of farmer I have been, is particularizing work. (......)

The ability to speak exactly is intimately related to the ability to know exactly. In any practical work such as farming, the penalties for error are sometimes promptly paid, and this is valuable instruction for a writer. A farmer who is a writer will at least call farming tools and creatures by their right names, will be right about the details of work, and may extend the same courtesy to other subjects. (......)

If you understand that what you do as a farmer will be measured inescapably by its effect on the place, and of course on the place's neighborhood of humans and other creatures, then if you are also a writer, you will have to wonder too what will be the effect of your writing on that place. Obviously this is going to be hard for anybody to know, and you yourself may not live long enough to know it, but in your own mind *you are going to be using the health of the place as one of the indispensable standards of what you write*, (……)

If anything I have written in this place can be taken to countenance the misuse of it, or to excuse anybody for rating the land as "capital" or its human member as "labor," my writing would have been better unwritten. And then to hell with any value anybody may find in it "as literature."[350] (The emphasis is mine.)

Farming is, to Wendell Berry, "Good Work" of which Schumacher writes. I consider once again what 'good work' is. First of all, it is a work with which we can pursue the harmony between spiritual joy and material results instead of antagonism between them, that is to say a work which we do standing in 'The Middle Way.' Secondly, it is a work which we do according to the laws of nature based on the realization that human beings are a part of her instead of regarding her as the object of our manipulation and destroying her with our avarice. Thirdly, thus, it is a work which leads us to find the 'true self.' From Wendell Berry's viewpoint, farming can be a 'good work' which *can* satisfy all these three requirements. More correctly speaking, as Wendell Berry says, "I have farmed as a writer and written as a farmer,"[351] his 'good work' may be the 'farming-writing.' And why can farming be a 'good work' rather than an unconditionally good work? In fact the answer is in the above saying of Wendell Berry. I think that there is no better expression which integrates his thinking than the phrase, 'the health of the place.' Of course his philosophy of life can be expressed with the phrase of 'nature as measure,' but nature is practically meaningful for him only when it is understood in a particular place where he or each person lives. And, furthermore, whether the particular place is healthy or not is the measure of whether the people who are living there have the right way to live or not. In short, he means that the place where we are living must be healthy so that all sorts of beings of the place including the human beings can live a healthy life; and that such a life is a happy life. This is the simple, clear philosophy of life of Wendell Berry. From this point of view, although farming can be an activity of living (economy) for maintaining both the health of the place and that of the human beings who live there, it is not unconditional. Because industrial technology came to rule agriculture in the middle of the 20th century and began to destroy 'the health of the place' while it was thrusting out traditions of agricultural techniques for thousands of years. It means that the farming and the agriculture in most of the land of the United States changed into industrial agriculture.

Industrialization began even in Korea in the 1960's. Korea had been suffering extreme poverty caused by long colonization and war, and its industrialization immediately resulted in 'the modernization of agriculture' represented by agricultural pesticides and chemical fertilizers. It was around 1977 when Muwidang made up his mind to change his established line of social movements into life movement as he watched many farmers die of agrichemical poisoning and the healthy life force of the land disappear while 'the modernization of agriculture' had been proceeding for over a decade. The then critical mind of Wendell Berry who was living at a rural village in Kentucky, USA, was the same in essence. But 'the crisis of agriculture' which Wendell Berry underwent had started much earlier and was quite more urgent. It was a specific crisis which comes from the fact that he is one farmer who belongs to the huge country of USA. Recently he explained the historical essence of the American industrial agriculture briefly once again in an interview with a Korean daily newspaper in the following manner: The West has regarded nature as an object of overcoming. There are so many evidences of the harm. We have continuous cases of hamburger recalling owing to the contamination of thousands of tons by chemical components. It was against the backdrop of the Second World War that the fruits of the earth, in this way, were changed into the products of production unit from food which had kept health. At that time the companies which had made the war equipment began to make agricultural machines because they did not have any work to do after the war. Those that had made gunpowder converted nitrogen into fertilizer. It was easier for those who had made poison gas to find an alternative. It was born again into herbicides and insecticides. The worst risk is the chemicals even in the industrial agriculture. They have many kinds and cover almost all of the land. This means that the soil leaves the land. I mean it makes a more difficult, complex problem.[352]

It is not a much different phenomenon from the fact that the nuclear plants which began to be built and operated after the war in the name of peaceful uses of atomic energy showed their essence of war weapons through the great and small accidents and the nuclear wastes over the past decades. And the industrial agriculture of the USA had indescribable effects on 'the health of the place' because it was rooted in the world's largest arms' industry which is peerless and its scale is very big incomparable with that of Korea. It seems that Wendell Berry was attracted by the advantageousness and the power of the technology of the industrial agriculture far from feeling antipathy when he faced it in his adolescence. But the attraction could not dominate him for such a long time. His family history of good-natured and earnest farmers' living for generations, his mentality of loving literature deeply and creating poems and stories since his youth, and the violence essentially inherent in the industrial agriculture could not be harmonized. The symbol of the industrial agriculture he met was a tractor. In the summer of 1950—it was the time when the terrible war was on the point of starting in Korea—when he was 17 years old he had a chance of driving a tractor. It was a symbolical event with which the traditional farming methods of using mules of his late grandfather, who had died just 4 years before that, fell into the shade and the new agricultural way of using industrial technology began to gain power. He confesses that "We had entered an era of limitlessness, or the illusion therof, and this in itself is a sort of wonder," and "It would take me years of reading, thought, and experience to learn again that in this world limits are not only inescapable but indispensible."[353]

First of all, from his point of view, "It is true enough that humans can add value to natural things," and "It[Human economy] did not make trees."[354] "We cannot make topsoil, and we cannot make any substitute for it; we cannot do what it does. It is apparently impossible to make an adequate description of topsoil in the sort of language that we have come to call "scientific." "[355] But "The industrial economy can define potentiality, even the potentiality of the living topsoil, only as a *fund*, and thus it must accept impoverishment as the inescapable condition of abundance. The invariable mode of its relation both to nature and to human culture is that of mining: withdrawal from a limited fund until that fund is exhausted."[356] (The emphasis is the author's.) We can understand what the results from the controlling of agriculture and nature by the logic of money were through his explanation in the above interview: The farm subsidies instigate overproduction and bring down the grain price. And even 80% of the subsidies are given to the huge agricultural companies of the 10% who can hardly be called farmers. Machines came in the land instead of men where the farmers had been kicked out. Now 80% of the agriculture in America is that of the annual crops like wheat and corn. They live a life of buying food at a market with the money which they get by selling the crops. What they must grow on the land is decided by the market. But we should determine how we use the land according to the waterways of nature and the local ecology to make farming sound. If we use the land according to the determination of the market, it is destroyed shortly. Experts say that the soil erosion is very speedy. Even the soil erosion in Iowa, the area of food production, on which the whole USA depends, is appalling. The poisonous substances caused by it flew unguardedly in the Gulf of Mexico and the 'dead zone' extended, that is to say the area where nothing can live due to lack of oxygen.

This may be said to be the general health condition of the land of the American continent and the people who are living there as well as the reality of the present American agriculture. But still, the awakened farmers like Wendell Berry, Wes Jackson, the leader of The Land Institute, who, as the most intimate lifelong comrade of Wendell Berry has developed the 'theoretical' methods of sound agriculture and given them to the farmers, and the people of their sort are struggling to keep 'the health of the place' in their hometowns in their own ways. And Wendell Berry has long said that the essence of human economy must be changed to escape from the wrong agriculture which destroys nature and drives our human beings toward destruction.

Living as we now do in almost complete dependence on a global economy, we are put inevitably into a position of ignorance and irresponsibility. No one can know the whole globe. We can connect ourselves to the globe as a whole only by means of a global economy

that, without knowing the earth, plunders it for us. The global econ-
omy (like the national economy before it) operates on the supersti-
tion that the deficiencies or needs or wishes of one place may safely
be met by the ruination of another place. To build houses here, we
clear-cut the forests there. To have air-conditioning here, we sink
our oil wells there. It is an absentee economy. Most people aren't
using or destroying what they can see. If we cannot see our garbage
or the grave we have dug with our energy proxies, then we assume
that all is well.[357]

I think of myself first. Have I suspected even once 'the appropri-
ateness' and 'the inevitability' of 'the global economy' even in my
imagination? Did I myself not accept and speak too easily the word-
ing of "global economy" as an abstract concept which the erudite
scholars both at home and abroad emphasize? While I am listening
to Wendell Berry's words, I now think of what concrete influences
'the global economy,' which is meant to be 'natural' to most people,
has caused in the place where each person lives, the whole earth and
myself. And while I am listening to his warning words, I am imme-
diately reminded of the enlightenment which Schumacher gives to
the people who are too impatient about the solution of the problems
which result from 'the global economy.'

There are all sorts of things we can do—I mean we, now, not in the abstract, as we are also sitting here—and there are other things we can't do. One of the greatest confusions, in most discussions, is the term "we." You know, people say, We ought to decentralize General Motors. I look at them—I couldn't decentralize the drugstore on the corner! Or we ought really to change human nature—they couldn't change their own nature! When I say "we" I am asking what can actual people, small as they are, what can they do?

If you look at it this way, you find that if one could make visible the possibility of alternatives, viable alternatives, make a viable future already visible in the present [358] (......)

In this context, Wendell Berry suggests as an alternative "a domestic economy that is sound, diversified, decentralized, democratic, locally adapted, ecologically responsible, and reasonably self-sufficient."[359] The desirable economy which he proposes is that which is based on nature and the health of the various local places. And the most fundamental unit and subject of the economic activities is a family farm which is based on the self-sufficiency of the family and cooperates with other members of the local community. It is his 'alternative economy' which stands on the basis of the family farm and revives the health of the place and humans, that is to say what 'the new industrial system' pursues. After all, it corresponds exactly to the economy based on a "small" scale and "small" technology that Schumacher means.

We need, instead, a system of decentralized, small-scale industries to transform the products of our fields and woodlands and streams: small creameries, cheese factories, canneries, grain mills, saw mills, furniture factories, and the like. By "small" I mean simply a size that would not be destructive of the appearance, the health, and the quiet of the countryside. If a factory began to "grow" or to be noisy at night or on Sunday, that would mean that another such factory was needed somewhere else. If waste should occur at any point, that would indicate the need for an enterprise of some other sort. If poison or pollution resulted from any enterprise, that would be understood as an indication that something was absolutely wrong, and a correction would be made. Small scale, of course, makes such changes and corrections more thinkable and more possible than does large scale.[360]

We must understand well how deeply he considers the 'American situation' to draw up the image of the alternative economy. The practical standpoint on the 'true economy (living)' is also based on

"The Middle Way" in the beginning. But it results from his special, paradoxical consideration for the specific situation of the society of the United States more than anything else. On one side of "The Middle Way" there is the unlimited developmentalism of the industrial economy rulers whom we have seen fully up to now. But even on the other side there are also tough extremists. They are conservationists. The organization Sierra Club, for example, which has over 700,000 members, is their representative. As we have seen above, Ven. Beopjeong rebuked the country of the United States for treating its own nature and that of other countries differently. But much stranger is the fact that the extreme exploitation of nature and the extreme environmentalism coexist within the same country. [361] Wendell Berry saw the essence of this matter rightly, and has constantly investigated and practiced "the Middle Way" all his life which may solve the problems in life. A little surprisingly, the American conservationists revere no other than Thoreau as their 'originator.' According to Michael Pollan, an American author, journalist, activist, and professor of journalism at the UC Berkeley Graduate School of Journalism, "Thoreau did plant a bean field at Walden but he couldn't square his love of nature with the need to defend his crop from weeds and birds, and eventually he gave up on agriculture." However, "Using the farm rather than the wilderness as his text, Berry taught me I had a legitimate quarrel with nature—a lover's quarrel—and" "He marked out a path that led us back into nature, no longer as spectators but as full-fledged participants."[362] Wendell Berry himself explains about this as follows: Although the conservationists have not such a serious problem as that of developmentalists, "To be interested in food but not in food production is clearly absurd," "for they all are farming by proxy."[363] They must realize that "If conservationists merely eat whatever the supermarket provides and the government allows, they are giving economic support to all-out industrial food production,"[364] even though they are very much positive in protecting the dazzlingly beautiful wild. It is an earnest suggestion of Wendell Berry that even conservationists should pay attention to and participate in the life of "The Middle Way" which makes it possible to keep 'the health of the place' and healthy life of humans so that they can practice the 'good will' of nature preservation without contradiction.

There are so many works of Wendell Berry and it is very difficult, indeed, to introduce his profound thinking and the great store of the stories of his life overall. But I cannot help mentioning his cultural ground in a broader sense or the source of his way of thinking. Although I have explained his thinking and practices even with the Buddhist term of "The Middle Way," it is just an expedient for understanding him. In brief, Wendell Berry is a person who was born and has lived in the genuine Western cultural tradition, that is to say a true Christian. And an 'unusual' aspect of his Christianity is the contents and the characteristics of the truthfulness. In short, the phrases from the Bible (religion), writing (art) and housekeeping (economy) are a complete whole to him. It means his firm 'belief' that God left it to man to manage the earth, not to own or rule it, after creating the heavens and the earth; the role of managing the earth (nature), first of all, is managing well the health of the land where he makes himself be rooted and lives, and this is the right economy; and all sorts of art including writing do represent and assist such life instead of being enjoyed by odd isolated geniuses who are indifferent to life. Especially his belief that humans must live in "Nature as measure" is supported even by the Western tradition of literature. For example, such a belief is clearly seen through *The Georgics of Virgil, As You Like It* of Shakespeare and other many works. The tradition of the belief was carried over even to Alexander Pope (1688~1744): "let Nature never be forgot" and "Consult the Genius of the Place in all." [365]

I imagine where he or she could find such a religious and literary tradition which supports his or her own farming and writing if 'we' had such a farmer-writer like Wendell Berry. And I also imagine that we must change our common notions about the whole of it if we consider 'our' religious and literary tradition from the point of view like that of Wendell Berry. But the most important point is that we must think about the philosophy of living which 'we' should have in order to accept the advice of Mr. Wendell Berry for 'us,' who have rushed toward the goal of following all of the American industrial economy as 'our' golden rule and possessing 'ourselves' of it and, finally, are daring to make a success of 'Korean-style industrial agriculture' by the complete opening of the rice market.

Although it is a little long, I think I had better introduce the comment of Wendell Berry on the recent situation of Korea. The following is the last part of the above-mentioned interview: If so, you will lose your precious culture. One hundred years ago there was a man called Franklin King. He was a professor at a college of agriculture and traveled in China, Japan and Korea to look around farming there. It is no other than your culture. Although the farmland was limited, the productivity had been maintained for four thousand years. King wanted to know the secret. He wrote a book about what he saw and learned. It is *Farmers of forty centuries: organic farming in China, Korea, and Japan* published in 1911. I am reading this book now harder. Dr. Albert Howard, who was influenced by King and is called 'Father of Organic Farming,' left this word. "If you want to know how you should do farming, you must study a forest." He suggests that we should learn how nature grows crops. Nature does farming with animals and circulates nutrients. Everything comes from the earth and returns to the earth. It is the wheel of life. Birth, growth, maturation, death and rot. The wheel of life must roll. Just at its own place. This is the secret of how your farming ancestors had done farming at such a small land for 4000 years. Any nutrient is not wasted if it is circulated at a place. Most of the industrial countries treat the people who know what to do as surplus. Today we regard them as 'stupid peasants.' We must unite the principle of an eco-system into a human economy. The explanation of the long efforts I have devoted is ended. Now I hope you will find an alternative. A better way. Some alternative may be in your history and another may not yet be created.

7. 현대의 민중과 지식인 : 안톤 체호프의 「바냐 삼촌」

안톤 체호프, 『체호프 희곡선』, 박현섭 옮김, 을유문화사, 2012.

　나는 연극을 좋아한다. 문학을 '전공'했지만 희곡이나 연극에 관해
서는 거의 문외한이라 할 수 있을 정도로 '전문' 지식이 별로 없고, 실
제로 연극을 본 것도 많지 않음에도, 나 나름대로 연극의 특별한 묘미
를 느끼고 이해한다. 그 묘미는, 이를테면 영화는 수백 또는 수천 편
을 보아도 절대로 맛볼 수 없는 것이다. 무엇보다도 연극배우들이 그
많은 대사들을 단지 외우는 데서 그치지 않고 극중 인물의 성격을 박
진감 있게 보여주면서 거침없이 대사를 주고받으며 연기하는 것을 늘
경탄하며 본다. 영화나 TV 드라마에서는 대사가 틀리면 언제든지 다
시 '촬영'할 수 있는 것과 결정적으로 다른 면이다. 연극배우가 연기
나 대사를 버벅거렸다고 해서, 살아 있는 눈으로 '실시간 촬영'을 하
고 있는 관객들을 앞에 놓고 그것을 다시 할 수는 없는 노릇이다. 바
로 그때 그 자리에서, 우주와 인류 역사에 오직 단 한 번뿐인 연기와
대사를 하는 것, 이것이 바로 연극의 제일가는 묘미이고, 그것은 다
른 '매체'를 통해 연기하는 배우는 상상도 해 볼 수 없는 경지의 느낌
일 것이다. 살아 있는 사람이 침을 튀기고 입김을 내고 땀을 흘려가
며 하는 의미심장한 동작과 말을, 역시 살아 있는 사람들이 자기 눈으
로 받아들이면서 순간순간 긴장하고 교감하며 온몸과 온 영혼으로 반

응하는 예술 형식이라는 점 역시 연극의 특별한 매력이다. 이렇게 보면, 사람들이 인생을 특히 연극에 비유하곤 하는 것은 아주 적절하다. 어찌 보면 우리 모두는 인생을 통틀어 배우와 관객 노릇을 번갈아 하는지도 모른다. 물론 연극 작품과 배우, 그리고 사실은 관객들조차도 그 품격 면에서 여러 '등급'으로 나뉠 수 있는 것처럼, 세상살이라는 '연극계'에도 다 알다시피 천차만별의 작품과 배우와 관객들이 있다.

그러나 한국에서 연극은 배우에게나 관객에게나 인기 있는 문화예술 분야가 아니다. 다른 분야와 마찬가지로 문화예술 면에서도 한국인의 '편식' 습관이 있기 때문이 아닌가 싶은데, 아마도 그 편식 대상은 단연 영화일 것이다. 그러나 한국인의 이 문화예술 편식 습관은, 아마 다른 분야도 마찬가지겠지만, 선천적인 것이 아니라 다른 '음식'의 진짜 맛과 영양을 접할 기회와 여건이 주어지지 않아서 생긴 것이다. 나는 이것을 나 자신의 경우뿐만 아니라 다른 사람들을 통해서도 분명히 확인한 적이 있다.

사실, 얼치기이기는 하지만, 내가 연극 팬이라고 조금 떠벌릴 수 있을 만큼 연극에 반한 계기가 있었다. 그것은 2008년에 〈예술의 전당〉에서 「야끼니꾸 드래곤/용길이네 곱창집」이라는 연극을 조금은 우연히 보게 된 일이었다. 재일교포 극작가이자 연출가인 정의신이 대본을 쓰고 연출한 이 작품은, 일제 강점기 때 징용을 당해 태평양전쟁에서 한쪽 팔을 잃은 김용길이라는 사람이 1960년대 말 오사카에서 가족들과 함께 곱창집을 하며 겪는 희비극을 그리고 있다. 이 작품의 줄거리와 '주제'를 장황하게 소개하기보다는, 연극과 영화와 소설 기타 등등을 통틀어 내가 태어나서 무슨 '작품'을 보고 그보다 많이 또 카타르시스를 느끼며 울어본 일이 별로 없다는 것, 그리고 연극이 끝난 뒤 인사하는 자리에서 대부분의 관객들은 물론 출연 배우들과 극작가-연출가마저 모두 울음바다 속에 빠져버렸다는 뒷얘기를 밝히는 편이 좋을 듯싶다. 한일 공동제작으로 만들어진 이 작품은 같은 해에 일본에서 이미 전 회 공연 매진이라는 기록을 세우고 똑같은 열기 속에 한국 공연이 이루어진 것이었다. 관객들의 엄청난 요청으로 2011년에 재공연이 성사되었을 때에는,[366] 아내와 큰딸아이를 포함하여 다른 사람들 수십 명을 '부추겨' 이 작품을 함께 또 보았고, 그 3년 전에 못지않은 크고 깊은 감동을 그들과 더불어 누렸다.

계기만 주어지면 연극의 특별한 매력은 누구나 느낄 수 있는 것임을 알 수 있는 또 다른 기회가 있었다. 나는 「야끼니꾸 드래곤/용길이네 곱창집」을 본 뒤에 '확신'이 생겨서, 어느 대학에서 교양 문학 수업을 할 때 학생들에게 취지를 충분히 설명한 후, 연극 한 편씩을 보고 나서 감상문을 쓰라는 과제를 내 준 적이 있었다. 학생들의 반응이 어떨지 내심 걱정되었는데, 한 사람씩 돌아가며 감상문 발표를 하는 것을 보고 대성공이라 자평할 수 있었다. 어떤 학생은 난생 처음 연극이란 걸 보았고 연극이 이렇게 재미있는 것인 줄 처음으로 알았다고 했고, 어떤 학생은 엄마와 함께 연극을 보면서 둘이 함께 펑펑 울었고 그 일을 계기로 모녀 사이에 훨씬 튼튼한 대화의 끈이 연결되었다고 했다. 또 어떤 학생은 영화 몇 편 볼 돈을 모아 두었다가 1년에 한 편이라도 연극을 꼭 보겠다고 다짐하기도 했다. 모두가 의무로 관람하고 과제로 쓴 글이었지만, 정도의 차이가 조금 있을 뿐 각자의 내면 깊은 곳으로부터의 감동을 전해 받을 수 있었다.

어쨌든 나는 그 뒤로 가끔씩 연극을 본다. 비교적 근래에 본 연극 가운데 안톤 체호프(1860~1904) 원작의 「바냐 삼촌」(1897)[367] 이 있는데, 이 연극에서 받은 감동 때문에 나는 그 원작 희곡을 찾아보게 되었다. 그 감동은 「야끼니꾸 드래곤/용길이네 곱창집」을 보았을 때와는 성격이 많이 다른 것이었다. 글로 쓰인 원작 희곡을 찾아보고 싶었다는 사실 자체가 그 차이를 이미 말해준다고 할 수 있을 것이다. 연극을 보면서 나는 '지적인' 성격이 좀 더 강한 '생각'을 한 것이었다. 원작 희곡을 찾아보려 한 것은 안톤 체호프가 한국의 여러 유명 작가들에게 적잖은 영향을 미친 작가라는 이유 때문이기도 했다. 특히 그의 4대 장막극 가운데 한 작품인 「벚나무 동산」은 내 박사학위 논문 대상 작가인 채만식의 「당랑의 전설」이라는 작품에도 큰 영향을 미친 것으로 평가되곤 하기 때문에, 역시 그의 4대 장막극 중 하나인 「바냐 삼촌」도 이번 기회에 꼭 읽어보고 싶었다. 글 읽기의 특징이자 장점이기도 하겠지만, 나는 배우들이 말로 하는 대사에서 정확히 간파하지 못하고 흘려버릴 수밖에 없었던 작가의 메시지를, 충분한 시간을 두고 천천히 음미할 수 있었다.

이 연극의 무대는 세레브랴코프라는 퇴직교수의 시골 영지이다. 이 영지는 죽은 그의 전처 소유의 것이었고, 이곳에는 전처의 어머니인 장모(마리야 바실리예브나 보이니츠카야)와 오빠(이반 페트로비치 보이니츠키, 평소에 사람들이 '바냐'라 부름.), 전처소생의 딸 소피야 알렉산드로브나(소냐), 그리고 유모(마리나)와 일꾼 등 영지의 관리인과 식솔들이 살고 있다. 세레브랴코프는 27세밖에 안 된 엘레나라는 후처와 함께 이곳에서 기거하고 있는데, 심한 신경통을 앓고 있다. 다른 모든 사람들이 병수발을 들면서 그의 히스테리를 받아내느라 생활 리듬마저 깨져 있는 상태다. 미하일 르보비치 아스트로프라는 시골 의사가 마치 주치의처럼 그의 병 치료를 맡고 있다. 그와 바냐는 엘레나를 연모하고, 소냐는 그를 짝사랑한다. 그러나 결국 이 모든 연정은 그 상대방에게 받아들여지지 않는다. 세레브랴코프는 젊은 아내를 비롯한 다른 모든 이들을 자기로 인해 고통스럽게 만들면서도, 자신은 격에 맞지 않는 천한 이들과 함께 있다면서 불평불만을 늘어놓는다. 그런 그를 그의 장모는 여전히 훌륭한 품격을 지닌 지식인으로 받들어 모시려 한다. 그러나 자신의 어머니처럼 과거에는 세레브랴코프의 학식을 숭상하여 그를 출세시키기 위해 평생 몸 바쳐 일한 바냐는, 그러한 자신의 인생이 얼마나 어리석은 것이었는지 뒤늦게 입버릇처럼 후회하면서 세레브랴코프를 저주한다. 시골에 사는 빈궁한 민중의 질병을 치료해 주고 황폐해 가는 숲을 되살리려 애써 온 아스트로프는 희망을 점차 잃고 허무적인 상태에 빠져 있다. 연극이 막바지를 향해 가면서, 세레브랴코프는 영지를 팔아 그 돈을 채권에 투자한 돈의 이자로 핀란드에 별장을 사겠다는 계획을 밝히고, 바냐는 그런 그를 총으로 쏘아 죽이려다 실패하는데, 곧바로 아스트로프에게서 훔친 모르핀으로 자살을 하려다가 발각되어 그마저 무산된다. 결국 세레브랴코프와 엘레나가 떠나고, 아스트로프도 떠난다. 바냐와 소냐 등 남은 사람들은 과거의 일상으로 되돌아간다.

　줄거리 요약만으로도 어렴풋이 드러나지만, 나는 이 작품에 담긴 핵심 메시지를 '현대의 민중과 지식인' 문제에서 찾는다. 민중과 지식인(의 관계)에 관한 문제의식은 현대 이전에도 있었지만, 이 작품은 그것이 현대에 들어 어떻게 변질되고 왜곡되었는지를 뚜렷이 보여준다. 동서양을 막론하고 전통적인 지식인은 스스로 지성과 감성과 의지를 고루 갖춘 전인적인 인격의 완성을 적어도 지향하면서, 민중으로부터는 그들에 대한 전면적 보호의 책무를 위임 받았다는 사고방식을 가진 사람들이었다고 할 수 있다. 그러나 세레브랴코프의 모습이 상징하는 현대의 지식인은 무엇보다도 '전문' 지식과 직업을 가진 사람이고, 그 '전문성'을 배경으로 민중에 대해서는 배타적 우월 의식과 기득권 의식을 품고 있으며, 그러한 우월 의식과 기득권 의식으로 물질에 대한 자신들의 귀족적 향유 욕구를 정당화하는 계층이다. 현대의 이러한 '전문' 지식인은 사고방식 면에서 민중과 철저히 분리되어 있는 것은 물론, 먹을 것을 만드는 일을 비롯한 실제 삶의 문제에 무지하고 무력할 뿐만 아니라, 사실은 민중에게 기생하는 삶을 살면서도 적반하장의 언행을 부끄럼 없이 서슴지 않는다.

여러분, 내가 여러분을 모이게 한 이유는 여러분에게 도움과 조언을 청하기 위해서입니다만, 여러분의 한결같은 호의를 익히 알고 있기 때문에 그 대답을 들을 수 있으리라 기대합니다. 나는 학자로서 책만 아는 사람이라 실생활의 문제와는 항상 거리가 멀었습니다.(……) 내

가 시골에서 생활을 계속하는 것은 불가능합니다. 우리는 시골 생활에 적합하게 태어나질 않았어요.[368]

작별의 인사로 이 노인에게 딱 한마디만 허락해 주세요. 여러분, 일을 해야 됩니다! 일을 해야 돼요![369]

바냐가 상징하는 현대의 민중은 지식인을 어떻게 볼까? "자린고비 농사꾼처럼 제대로 먹지도 못하면서, 식용유며 완두콩이며 치즈들을 닥치는 대로" 팔아 모은 "한 푼 두 푼으로 교수에게 부쳐 줄 몇 천 루블을 채워야"[370] 했던 바냐는, 세레브랴코프에 대한 자신의 환멸이 무엇 때문인지를 아주 정확히 알고 있다.

25년 동안이나 예술에 대해 연구하며 글을 써 온 사람이 그 예술에 대해 아무것도 이해하지 못한다는 거야. 25년 동안 이 인간은 사실주의니 자연주의니, 그밖에도 온갖 허접쓰레기들에 대해 그저 남들이 해 놓은 이야기들을 되씹어 대고 있어. 25년 동안 읽고 쓴 것들이, 실은 똑똑한 사람들은 오래전에 이미 알고 있었고, 멍청한 인간들은 아무 관심도 없는 것들이라는 얘기야. 다시 말해서 25년 동안 이 인간은 텅 빈 통에서 더 텅 빈 통으로 물을 따르고 있었다는 얘기지. 그런 주제에 자만심은 대단해요! 거기에 불만은 왜 그리 많은지![371]

예술의 '전문 연구자'이지만 정작 예술이 무엇인지 전혀 모른다는 것, 오랫동안 예술에 '대한' 이야기들을 해 왔지만 그 모두가 '오래 전에' '남'이 한 말들이라는 것, 그리고 멍청한 인간들(민중)은 그도 저도 아무 관심이 없다는 것이라는 바냐의 이 대사 속에서, 나는 앞서 말한 이 작품의 핵심 메시지를 본다. '민중과 지식인'이라는 창을 통해 보는 현대의 이 난감한 상황은, 작가 체호프의 경험과 문제의식이 다분히 투영되어 있는 인물 아스트로프의 허무주의적 태도를 통해서 더 뚜렷이 나타난다. 특히 그는 자신의 이상 추구를 함께할 지식인 '도반'의 부재에 절망한다.

농부들은 하나같이 몽매한데다 지저분하게 살고 있어요. 그런가 하면 인텔리들과는 말이 안 통하지요. 인텔리들은 나를 맥 빠지게 만듭니다. 그들은 우리의 선량한 이웃들이지만 하나같이 생각이 좀스럽고 감정도 좀스러워서 오로지 자기 코앞에 있는 것만 볼 뿐이에요. 쉽게 말해서 바보들입니다. 좀 똑똑하고 덜 좀스러운 사람들은 신경질적이거나, 아니면 분석과 반성에만 빠져 있지요……. 이 사람들은 노상 불평을 늘어놓으면서 남을 증오하고, 미친 듯이 비방합니다. (……) 나는 숲을 사랑합니다—이거 이상하죠. 나는 고기를 먹지 않아요—이것도 이상하다는 겁니다. 자연과 인간을 직접적이고, 순수하고, 자유롭게 대하는 태도는 이제 없어요……. 없고말고![372]

아스트로프의 모습에서 느껴지는 작가의 허무주의적 태도는 이 작품의 말미에서도 볼 수 있다. 떠날 사람들이 모두 떠난 뒤에, "우리

는 쉴 거예요!"[373] 라고 소냐가 말하는 이 작품의 마지막 대사가 내게
는, "극작가 체호프의 절묘한 균형 감각"이나 "이 세상의 수많은 바
냐들을 위해 체호프가 보내는 간곡한 위무"[374] 라기보다는, 민중과 지
식인 그 어느 쪽에서도 새로운 희망을 찾지 못하는 작가 자신의 곤란
함으로 받아들여진다. 그러나 '오래 전'과 비교해 현대의 민중과 지식
인 모두가 어떤 변질된 상황 속에서 살게 되었는지 간파한 것은 작가
체호프의 특별한 예술적 감성과 지성이라고 생각한다. 단지 그는 오
래 전에 이미 현자들이 알고 있던 것에서 미처 새로운 희망을 발견해
내지는 못했던 것이다.

7. People and Intellectuals in the Modern Time
: Anton Chekhov's *Uncle Vanya*

I love a play. Although I 'majored in' literature but do not have a little expertise about drama and theatre and did not see many plays, I can feel and understand the special charm of a play in my own way. The charm, so to speak, is of a kind that cannot be tasted through hundreds or thousands of movies. First of all, it is always marvellous for me that an actor or an actress not only learns so many lines but also shows the realistic personality of the character while exchanging the lines of each other. It is a decisive difference from a movie or a TV drama in which they can 'film' the scene again whenever he or she fluffs his or her lines. It is natural that a play actor or actress cannot do the scene again in front of the audience who are 'shooting them in real time' with their own living eyes even though he or she did a clumsy performance of speech. It is the greatest charm of a play that he or she does the only acting or speaks the lines in the history of the universe and mankind just at that place at that time; and the feeling of the actor or an actress of the play may be that which cannot even be imagined by other actors or actresses who perform in other 'media.' It is also a special attraction that a play is an art form in which each living person makes meaningful action and speech with spitting out, breathing out and sweating; and each of the other people responds to the action and the speech with the feeling of tension and communion through his or her own whole body and whole soul. In this respect it is very proper for them to compare a play with life. Perhaps each of us interchanges the work of an actor or an actress and that of audience in each whole life. Of course, as theatrical productions, actors or actresses and even an audience can be subdivided into various 'classes' according to their quality, so there are all sorts of works, actors or actresses and audience, you know, in the theatrical world of life.

But a play is not a popular field of art for an actor or an actress or audience in Korea. It may be because of the cultural habit of enjoying only their most favorite as in other fields. And, perhaps, the most favorite form of culture is definitely a movie. But this habit of Koreans in taste of culture and art, as is the case with other fields, is not inborn but that which results from the lack of opportunities and conditions for learning the true taste and nutritional value of other fields of culture. I could have been made certain of the fact through other people as well as my own case.

In fact, although I am not a genuinely loyal audience of a play, I had a chance to be attracted enough by a play to talk as if I had become a maniac for a play. I saw a play entitled *Yaki-niku Dragon*

/ *Tripe Pub of Yong-gil* by chance at Seoul Arts Center in 2008. This work by a Korean-Japanese playwright and director, Jeong Ui-sin, is a kind of tragicomedy about a man called Kim Yong-gil, who was drafted and lost an arm during the Pacific War in the Japanese colonial era, and his family, who ran a pub and restaurant for the humble classes in Osaka, Japan in the late 1960's. It may be better for me to tell the story behind the story, rather than giving a long-winded explanation of the story and the 'theme' of the play-never have I cried more, as catharsis, when seeing a 'work' since I was born, be it a play, a movie or a novel. And even the actors, the actresses and the playwright-director himself as well as all of the audience fell into a sea of tears when they took a bow after the play. This work, which was a joint production of Korea and Japan, was performed in the same heated responses in Korea after it had already made a record of sellouts of every performance in Japan in the same year. When the repeat performance was arranged at the huge request of the audience in 2011,[375] I 'incited' dozens of people including my wife and my eldest daughter to see the play with me and was impressed together with them just as greatly and deeply as three years earlier.

I had another chance to be sure of the fact that anyone can feel the special charm of a play if the moment is given. Because I came to have a kind of 'belief' in a play after I saw *Yaki-niku Dragon* /

Tripe Pub of Yong-gil, I once, with enough explanation of the meaning, gave every student in a class of elective literature at a women's university an assignment of seeing a play and writing a report on it. I actually worried about the reponses of the students, but the result could be said to be a success by my own estimation when I saw each of them make a presentation one by one. A student said that she saw a play for the first time in her life and knew, for the first time as well, that a play is so interesting; another one said that as she saw a moving play with her mother, she cried a lot together with her mother and came to have much more time to talk with her mother than before taking that opportunity; and another one even made a promise that she would save the money to be spent on several movies and see even one play a year. Although each of them saw a play for an assignment, I could be given each one's impression from the bottom of the heart more or less.

Anyway I sometimes see a play after that. I saw *Uncle Vanya* (1897) written by Anton Chekhov (1860~1904) last year and read the original written work because I was very impressed. It is a very different kind of impression from that of *Yaki-niku Dragon / Tripe Pub of Yong-gil.* The fact itself that I wanted to read the original written work can be said to tell the difference. I mean that I did a 'saeng-gak' which is more 'intellectual.' Another reason why I wanted to read it was that

Anton Chekhov had a strong influence on many of Korean famous writers. And because especially *The Cherry Orchard* among his four major plays is usually said to have had exerted a direct influence on even the play, *Dang-nang-ui Jeon-seol* (The Legend of the Mantis), written by Chae Man-sik on whom I wrote my doctoral dissertation, I wanted to read, using this opportunity, even *Uncle Vanya* which is also one of the four major plays. I could slowly appreciate the messages of the writer with enough time which I could not have grasped correctly through the speaking lines of the actors and the actresses. I think it is an important advantage of reading.

The stage of the play is the rural estate of an elderly retired professor called Aleksandr Vladimirovich Serebryakov. The owner of this estate was his late first wife and here live now his late first wife's mother (Maria Vasilyevna Voynitskaya), his first wife's elder brother (Ivan Petrovitch Voynitsky, commonly called "Vanya"), he and his first wife's daughter, Sofia Alexandrovna Serebryakova (Sonya) and the other members of the estate such as an old nurse (Marina Timofeevna). Serebryakov is staying here with his young second wife called Yelena who is no more than 27 years old, and is suffering from severe rheumatism. All other members of the estate cannot but break their routine of life because they should take care of him and endure his hysteria. A country doctor called Mikhail

Lvovich Astrov cures his disease as his family doctor. Both Astrov and Vanya are in love with Yelena and Sonya is in love with Astrov. But neither of these love reciprocated. Serebryakov complains that he is spending time with people who are not suitable to his status, even though he makes all other members including his young wife suffer distress because of him. His late first wife's mother still idolizes him as an intellectual of a noble character. But Vanya, who also respected the learning of Serebryakov and devoted his whole life entirely to Serebryakov's success as a scholar in the past, is now cursing him, always regretting how foolish such a life of his was. Astrov, who has cured the diseases of rural poor people and tried to revive abandoned forests, is losing his hope and becoming more and more nihilistic. Around the climax of the play, Serebryakov announces his plan to sell the estate and invest the money in bonds to buy a villa for himself and Yelena in Finland. Vanya shoots to kill him, but he fails. Just after that, Vanya tries to attempt suicide with the morphine which he stole from Astrov, but even this is soon found out. After all this, Serebryakov and Yelena leave and Astrov too. Those who remain, including Vanya and Sonya, settle back into their old routine.

As it is seen a little dimly through the above plot summary, I see the essence of this work in the matter of 'the modern ordinary people and intellectuals.' Although the issue of '(the relation between) ordinary people and intellectuals' has been in existence even before our time, this work shows how it has become worse and been distorted in modern times. Traditional intellectuals, whether they are Western or Eastern, can be said to be those who, aiming to be a complete personality with all three essential elements of intellect, feeling and will, thought that they were entrusted to fully protect the people. But the modern intellectuals symbolized by Serebryakov, first of all, are the persons who especially have a 'professional' job and knowledge; have the snobbery and the consciousness of their own vested rights with the 'professionalism' in relations with ordinary people; and justify their aristocratic desires for materials with the snobbery and the consciousness of the vested rights. The modern 'professional' intellectuals are, of course, thoroughly separated from ordinary people in the aspect of the way of thinking. They are ignorant of and helpless at practical matters of life including making food; and, furthermore, do not hesitate making shameless remarks even though they are actually parasitic on ordinary people.

Ladies and gentlemen, I've brought you together here to ask your help and advice, and, knowing your customary kindness, I hope that I shall receive it. I'm a scholar, I live with books, and practical life has always been foreign to me. (......) It's out of the question for me to go on living in the country. We weren't born for country life.[376]

(......) let an old man introduce just one observation into his farewell greetings. Ladies and gentlemen, you must get down to work. Something useful ought to get done![377]

How do the ordinary people symbolized by Vanya feel seeing the intellectuals? Vanya, for all his life, "Like tight-fisted peasants (......) drove hard bargains over our vegetable oil, our peas and cottage cheese," and "scrimped and cut corners (......), so that from the kopeks we saved thousands of rubles were sent to him."[378] So he knows very well the reason why he becomes disillusioned with Serebryakov.

A person lectures and writes about art for precisely twenty-five years, but he understands precisely nothing about art. For twenty-five years he's gone on chewing up and spitting out everyone else's ideas about realism, naturalism, and every other kind of nonsense. For twenty-five years he's been lecturing and writing what intelligent people have known about for a long time and what stupid people have no interest in. To put it bluntly, for twenty-five years he's been pouring from one empty pot into the next. And at the same time what incredible conceit, what cocksure pretensions! [379]

In these lines of Vanya who tells that Serebryakov is a 'professional scholar' of art, but does not know it at all; he has spoken 'about' art, but all that is what 'others' already said 'long ago'; and stupid ordinary people have interest in nothing at all, I see the above-mentioned core of this work. The chaotic state of the embarrassed modern man seen through the window of 'the ordinary people and the intellectuals' appears more clearly by the nihilistic attitude of the problematic character, Astrov, who reflects the experiences and the critical mind of the author, Chekhov, himself. He fell into despair because he has no intellectual companion with whom he can pursue his ideal.

The peasants are all very much alike, backward and living in filth. And I find it difficult to get along with intellectuals. They wear me out. All of those good people we know are trivial and superficial in whatever they think and however they feel. And they never see farther than their own noses—they are plainly and simply stupid. Even those with more brains and with more to offer are hysterical, absorbed with analysis and introspection... They're constantly complaining, hating, and spreading malicious lies. (......) I love the forests—that's strange. I don't eat meat—that's strange too. They no longer can relate decently, freely, or directly with nature or with people... No relationship, none at all! [380]

The nihilistic attitude of the author's felt through Astrov can be seen even in the last scene. I understand the last line spoken by Sonya after the persons who are leaving disappeared from the stage, "We shall rest!",[381] as the difficult situation of the author himself who cannot find hope neither from ordinary people nor from intellectuals, rather than as "the author Chekhov's excellent sense of balance" or "the earnest consolation of Chekhov sent to many Vanyas in this world."[382] But I think that it is due to Chekhov's special artistic sensitivity and intellect that he saw through the changed modern situation in which both of the ordinary people and the intellectuals came to live comparing our own time with 'the past.' But it seems that he could not search for new hope from that which wise men already knew long time ago.

8. '위하여'와 '더불어' : 배병삼의 『우리에게 유교란 무엇인가』[383]

배병삼, 『우리에게 유교란 무엇인가』, 녹색평론사, 2012.

우리가 타인과의 관계에서 무심코 흔히 쓰면서도 그 의미를 제대로 생각해보지 않는 표현들 가운데 '위하여(爲--)'라는 말이 있다. 상대방과의 관계에서 아주 중요한 시점에 자신의 호의를 특별히 강조하고자 할 때 이 말을 쓰곤 하는 것은, 그래서 매우 역설적인 일이다. 이 말을 하는 사람은 '너를 위하여', '가족을 위하여', 또는 '국민을 위하여'라는 말에 스스로 담고자 하는 의미가 무엇인지 의심해보지 않는다. 하다못해 술자리에서도, '~을'이라는 목적어가 생각나지 않으면 그냥 '위하여'라는 구호를 외치며 술을 마시는 것 역시 이 말에 깔려 있는 강력한 무의식을 보여준다.

가장 공격적이며 확신에 찬 '위하여' 중 하나가 아마도 '국민을 위하여'라는 정치 구호일 것이다. 그 근거로 유교의 정치 이념이 종종 인용된다. 그런데 우리가 심각하게 잘못 알고 있는 유교의 본래 정신과 현재적 의미를 바로잡아 해설하는 배병삼 교수의 『우리에게 유교란 무엇인가』를 보면, 올바른 정치란 '백성을 위하는 것(爲民)'이 아니라 '백성과 함께하는 것(與民)'이라는 주장에 깊이 공감하게 된다. 위민 사상의 효시로 알려진 『맹자』에 '위민'이라는 말 자체가 없을뿐더러, 백성을 시혜의 대상으로 보는 위민정치를 맹자야말로 적극 반대했다

는 것이다. 많은 사람들이 유교 이념의 핵심으로 알고 있는 충효(忠
孝) 또한, 실은 한비자의 법가에서 주창한 것이며, 그것을 한(漢) 제국
초기에 동중서라는 인물이 제국의 통치 원리로 끌어들인 것이라는 설
명도 의미심장하다. 나아가 이 '충효 사상'이 절정에 이른 것은, '상명
하복'과 '멸사봉공' 등을 절대적 통치 이념으로 삼은 일본의 사무라이
체제 하에서였으며, 이것이 바로 우리가 유교 사상의 핵심이라고 근
본적으로 잘못 알고 있는 이 사상의 본질이라는 것이다.

요는 바로 이것이다. '위한다'는 것 자체가, 아무리 선한 경우라 할
지라도, 상대방을 대상화하는 것이다. 상대방을 '위한다'고 말할 때,
아니 그렇게 마음먹는 순간 이미, 주체는 나이고 상대방은 어떤 경우
에도 객체이다. 따라서 그 본질이란 궁극적으로는 상대방을 낮잡아
보는 것, 나아가 물화(物化)하는 것이 될 수밖에 없다. 그리고 그 실행
동력은 본질적으로 일방적인 폭력이다. 실제로 고대 상형문자에서
'위(爲)'는 손으로 코끼리를 끌어당기는 모습을 본뜬 글자로, 코끼리
를 길들여 변화시키는 모양을 나타낸다고 한다(정민 외, 『살아 있는
한자교과서』). 다시 말해서 '위한다'는 것은, 내 위주(爲主)로 내 기준
에 따라 상대방에게 '호의'를 베풀겠다는 뜻이 된다. 상대방은 기껏해
야 그것을 받아들일지 말지를 결정할 수 있을 뿐이지, 이러한 상황에
서 나와 상대방 사이에 진정한 소통은 있을 수 없다.

다시 『우리에게 유교란 무엇인가』를 보자. 앞서 '충효'가 유교 이념
과 인연이 없다는 설명을 소개했는데, 실제로 유교 경전에 '충효'라는
말이 등장하는 경우는 거의 없다고 한다. '자기 자신에 대한 성실성'

을 뜻하는 '충'은, 역지사지(易地思之) 즉 '상대방 처지를 접어서 생각함'을 뜻하는 서(恕) 또는 타인과의 '신뢰'를 뜻하는 신(信)과 짝을 이루어, '충서(忠恕)' 또는 '충신(忠信)'으로 쓰이는 것이 일반적 용례였다는 것이다. 많은 사람들이 고리타분한 과거의 유물로 생각하는 유교의 참모습이 이렇다면, 그 가르침의 핵심은 '위하여'가 아니라 '더불어'임이 분명하다. 이것이 유교의 가르침이라면, 우리가 깊이 받아들여야 할 삶의 지침일 터이다.

그러나 이렇게 소중한 '더불어'의 가치는 '위하여'와 비교할 수 없을 만큼 진심으로 실행하기 쉽지 않은 것임도 분명하다. 진정으로 상대방 처지에 서서 보는 것, 진심으로써 상대방과 소통하는 것이 정말 어려운 일이기 때문이다. 우리는 이것을, 더할 나위 없는 친밀성을 바탕으로 하는 가족과 친구와 연인 사이에서도 늘 경험한다. 또한 그 어려움이 거꾸로 '더불어'의 가치를 새삼 일깨워주곤 한다. 그래서 무엇보다도 나라를 책임지겠다는 사람의 진위(眞僞)를 판단하는 가장 중요한 기준이, 대다수 국민과의 겸손한 소통 의지를 지닌 인물인지, 아니면 본질적으로 '위하여'라는 마음가짐과 사고방식의 소유자인지 여부가 되어야 하는 것은, 바로 이런 이유에서다. 이 점을 똑바로 볼 일이다.

There is a wording of 'for (爲--) someone or a group of people' which we often use lightly in a relationship with the one(s) referred to, but do not try to think about the meaning deeply. Therefore, it is very ironical to use this expression when we emphasize our favor for that one at a critical moment in the relationship with him or her. The person who uses this phrase rarely has doubts about what he or she means by the wording of 'for you' or 'for my family'; or, furthermore, 'for our people.' We can ascertain the strong unconsciousness embedded in this wording also when we hear us Koreans say cheers by shouting just "Uihayeo! (For!)" if some proper object of 'for' does not occur to them.

One of the most aggressive and assertive 'For someone or a group of people' is perhaps the political slogan 'For our people!' The political ideas of Confucianism are frequently cited for the justification of the slogan. But when we read the book *Uri-ege Yugyo-ran Mueosinga* (What is Confucianism to us) written by Prof. Bae Byeong-sam which interprets both the original spirit and the contemporary meaning of Confucianism through correcting seriously wrong misunderstandings and distortions of Confucianism, we come to respond positively to his point that righteous politics is not to pursue 'for the people (爲民)' but to seek 'with the people (與民).' According to his explanation, it goes without saying that the wording 'for the people (爲民)' itself does not appear in Mencius, which many people misunderstand as the beginning of the ideology of 'for the people'; and moreover, Mencius actively opposed the politics of 'for the people' which regards to the people as the objects of conferring benefits. It is also another significant explanation of his that the thought of loyalty and filial piety (忠孝), which is largely known as the core of Confucian ideas, was actually advocated by Han Fei Tzu (韓非子) who was the leader of School of Law (法家) and was put to practical use by Dong Zhongshu (董仲舒) as the principle of the Chinese Empire Han at its earliest beginning. Moreover, it was under the traditional systems of Japanese samurai who took 'command and discipline (上命下服)' and 'self-annihilation for the sake of our country (滅私奉公)' as their absolute ideology of ruling, that the idea of 'loyalty and filial piety' reached the peak. And it is said that this is the essence of the thought which we misunderstand as the core of Confucian thinking.

This is it. The thinking itself of 'for someone,' however good it seems, is to objectify the other side. When 'I' say 'for you'; no, the moment 'I' intend to do so, the subject is already 'I' and 'you' are the object in any case. Therefore, the essence is ultimately to think little of the other side, and furthermore, to consider the other side a thing (Verdinglichung, 物化). In fact, it is said that the ancient Chinese hieroglyphic letter '爲 (Wi, for)' was originally made in the similitude of a man who drew an elephant and it meant that the man changes the elephant by taming it. (Jeong Min et al., *Sara-inneun Hanja Gyogwaseo* (A Living Textbook of Chinese Letters)). That is to say, the thought of 'for someone' is to intend to do the other side a 'favor' under standards set by 'me' with 'myself' being the one-sided subject. The only thing that the other side can do at most is to decide whether to receive the 'favor' or not. We cannot have a truly mutual understanding in such a situation.

Let me refer to the book of Prof. Bae once again. I introduced his explanation that 'loyalty and filial piety' and Confucianism are strangers. And he also explains that the wording 'loyalty and filial piety' scarcely appear in the Confucian scriptures. He says it was the general usages that the letter '忠(Chung) [384]' meaning 'entire sincerity to oneself,' pairing up with the letters '恕(Seo)' or '信(Shin),' meaning 'to think the position of the other side generously (易地思之)' and 'trust in the other side,' respectively, and was made into the wording of '忠恕(Chung-Seo)' or '忠信(Chung-Shin).' Seeing this true face of Confucianism that is profoundly misunderstood, we come to realize that the point of the Confucian teachings is not 'for someone' but 'together with someone.' And if this is the Confucian teaching, it is a very important guide of life which we must receive into our hearts.

But it is not at all easy to realize this precious value of 'with' in comparison with that of 'for.' Because it is very hard and very difficult to see 'myself' in the position of the other side or for us to truly understand each other. We always experience this truth even through the relations between family members, friends and lovers which are based on the utmost intimacy. But the difficulty itself, conversely, let us realize yet again how precious the value of 'with' is. And so, this is the reason why we must take it, first of all, as the most critical judging standard of someone's authenticity who dares to take charge of a country, whether he or she has the humble will to understand the majority of the people, or she or he is essentially an owner of the mind and the thinking way of 'for.' We must face this point squarely.

9. 외국어 공부는 모어 공부다 : 이희재의 『번역의 탄생』

이희재, 『번역의 탄생 : 한국어가 바로 서는 살아 있는 번역 강의』,

교양인, 2009.

요즘 들어 나는 한글 맞춤법 수업에 공을 꽤 들인다. 학생들이 맞춤법의 세목을 무턱대고 외우는 게 아니라, 맞춤법의 취지를 스스로 이해할 수 있도록 돕는 것이 중요하다는 것을 절감하기 때문이다. 한글 맞춤법을 최초로 만든 학자들이 독립운동을 하는 심정으로 자기 일에 임했다든지, 학생들 스스로 국어학자의 처지에 서 보겠다는 태도로 맞춤법(의 문제점)에 관심을 가져야 한다는 말을 나는 농담이나 빈말로 하지 않는다. 그래서 맞춤법을 우습게 알지 말라는 말은 물론, 맞춤법 공부를 제대로 하지 않고 고급 문장을 쓰고 싶어 하는 것은 어불성설이라는 말도 반드시 강조해서 한다.

훈민정음, 즉 한글이 만들어진 것이 1443년, 반포된 것은 1446년이다. 한글 표기법이 체계화된 것은 언제일까? 놀랍게도, 조선어학회에서 한글맞춤법통일안을 만들어 내놓은 1933년이다. 그러니까 훈민정음 반포 이후로 따져서 487년, 거의 오백 년 동안 한글은 세계 최고의 문자라는 자타의 공인이 무색하게도 변변히 정리된 표기법이 없는 문자였다. "우리말이 중국말과 달라 중국 글자로 우리말을 제대로 표현할 수 없으니 백성들이 쉽고 편하게 쓸 수 있도록 스물여덟 자를" 만들었지만, 세종 임금 같은 불세출의 천재 성군이 주도하여 만든 이 문자를 갈고 닦기는커녕 오랜 세월 이 나라의 지식인들은 '언문'이라고 깔보았다. 그러나 20세기 들어 나라를 잃는 상황에 처하고 보니, 누구나 쉽게 쓸 수 있는 한글을 아끼고 돌보지 않은 것이 얼마나 큰 잘못이었는지를 뒤늦게 깨닫게 된 것이다. 말을 적는 글에는 그곳에 살아 온 사람들의 문화와 혼과 정신이 담기는 법이니, 한국말을 가장 온전하게 적을 수 있는 한글 표기법이 없는 것은 나라를 빼앗긴 것과도 차원이 다른 정신적 반불구임을, 식민지민이 되고 나서야 새삼 깨달은 것이었다. 그러나 해방된 지 몇 해가 지난 1949년에도, "우리의 조상은 해적이었다고 역사서에다 까놓고 나서는 영국도, 건국 2백 년이 못 되는 미국도 사전은 사전다운 것을 가지고" 있으니, "차라리 우리는 4천 년의 문화민족이란 말을 사전 한 권쯤을 완성하는 날까지 겸손스럽게 보류하기로 하자"[385]며, 한국의 대표적인 현대 작가 중 한 사람 채만식은 탄식하고 있었다. 이 넋두리의 배경에는 무엇보다도 한글맞춤법의 무질서가 있다. 지금은 어떨까? 물론 당시와는 비교할 수 없을 만큼의 큰 진전이 그동안 있었다. 그러나 예컨대, 외국에도 꽤 알려진 창작과비평사라는 출판사는 자기네만 쓰는 표기법이 따로 있고, 도올 김용옥 같은 이도 자기만의 언어학 이론과 한글 표기법으로 글을 쓰는 것이 현실이다.

글쓰기에 관한 책을 마무리하는 장에서 한글맞춤법에 관한 얘기를 다소 길게 끄는 데는 그럴 만한 이유가 있다. 우선, 내 책에 담긴 모든 정신적 내용도 한글맞춤법이라는 한글 글쓰기 기초 기술의 뒷받침을 받지 못했다면 온전히 **쓰일** 수 없었다는 것을 꼭 환기하고 싶었다. 뿐만 아니라, 이 장에서 다루는 『번역의 탄생』이라는 책이 제목에서도 알 수 있는 것처럼 아주 훌륭한 번역 이론-지침서이지만, 맞춤법이 있음으로 해서 "한글은 좋은 소리글자이자 좋은 뜻글자"이므로 "맞춤법을 지키는 것이야말로 한글의 잠재력을 지키고 키워 나가는 지름길"[386]이라는 저자의 안목을 나는 이 책의 백미로 보기 때문이다.[387]

한글은 방향이 거꾸로입니다.[388] 처음에는 소리글자였지만 점점 뜻글자로 가능성을 확대하고 있습니다. 그리고 이런 가능성을 확대하는 데 결정적 역할을 하는 것이 바로 받침이고 형태소이고 맞춤법입니다. 발음은 모두 〔낟〕으로 나지만 모습은 각기 다른 글자들을 볼까요. '낟'은 낟알의 '낟', '낫'은 벼 베는 '낫', '낮'은 어둡지 않은 '낮', '낯'은 뻔뻔스러운 '낯', '낳'은 새끼 얻은 '낳'. (……) 일본 글자 '가나'에서는 아무리 다양하게 표현하고 싶어도 발음도 표기도 가령 '나쓰'라고밖에는 못합니다. 그러니까 구별을 하려고 자꾸만 한자에 기댔던 겁니다.[389]

이러한 안목은 곧, 이 책의 저자가 외국어를 한국어로 옮기는 데 중요한 한국어의 기본 특성을 얼마나 제대로 알고 있는지를 보여주기도 한다. 그런데, 나라를 잃었을 때 선배 국어학자들이 절실한 각성의 계기를 얻은 것처럼, 이 책 저자는 외국어 번역과 공부를 점점 더 깊고 넓게 해 나가면서 한글맞춤법을 포함한 한국어의 원리를 오히려 더 잘 터득하게 되었다는 점에 주목해야 한다. 번역을 포함한 외국어 공부는 외국어뿐만 아니라 한국어 실력도 키워준다. 거꾸로 말해서 그렇게 하는 것이 좋은 외국어 공부다. 슈마허 식으로 말하자면, 지식의 제4영역인 '너(외국어)의 바깥'뿐만 아니라 제3영역인 '너(외국어)의 안'까지 보려는 외국어 공부를 하다 보면, 결국 제2영역인 '나(한국어)의 바깥'은 물론 제1영역인 '나(한국어)의 안'을 깊이 들여다보지 않을 수 없다. 결국 또 다시, '나의 안'을 잘 알아야 '너의 안'을 잘 이해할 수 있다는 것을, 외국어 공부를 통해서도 깨닫게 되는 것이다. 특히 번역은 외국어 공부와 한국어 공부를 동시에 넘나드는 일이기 때문에 이러한 깨달음이 매우 역동적으로 일어난다. 그래서 번역은 자기 스스로 해보는 경험이 다른 어떤 공부 영역에서보다도 특별히 소중하다고 생각한다. 거기서 어떤 (번역)'이론'을 얻는다면 그것은 여러 모로 뜻깊은 것이다. 이 책은 번역을 통한 외국어 공부가 실은 모어의 이치마저 더 잘 이해할 수 있게 해 준다는 것을, 저자의 경험으로 생생히 보여준다.

　그러나 『번역의 탄생』의 저자 이희재가 자신의 번역 경험을 통해 확인한 한국어의 현재 상태는, 그저 이미 존재하는 문법을 이해해서 사용만 하면 좋을 만큼 잘 '정리'되어 있지 못하다. 내가 저자의 논지를 이해한 바로는, 오늘날 한국어는 대대적 치유를 통해 본래의 건강한 자기 모습을 회복해야 외국어 번역도 당당히 감당할 수 있는 상태다. 이희재가 번역의 원칙으로서 '들이밀기(직역)'가 아니라 '길들이기(의역)'를 단도직입적으로 주장하는 핵심 뜻이 바로 여기에 있다. 달리 말하자면, 외국어와 한국어의 분명한 차이를 아는 사람이라면, **외국어가 의미하는 바를 한국어의 이치를 통해 옮기는 것**이 당연한데, 그 한국어의 이치 자체가 매우 혼란스럽게 이해되고 있으니 그것부터 바로잡아야 한다는 것이다. 나는 그의 주장을 '참된 의역 정신에 입각한 한국어의 독립 선언'이라 부르고 싶다. 이렇게 단순 명쾌한 주장을 보면서, 우선 '직역과 의역의 중도'가 적절한 것이라고 암암리에 생각했던 과거의 내 사고방식이 매우 어정쩡할 뿐만 아니라 명백히 잘못된 것이었음을 고백하지 않을 수 없다. 한국어의 근본 특성을 올바로 아는 채로 외국어의 의미를 정확히 파악하는 사람이라면 누구나 당연히 의역을 해야 하고 할 수 있는 것이다.

이희재에 의하면 한국의 직역주의는 뿌리가 매우 깊다. 한문을 숭상한 조선의 지식인은 한글 번역 자체를 인정하지 않았고, 19세기 말 이후 서양 문화를 접할 때에는 한문이나 일본어로 번역된 서양 책을 중역했고, 일본의 식민지가 된 이후에는 그조차 필요성을 못 느꼈다. 해방 이후에는 영한사전을 만들 때 영일사전을 전범으로 삼은 것이 직역주의의 폐단을 결정적으로 굳혔다. 영일사전을 베끼다 보니 영일사전의 딱딱한 한자어 풀이어들이 발음만 한국어로 표기되었다. 게다가 해방 이후 본격적으로 접한 영어를 하염없이 경외하다 보니 직역주의가 고착화되었다는 것이다. 직역주의는 영어 번역에서만 있었던 게 아니어서, 예컨대 『조선왕조실록』의 한문도 무슨 뜻인지 도무지 알 수 없는 직역 문장으로 만들어 놓았다.[390] 그러나 그가 다른 어떤 점보다도 가장 크게 문제 삼는 것은, "현대 한국인이 쓰는 한자어의 90퍼센트 이상은 19세기 말 이후에 일본에서 만들어진 외래산 근대어"[391] 라는 사실에서 분명하듯, 한국이 근대 형성 과정에서 "전통이 폭력적으로 단절되었을 뿐 아니라 외국 문화도 스스로 받아들인 것이 아니라 일본을 통해서"[392] 받아들였다는 점이다. 그의 이러한 문제의식은, 앞에서 말한 것처럼, 자기 자신의 번역 경험에서 비롯된 것이어서 그 실천 결과 역시 매우 참신하고 바람직하다. 예컨대 어린이 책의 한 대목에서 'person'을 '큰사람'으로, 'event'를 '사건'이 아니라 '큰일'로 옮기니, 원문에서는 겉으로 드러나지 않았지만 숨어 있는 '큰'이라는 뜻도 살려주면서 한국어로도 안정된 번역이 되었는데, 그도 강조하듯이 바로 이러한 시도와 노력을 통해 한국어의 특성이 되살아날 수 있다는 것이다.

A memorial is something that is built or done to help people continue to remember a **person** or an **event**.

큰사람이나 **큰일**을 오래 기억하려고 세운 탑이나 조각, 건물을 기념물이라고 한다.[393]

한국의 직역주의가 외국어 번역투 때문임을 지적한다고 해서 그가 배타적 민족주의자일 것이라고 섣불리 짐작해서는 안 된다. 그 스스로 분명히 말하듯이, 단순히 번역투이기 때문에 안 된다는 것이 아니라 "이미 존재하는 한국어로 같은 뜻을 얼마든지 정확하고 간결하게 나타낼 수 있는데 이런 질서까지 허물어뜨리는 것은 용납하기 어렵다는 뜻"[394] 이다. 그 대표적인 예가 "한국은 일제로부터 독립되었다" 처럼 일본어 직역투에서 온 과잉 수동문과 "군고구마 냄새가 식욕을 자극시킨다"같이 영어 직역투의 영향이 큰 과잉 사역문이다.[395] 그러나 다른 한편, 1563년에 알렉산더 네빌이 영어로 번역한 『오이디푸스』의 서문을 오늘날 우리 같은 외국인도 별 어려움 없이 읽을 수 있을 정도로 "이렇게 몇 백 년 전에 조상이 쓴 글을 그대로 읽을 수 있을 만큼 모국어 사용의 전통이 이어지는 영국 같은 나라"[396] 가 참 부럽고, 막연하거나 거창한 것이 아니라 "구체성을 중시하는 서양의 글쓰기 방식"[397] 마음에 든다고 진심으로 고백할 정도로 그의 사고는 합리적으로 열려 있다.

이러한 문제의식과 사고방식으로 행하는 작업의 본령이 바로 한국어의 근본 특성을 정리하는 것인데, 여기서 외국어 번역가로서의 그의 특장이 유감없이 발휘된다.[398] 한국어의 특성은 외국어와 대비해 볼 때 뚜렷이 드러난다. 중요한 몇 가지만 살펴보자. 첫째, 한국어는 동적인 언어여서 동사와 동사를 꾸미는 부사가 특별히 중요한 데 비해, 영어를 비롯한 서양어는 정적이어서 명사의 행동 범위가 한국어보다 훨씬 넓고 명사를 꾸미는 형용사가 발달했다. 영어의 명사는 한국어 동사로, 형용사는 부사로 바꿔 주는 것이 번역의 요령이다. 둘째, 따라서 한국어 어휘력을 늘리려면 부사 공부를 많이 해야 한다. 그러나 영어는 동사도 발달한 언어이기 때문에 특히 동사를 많이 알아야 한다. 셋째, 한국어는 주어를 별로 쓰지 않고, 쓰더라도 생명이 있는 것을 쓰지만, 영어는 추상명사를 비롯한 온갖 것이 주어 자리에

올 수 있으므로, 주어를 부사어로 바꾸거나 사람 아닌 주어를 사람 주어로 바꿔 주어야 자연스러운 한국어 문장이 된다. 넷째, 한국어는 접두사와 접미사 등 접사가 발달한 말이어서 "번역자가 창조적으로 접사를 발굴할 수 있는 가능성은 무한"[399] 하다. "The Police dismissed her with a caution."을 "경찰은 여자를 **훈**방했다."[400] 로, "He used to read the book with great pleasure when young."를 "그는 젊어서 그 책을 **애**독했다."로 옮길 수 있는 것이 그 좋은 예이다. 다섯째, 다른 모든 언어와 마찬가지로 토박이말 곧 입말로 쓴 한국어가 번역어로도 자연스럽고 안정적이다. "토박이말을 쓰는 까닭은 민족주의를 주장해서가" 아니라 "그저 머리에 잘 들어온다는 소박한 이유에서"[401] 이다. 또한 "말하듯이 쉽게 쓴 글은 꼭 눈으로 읽지 않고 귀로 듣기만 해도 알아들을 수 있는 글"이므로 "눈으로 보지 않고 귀로 듣기만 해도 알아들으려면 토박이말을 많이 써주어야"[402] 한다. 그 좋은 예(2번 번역)가 아래와 같은 것이다.

Moreover, the line that the war had ceased to be antifascist in any sense, and that Britain and France were as bad as Nazi Germany, made neither emotional nor intellectual sense.

1. 게다가 이 전쟁은 누가 뭐래도 이제는 반파시즘 투쟁이 아니며 영국과 프랑스도 나치 독일만큼 나쁘다는 입장은 **정서적으로도 지적으로도** 납득이 안 갔다.

2. 게다가 이 전쟁은 누가 뭐래도 이제는 반파시즘 투쟁이 아니며

영국과 프랑스도 나치 독일만큼 나쁘다는 입장은 **머리로도 가슴으로
도** 납득이 안 갔다.[403]

여섯째, 영어의 특성을 특히 잘 보여주는 것이 전치사인데, 사실 전
치사는 동사에 가까운 뜻을 담고 있으므로 한국어로 번역할 때도 그
동사의 뜻을 구체적으로 드러내는 것이 좋다. 'the agreement **between**
the two countries'를 '두 나라 사이**에서 이루어진** 합의'[404]로 옮기는 것
이 그 예이다.

이 밖에도 『번역의 탄생』에는 자연스러우면서도 정확한 번역을 하
는 데 도움일 될 만한 정보와 지식이 아주 많이 담겨 있다. 그러나 그
핵심을 일관되게 관통하는 것은, "번역은 저자를 위해서 하는 것이
아니라 독자를 위해서 하는 것"[405]이며, "원어에 얽매이기보다는 말하
고자 하는 바를 정확하고 쉽게 전달하는 것이 더 중요하다"[406]는 번
역 원칙의 재확인이다. 이 원칙이 외국어를 거울로 하여 알게 된 모어
의 특성에 기반을 둔 것임은 말할 필요도 없다. 이러한 이해를 바탕으
로 이 책의 저자는 국어사전의 문제점을 지적하면서 앞으로 만들어야
할 새로운 영어사전의 원칙을 여덟 가지로 상세하게 제시한다. 예컨
대 『표준국어대사전』에서 '현궁(玄宮)'이라는 말을 찾으면 '임금의 관
(棺)을 묻던 광중(壙中)'이라고 나오는데, 웬만한 국어사전을 찾다보
면 풀이어가 표제어보다도 어려울 때가 많다는 것이다. 국립국어원
에서 반드시 새겨들어야 할 중요한 지적이다. 그런데 내가 『번역의
탄생』에서 얻은 가장 유용한 정보 가운데 하나는, "영한사전과 달리

영영사전은 단어든 숙어든 철저히 사용 빈도를 따져서 자주 쓰는 뜻부터 먼저 사전에 올려놓은 경우가"[407] 많아서 영한사전의 한계를 보완하는 데 필수적인데, "그것은 미국 영영사전이 아니라 영국 영영사전"[408]이 그렇다는 것이다. 그런데 "1960년대까지 세계 영어사전 시장을 주도한 미국이 1970년대에 들어와 영국에게 자리를 내준 것도 민영화와 함께 장기 투자보다는 단기 이익에 치우쳐 제대로 투자를 하지 못하는 바람에, 자연히 영어사전의 질이 영국에 뒤졌기 때문"[409]이라 하니, 이 점 역시 새롭고 바람직한 영한사전을 만드는 데 교훈으로 새겨 두어야 할 터이다.

그러나 뭐니 뭐니 해도 이 책이 명저의 반열에 오를 만한 이유는, 저자가 자기 자신의 오랜 번역 경험으로부터 창조적인 번역 원리와 구체적인 번역 방법을 이끌어냈을 뿐만 아니라, 그 원리와 방법 자체를 한국어 글쓰기의 지침으로도 훌륭하게 제시하고 있다는 점이다. 이 점만으로도 이 책은 이미 단순한 번역 지침서가 이미 아니다. 그러나 저자의 문제의식은 훨씬 근본적인 데까지 나아가 있다. 이 책은 모어(자국 문화)를 정신적으로 독립시키고 외국어(외국 문화)를 창조적으로 수용하는 것은, 번역뿐만 아니라 모든 면에서 이 나라가 진정한 독립국이 되는 문제와 연결되어 있다는 말을 결론으로 삼는다.

한국의 번역 문화는 한국어의 논리보다는 외국어의 논리를 너무 숭상하는 풍토라는 생각이 듭니다만, 그 외국어의 논리라는 것도 심도 있는 분석을 통해서 수미일관한 체계로서 받아들이는 것이 아니라 즉 물적이고 맹목적으로 따라가지 않았나 싶습니다. 문화도 그렇습니다. 외국 문화의 방정식을 규명하기보다는 그때그때 유행하는 답만 열심히 받아 적어 왔다는 느낌이 듭니다. 그러다 보니 자기 현실에서 벌어지는 일을 좌는 좌대로 우는 우대로 외국 전문가와 외국 이론을 그대로 들여와서 한국 현실에 들이미는 풍토가 일제로부터 독립한 지 두 세대가 넘은 지금도 크게 달라지지 않았습니다. 자기 현실에서 자기 이론을 만들어야 하는데 남의 이론에다 자기 현실을 억지로 뜯어 맞추는 것이지요. 단순히 번역의 차원이 아니라 문화의 차원에서도, 경제의 차원에서도, 정치와 역사의 차원에서도 한국인이 자기 눈으로 자기 현실을 분석하는 방정식을 세우는 데 이 책이 작은 벽돌 하나라도 올려놓을 수 있기를 바라는 마음입니다.[410]

9. To Study a Foreign Language is to Study the Mother Tongue: Yi Hi-jae's *Beon-yeok-ui Tan-saeng* (The Birth of Translation)

Recently I put special efforts into the class of the rules of Korean orthography. It is because I feel strongly that it is important to help students understand the purpose of the orthography for themselves instead of making them memorize the details of that without any preparation. I do not say to my students as a joke or an empty word that the first scholars who made the rules of Korean orthography during Japanese colonial rule engaged themselves in their work with the mind of the then fighters for independence; and the students should be concerned about the (matter of) orthography with the will to try to be in the position of a Korean linguist themselves. And I also emphasize that they must not neglect the orthography and it is absurd to hope to write a high-quality sentence without studying it well.

Hunminjeongeum, the original Korean alphabet Hangeul[411] was created in 1443 and promulgated in 1446. When was the notation of Hangeul systemized? Surprisingly, it was in 1933 when the Korean Language Society of the above-mentioned scholars' research organization issued the unified draft of the rules of Korean orthography.

Thus for 487 years, almost 500 years since the promulgation of it, Hangeul had been an alphabet without an appropriately organized notation to the extent that the commonly acknowledged praise for it being the world's highest alphabet must be put to shame. Although the ancestors made "twenty-eight letters for people so that they can use them easily and comfortably because our language is different from that of China and we cannot write our spoken language in Chinese letters," most of the intellectuals of this country have despised the alphabet which was created under the leadership of the extraordinarily talented sage, King Sejong, instead of developing it. But when they came to lose their country in the 20th century, they realized how wrong it had been not to esteem highly and take care of Hangeul which can be used easily by everybody. They abruptly realized only after they became colonists that it is a spiritual half-deformity entirely different even from the national ruin to not have a Korean orthography, which makes it possible to write Korean in its entirety, because the writing of the spoken language contains the culture, the soul and the spirit of the people who have lived in that place. However, even in 1949, even a few years after the liberation of the country, Chae Man-sik, who is one of the representative writers of Korean modern literature, was sighing deeply: "As even England, which expresses it publicly in their history that their ancestors were pirates, and America of only 200 years have dictionary-like dictionaries, we had better refrain humbly from the self-praise of a cultural nation of four thousand years until we complete at least a dictionary."[412] There is the disorder of the Korean orthography behind his grumbling. How is it now? Of course there has been great progress incomparable with the situation of that time. But it is the reality that, for example, the publishing company, Changbi, which is quite well-known even in foreign countries, has its own orthography and a famous Korean thinker, Do-ol Kim Yong-ok writes with his own orthography based on his own linguistic theory.

I have a reason to write a little extensively about Korean orthography in the last chapter of my book on writing. Firstly, I wanted to remind the readers of the fact without fail that all of the spiritual contents of this book could not have been expressed to my original intent without the support of the Korean orthography as the basic art of Korean writing. And it is also because I consider the judgment of the author of the book being introduced from now in this chapter that "Hangeul is a good phonogram and ideogram" due to the Korean orthography and "preserving the orthography is just the shortcut to keeping and raising the development potential of Hangeul"[413] as the highlight of the work. It goes without saying that this book contains a very good theory and guide for translation as the title indicates.

The evolution of Hangeul is being done in a different direction from that of Chinese characters. And it is a consonant placed under a vowel or a morpheme or the orthography that plays the decisive role of enlarging such a possibility. Let me show the different letters which have the same pronunciation of [nat]. '낟' is a grain, '낫' is a sickle used in cutting rice, '낮' is day which is not dark, '낯' is a face and '낳' means 'bear young.' (......) In *kana*, the Japanese alphabet, although they want to make various expressions, they cannot pronounce and write except for 'natsu.' So they could not have helped constantly depending on Chinese letters to make distinctions of meaning.[414]

We can also see through the author's eye how well he knows the basic characteristics of Korean which are important in translating foreign languages into Korean. And we should take notice of the fact that the author of the book came to understand the principles of Korean including the orthography while he did the works of his translation and study of foreign languages more widely and deeply just as the older scholars of Korean linguistics could get the opportunity of realizing the value of Hangeul and its orthography when they lost their country. The study of foreign languages develop Korean skills as well as capability in foreign languages. In other words, such a study is a good way of studying foreign languages. Speaking after the way of Schumacher, while we are studying foreign languages to try to see 'your (foreign languages') inner side' as Field 3 as well as 'your outer side' as Field 4, we cannot but go deep into the study of 'my (Korean) inner side' as Field 1 as well as 'my outer side' as Field 2. Thus we come to realize again even through the study of foreign languages that "I should understand 'my inner self' to know 'your inner self.'" Especially translation being the work across the study of foreign languages and that of Korean more than anything else, such a realization comes about very dynamically in translating. Therefore one's *own* doing is particularly more valuable in translation than in any other field of study. If we get a theory (of translation) from the work, it will be very meaningful in many aspects. *Beon-yeok-ui Tan-saeng* (The Birth of Translation) shows clearly through the author's experiences that the study by translation of foreign languages actually makes us understand better the principles of our mother tongue.

But the condition of the present Korean which Yi Hi-jae, the author of *Beon-yeok-ui Tan-saeng* (The Birth of Translation), checked by his experiences of translation has not been 'organized' enough to be used well just by our understanding the existing grammar. According to my understanding of his argument, today's Korean is in a condition that makes it inevitable to recover its healthy original nature by extensive healing to fulfill the duty of translation of foreign languages fairly. The essence of his suggestion is straightforwardly that we should choose domestication (which means free translation) instead of foreignization (which means literal translation) as the principle of translation. In other words, he means that anyone who understands the clear difference between a foreign language and Korean may well *do the translation of the meanings of the foreign language by the principle of Korean* and we must reform the principle of Korean because the principle itself is understood in confusion. I would like to call his argument *the Korean Declaration of Independence on the basis of the spirit of true free translation*. Seeing his simple, explicit argument, first of all, I cannot help confessing that it was very ambiguous and explicitly wrong as well for me to have thought of 'the middle way between literal translation and free translation' as the proper way. Anyone who grasps the meanings of a foreign language properly with the correct understanding the basic characteristics of Korean naturally should do and can do free translation.

According to Yi Hi-jae, the idea of literal translation in Korea is very deep-rooted. The intellectuals in the Joseon Dynasty who revered Chinese writing did not even recognize the translation into Korean; they translated translations into Chinese writing or into Japanese when they met the Western culture since the late 19th century; and did not even feel the need to do it after Korea became a Japanese colony. Following the example of the Japanese English-Japanese dictionary when they made an English-Korean dictionary after the liberation consolidated the negative effects of the idea of the literal translation definitely. As they copied an English-Japanese dictionary, only the pronunciations of Sino-Japanese words which are too formal were written. He says that, moreover, they stood in infinite awe of English which was met in earnest after the liberation brought the adhesion of the idea of literal translation. Literal translation was applied not only to English translation. For example, the Chinese writing of the Annals of the Joseon Dynasty is made of the sentences of literal translation which just cannot be understood. The most important point which he brings into question more than anything else is that as we see clearly from the fact that "Over 90% of Sino-Korean words which modern Koreans use were the modern words made in Japan since the late 19th century," Korea was forced in the process of forming the modernity "to cut off its own tradition and to accept foreign cultures through Japan instead of accepting them voluntarily."[415] As this criticism of his originates from his own experiences of translation, the practical results of his translation from the critical mind are also very fresh and desirable. For instance, he says that as he translated 'person' into '큰사람 (great man),' 'event' into '큰일' instead of '사건' in a book for children, he could make alive the nuance of '큰 (great)' whose meaning can be easily understood by Korean children and make a stable translation into Korean at the same time. He means that, as he emphasizes, through such an attempt or effort, the characteristics of Korean can be revived.

A memorial is something that is built or done to help people continue to remember a **person** or an **event**.
큰사람이나 큰일을 오래 기억하려고 세운 탑이나 조각, 건물을 기념물이라고 한다.[416]

You had better not guess rashly that he must be a nationalist because he points out that the idea of literal translation in Korea is owing to the translation-style of foreign languages. As he clearly says, he means that he does not object to it simply because of the translation-style, but "when we can convey the same meaning properly and concisely in any degree by existing Korean expressions, it is unapprovable to destroy such orders of Korean."[417] The representative examples are; a over-passive sentence which comes from the translation-style of Japanese such as "한국은 일제로부터 독립되었다"; and a over-causative sentence which is greatly influenced by the literal translation style of English such as "군고구마 냄새가 식욕을 자극시킨다."[418] But, on the other hand, he envies "the country like England where the tradition of using the mother tongue has been inherited to the extent that they can read the original writing which their ancestors wrote many hundred years ago"[419] and even the foreigners like us today can read without any difficulty the preface of *Oedipus* that was translated into English by Alexander Neville in 1573. And he is very reasonably open-hearted enough to confess that he likes "the Western way of writing laying stress on concreteness" rather than a vague or high-flown style.

It is the arranging of Korean basic characteristics which he does as his main work with such a critical mind and the way of thinking. And he gives full play to his special virtue as a translator in the work. The characteristics of Korean emerge when it is compared with foreign languages. Let us examine several aspects. Firstly, Korean is a dynamic language and a verb and an adverb which modifies a verb are important in Korean; whereas, on the other hand, the Western languages including English are static languages and the sphere of action of a noun is larger than that of Korean nouns and the adjectives have been developed to modify the nouns. It is a tip for the translation to change English nouns into Korean verbs, English adjectives into Korean adverbs. Secondly, therefore, we should study hard the adverbs to increase our vocabulary of Korean. But English is a language in which even verbs have been developed and we should know especially many of the English verbs. Thirdly, they usually do not use a subject in Korean and use an animate being even in doing it, and, on the other hand, everything can come to the place of a subject including an abstract noun in English and we should change an English subject into a Korean adverb or a non-human subject into a human subject to make a natural sentence in Korean. Fourthly, Korean is a language in which affixes like prefixes and suffixes are developed and thus there is "the possibility of creating affixes infinitely by a translator."[420] He presents the following examples: we can translate the English sentence, "The Police dismissed her with a caution." into "경찰은 여자를 훈방했다."[421] and "He used to read the book with great pleasure when young." into "그는 젊어서 그 책을 애독했다."[422] Fifthly, like any foreign language, native Korean, that is to say spoken Korean, is natural and stable as the translation language. "The reason why I use native Korean is not for nationalism (......)." It is "simply because it makes the meaning more comprehensible."[423] And "because a writing which we write easily as we speak is that which others can understand merely by hearing even without reading," "we should use many of native words to let them understand our writing by merely hearing even without seeing."[424] A good example (No.2) is as follows.

Moreover, the line that the war had ceased to be antifascist in any sense, and that Britain and France were as bad as Nazi Germany, made neither emotional nor intellectual sense.

1. 게다가 이 전쟁은 누가 뭐래도 이제는 반파시즘 투쟁이 아니며 영국과 프랑스도 나치 독일만큼 나쁘다는 입장은 **정서적으로도 지적으로도** 납득이 안 갔다.

2. 게다가 이 전쟁은 누가 뭐래도 이제는 반파시즘 투쟁이 아니며 영국과 프랑스도 나치 독일만큼 나쁘다는 입장은 **머리로도 가슴으로도** 납득이 안 갔다.[425]

Sixthly, the part which especially shows the characteristics of English well is a preposition, and it is better to expose the verbal meaning of the preposition in the translation into Korean because a preposition actually contains a meaning similar to that of a verb. Here is an example: we had better translate the phrase, 'the agreement between the two countries,' into '두 나라 사이에서 이루어진 합의.'[426] In addition, there is much information and knowledge in his book which can be helpful in doing natural and correct translations. But the core of his consistent argument is the reconfirmation of the translation principle that "any translation must be done not for the author but for the readers"[427] and "it is more important to convey correctly and easily what the original author wants to say instead of being occupied with the original language."[428] It is needless to say that this principle is based upon the characteristics of his mother tongue compared with foreign languages which he came to understand. On the basis of such understanding he points out the problems of Korean dictionaries and suggests eight principles of an English-Korean dictionary which we will make. For example, if we search the word '현궁 (玄宮, hyeon-gung)' in *The Standard Korean Dictionary*, the meaning is explained as '임금의 관(棺)을 묻던 광중 (壙中) (a gwang-jung in which a coffin of a king was buried.)' He means that almost all of the Korean dictionaries have many of such explanations that are even more difficult than the headwords. It is an important indication which The National Institute of the Korean Language must listen to carefully. And a piece of the most useful information which I got from his book is that it is necessary to compensate for the limitations of English-Korean dictionaries with English-English dictionaries "because the latter generally describe the more often-used meaning first, whether it is a word or an idiom, according to the thorough investigation of the frequency of use,"[429] and "so it is in the case of the English-English dictionaries of UK, not in that of American English-English dictionaries."[430] And he indicates that "it is also because the USA did not make a proper investment with the stream of privatization which pursued short-term profits rather than long-term investment and the quality of the English dictionaries naturally fell behind that of UK, that the USA, which had lead the world market of English dictionaries until the 1960's, handed over the top position to the UK."[431] I think that we must bear even this point in our mind as a lesson for making a new and desirable English-Korean dictionary.

However, the first reason why his work deserves to join the ranks of masterpieces is that the author not only drew the creative principles of translation and practical methodology of translation from his own long experiences but also presents the principles and methodology well as the guide for Korean writing. Even only in this respect, his book is not a mere guide for translation. But the critical mind of the author reaches a much more fundamental point. The conclusion of his book is that making our mother tongue (national culture) spiritually independent and accepting foreign languages (foreign cultures) creatively is related to the matter of this country's becoming a true independent nation in all aspects as well as in translation.

I think that although the Korean culture of translation is one which exceedingly respects the logic of a foreign language rather than that of Korean, even the logic of a foreign language seems to be followed superficially and blindly instead of being accepted as a consistent system through an in-depth analysis. The same is happening in the culture. They seem to have written zealously the answer in fashion as it came instead of searching for the true nature of the foreign culture. And the cultural climate, in which neither the left wing nor the right wing accepts foreign professionalists and their theories as they are and push them into Korean reality, has not been greatly changed even now when it has been over two generations since the independence from Japanese rule. Although we should create our own theory based on our own reality, we have forced our own reality to fit the other's theory. I hope this book can be a small contribution to setting up a model for analyzing our own reality through our own eyes even on levels of culture, economics, politics and history as well as translation.[432]

이 책을 처음 구상한 때로부터 1년하고도 한두 달이 지났다. '내게 쓴 편지함'을 다시 확인해보니 〈무위당 장일순 선생님 영전에서〉와 〈'위하여'와 '더불어'〉를 처음 영역해서 보관한 날짜가 작년 이맘때고, 최초의 책 제목과 개요, 그리고 작은 동고비 사진과 함께 앞부분 아주 일부 내용을 써서 올린 것이 올 1월 20일이었다. 법정 스님이 늘 강조했듯이, "전광석화 같은 시간"이다. 정말 잘 살아야 한다.

생명이 하나인 것과 마찬가지로, 글쓰기와 삶이 하나라는 것은 도덕적 당위가 아니라 참된 글쓰기의 원리이자 방법이라는 것이 이 책을 쓰면서 얻은 가장 큰 깨달음이다. 그러니 더더욱 정말 잘 살아야 한다.

여러 모로 처음 해보는 경험이자 도전이었다. 특히 한국어와 영어를 동시에 쓰는 이중 언어의 글쓰기를 통해 영어 공부를 제대로 한번 해본 것은 물론이요, 나는 내 글쓰기의 버릇과 특징을 깊이 점검해 볼 수 있었다. 남(외국어)이 나(모어)를 어떻게 보는지 정확히 아는 것은 나를 제대로 아는 데 필수라는 의미에서도, 외국어 공부 또한 게을리하지 말 일이다.

리타 선생님 덕택에 나는 이 '별난' 경험과 도전을 해볼 수 있었다. 심신 모두 바쁘고 피곤한 일정 속에서, 편찮으신 눈으로 서툴고 거친 내 영어 문장들을 보아주신 선생님께 가슴 깊은 곳으로부터 감사 말씀을 올린다. 이 기회 덕분에, 선생님을 알게 된 이래 이제까지 나눈 말씀보다도 더 많은 이야기를 선생님과 나눌 수 있었다. 내 글 가운데 특별히 무위당 선생님 이야기가 감명 깊었다는 말씀을 거듭 하셨다. 그저 감사할 따름이다. 늘 건강하시기를 기도한다.

변변치 못하나마 글쓰기와 관련된 '이론'을 쓸 수 있었던 것은 이제까지 수업을 통해 나와 인연을 맺은 모든 학생들 덕분이다. 이 책에서 인용한 글과 만남을 제공해준 학생들에게는 특별한 감사의 말을 전하고 싶다. 글쓰기라는 수업의 특장 덕이라 해야 할지, 글과 대화를 통해 나는 학생들이 겪는 고통과 고민을 엿보게 되곤 한다. 겉보기에는 대개 멀쩡하지만 안쓰럽다는 말로 감당 안 되는 사연을 지닌 젊은이들이 숱하다. 오늘날 한국의 대학에서 선생 노릇을 한다는 것이 무엇인지 늘 스스로 되묻게 된다.

이 책에서 언급한 현인들을 비롯한 모든 선하고 겸손한 이들이 한없이 고맙다. 미약한 정신의 깜냥에도, 악하고 탁한 기운에 휘둘려 헛된 분함의 감정에 질식하지 않을 수 있는 것은, 떠벌림이라고는 없이 내 생명을 지탱해주는 자연과 자연을 닮은 그이들 덕이다. 이 책이 그런 것처럼, 앞으로도 나는 그 덕의 힘으로 살고 쓸 수 있을 것이다.

2014년 12월
정홍섭

It has been one year and several months since I first formed the idea of this book. Looking at the 'mailbox for sent mail' again, I realize it was at this time last year when I translated "At the graveside of Sir Jang Il-soon" and "'For' and 'With'" for the first time, and it was January 20th of this year when I uploaded a few front pages with the small picture of the nuthatch. As Ven. Beopjeong always emphasized, time is "like a flash from lightning or flint." I must actually live well.

It is the most great enlightenment which I have got through the writing of this book that as life is one, so the oneness of writing and life is not a moral duty but the true principle and methodology of writing. So I must live well all the more.

It was the first experience and challenge in many respects. Especially through the bilingual writing with Korean and English, I could do a deep examination of the habits and the characteristics of my writing as well as a real English study. Even in the sense that knowing exactly how others (foreign languages) see me (mother tongue) is necessary for knowing myself as I am, I must not neglect my study of foreign languages.

Due to Prof. Rita, I could make this 'extraordinary' experience and challenge. From deep within my heart I give thanks to her who examined my clumsy and rough English sentences with the ill-conditioned eyes in her busy schedule. Thanks to the opportunity, I could talk with her much more than I have done since I got to know her. She said repeatedly that the story of Sir Muwidang was especially impressive in my writing. I just thank her. I pray for her health all the time.

It is due to all the students who came to have a bond with me through classes until now that I could write, even though it is humble, a writing 'theory.' I would like to give special thanks to the students who gave the meetings and the works of writing which I quoted in this book. I do not know whether it is a merit of the class of writing, but I often learn about the pain and agony of my students through their writing and my talking with them. Although they usually seemingly have no problem, there are so many young people who have the stories which can never be expressed with the wording of "feel bad." I cannot help asking myself again and again what being a teacher at a university in Korea today is.

I am extremely thankful to all those who are good and humble including the sages mentioned in this book. It is through the virtues of Nature who preserves my life without any bragging and the people who resemble Nature that, in spite of my weak power of spirit, I may not be suffocated by the vain emotion of resentment from certain bad and turbid energy. As has been the case of this book, I will keep being able to live and write through the power of the virtues.

December, 2014

Jeong Hong-seop

I. 글쓰기의 가치와 방법

1. 글쓰기의 가치

1) 글쓰기와 생각하기

1) 지금은 '생각'이라는 말을 순우리말로 보는 것이 일반적이지만, 이렇게 한자어로도 이해 하는 것이 예전에는 흔했고 지금도 그런 경우를 볼 수 있다. 그러나 사실이 어느 쪽이든 간에, '생각'이라는 말을 '살아 있음의 깨달음' 또는 '살아 있는 깨달음'으로 이해하는 것 은 꽤 적절해 보인다.

2) 루돌프 슈타이너(1861-1925) : 철학자이자 교육자로 빈 공과대학에서 물리 · 화학을 공부 하는 동시에 철학 · 문학에 심취하였다. 괴테의 자연관과 인간관, 그리고 동양 사상(특히 불교)에 깊은 영향을 받은 그는 정신세계와 영혼 세계의 중요성을 강조한 '인지학'을 창 시하였고, 그가 주창한 발도르프 교육학 역시 인지학 정신에 기초를 둔 것이다. 또한 니 체, 헤켈 등 철학자들과 교류하는 한편, 수차례의 강연을 통해 화가 칸딘스키, 클레, 에 드가 엔데, 에드가 엔데의 아들인 『모모』의 작가 미하엘 엔데, 프란츠 카프카, 슈테판 츠 바이크 등 당시 예술인들에게 큰 영향을 주었다. 평생을 인지학 발전과 발도르프 교육학 전파에 힘써 온 그의 수많은 강연 필사본과 저작물들은 『루돌프 슈타이너 전집』으로 독 일에서 이미 350여 권이 출판되었으며 현재까지도 출간되고 있다. 한국어로도 20여 권 이 번역되어 있다.
루돌프 슈타이너, 『자유의 철학 : 현대 세계관의 근본 특징』, 최혜경 옮김, 밝은누리, 2007 의 저자 소개 참조.

3) 이 말이 포괄하는 의미의 범위가 얼마나 넓은지는, 이 말에 해당하는 영어 어휘를 보 아도 잘 알 수 있다. 이를테면 내가 가진 어떤 한영사전에는 이 말의 풀이가 다음과 같 이 되어 있다.
1. 사고 · 사상 : thinking; thought; ideas.
2. 관념 · 착상 : an idea; a notion; a conception; a thought; a plan, initiative.
3. 의견 · 신념 · 제안 : an opinion; a view; a belief; an impression; a suggestion.
4. 의도 : intention; a design; a view; an aim; an idea; a purpose; a motive.

5. 사려 · 분별 · 판단 : discretion; prudence; sense; judgement.
6. 고려 · 배려 · 참작 : consideration; account; thought; regard; allowance.
7. 숙고 · 사색 · 심사 · 반성 : deliberation; consideration; a thought; meditation; reconsideration; reflection.
8. 각오 · 결심 : a resolution; decision.
9. 기대 · 소망 · 그리움 : expectation(s); hope; wish; desire; longing.
10. 상상 · 추측 : imagination; supposition; fancy; (a) guess.
11. 추억 · 회상 : retrospection; recollection; remembrance.
12. 기분 : a feeling.

4) 이오덕, 『글쓰기 교육 이론과 방법』, 고인돌, 2012, 19쪽.

5) These days they generally regard 'saeng-gak' as a pure Korean word, but they used to understand this word as a Chinese word before and such an understanding can be seen even today. And no matter whether which understanding agrees with the fact, I think that it is quite proper to understand the word 'saeng-gak' as 'enlightenment of living' or 'living enlightenment.'

6) Rudolf Steiner (1861-1925): Philosopher and educator. He studied physics and chemistry in Vienna University of Technology and was wholly devoted to philosophy and literature at the same time. He who was deeply influenced by Goethe's view of nature and man, and the thoughts of East (especially Buddhism), founded 'anthroposophy' which emphasize the importance of spiritual world and that of soul. The pedagogy of the Waldorf school he advocated is also based on the spirit of anthroposophy. And besides interacting with philosophers like Nietzsche and Haeckel, through many times of lectures, he gave great influences on the then artists and writers like Kandinsky, Klee, Edgar Ende, Michael Ende who is Edgar Ende's son and the author of *Momo*, Franz Kafka and Stefan Zweig. All his life, he endeavored to develop anthroposophy and to diffuse the pedagogy of Waldorf school. So many of his writings and the transcriptions of his lectures have already been published in Germany in 350 volumes of *The Complete Works of Rudolf Steiner*, and the series are now also being issued. Over twenty volumes of the works have been published also in Korean. cf. The introduction of the author in the book below.
Rudolf Steiner, *Ja-yu-ui Cheol-hak* (The Philosophy of Freedom),
tr. by Choi Hye-gyeong, Seoul: Bal-geun-nu-ri, publishing co., 2007.

7) We can understand the comprehensive coverage of the meanings by the English

words corresponding to this word. For example, this word is interpreted as follows in a Korean-English dictionary I have:

1. thinking; thought; ideas.
2. an idea; a notion; a conception; a thought; a plan, initiative.
3. an opinion; a view; a belief; an impression; a suggestion.
4. intention; a design; a view; an aim; an idea; a purpose; a motive.
5. discretion; prudence; sense; judgement.
6. consideration; account; thought; regard; allowance.
7. deliberation; consideration; a thought; meditation; reconsideration; reflection.
8. a resolution; decision.
9. expectation(s); hope; wish; desire; longing.
10. imagination; supposition; fancy; (a) guess.
11. retrospection; recollection; remembrance.
12. a feeling.

8) Yi O-deok, *Geul-Ssseu-gi Gyo-yuk I-ron-gwa Bang-beop* (The Theory and the Methods of Writing), Seoul: Goindol, 2012, p.19.

2) 글쓰기와 말하기

9) Christy Mackaye Barnes et al., *For the Love of Literature*, Hudson: Anthroposophic Press, 1996, p.20.

10) Ibid., p.vii.

11) 찰스 코박스, 『파르치팔과 성배 찾기』, 정홍섭 옮김, 도서출판 푸른씨앗, 2012, 139쪽.

12) 월터 옹, 『구술문화와 문자문화』, 이기우 · 임명진 옮김, 문예출판사, 2012, 165쪽.
    월터 옹의 이 고전을 나름대로 재해석하면서 문자문화가 갖는(또는 가져야 할) 구술문화와의 연관성 복원에 관심을 두는 것이 아니라, 오히려 문자문화가 오늘날 주류문화로 자리 잡은 디지털 영상문화의 '선배'이자 원천임을 의도적으로 강조하는 김용석 교수의 관점은, 일면 문제의식의 참신성도 있고 일리도 없지 않으나, 월터 옹의 이 고전 중의 고전에 담긴 혜안과 통찰을 자칫 왜곡할 위험성이 없지 않다.
    김용석, 「글쓰기의 황홀과 고통 그리고 보람 : 인류 최고의 문화 역량, 글쓰기」, 『글쓰기의 힘 : 디지털 시대의 생존 전략』, 한국출판마케팅연구소, 2005 참조.

13) 최근에 TV의 어느 다큐멘터리 프로그램에서 요즘 대학생들 사이에 만들어져 유행하고

있다는 새로운 줄임말들을 알게 됐다. '혼밥', '밥터디'가 그것들이다. '혼자 먹는 밥', '밥을 함께 먹기 위한 모임'이라는 뜻이다. 요즘 대학생들, 특히 취업 준비에 눈코 뜰 새 없이 바쁘고 여유 없는 4학년 학생들이 친구들과 서로 하루 일과 시간을 맞출 수 없어서 혼자 먹는 밥이 '혼밥'이다. '밥터디'는 그런 이유로 혼자 밥을 먹을 수밖에 없지만 혼자 밥 먹는 것이 싫어서 서로 모르는 학생들이 밥때만 모여서 함께 밥을 먹는 모임이라고 한다. 이 말들이 만들어진 배경을 이해하게 되면서 진짜 본질적인 문제는 이른바 줄임말에 나타난 '언어 파괴'가 아니라는 것을 알게 되었다. '혼밥'과 '밥터디' 같은 줄임말은 요즘 젊은이들이 얼마나 심신에 여유를 가질 수 없는 생활환경 속에서 살아가고 있는지를 보여준다. 이러한 줄임말들은 요즘 젊은이들의 막돼먹은 말 습관 탓도 아닐뿐더러, 오히려 그들이 처한 각박한 세태를 정직하게 반영하는 것이라 할 수 있다. 그러한 생활환경이 좋아서 그들 스스로 그것을 만든 것은 더더구나 아닐 것이다.

14) 이반 일리치 · 데이비드 케일리, 『이반 일리치와 나눈 대화』, 권루시안 옮김, 물레, 2012, 125쪽.

15) Words without feet travel a thousand li.: Rumors spread far and wide in a short time. (……) A thousand li is about three hundred miles.
Ha Tae-hung, *Maxims and Proverbs of Old Korea*, Seoul: Yonsei University Press, 1981, p.175.

16) Words become seeds.: Words repeatedly said, like seeds of flowering plants, grow into fruit according to the wishes. (……) So, this is a lesson forbidding swearing or pronouncing evil words upon one's ownself or upon other people even for joke. Kind hearts are the gardens; kind thoughts are the roots; kind words are the flowers; kind deeds are the fruits.
Ibid., p.303.

17) Christy Mackaye Barnes et al., *For the Love of Literature*, Hudson: Anthroposophic Press, 1996, p.20.

18) Though your mouth is bent, speak straight: Speak the truth and nothing but the truth.
Ha Tae-hung, op.cit., p.175.

19) Christy Mackaye Barnes et al., op.cit., p.vii.

20) Charles Kovacs, *Parsifal and the Search for the Grail*, Edinburgh: Floris Books,

2002, p. 94.

21) Walter Ong, *Orality and Literacy (30th Anniversary Edition)*, London: Routledge, 2012, p.101.

Prof. Kim Yong-seok's viewpoint which intentionally emphasizes that literacy is, different from the general common sense, the 'senior' and origin of digital visual culture, rather than awakening the interest in the reconstruction of the connection with orality, on one hand, has a novelty of a critical mind, but, on the other hand, is apt to have danger of distorting the keen insight in this modern classic of classics.

See Kim Yong-seok, "Geul-sseu-gi-ui Hwang-hol-gwa Go-tong Geu-ri-go Bo-ram (The Ecstasy, Pain and Worth of Writing: Writing, the Highest Cutural Ability of Human Beings)," *Geul-sseu-gi-ui Him: Di-ji-teol-si-dae-ui Saeng-jon Jeol-lyak* (The Power of Writing: The Strategy of Existence in the Times of Digital), Seoul: the Korean Publishing Marketing Research Institute, 2005.

22) Through a recent TV documentary, I came to hear the brand-new abbreviations like 'hon-bap' and 'bap-teo-di' which are said to be in fashion among university students. These are the abbreviations of 'hon-ja meong-neun-bap' and 'bap-study,' and means 'a meal taken alone' and 'a meeting for taking a meal together with others' respectively. 'Hon-bap' means a meal which a Korean university student, especially a senior student takes who are busy enough just finding a job and cannot make time for a meal with his or her own close friends. 'Bap-teo-di' is said to be the meeting for a meal which the student makes who cannot but take a meal alone but does not want to do so. With understanding the background of the abbreviations I realized that the really essential problem is not the so-called 'destruction of language' appearing in the abbreviations. The abbreviations like 'hon-bap' and 'bap-teo-di' show how these days young people in Korea live in the living environments which do not allow their body and mind to be relaxed. These abbreviations are not because of their rude verbal habits but, rather, reflect honestly the hard world where they are living. And, of course, it may not be the case that they made such living environments themselves because they love them.

23) David Caley, *Ivan Illich in Conversation*, Toronto: House of Anansi Press, 1992, pp.109~110.

3) 글쓰기와 읽기

24) 이반 일리치, 『과거의 거울에 비추어』, 권루시안 옮김, 느린걸음, 2013, 266쪽.

25) 같은 쪽.

26) 위의 책, 276~278쪽.

27) Ivan Illich, *In the Mirror of the Past*, New York: Marion Boyars Publishers, 1992, p.190.

28) Ibid., pp.190~191.

29) the age of 'bookishness': It can be also called the age of 'academical reading.'

30) Ibid., pp.197~198.

4) 글쓰기를 잘하기 위한 아홉 가지 습관

31) 몽테뉴, 『몽테뉴 수상록』, 손우성 옮김, 동서문화사, 2014, 1238쪽.

32) 몽테뉴, 『몽테뉴 수상록』, 민희식 옮김, 육문사, 2013, 571쪽.

33) 루돌프 슈타이너, 『교육의 기초로서의 일반인간학』, 김성숙 옮김, 물병자리, 2002, 212~225쪽 참조.

34) 권가영·류경희·강 상, 「산책을 통한 자연탐색활동이 만 1세 영아의 어휘력, 의사소통능력, 사회·정서능력에 미치는 영향」, 『유아교육학논집』 제18권 제1호, 2014 참조.

35) asking for scorched-rice-water at the well: One draws at the well and pours it into the cooking pot after cooked rice is spooned out, and waits till the cold water becomes hot before lading it into a bowl with scorched rice at the bottom, to serve as an after-meal drink. So this is said of a person who wants to get something too quickly, without going through the necessary process.
Ha Tae-hung, op.cit., p.170.

36) seeking a fish in a tree: attempting the impossible.

37) Michel de Montaigne, *The Complete Works*, tr. by Donald M. Frame, London: Everyman's Library, 2003, p.1036.

38) Ibid., p.763.

5) 한글 글쓰기의 특별한 의미

39) 존맨, 『세상을 바꾼 문자, 알파벳』, 남경태 옮김, 예지, 2010, 172쪽.

40) 월터 옹, 앞의 책, 144쪽.

41) 스티븐 로저 피셔, 『문자의 역사』, 박수철 옮김, 21세기북스, 2010, 250쪽.

42) 위의 책, 250~251쪽.

43) 위의 책, 415쪽.

44) John Man, *Alpha Beta: how 26 letters shaped the Western world*, New York: John Wiley and Sons, Inc., 2000, p.116.

45) Walter Ong, op,cit., p.87.

46) Steven Roger Fischer, *A History of Writing*, London: Reaktion Books Ltd, 2001, p.190.

47) Loc. cit.

48) Ibid., p.315.

2. 좋은 글쓰기의 세가지 요건

49) 조르주 장, 『문자의 역사』, 이종인 옮김, 시공사, 1995, 150쪽.

50) 이오덕, 『글쓰기 어떻게 가르칠까』, 보리, 2013 참조. 평생을 아이들의 교육에 헌신했고,

특히 글쓰기 교육의 중요성을 일관되게 강조한 이오덕 선생이 이 책에서 말하고자 하는 핵심을 이렇게 정리해도 좋지 않을까 싶다.

51) 최성현, 『좁쌀 한 알』, 도솔, 2004, 260쪽.

52) 위의 책, 262쪽.

53) 윌리엄 진서, 『글쓰기 생각쓰기』, 이한중 옮김, 2013, 돌베개, 33쪽.

54) 조지 오웰, 『나는 왜 쓰는가』, 이한중 옮김, 한겨레출판, 2010, 294쪽.

55) 위의 책, 300쪽.

56) 위의 책, 329쪽.

57) 윌리엄 진서, 앞의 책, 11쪽.

58) 위의 책, 10쪽.

59) 위의 책, 25~27쪽 참조.

60) 위의 책, 28쪽.

61) Georges Jean, *Writing: the story of alphabets and scripts*, tr. by Jenny Oates, New York: H. N. Abrams, 1992, p.150.

62) See Yi O-deok, *Geul-sseu-gi Eo-ddeo-ke Ga-reu-chil-gga* (How Do We Teach Writing), Bori, 2013. It seems to me that this is the core of the above book written by the author who devoted his whole life to education for children and consistently emphasized the importance of writing education.

63) Choe Seong-hyeon, *Jop-ssal-han-al* (A Grain of Millet), Do-sol, 2004, p.260.

64) Ibid., p.262.

65) William Zinsser, *On Writing Well* (30th Anniversary Edition), New York: HarperCollins Publishers, 2006, pp.18~19.

66) George Orwell, "Why I Write," *A collection of Essays*, New York: Harcourt, 1981, pp.312~313.

67) Ibid., p.316.

68) "Politics vs. Literature – An examination of Gulliver's travels," ⟨http://orwell.ru/library/reviews/swift/english/e_swift⟩, (2014.8.13.)

69) William Zinsser, op.cit., p.xiii.

70) Ibid., p.XII.

71) Ibid., p.14.

72) Loc. cit.

73) Ibid., p.15.

3. 글쓰기의 네가지 방법

74) 박완서, 『박완서 소설전집 10 : 나목』, 세계사, 1995, 230~232쪽.

75) 이오덕, 『삶을 가꾸는 글쓰기 교육』, 보리, 2004, 60~62쪽.

76) ⟨경향신문⟩, 2014년 3월 11일, ⟨http://news.khan.co.kr/kh_news/khan_art_view.html?artid=201403112044245&code=990101⟩, (2014.4.24).

77) Pak Wan-so, *The Naked Tree*, tr, by Yu Young-nan, Ithaca: Cornell University East Asia Program, 1995, pp.148~149.

78) Yi O-deok, *Sal-meul Ga-ggu-neun Geul-sseu-gi Gyo-yuk* (The Education of Writing for Cultivating Life), Bori, 2004, pp.60~62.

79) *The Kyunghyang Shinmun*, 2014.3.11, ⟨http://news.khan.co.kr/kh_news/khan_art_view.html?artid=201403112044245&co

de=990101〉, (2014.4.24.)

4. 수필 쓰기의 매력

80) 임화, 「수필론」, 『문학의 논리』, 학예사, 1940 참조.

81) 최성각, 「생태적 위기와 새로운 글쓰기-소설의 특권적 장르계급 혹은 한국문학의 옹졸함에 대하여」, 『날아라 새들아』, 산책자, 2009, 218~224쪽.

82) 위의 책, 220쪽.

83) 최성각의 이 설명은 사실 이 책의 앞에서 언급한 『글쓰기 생각 쓰기』의 저자 윌리엄 진서의 설명을 인용한 것이다.

84) 안승덕, 『한국 수필문학사 연구』, 글읽는들, 2010, 14~16쪽 참조.

85) 박홍규, 『몽테뉴의 숲에서 거닐다』, 청어람미디어, 2004, 32쪽.

86) 안승덕, 앞의 책, 15쪽 참조.

87) 박홍규, 앞의 책, 33쪽.

88) 같은 쪽.

89) Im Hwa, "Supil-lon (On Essay)", *Mun-hak-ui Nol-li* (The Logic of Literature), Hak-ye-sa, 1940.

90) Choe Seong-gak, "Saeng-tae-jeok Wi-gi-wa Sae-ro-un Geul-sseu-gi: So-seol-ui Teuk-gweon-jeok Jang-reu-gye-geup Hog-eun Han-guk-mun-hak-ui Ong-jol-ham-e Dae-ha-yeo" (The Ecological Crises and New Writing: On the Privileged Genre Class of Novel or the Narrow-mindedness of Korean Literature), *Na-ra-ra Sae-deu-ra* (Fly, Birds!) , San-ckaek-ja, 2009, pp.218~224.

91) William Zinsser, op.cit., p.97.

92) An Seung-deok, *Han-guk Supil-mun-hak-sa Yeon-gu* (A Study of Korean Essay

History), Geul-Ing-neun-geul, 2010, pp.14~16.

93) Park Hong-gyu, *Montaigne-ui Sup-e-seo Geo-nil-da* (Wandering in the Wood of Montaigne), Cheong-eo-ram Media, 2004, p.32.

94) Ibid., p.33.

95) Loc. cit.

96) Korean raw rice wine.

II. 수필 쓰기의 실재 : 읽고 쓰며 배우는 삶의 지혜와 언어

1. '나-인간'에 관해 성찰해 보기 : 몽테뉴의 『수상록』

97) 박홍규, 앞의 책, 257쪽.

98) 몽테뉴, 『몽테뉴 수상록』, 손우성 올김, 동서문화사, 2014, 457쪽.
번역 원문에서는 끝부분의 '극한이기 때문이다'를 '극한이다'라고 쓰고 있다. 이것은 '왜냐하면'과 적절히 호응하는 표현이 아니어서 위의 서술어로 바꾸었다.

99) 박홍규, 앞의 책, 45쪽.

100) 위의 책, 320~322쪽.

101) 김수영, 「실험적인 문학과 정치적 자유」, 『김수영 전집2-산문』, 민음사, 1998, 159쪽.

102) 몽테뉴, 『몽테뉴 수상록』, 손우성 옮김, 동서문화사, 2014, 1140쪽.

103) 박홍규, 앞의 책, 29쪽.

104) 위의 책, 316쪽.

105) 몽테뉴, 『몽테뉴 수상록』, 손우성 옮김, 동서문화사, 2014, 351쪽.

106) 위의 책, 931쪽.

107) 위의 책, 1200쪽.

108) 위의 책, 730쪽.

109) 번역문은 '직장인들'로 되어 있음.

110) 몽테뉴, 『몽테뉴 수상록』, 손우성 옮김, 동서문화사, 2014, 522쪽.

111) 위의 책, 523쪽.

112) 위의 책, 522쪽.

113) 위의 책, 471쪽.

114) 위의 책, 471~472쪽.

115) 위의 책, 1196~1197쪽.

116) 위의 책, 1095쪽.

117) 위의 책, 1248쪽.

118) Park Hong-gyu, op.cit., p.257.

119) Montaigne, *The Complete Works*, tr. by Donald M. Frame, New York: Alfred A. Knopf, 2003, p.383.

120) Park Hong-gyu, op.cit., p.45.

121) Ibid., pp.320~322.

122) Kim Su-young, "Sil-heom-jeok-in Mun-hak-gwa Jeong-chi-jeok Ja-yu (Experimental Literature and Political Freedom)," *Kim Su-young Jeon-jip 2: San-mun* (The Complete Works of Kim Su-young 2: Essays), Minumsa, 1998, p.159.

123) Montaigne, *Montaigne Su-sang-nok* (Les Essais), tr. by Son U-seong, Dongseo Munhwasa, 2014, p.1140.

124) Park Hong-gyu, op.cit., p.29.

125) Ibid., p.316.

126) Montaigne, *The Complete Works*, tr. by Donald M. Frame, New York: Alfred A. Knopf, 2003, p.290.

127) Ibid., p.778.

128) Ibid., p.1004.

129) Ibid., pp.608~609.

130) Ibid., p.436.

131) Loc. cit.

132) Ibid., pp.392~393.

133) Ibid., p.393.

134) Ibid., p.1001.

135) Ibid., pp.916~917.

136) Ibid., p.1044.

2. 낮은 곳으로 흐르는 물, 풀 한 포기, 좁쌀 한 알 : 무위당 선생님 말씀

137) 최성현, 앞의 책, 44쪽.

138) 「나락 한 알 속의 우주」, 녹색평론사, 1997, 124쪽.

139) 최성현, 앞의 책, 278쪽.

140) 『나락 한 알 속의 우주』, 159쪽.

141) 위의 책, 162쪽.

142) 예컨대, 동국대학교 의과대학 김익중 교수는 일본 땅 전체의 70퍼센트 정도가 세슘으로 오염되었고, 이는 일본에서 생산된 농산물의 70퍼센트가 세슘으로 오염되었음을 의미하며, 세슘 137의 반감기가 약 30년이기 때문에 이 오염은 약 300년 간 지속된다고 설명한다. 또한 후쿠시마로부터 직선거리로 300킬로미터 떨어진 도쿄가 고농도 오염지역에 완전히 포함되었으며, 이 고농도 지역의 넓이는 남한 넓이와 비슷하다고 한다. 다시 말해 한국에서는 어느 곳에서 핵 사고가 나든 나라 전체가 고농도 오염 지역으로 된다는 것이다.
김익중, 『한국 탈핵』, 한티재, 2013, 37~42쪽 참조.
_____, "[10만인클럽 특강] '나는 안전하게 살 권리가 있다'", 〈Youtube〉, 2014년 1월 16일, 〈http://www.youtube.com/watch?v=wctPJzslzh0〉, (2014. 6.10).

143) 아래 정리 내용은 위에 소개한 세 권의 책과, 김소남, 「원주지역의 협동운동과 장일순」, 『녹색평론』, 2014년 5-6월호를 참조한 것이다.

144) 무위당 장일순의 이야기 모음, 『나락 한 알 속의 우주』, 녹색평론사, 104쪽.

145) 위의 책, 137~138쪽.

146) 그러나 여기서 우선 분명히 해 둘 것은, 유교에 대해서는 무위당 선생이 생명사상에 근거를 두고 가치와 한계를 분명히 갈라서 보고 있다는 점이다.
"유교가 중국에서 일단 참패를 본 게 무엇 때문일까. 영성이 빠졌기 때문에. 공자는 안 보이는 것에 대해서는 인정하지 않았거든. 불교가 들어와서 영성을 집어넣지 않았어요?" 위의 책, 174쪽.

147) 무위당 생명사상의 비폭력주의를 무조건적인 포용주의로 오해할 수도 있다. 그러나 무위당의 비폭력주의에는 분명한 원칙이 있다.
"용서한다는 것은 같이 공생하려고 할 때의 얘기입니다. 그들이 공생 안 하겠다고 한다면 우리는 비폭력, 비협조해야죠. 이것 두 가지는 굉장히 중요한 잣대입니다. 그런 사람하고는 비협력해야죠. 그리고 상대는 폭력을 쓰더라도 우리는 비폭력으로 대해야죠. 그 폭력의 세계라는 건 정복을 한다거나 소유를 한다는 범주의 얘기들이니까 억울함이나 분함이라는 것도 똑같은 역사의 궤적을 갈 경우에 따르는 문제이지요. 우리

는 우리끼리 만든 다른 궤적의 역사를 가고 있으니까 억울함이나 분함이 문제되는 것
은 아닙니다." 위의 책, 132쪽.

148) 김지하 · 최종덕, 「도덕과 정치-김지하 시인에게서 듣는 무위당 장일순의 사상」, 『너
    를 보고 나는 부끄러웠네』, 무위당을 기리는 모임 엮음, 녹색평론사, 2004, 192쪽의
    김지하의 말.

149) 최성현, 앞의 책, 168쪽.

150) 위의 책, 64쪽.

151) 앞서 말한 대로 무위당 선생은 글을 쓰지 않은 분이다. 이 책 역시 글로 쓴 것이 아니
    라 말씀을 녹음하여 글로 옮긴 것이지만, 그것은 책으로 나올 것을 염두에 둔 말씀이었
    다는 점에서 특별한 의미가 있고, 그 내용도 방대하다. 나는 이 『무위당 장일순 선생
    의 노자 이야기』 '읽고 쓰기'를 다른 지면을 빌려 하고자 한다.

152) 무위당 장일순의 이야기 모음, 『나락 한 알 속의 우주』, 23~26쪽.

153) 위의 책, 94쪽.

154) 무위당을 기리는 모임 엮음, 『너를 보고 나는 부끄러웠네』, 녹색평론사, 2004, 136~137
    쪽.

155) 최성현, 앞의 책, 243~244쪽.

156) 무위당을 기리는 모임 엮음, 앞의 책, 74쪽.

157) 김종철 · 이철수 · 황도근 · 김용우, 「좌담-무위당, 제일 잘 놀다가 가신 '자유인'」, 〈녹색
    평론〉, 2014년 5-6월호, 32쪽의 김종철과 이철수의 말.

158) Muwidang is one of the favorite pen names of Jang Il-sun about whom we will
    read in this chapter. It means, literally, a person who does nothing. But 'Mu-wi (
    無爲)' is the core of Taoism which means "not forcing oneself to achieve some-
    thing on purpose and letting it be as it is."

159) Choe Seong-hyeon, op.cit., p.44.

160) The Stories of Muwidang Jang Il-sun, *Narak han-al Sog-ui U-ju* (The Universe in a Grain), Nok-saek-pyeong-non-sa, 1997, p.124.

161) Choe Seong-hyeon, op.cit., p.278.

162) The Stories of Muwidang Jang Il-sun, *Narak han-al Sog-ui U-ju* (The Universe in a Grain), Nok-saek-pyeong-non-sa, 1997, p.159.

163) Ibid., p.162.

164) For example, Professor Kim Ik-jung of the medical college of Dongguk University explains that about 70% of the Japanese territory is contaminated by cesium and this means that the same portion of the agricultural products in Japan is contaminated by cesium, and the contamination will last for about 300 years because the half-life of cesium is 300 years. And he adds that the high-concentration contamination covers Tokyo which is about 300km distant from Fukushima in a straight line and the area of the high-concentration contamination is similar to that of South Korea and, in other words, the whole country will be the area of high-concentration contamination if a nuclear accident happens anywhere in Korea. Kim Ik-jung, *Han-guk Tal-haek* (The De-nuclearization of Korea), Han-ti-jae, 2013, pp.37~42.
_____, "[A Special Lecture for the Club of 100 Thousand People] I Have the Right of a Safe Living.", 〈Youtube〉, 2014.1.16, 〈http://www.youtube.com/watch?v=wctPJzslzh0〉, (2014.6.10.)

165) The Stories of Muwidang Jang Il-sun, *Narak han-al Sog-ui U-ju* (The Universe in a Grain), Nok-saek-pyeong-non-sa (Green Review Publishing Co.), 1997, p.104.

166) Ibid., pp.137~138.

167) Haewol of his pen name means the sun and the moon, that is to say Nature.

168) Kim Ji-ha, "Morals and Politics: Muwidang's Idea that the Poet Kim Ji-ha tells us," *Neo-reul Bo-go Na-neun Bu-ggeu-reo-wot-ne* (I felt shameful when I saw you), The Memorial Society of Muwidang ed., Green Review Publishing Co., 2004, p.192.

169) But we should notice that Muwidang points out the fundamental limitation as well as its virtue on the basis of his idea of life.
"What made Confucianism suffer a terrible failure in China? Because of the lack of spirituality, Confucius did not recognize the invisible. It was Buddhism, you know, that inspired them with spirituality."
The Stories of Muwidang Jang Il-sun, *Narak han-al Sog-ui U-ju*, p.174.

170) The elemental idea of non-violence in Muwidang's idea of life should not be misunderstood as an unconditionally comprehensive one. He defines his meaning of non-violence as follows:
"Forgiving somebody can be possible only when he or she recognizes a living as helping each other. If he or she does not recognize this, we should practice non-cooperation as well as non-violence. The two are very important principles. We must practice non-cooperation with certain men. And we should treat others with non-violence even though they use violence against us. The world of violence falls under the category of conquests or possessions, and even the feeling of resentment or indignation is created when we follow the same historical track as that of the world of violence. We are going on a different historical way that we ourselves made and the feeling of resentment or indignation cannot be a concern for us." Ibid., p.132.

171) Choe Seong-hyeon, op.cit., p.169.

172) Ibid., p.64.

173) The Stories of Muwidang Jang Il-sun, *Narak han-al Sog-ui U-ju*, (The Universe in a Grain), Nok-saek-pyeong-non-sa (Green Review Publishing Co.), 1997, pp.23~26.

174) Ibid., p.94.

175) *Neo-reul Bo-go Na-neun Bu-ggeu-reo-wot-ne* (I was shameful when I saw you), The Memorial Society of Muwidang ed., Green Review Publishing Co., 2004, pp.136~137.

176) Choe Seong-hyeon, op.cit., pp.243~244.

177) *Neo-reul Bo-go Na-neun Bu-ggeu-reo-wot-ne* (I was shameful when I saw you), The Memorial Society of Muwidang ed., Green Review Publishing Co., 2004, p.74.

3. 꽃이 피니 봄이 오는 것 : 법정스님 말씀

178) 법정, 『법정 스님 법문집1 : 일기일회(一期一會)』, 문학의숲, 2009, 246쪽.

179) 법정, 『법정 스님 법문집2 : 한 사람은 모두를 모두는 한 사람을』, 문학의숲, 2009, 101~103쪽.

180) 법정, 『법정 스님 법문집1 : 일기일회(一期一會)』, 문학의숲, 2009, 144~145쪽.

181) 위의 책, 8쪽.

182) 다큐멘터리 〈법정 스님의 의자〉 참조.

183) 법정, 『법정 스님 법문집1 : 일기일회(一期一會)』, 문학의숲, 2009,, 125쪽.

184) 위의 책, 326쪽.

185) 위의 책, 271~273쪽.

186) 위의 책, 174쪽.

187) 위의 책, 8쪽.

188) 위의 책, 8~9쪽.

189) 위의 책, 56~57쪽.

190) 내가 맡은 〈비판적 글쓰기〉라는 과목의 한 수강 학생의 연구에 의하면, 군대의 전시 행정에서 비롯되었다고 추정되는 한국 사회의 '보여주기식' 문화가 한국인 특유의 정서적 유대관계 지향성과 결합하여, 거짓되고 허황한 이야기가 넘쳐나게 된 공간이 바로 한국의 SNS 공간이라고 한다. 허위정보 유포 역시 결국 이러한 왜곡된 사회 심리와 연관되어 있다는 것이다.

조재성, 「한국 특유의 SNS문화와 허위정보 유포문제에 대한 고찰」 참조.

191) 법정, 『법정 스님 법문집1 : 일기일회(一期一會)』, 문학의숲, 2009, 186쪽.

192) 법정, 『법정 스님 법문집2 : 한 사람은 모두를 모두는 한 사람을』, 문학의숲, 2009, 324~325쪽.

193) 법정, 『법정 스님 법문집1 : 일기일회(一期一會)』, 문학의숲, 2009, 42~43쪽.

194) 수양산(首陽山) : 황해도 해주시 서북쪽에 있는 산. 높이는 899미터.

195) 노장(老長) : 나이 많은 사람을 높여 이르는 말.

196) 추었다 : 추슬렀다

197) Buriam: The Hermitage of the bright illumination of the Buddha.

198) Suryusanbang: A Room in the Valley.

199) Beopjeong, *Beopjeong Seunim Beop-mun-jip 1: Il-gi-il-hoe* (一期一會, Collected Preaching 1 of Ven. Beopjeong: Every Moment is the Only Moment in Life; Each Encounter is the Only Encounter in Life), Mun-hak-ui-sup, 2009, p.246.

200) Beopjeong, *Beopjeong Seunim Beop-mun-jip 2: Han Sa-ram-eun Mo-du-reul Mo-du-neun Han Sa-ram-eul* (Collected Preaching 2 of Ven. Beopjeong: One Toward All, All Toward One), Mun-hak-ui-sup, 2009, pp.101~103.

201) Beopjeong, *Beopjeong Seunim Beop-mun-jip 1: Il-gi-il-hoe*, pp.144~145.

202) Ibid., p.8.

203) See the documentary film, "Beopjeong Seu-nim-ui Ui-ja (The Little Humble Chair of Ven. Beopjeong),"
⟨http://www.youtube.com/watch?v=BdT3LomzsFg⟩, (2014.8.26.)

204) They say that we should try to purify and empty our hearts. However, nobody tells us how to do this. It is also not easy to meet people who practice this in

their daily lives. In fact, our hearts are never purified only with words and ideas. Only practical virtue can make our hearts purified and emptied.

What is virtue? It is consideration for one's neighbors. It is sharing what we have with our neighbors and friends. It is the act not of giving some part of our riches to them, but of returning things that have been placed in our care temporarily. We must also learn to be satisfied with the small and few in order to make our hearts purified. Trying to own only what we need in life is the heart of being satisfied with the small. When we cherish something small and simple and truly feel thankful for it, pure pleasure will well up inside us. That is real happiness. If we had known earlier how to be satisfied with the small and few, today's environmental destruction and pollution would not have happened. While nature always gives us things like fresh air, cool breezes, and clean water, we human beings pursue only our own profits and comfort. As a result, the earth is suffering from serious illness now.

Our selfish greed and insatiable desires are beginning to threaten even our lives. Now we should make wise choices. We should learn to be free from the bondage of our belongings and share them with others, control our desires, be satisfied with the small, and make friends with each other. These are the paths to our real lives and the ways to enrich us spiritually.

There are only two paths where awakening is created. One is to carefully observe our own selves at the very core. We should keep a close watch on ourselves in order not to be desire-stricken or go crooked. The other is to practice love for our neighbors. We have to get into the habit of sharing even the small things with them.

I encourage you to participate in the "Clear and Fragrant Movement for Living" and walk the two paths together.

*** The above is the summary of lecture by Ven. Beopjong at the ceremony to launch the volunteer gathering Malgo Hyanggiropge. It conveys Ven. Beopjong's intentions in forming this organization.

〈http://www.clean94.or.kr/CmsHome/eng_01.aspx〉, (2014.8.27.)

205) Beopjeong, Beopjeong Seunim Beop-mun-jip 1: Il-gi-il-hoe, p.326.

206) Ibid., pp.271~273.

207) Ibid., p.174.

208) Ibid., p.8.

209) Ibid., pp.8~9.

210) Ibid., pp.56~57.

211) According to a study of one of my students who attended my class of 'Critical Writing,' it is the space of Korean SNS (Social Network System) which is overflowing with fabricated or untrustworthy facts that have been made by the 'culture of showing off' in combination with the peculiar Korean inclination towards emotional relationships. And he presumes that the 'culture of showing off' originated in 'the window dressing administration' of the Korean army. The circulation of false information is also said to be related to the distorted social psychology after all. See Jo Jae-seong, "A Consideration of Korean Peculiar SNS Culture and the Problem of the False Information Circulation."

212) Beopjeong, *Beopjeong Seunim Beop-mun-jip 1: Il-gi-il-hoe*, p.186.

213) Beopjeong, *Beopjeong Seunim Beop-mun-jip 2: Han Sa-ram-eun Mo-du-reul Mo-du-neun Han Sa-ram-eul*, pp.324~325.

214) *Beopjeong, Beopjeong Seunim Beop-mun-jip 1: Il-gi-il-hoe*, pp.42~43.

215) A mountain in the northwest of Haeju city, Hwanghae-do in North Korea. The height is 899m.

4. 현대인의 지식과 삶의 방식에 관하여 : E.F. 슈마허

216) 문학의숲 편집부 엮음, 『법정 스님의 내가 사랑한 책들』, 문학의숲, 2010, 299쪽.

217) 이상은 위의 책 세 권의 앞날개에 실린 저자 소개를 참조함.

218) 임종철, 『자본주의에 대한 단상』, 민음사, 1998, 177쪽.

219) E.F. 슈마허, 『작은 것이 아름답다』, 이상호 옮김, 문예출판사, 2002, 60~61쪽.

220) 위의 책, 43쪽.

221) 위의 책, 61쪽.

222) 위의 책, 62쪽.

223) 위의 책, 60쪽.

224) 위의 책, 23쪽.

225) E.F. 슈마허, 『굿 워크』, 박혜영 옮김, 느린걸음, 2011, 38쪽.

226) 위의 책, 38~42쪽.

227) E.F. 슈마허, 『작은 것이 아름답다』, 이상호 옮김, 문예출판사, 2002, 171쪽.

228) 위의 책, 171~172쪽. 번역문에는 '그'와 '않다'가 강조되어 있지 않으나 원문에는 강조
가 되어 있어서 여기서는 강조 표시를 했다.

229) 위의 책, 177쪽.

230) 위의 책, 179쪽.

231) 위의 책, 176쪽.

232) 같은 쪽.

233) E.F. 슈마허, 『굿 워크』, 박혜영 옮김, 느린걸음, 2011, 81쪽.

234) 위의 책, 83~84쪽.

235) E.F. 슈마허, 『작은 것이 아름답다』, 이상호 옮김, 문예출판사, 2002, 63쪽.

236) 위의 책, 69쪽.

237) 같은 쪽.

238) 위의 책, 70쪽.

239) 위의 책, 76~77쪽. '적절한 소비'는 '최적의 생산'과 마찬가지로 '최적의 소비'로 번역하는 것이 적절해 보인다.

240) '중간 기술'이 본래 슈마허가 제안한 용어이고, '적정 기술'은 인도 사람들이 그것을 받아들이면서 자신들이 이해한 대로 변형시킨 말이다. 요즘은 '적정 기술'이라는 말이 일반적으로 사용되고 있다.

241) E.F. 슈마허, 『작은 것이 아름답다』, 이상호 옮김, 문예출판사, 2002, 196쪽.

242) 위의 책, 197쪽.

243) E.F. 슈마허, 『굿 워크』, 박혜영 옮김, 느린걸음, 2011, 221~222쪽.

244) 위의 책, 100쪽.

245) 대량 생산과 대량 소비는 필연적으로 대량 폐기를 낳는다.

246) E.F. 슈마허, 『당혹한 이들을 위한 안내서』, 송대원 옮김, 도서출판 따님, 2007, 19쪽.

247) 위의 책, 20~22쪽.

248) 위의 책, 24~25쪽.

249) 위의 책, 34쪽.

250) 같은 쪽.

251) 위의 책, 62쪽.

252) 같은 쪽. 번역문에서는 두 번의 '보다 높은'과 '가장 높은'이 강조되어 있지 않으나 원문에서는 강조되어 있다.

253) 위의 책, 102쪽.

254) 위의 책, 103쪽.

255) 위의 책, 126쪽.

256) 위의 책, 141쪽.

257) 위의 책, 140쪽. 번역문과는 달리 원문에서는 '되어야만 한다' (must)도 강조되어 있다. 한국에는 '제1영역'의 지식도 형편없지만 '제3영역'의 지식은 아예 없는 얼치기 '도인' 들이 너무나 많다.

258) 위의 책, 148쪽.

259) 위의 책, 201쪽.

260) E.F. 슈마허, 『굿 워크』, 박혜영 옮김, 느린걸음, 2011, 71쪽.

261) Im Jong-cheol, *Ja-bon-ju-ui-e Dae-han Dan-sang* (Fragmentary Thoughts about Capitalism), Minumsa, 1998, p.177.

262) E. F. Schumacher, *Small is Beautiful*, London: Blond & Briggs Ltd, 1980, pp.39~40.

263) Ibid., p.26.

264) Ibid., p.41.

265) Ibid., p.42.

266) Ibid., p.39.

267) Ibid., p.11.

268) Ibid., p.12.

269) E. F. Schumacher, *Good Work*, New York: Harper & Row, 1985, p.14.

270) Ibid., pp.15~18.

271) E. F. Schumacher, *Small is Beautiful*, London: Blond & Briggs Ltd, 1980, p.124.

272) Loc. cit.

273) Ibid., p.129.

274) Ibid., p.130.

275) Ibid., p.128.

276) Loc. cit.

277) Loc. cit.

278) E. F. Schumacher, *Good Work*, New York: Harper & Row, 1985, p.43.

279) Ibid., pp.44~45.

280) E. F. Schumacher, *Small is Beautiful*, London: Blond & Briggs Ltd, 1980, p.42.

281) Ibid., p.47.

282) Loc. cit.

283) Loc. cit.

284) Ibid., pp.52~53.

285) It was the term of 'intermediate technology' which Schumacher originally sug-
gested; 'appropriate technology' is the new term which Indian people made when
accepting the spirit of 'intermediate technology'. These days the latter is being
generally used.

286) E. F. Schumacher, *Small is Beautiful*, London: Blond & Briggs Ltd, 1980, p.143.

287) Loc. cit.

288) E. F. Schumacher, *Good Work*, New York: Harper & Row, 1985, p.136.

289) Ibid., p.55.

290) And mass production and mass consumption necessarily result in mass waste.

291) E. F. Schumacher, *A Guide for the Perplexed*, New York: Harper Perennial. p.8.

292) Ibid., pp.9~10.

293) Ibid., p.12.

294) Ibid., p.18.

295) Loc. cit.

296) Ibid., p.38.

297) Ibid., pp.37~.38.

298) Ibid., pp.62~63.

299) Ibid., p.66.

300) Ibid., p.67.

301) Ibid., p.83.

302) Ibid., p.95.

303) Ibid., p.94. There are so many immature ascetics in Korea who have very little knowledge of 'Field 1' and none of 'Field 3.'

304) Ibid., p.100.

305) Ibid., p.138.

306) E. F. Schumacher, *Good Work*, New York: Harper & Row, 1985, p.37.

5. 온전한 한 사람이 된다는 것 :
찰스 코박스의 『파르치팔과 성배 찾기』

307) 이 글은 『파르치팔과 성배 찾기』의 해설인 '옮긴이의 글'을 조금 고친 것이다. 글 앞부분의 저자 소개 역시 이 책 앞날개의 저자 소개의 글을 조금 손보아 덧붙였다.

308) 이와 관련하여 주목해야 할 것이, 『파르치팔』시대의 이슬람세계와 기독교세계의 관계 설명과 해석에 나타난 저자의 역사관이다. 그의 설명에 따르자면 유럽 기독교세계에 지성 즉 과학을 전해준 것은 이슬람세계였으며, 이것이 바로 유럽 르네상스의 필수 원동력이 되었다. 그리고 당시의 이슬람세계야말로 그때까지 축적된 인류의 모든 지적 자산을 가장 폭넓게 흡수하여 통합·발전시킨 진정한 문명 계승자였다. 이에 비추어보자면 서구 근대의 역사가들이 제국주의의 백인우월주의적 인종학에 근거하여 인류사 전체를 서구중심적인 것으로, 이슬람세계를 비롯한 여타 세계를 야만으로 뒤바꾸어놓은 것은 그야말로 역사 날조다. 그러나 여기서 또 한 가지 저자의 말을 귀 담아 들어야 하는데, 이슬람세계가 베푼 업적 또한 그 의미를 정확히 보아야 한다는 것이다. 이슬람세계를 통해 전 인류가 공유하게 된 과학 즉 지성이란, 그 자체로는 선도 악도 아니며, 인간의 관점과 선택에 의해 선도 될 수 있고 악도 될 수 있다는 점이 바로 그것이다.

309) 저자가 말하는 연민과 겸손은, 인간이라면 반드시 지니고 행해야 할 핵심 미덕들이다. 드루이드교를 믿고 있던 고대 켈트인들이 기독교 도래 이전에 이미 기독교의 이상 속에 살고 있었다는 저자의 설명 역시, 이 두 가지 미덕들을 통해 이해해야 한다. 이는, 각자가 따르는 현실 종교의 이름이 무엇이 됐건, 또는 종교가 있건 없건, 연민과 겸손을 지향하고 체화하고자 하는 것이 인간다움의 길이라는 해석으로도 이해할 수 있다. 이러한 저자의 해석은 기독교 중심주의와 거리가 먼 것이며, 오히려 진정한 의미에서 회통(會通)적인 것이라 할 것이다. 따라서 저자가 말하는 '연민'은 '사랑'이 될 수도 있고, '자비'도 될 수 있으며, '측은지심'도 될 수 있는 것이다.

310) 이렇게 서로가 서로의 이야기를 생생하게 경험하며 귀 기울여 듣는 것은 아메리카 인디언의 구비전통에서 잘 볼 수 있다. 이들의 기억력이 좋은 것도 이러한 '생생한 경험'으로서의 이야기 문화에 그 비밀이 있다.
제리 맨더·캐서린 잉그램 대담, 「나쁜 요술--테크놀로지의 실패」, 『녹색평론선집1』, 김종철 편, 녹색평론사, 1996, 62~63쪽.

311) 앞에 소개한 저자의 인생 역정을 통해서도 그 자아 탐색의 여정을 충분히 상상해볼 수 있다.

312) 김익중 교수의 페이스북에 인용된 온라인 환경과학 매체 〈Environmental Research

Letters〉자료 참조.

313) 이러한 '머리 중심'의 생활 습관과 기묘한 짝을 이루는 것이 바로 극한을 치닫는 물질적 욕망과 말초적 감각성이다. 물질적 욕망과 말초적 감각만이 기형적으로 발달하다 보니 천부의 다기한 인간 감각과 감성은 대부분 극도로 무뎌지며, 올바른 행동을 향한 의지는 형편없이 약화된다.

314) 세계 최대 규모의 아동구호 비정부기구(NGO)인 '세이브더칠드런'이 국내 최대 전자기업의 중국 하청업체에서 불법 아동노동이 적발된 데에 근본 대책 마련을 촉구한 일이 있었던 것처럼, 지구의 다른 곳들에서는 여전히 우리와는 다른 차원에서 아이들이 노예적 생활환경에 놓여 있다.
"세이브더칠드런 "삼성, 중국 아동노동 대책 마련하라"", 〈한겨레〉, 2012년 8월 9일, 〈http://www.hani.co.kr/arti/society/society_general/546529.html〉, (2012.8.27).

315) 레이첼 카슨, 『자연, 그 경이로움에 대하여』, 표정훈 옮김, 에코리브르, 2002, 51쪽.

316) In relation to this, we should take notice of the author's historical view which is shown through the explanation and the interpretation of the relation between the Islamic world and the Christian world. According to his explanation, it was the Islamic world which delivered intellect, that is science, to the Christian world of Europe and it became the indispensible power motive of the European Renaissance. And no other than the then Islamic world was the true successor of civilization that absorbed, united and developed all the intellectual property of mankind which had been accumulated until then most widely. In the light of this fact, it is a fabrication of history that the modern Western historians changed the whole human history into the Western-oriented history based on the ethnology of white supremacy in imperialism; and the 'outside' world including that of Islam into barbarism. But here is another word of the author that we should listen to carefully. He advises that we should understand rightly even the meaning of the achievement of the Islamic world. It means that science as intellect which mankind could share through the Islamic world is neither good nor evil in itself and can become good or evil by the viewpoint and the choice of man.

317) Compassion and humbleness of which the author speaks are the essential virtues that man should have. We should also understand his explanation that through these two virtues the ancient Celtic people who followed the Druid religion had already been living with Christian ideals before Christianity actually came to them.

This interpretation suggests that learning and aiming at compassion and humbleness is the way to humanity, no matter what the name of the religion is which each one follows, or whether he or she has a religion or not. It is far from 'Christianity-centricism' and comes near to the ideal of harmonization. Therefore, 'compassion' of which the author speaks can be viewed in Christianity or in Buddhism or in Taoism, or, furthermore, even in Confucianism.

318) Charles Kovacs, *Parsifal and the Search for the Grail*, Edinburgh: Floris Books, 2002, p.15.

319) Such a life habit of 'brain-centricism' corresponds strangely to extremely vulgar, material tastes. Then those deformed-grown tastes cause almost all of natural senses and sensitivity of man to become dull; and the will to do right things weakens terribly.

320) Rachel Carson, *The sense of Wonder*, New York: HarperCollins Publishers, 1998, p.54.

6. 한 농부-작가가 들려주는 온전한 삶의 모습 : 웬델 베리의 저작

321) "2050년 세계 기아 인구 20% 늘어난다", 〈경향신문〉, 2013년 9월 24일, 〈http://news.khan.co.kr/kh_news/khan_art_view.html?code=970100&artid=201309242241075〉, (2014.7.22).

322) 웬델 베리, 『온 삶을 먹다』, 낮은산, 2011, 298쪽.

323) 위의 책, 300쪽.

324) 위의 책, 304쪽.

325) 웬델 베리를 따르지 않는다 하더라도, 한국어의 '의식주'가 영어로는 '식의주(food, clothing and shelter)'이다.

326) 웬델 베리, 『지식의 역습』, 청림출판사, 2011, 240~243쪽.

327) 위의 책, 239쪽.

328) 안희경, "기획 일반[문명, 그 길을 묻다 – 세계 지성과의 대화](9) 미국 1세대 환경운
동가 웬델 베리", 〈경향신문〉, 2014년 5월 19일,
〈http://news.khan.co.kr/kh_news/khan_art_view.html?artid=201405192114255&co
de=210100〉, (2014.7.27).

329) 웬델 베리, 『온 삶을 먹다』, 낮은산, 2011, 25쪽.

330) 웬델 베리, 『생활의 조건』, 산해, 2004, 86쪽.

331) 위의 책, 88쪽.

332) 번역문에서는 강조되어 있지 않으나 원문에서는 강조되어 있다.

333) 위의 책, 95쪽.

334) 웬델 베리, 『희망의 뿌리』, 산해, 2004, 55쪽.

335) E.F.슈마허, 『굿 워크』, 박혜영 옮김, 느린걸음, 2011, 112~113쪽.

336) 웬델 베리, 『희망의 뿌리』, 산해, 2004, 106쪽.

337) 웬델 베리, 『나에게 컴퓨터는 필요없다』, ㈜양문, 2002, 108쪽.

338) '미국적 생활방식'을 온존시키면서 극단적인 자연 보존을 주장하는 '미국식 보존주의'
에 대한 염증이 미국인들 내부에도 있다는 사실을 비롯하여 그 '미국적 생활방식'의
구체적 실상이 어떤 것인지에 관해서는 아래 소개하는 글이 아주 생생히 전해 준다.
이계삼, 「미국 인상기」, 『변방의 사색』, 꾸리에, 2011.

339) 웬델 베리, 『온 삶을 먹다』, 낮은산, 2011, 12쪽.

340) 같은 쪽.

341) 위의 책, 13쪽.

342) 위의 책, 111쪽.

343) 위의 책, 112쪽.

344) 웬델 베리, 『나에게 컴퓨터는 필요없다』, ㈜양문, 2002, 96~98쪽.

345) 『4천년의 농부』(들녘, 곽민영 옮김, 2006)라는 제목의 번역서가 있다.

346) "The World Population of Hunger will Increase by 20% in 2050," *The Kyunghyang Shinmun*, 2013. 9. 24,
⟨http://news.khan.co.kr/kh_news/khan_art_view.html?code=970100&art id=201309242241075⟩, (2014.7.22.)

347) Wendell Berry, *Bring It to the Table: On Farming and Food*, Berkeley: Counter-point, p.227.

348) Ibid., p.228.

349) Ibid., pp.231~232.

350) Wendell Berry, *The Way of Ignorance*, Berkeley: Counterpoint, 2005, pp.48~51.

351) Ibid., p.47.

352) An Hi-gyeong (interviewer), "Wendell Berry, the First Generation Ecoactivist of USA,"
⟨http://news.khan.co.kr/kh_news/khan_art_view.html?artid=201405192114255&co de=210100⟩, (2014.7.27.)

353) Wendell Berry, *Bring It to the Table: On Farming and Food*, Berkeley: Counter-point, p.91.

354) Wendell Berry, *Home Economics*, Berkeley: Counterpoint, 1987, p.61.

355) Ibid., p.62.

356) Ibid., p.68.

357) Wendell Berry, *Sex, Economy, Freedom & Community*, New York: Pantheon

Books, 1993, p.37.

358) E. F. Schumacher, *Good Work*, New York: Harper & Row, 1985, p.64.

359) Wendell Berry, *Sex, Economy, Freedom & Community*, New York: Pantheon Books, 1993, p.91.

360) Wendell Berry, *What are People for?*, Berkeley: Counterpoint, 2010, p.113.

361) The essay below shows the fact that even some Americans are tired of 'the American-style environmentalism' which insists on the extreme conservation of nature while leaving 'the American life style' as it is; and what the concrete details of 'the American life style' are.
Yi Gye-sam, "Mi-guk In-sang-gi (The Impression of America)," *Byeon-bang-ui Sa-saek* (Meditation in the Periphery), Courrier, 2011.

362) Wendell Berry, *Bring It to the Table: On Farming and Food*, Berkeley: Counterpoint, p.xiii.

363) Ibid., p.69.

364) Ibid., p.70.

365) Wendell Berry, *What are People for?*, Berkeley: Counterpoint, 2010, p.105.

7. 현대의 민중과 지식인 : 안톤 체호프의 「바냐 삼촌」

366) 이때도 일본에서 먼저 재공연이 되었는데, 공연 시작 전에 이미 2주 간 공연의 전 회, 전 좌석 매진이라는 기록을 세웠다고 한다.

367) 작년에 명동예술극장에서 이 연극을 보았을 때 그 제목은 「바냐 아저씨」였고, 내가 읽은 다른 번역본 희곡에서도 그 제목을 쓰고 있다. 그러나 작품 내용을 볼 때 「바냐 삼촌」 쪽이 맞는 것 같다.

368) 안톤 체호프, 「체호프 희곡선」, 박현섭 옮김, 을유문화사, 2012, 172~173쪽.

369) 위의 책, 194쪽.

370) 위의 책, 141쪽.

371) 위의 책, 117~118쪽.

372) 위의 책, 147~148쪽.

373) 위의 책, 200쪽.

374) 위의 책, 441쪽(한국어 번역자 박현섭의 해설).

375) It is said that the repeat performance was also first done in Japan at that time and made a record of the sellouts of every time during the period of two weeks even before the performance.

376) Anton Chekhov, *Anton Chekhov's Plays*, translated & edited by Eugene K. Bristow, New York: W. W. Norton & Company Inc., 1977, p.83.

377) Ibid., p.93.

378) Ibid., p.69.

379) Ibid., p.58.

380) Ibid., p.72.

381) Ibid., p.96.

382) Anton Chekhov, *Chehop Hui-gok-seon* (Chekhov's Selected Plays), trans. Park Hyeon-seop, Eulyoo Publishing Co., 2012, p.441. (Park's introduction)

8. '위하여'와 '더불어' : 배병삼의 『우리에게 유교란 무엇인가』

383) 이 글은 2012년 12월 3일자 〈아주대학보〉에 실린 글을 약간 고친 것이다.

384) The words that follow in the parentheses next to the Chinese letters are the Korean pronunciation of each Chinese letter or word.

9. 외국어 공부는 모어 공부다 : 이희재의 『번역의 탄생』

385) 채만식, 『채만식전집10』, 창작과비평사, 1989, 477쪽.

386) 이희재, 『번역의 탄생 : 한국어가 바로 서는 살아 있는 번역 강의』, 교양인, 2009, 323쪽.

387) 그러나 경탄해 마지않는 이 책에도 옥에 티처럼 맞춤법이 틀린 곳이 있다. '쓰다'는 'use'의 뜻이건 'write'의 뜻이건 간에 피동형이 모두 '쓰이다'인데, 웬일인지 이 책의 저자는 후자의 뜻으로 쓰일 때 모두 이중 피동형을 쓴다. '씌어진'(27, 29, 246, 254쪽)은 모두 '쓰인'으로, '씌어졌습니다'(312쪽)은 '쓰였습니다'로 쓰여야 한다. 그러나 사실 이 단순한 맞춤법도 많이 틀리게 쓰고들 한다. 그리고 맞춤법 문제는 아니지만, 자동사를 타동사로 만드는 '사동보조어간'을 설명하면서 '-구-'만 빼놓은 것도 조금 거슬린다(105쪽).

388) 한글은 발전 방향이 한자의 정반대라는 뜻.

389) 이희재, 앞의 책, 323쪽.

390) 위의 책, 27~30쪽.

391) 위의 책, 292쪽.

392) 위의 책, 293쪽.

393) 위의 책, 291쪽.

394) 위의 책, 94쪽.

395) 위의 책, 94~95쪽.

396) 위의 책 281쪽.

397) 위의 책, 214쪽.

398) 이하에서는 직접 인용을 제외하고는 일일이 주석을 달지 않는다.

399) 이희재, 앞의 책, 157쪽.

400) 위의 책, 156쪽.

401) 위의 책, 290쪽.

402) 같은 쪽.

403) 위의 책, 289~290쪽.

404) 위의 책, 216쪽.

405) 위의 책, 234쪽.

406) 위의 책, 383쪽.

407) 위의 책, 331쪽.

408) 위의 책, 334쪽.

409) 위의 책, 332쪽.

410) 위의 책, 402~403쪽.

411) Hangeul is the modern name of Hunminjeongeum.

412) Chae Man-shik, *Chae Mna-shik Jeon-jip 10* (Collected Works of Chae Mank-shik 10), Changbi, 1989, p.477.

413) Yi Hi-jae, *Beon-yeok-ui Tan-saeng* (The Birth of Translation), Gyo-yang-in, 2009, p.323.

414) Ibid., p.323.

415) Ibid., pp.292~293.

416) Ibid., p.291.

417) Ibid., p.94.

418) Ibid., pp.94~95.

419) Ibid., p.281.

420) Ibid., p.157.

421) Ibid., p.156.

422) Ibid., p.157.

423) Ibid., p.290.

424) Loc. cit.

425) Ibid., pp.289~290.

426) Ibid., p.216.

427) Ibid., p.234.

428) Ibid., p.383.

429) Ibid., p.331.

430) Ibid., p.334.

431) Ibid., p.332.

432) Ibid., pp.402~403.

지은이　정홍섭

서울대학교 영어영문학과 및 동 대학원 국어국문학과 졸업. 문학박사, 문학
평론가. 아주대학교 다산학부대학 글쓰기 강의교수. 저서로 『채만식 문학
과 풍자의 정신』, 『소설의 현실 비평의 논리』, 편서로 『채만식 선집』, 『치
숙』, 역서로 『코페르니쿠스: 투쟁과 승리의 별』, 『상상력과 인지학』, 『파르
치팔과 성배 찾기』 등이 있다.
chscriti@ajou.ac.kr

영어 감수　리타 테일러

전 영남대학교 영어영문학과 교수. 스위스 출신의 캐나다인이며 두 자녀의
어머니이자 두 손자의 할머니로, 캐나다 밴쿠버에 거주하면서 태평양 연
안 한 작은 섬의 오두막에서 1년 중 여러 달을 지낸다. 한국에서의 교수 생
활, 슈타이너 인지학과 발도르프 교육을 통해 많은 한국인들과 깊은 인연
을 맺어 왔다. 한국에서 출간한 영문 저서로 *Mountain Fragrance* (녹색
평론사, 2009)가 있다.

- -

영어공부와 함께한
삶의 지혜를 찾는 글쓰기
Writing of Searching for Wisdom of Life
with Study of English

초　　판　1쇄 발행 2015년 2월 17일
　　　　　2쇄 발행 2015년 3월 25일

지 은 이　정홍섭
영어감수　리타 테일러

펴 낸 이　최종기
펴 낸 곳　도서출판 좁쌀한알
신고번호　제2015-000058호
주　　소　경기도 고양시 일산동구 장항로 139-19
대표전화　070-7794-4872
E-mail　dunamu1@gmail.com

ⓒ좁쌀한알, 2015

ISBN 979-11-954195-0-0 03800

이 도서의 국립중앙도서관 출판예정도서목록(CIP)은
서지정보유통지원시스템 홈페이지(http://seoji.nl.go.kr)와 국가자료공동목
록시스템(http://www.nl.go.kr/kolisnet)에서 이용하실 수 있습니다.
(CIP제어번호: CIP2015002533)

* 잘못된 책은 바꾸어 드립니다